BRIGITTE PONS

Eine saubere Angelegenheit

BRIGITTE PONS

EINE SAUBERE ANGELEGENHEIT

Roman

LYX
EGMONT

Originalausgabe August 2015 bei LYX
verlegt durch EGMONT Verlagsgesellschaften mbH,
Gertrudenstr. 30–36, 50667 Köln
Dieses Werk wurde vermittelt durch die Agentur
EDITIO DIALOG, Dr. Michael Wenzel.

1. Auflage
Redaktion: Marion Heister
Satz: Greiner & Reichel, Köln
Printed in Germany (670421)
ISBN 978-3-8025-9536-3

www.egmont-lyx.de

MIX
Papier
FSC FSC® C083411

Prolog

Das Messer lag gut in seiner Hand. Es zu verwenden bereitete ihm Freude. Jedes Mal wieder. Die Schärfe der Klinge und dann das Geräusch, wenn er es über die Haut zog. Ein wohliger Schauer erfasste ihn bei dem Gedanken an den bevorstehenden Abend.

Im Spiegel betrachtete er seinen muskulösen Oberkörper; das Ergebnis harter Arbeit, eiserner Disziplin – und sein Kapital, beruflich wie privat. Lässig machte er ein paar Tanzschritte, drehte sich um sich selbst und griff dann zu dem bereitstehenden Behälter.

Nassrasur – da ging einfach nichts drüber. Er schüttelte die Dosierflasche wie einen Cocktail-Shaker, schnalzte mit der Zunge und zwinkerte sich selbst zu, ehe er den cremig-weißen Schaum großzügig verteilte. Über Kinn und Hals, die Brust abwärts, am Nabel vorbei. Kein Haar sollte es wagen, sich seiner Klinge zu widersetzen. Er war Raymond mit der samtweichen Stimme, da durfte sein Körper nicht kratzig sein wie Schmirgelpapier. Jede Frau, die ihn ansah, wollte ihn genauso haben, wie er jetzt in seinem Badezimmer stand: nackte ein Meter fünfundachtzig geballte Männlichkeit. Aber nicht jede konnte ihn kriegen.

Dieser Abend sollte ein ganz besonderer werden.

Das Messer schabte Haare und schlagsahnigen Schaum beiseite, den er dann mit Schwung ins Waschbecken klatschte. Als es Minuten später klingelte, schlang er sich ein Handtuch um die frisch entflaumte Hüfte und ging pfeifend zur Haustür.

*

Von draußen hörte sie Gelächter in unterschiedlichen Tonarten und das unverwechselbare Geräusch, wenn Bierflaschen mit der Bodenkante gegeneinandergestoßen wurden. Offenbar hatten ihre neuen Nachbarn etwas zu feiern. Sie allerdings nicht. Auf dem Tisch vor ihr stand ein funzeliges Öllämpchen, in dem von Zeit zu Zeit Stechmücken mit hässlichem Zischen verglühten.

»Du wirst hier nicht ewig bleiben«, hatte Grit gesagt. »Das mit dir und Heiko kommt bestimmt wieder in Ordnung. Fünf Jahre, Dorothee, überleg doch mal – die schmeißt man nicht einfach so weg!«

Nein, nicht einfach so. Schon gar nicht jenseits der Vierzig, da war es Zeit, anzukommen, zu bleiben, sich zu arrangieren. Aber irgendwann war der Bogen überspannt, der Krug zu oft zum Brunnen gegangen und dann mit dem Kind hineingefallen. Und sie, das Kind, paddelte nun im kalten Wasser gegen den Untergang, die Titanic vor Augen, den Eisberg im Nacken. Dabei war doch Sommer, der Urlaub gebucht, und in wenigen Wochen hätten sie die Praxis abgeschlossen, um miteinander nach Ibiza zu entschweben. Aber die Beziehung von Dr. Heiko Thalbach und seiner Arzthelferin Dorothee Löblich gehörte der Vergangenheit an. Seit exakt zweiundvierzig Stunden und siebenunddreißig Minuten. Kopflos war sie aus der gemeinsamen Wohnung geflüchtet. Mehr als den Wochenendausflugs-BUKo hatte sie dabei nicht mitgenommen. Beischlafutensilienkoffer – der Ausdruck brachte das ganze Elend schlagartig auf den Punkt. Wenn nicht die ganze Welt permanent an Sex denken müsste, wäre das Leben viel leichter.

Zwei Stubenfliegen paarten sich laut brummend neben den Resten ihres Brötchens. Missmutig warf sie mit Krümeln nach dem wollüstigen Paar. Es war an der Zeit, das eigene Leben zu ordnen. Egal, wie schmutzig und schmerzhaft das Ende und der Neuanfang auch sein mochten. Sie starrte in die Flamme, während die Gefühle sie überrollten. Zärtliche Worte, Streicheln auf der Haut und Lügen, Lügen, Lügen.

Der Mückendoppelpack taumelte im Liebesrausch über den Tisch, und Dorothee brachte es doch nicht fertig, die beiden zu erschlagen. Leichte Opfer, hilflos ihren Trieben ausgeliefert. Sie stützte die Ellbogen auf den Tisch, das Gesicht in die Hände – und stieß ein bitteres Lachen aus, das die Ölfunzel mit einer kleinen Rauchsäule und darauf folgender Dunkelheit ahndete. Lange starrte sie still in die Finsternis, bis sie plötzlich klarer sah.

Nüchtern betrachtet konnte es durchaus von Vorteil sein, für eine Weile abzutauchen. Unbeobachtet. Hier, auf einem Campingplatz zwischen senilen Dauercampern in einem möblierten Wohnwagen, wo sie garantiert niemand suchen würde. Wo es niemanden interessierte, wann sie kam und ging und was sie machte. Grit hatte gestern geschworen dichtzuhalten, was ihren Aufenthaltsort betraf. Dorothee durfte jetzt nur nicht die Nerven verlieren. Grit kannte nur einen Teil der Wahrheit, und das sollte auch so bleiben. Was sie getan hatte, war konsequent, eindeutig und endgültig. Es ließ sich nicht mehr rückgängig machen. Diesmal nicht.

Mittwoch

Seine linke Hand steckte in der Hosentasche und drehte einen kleinen Gegenstand zwischen den Fingern hin und her, die rechte schob die Tür auf. Im Innern der Wohnung wuselten sie herum wie Aliens, die ein fremdes Territorium okkupierten, platzierten Fähnchen und Schilder – und für einen Moment glaubte er sogar, sie ihre Nationalhymne singen zu hören. Einer der Marsianer in weißer Ganzkörperpluderhose steuerte zielsicher auf ihn zu.

Torge Hansen schüttelte energisch den Kopf, bis sich das Bild vor seinen Augen zurechtrückte. Es war eindeutig ein Fehler, derart unausgeschlafen zum Dienst zu erscheinen.

»Die Leiche liegt im Schlafzimmer. Rollo hat den Rest der Wohnung schon für uns freigegeben. Also pass auf, wohin du trittst.«

Torge hob wortlos die Hand zum Vulkaniergruß. Die Bemerkung ergab keinen Sinn. Er konnte keinerlei Kampfspuren oder Ähnliches entdecken, was ein vorsichtiges Vorantasten notwendig gemacht hätte. Er reckte den Nacken, schloss und öffnete in schneller Folge mehrfach die Augen, um die letzten schlaftrunkenen Trugbilder zu verscheuchen, und wappnete sich innerlich gegen den zu erwartenden Anblick. »Toter mit durchtrennter Kehle«, hatte Rollo ins Telefon geschnauft. Und beweg deinen Arsch zügig hierher, ehe AK mitkriegt, dass du zu spät bist.«

Blutiges Gemetzel vor dem Frühstück war nicht nach seinem Geschmack. Und auf AKs blöde Kommentare konnte er ganztägig verzichten. Der Gegenstand schmiegte sich unauffällig in seine Handfläche. Torge schaltete sein Ich-bin-gut-drauf-Lächeln ein und betrat das Schlafzimmer, aber Rollo versperrte ihm die Sicht. Wenn er sich anstrengte, konnte er die schmalen Schultern des Kollegen noch eine Weile im Mittelpunkt seines Blickfeldes behalten. Er nahm den weiteren Aufschub als Geschenk. Splatter live gab es in seinem Leben oft genug.

Roland Brunner quittierte sein Erscheinen nicht gerade mit Dankbarkeit.

»Endlich, du Schnarchnase! Hab schon zweimal am Telefon für dich gelogen. Wie siehst du überhaupt aus? Eine Handvoll Wasser und Rasieren wären kein Fehler gewesen.«

Torge tätschelte seinem Kollegen die Wange und drängte sich an ihm vorbei zum Bett. Es war an der Zeit, sich souverän zu zeigen. »Komm zur Sache, Mutti. Was haben wir hier?«

Auf einem weißen Laken lag ausgestreckt ein schwarzer Mann. Über ihm, bis zu den Schultern hochgezogen, eine dünne weiße Decke. Die klaffende Wunde am Hals war zu erwarten gewesen. Ebenso der Geruch. An der Wand über dem Bett hing ein Kunstdruck im Fantasy-Stil, vor dem Bett lag ein heller Teppich.

Verwirrt drehte Torge sich zu Rollo um. »Wo ist das Blut?«

»Gute Frage, Herr Kollege.« Rollo machte eine vage Handbewegung über seinem Kopf, die den ganzen Raum einschloss. »Hier scheint er nicht ermordet worden zu sein. Und einen Selbstmord würde ich ausschließen – auch wenn ich unserem Gerichtsmediziner nicht vorgreifen will.«

»Ein Arzt war schon hier?«

Rollo senkte bestätigend den Kopf, und sein Blick erweiterte den Satz um den stummen Vorwurf, dass selbstverständlich *alle* schon vor Torge da gewesen waren.

»Soll ich raten, was er gesagt hat? ›Todesursache und genauer Zeitpunkt werden erst nach eingehender Untersuchung bekannt gegeben. Sie werden mich nicht zu spekulativen Äußerungen verleiten, Herr Brunner!‹«

»So ist es. Wenn du einen Blick unter die Decke riskierst, findest du dort allerdings das, was ich – ganz spekulativ, aber mit hoher Wahrscheinlichkeit – als die Tatwaffe bezeichnen würde. Da war sogar unsere Lieblingsstaatsanwältin, die du auch verpasst hast, spontan meiner Meinung.«

Torge zog ein Paar Latexhandschuhe über und schlug dann das Tuch beiseite. Der rechte Arm des Toten lag angewinkelt auf seiner Brust, in der Hand glänzte ein Rasiermesser. Unwillkürlich strich sich Torge über das stoppelige Kinn.

»Das spricht eindeutig für ungehemmten Bartwuchs, meinst du nicht?«

»Depp. Der Kerl hat penibel auf sein Äußeres geachtet, war gepflegt und durchtrainiert. Wenn er nicht tot wäre, könnte man neidisch werden.«

Torge versuchte, die durch voranschreitende Verwesung ausgelösten Schwellungen und die Maden aus seinem Bewusstsein auszublenden, rekonstruierte in Gedanken Muskeln, Proportionen, Gesichtszüge. Es gelang ihm erst, als Rollo ihm ein gerahmtes Bild vor die Nase hielt. Schwer zu glauben, dass es sich um dieselbe Person handelte. Was da vor ihm lag, war eindeutig ein perfekter Körper gewesen. Ein von der Natur begünstigter, schöner Mann. Auch wenn er selbst Frauen mehr als nur bevorzugte, musste er das anerkennen.

»Und wer ist unser glückloser Barbier?«

»Manchmal frage ich mich, wie du mit deiner selektiven Wahrnehmung bis hierher durchs Leben gekommen bist. Sein Name ist Raymond Jarr, müsstest du am Klingelschild gelesen haben, und das hast du nur gefunden, weil ich es dir am Telefon gesagt hatte. Bist du verkatert oder was ist mit dir los?«

Torge war nicht gewillt, auf diese Frage einzugehen. Ehe Rollo weiter nachbohren konnte, erschien zum Glück ein Kollege der Spurensicherung in der Tür.

»Seid ihr dann endlich so weit? Die Jungs mit dem Zinksarg warten schon darauf, dass sie die Leiche abtransportieren dürfen, und wir haben hier drin noch nicht mal richtig anfangen können.«

»Wir sind fertig. Entspann dich. Ihr müsst doch nur noch das Messer eintüten, das er in der Hand hat.«

»Toller Witz, Hansen.«

Rollo zog Torge nach draußen. »Du kriegst dein Update unterwegs, damit du die Infos an Cheffe weitergeben kannst. Deinen Wagen holen wir später.«

Das war eine der Angewohnheiten, die Torge an Rollo so schätzte: Er war uneigennützig und ließ ihn auch dann nicht hängen, wenn er es eigentlich verdient hatte.

*

Mit dem unter den Arm geklemmten Waschbeutel hastete Dorothee die Wege zwischen den liebevoll umzäunten Parzellen entlang. Ihr fehlte die passende innere Einstellung, die ihre Mitbewohner dazu bewegte, die Grünflächen mit Gartenzwergen und Laternchen zu schmücken. Ihr Verständnis reichte nicht einmal dazu, deren Engagement auch nur minimal zu würdigen.

In den langen Stunden der Nacht, in denen sie wieder wach gelegen und dabei auf das Schnarchen aus dem benachbarten

Wohnwagen gelauscht hatte, war ihr klar geworden, dass es an der Zeit war, ihre Isolation zu durchbrechen.

Sie zog sich aus, ging in Startposition und warf die obligatorische Duschmünze in den Schlitz. Die Reihenfolge hatte sich als wichtig herausgestellt. Das Wasser sprudelte nur für wenige Minuten, und wenn sie nicht eingeschäumt auf dem Trockenen sitzen wollte, musste der Ablauf optimiert erfolgen. Weder die Wärme des Wassers noch das schmeichelnde Duschgel konnten ihre Sinne besänftigen. Grimmig schrubbte sie ihren von Mückenbissen übersäten Leib und rechnete nach. Es musste Mittwoch sein. Dann war also noch nicht mal eine Woche vergangen, seit sie wie ein Eremit in medientechnischer Klausur festsaß. Und doch fühlte es sich an, als bereitete sie sich auf eine Expedition in eine fremde Welt vor. Ihre Gespräche mit den Campern beschränkten sich auf allgemeine Banalitäten des Alltags, die von einem Zaun zum nächsten reichten und keinen Meter weiter. Aber da draußen, jenseits des Campingplatzes, konnte alles Mögliche passiert sein. Seuchen, Kriege, Naturkatastrophen. Und sie wusste von alldem nichts. Bei ihrer Flucht hatte sie nicht nur ihr Handy zurückgelassen, sondern auch ihr Tor zur Welt, zur Kommunikation, zur permanenten Erreichbarkeit. Kein Internet, das war für sie wie keine Arme, keine Ohren, keine Stimme – schlicht: keine Existenz. Ihren Laptop schaltete sie maximal auf Stand-by, aber niemals offline. Noch vor einer Woche war sie sicher gewesen, keinen halben Tag ohne den Informationstropf der weltweiten Gemeinschaft aushalten zu können. Und ohne Heiko.

Die Erinnerung veranlasste sie dazu, der Duschtür beim Schließen einen gezielten Tritt mitzugeben. Sie hatte nicht geahnt, wozu sie fähig war.

Wild kreiste die Zahnbürste durch ihren Mund. Die Borsten

hinterließen blutige Kratzer auf ihrem Zahnfleisch. Dort, wo Heikos Platz in ihrem Innern gewesen war, spürte sie ein finsteres bodenloses Loch, das sie seltsam kaltließ.

*

Mit dem siebten Kaffee des Vormittags in der Hand machte Torge Hansen sich bereit, die bisher bekannten Informationen herunterzurattern. Er lehnte mit dem Rücken am Fenster des Büros, das er mit Rollo teilte. Auf dem Schreibtisch lagen diverse Unterlagen ausgebreitet, die sie aus der Wohnung des Mordopfers mitgenommen hatten. Außer ihnen waren noch Arno Kessler, Florian Marschall und der Dezernatsleiter Volker Misskamp anwesend, um die ersten Arbeitsschritte der neu gebildeten Mordkommission abzustimmen.

»Raymond Jarr, neunundzwanzig Jahre alt, doppelte Staatsbürgerschaft, in den USA geboren, seit vier Jahren dauerhaft in Deutschland, davon drei hier in Frankfurt. Offenbar ein extrem ordentlicher Mensch. Sein Lebenslauf und sämtliche Arbeitsverhältnisse, die er seit seiner Ankunft in Deutschland je innehatte, sind lückenlos nachvollziehbar abgeheftet.«

Arno Kessler hob spöttisch die Augenbrauen. »*Waren* ordentlich abgeheftet, meinst du wohl.«

Torge verkniff es sich gerade noch, den Mittelfinger zu heben. »Er hat als Model, als Barkeeper und zuletzt als Bodyguard gearbeitet. Heute Morgen wurde er von seiner Nachbarin tot in seinem Bett aufgefunden. Die Gerichtsmediziner haben uns gnädigerweise gerade eben als vorläufigen Todeszeitpunkt die Nacht von Freitag auf Samstag genannt.«

Florian Marschall balancierte einen Laptop auf den Knien und schrieb jedes Wort mit. Dass ihm in der Regel die Rolle der Tippse zufiel, störte ihn schon lange nicht mehr. Ohne seine Koordination und seinen Überblick waren die anderen hilflos; blinde Maulwürfe, die die Erde aufwühlten, aber die Würmer nicht zu fassen kriegten. Jeder wusste das.

»Wieso wurde er von der Nachbarin gefunden?«, hakte Kessler ungeduldig nach. »Wie kam die in die Wohnung? War die Tür aufgebrochen?«

Torge schlürfte geräuschvoll und ausgiebig aus seiner Tasse, und Rollo übernahm die Antwort.

»Helga Merz hat einen Notfallschlüssel. Normalerweise half Jarr ihr einmal pro Woche mit den Einkäufen, weil es keinen Aufzug im Haus gibt. Aber gestern ist er nicht bei ihr erschienen, hat nicht abgesagt und ist auch nicht ans Telefon gegangen. Darum hat sie schließlich heute früh nachgesehen. Sie hatten ein sehr gutes Verhältnis zueinander.«

»Zueinander oder miteinander?«, fragte Kessler schon wieder dazwischen. »Oder war der Typ schwul? Wenn einer schon Model ist …« Er verzog vielsagend das Gesicht.

»Zueinander, AK«, raunzte Torge. Dass ausgerechnet Kessler diese Bemerkung machte, war für ihn ebenso logisch wie unpassend. Arno Kessler urteilte gerne und schnell nach dem ersten Anschein; aber was den Kult um sein eigenes Äußeres betraf, konnte er locker mit jedem Promi mithalten. Allein sein faltenfreies, aalglattes Dauergrinsen reichte schon, um Torge den Tag zu verderben. »Frau Merz ist dreiundachtzig. Über Jarrs sexuelle Ausrichtung wissen wir noch nichts, aber er hat ein Handy mit einer Unmenge an Telefonnummern und Daten hinterlassen. Wenn du willst, kannst du dich gern darum kümmern.«

Kessler hob abwehrend die manikürten Hände.

»Ich glaube, die Arbeit verteilt hier immer noch Volker, oder habe ich was verpasst?«

»Immer langsam, Jungs. Bleibt bei der Sache. Was verraten uns der Papierkram und der Tatort noch?« Misskamp beschwichtigte, wie immer.

»Keine Schulden, keine großen Reichtümer auf der Bank. Aktueller Arbeitgeber ist die Firma *Guardian Shield Security*, Inhaberin Marion Brüning. Jarr ist dort seit neun Monaten beschäftigt gewesen. Wie diese Arbeit genau aussieht, kann ich dir aber noch nicht sagen.« Rollo fischte zielsicher ein Bündel Papier aus dem Wust und reichte es an Florian weiter, damit er die genaue Adresse übernehmen konnte.

»Der Fundort ist nicht der Tatort …«, setzte Torge an.

»Sagt wer?«

»Ich sage das, AK. Ich.« Knurrend knallte Torge die Tasse auf den Tisch und warf Kessler einen Stapel Bilder auf den Schoß. »Die Digitalen von den Spurensicherern kommen noch, aber die da zeigen deutlich, dass das Schlachtfest nicht im Bett gefeiert wurde.«

Schon wieder profitierte er von Rollos umsichtigem Handeln. Brunner schleifte überall die alte Sofortbildkamera mit hin, seit ihnen einmal die moderne Technik den Dienst verweigert und sie am Ende ohne jeglichen bildhaften Beleg für eine knifflige Situation dagestanden hatten. Völliger Blödsinn im Zeitalter des Fotohandys, wie Kessler immer wieder gern betonte. Doch Torge teilte Rollos Misstrauen – Pixel konnte man bequem manipulieren, und die schwer zu erkennenden digitalen Fälschungen nahmen immer mehr zu.

»Und ich sage noch was: Das war kein Mord im Affekt. Das war eiskalt geplant. Wie der Typ abgelegt wurde, deutet auf einen strukturierten Täter hin, der sich bei der Ausführung nicht von persönlichen Gefühlen leiten ließ.«

»Im Gegensatz zu unserm Hobby-Profiler Hansen. Nur weil

du in deinem Regal die ganzen Psychobücher aufstellst, bist du noch kein Fachmann. Halte dich doch einfach mal an das, was wir konkret wissen, und spekulier hier nicht rum.«

Kessler würdigte die Bilder der Leiche eines beiläufigen Blickes und reichte sie an Misskamp weiter, nachdem Florian Marschall wortlos abgelehnt hatte, sie anzufassen.

»Wärst du vor Ort gewesen, AK, hättest du mit eigenen Augen gesehen, was ich meine!«

»Wärst du vor dem Einsatz schon im Büro gewesen, wüsstest du, dass ich einen Termin bei Gericht hatte.«

»Schluss jetzt! Muss Cheffe wirklich wieder ein Machtwort sprechen?«

Wenn er nicht mehr weiterwusste, setzte Volker Misskamp gerne auf Humor, mit wechselndem Erfolg. Kessler lachte gehorsam, und Torge guckte demonstrativ aus dem Fenster.

»Ich hätte doch eine Frau für das Team einplanen sollen, dann würdet ihr euch vielleicht weniger anzicken.«

Unbeeindruckt stöberte Rollo in den Daten des Handys. »Schwul war Jarr jedenfalls nicht«, bemerkte er nun. »Die gespeicherten Fotodateien sprechen zumindest dagegen.« Er hielt Marschall das Display hin, der kurz den Kopf hob, zustimmend grinste und dann zum ersten Mal selbst den Mund aufmachte.

»Ist euch eigentlich aufgefallen, dass Jarr hinter den Gehaltsabrechnungen immer seinen Einsatzplan angehängt hat? Da taucht mehrfach der Name Gottfried Puchinger auf. Zuletzt eine knappe Woche vor seinem Tod. Und für die nächsten Wochen ist er auch bei ihm eingeteilt.«

»Zeig her!« Kessler riss ihm die Blätter aus der Hand. »Tatsache – der Puchinger. Da kriegt die Nummer doch gleich einen ganz anderen Drive.« Seine Augen glänzten verzückt.

Misskamp ächzte leise. »Das hat mir noch gefehlt – der Landtagsabgeordnete mit der Hetzkampagne gegen Hartz-IV-Empfänger. Glückwunsch Leute, da haben wir den Hauptgewinn gezogen. Wieso habt ihr das nicht bemerkt?«

»So weit waren wir noch nicht. Die Leiche ist grad mal vor zwei Stunden gefunden worden.« Rollo drückte verzweifelt auf den Tasten des Handys herum, das urplötzlich begonnen hatte, ein Video mit unanständigen Stöhngeräuschen abzuspielen. »Das Ding hasst mich!«, fluchte er und übergab es an Torge, der es auf Anhieb zum Schweigen brachte.

»Ich habe magische Hände«, behauptete der und ließ diese beschwörend vor Rollos Nase kreisen.

»Wunderbar, damit hätten wir ja schon festgelegt, wer sich um die gespeicherten Kontaktdaten kümmert.« Misskamp ignorierte Torges Einwände. »Einer muss es machen, und wenn du das Ding jetzt schon im Griff hast, umso besser. Checkt, was ihr finden könnt über Raymond Jarrs privates Umfeld, nehmt seinen Arbeitsplatz unter die Lupe. Marschall sammelt alle Fäden auf und unterstützt euch, wenn es nötig ist. Arno, du übernimmst den Kontakt zur Staatsanwaltschaft und damit die Leitung und außerdem den Abgeordneten. Zuständig ist Frau Eichhorn – die sich für unser augenblickliches Treffen entschuldigen lässt. Die VIPs verlangen nach Fingerspitzengefühl, ich weiß, dafür hast du ein Händchen.«

»Yes!« Kessler ballte die Faust und bediente sich der Gestik eines Sportlers auf dem Siegerpodest. Jetzt wählte Torge doch den doppelten Mittelfinger, aber nur auf Hüfthöhe, sodass lediglich Rollo und Marschall es sehen konnten.

»Das ist ein Fall, bei dem wir die Samthandschuhe brauchen; und zwar durchgängig. Hoffentlich ist euch das klar?« Kessler brachte sich sofort in Position, wie jedes Mal, wenn es ihm gelungen war, Torge in der Rangordnung zu überholen. »Solange nicht ausgeschlossen ist, dass es eine politische Dimension bei der Angelegenheit gibt, brauchen wir absolute Diskretion!«

Misskamp nickte anerkennend zu diesen Worten, boxte Kessler kameradschaftlich gegen die Schulter und wandte sich zur Tür. »Dann ist ja alles geklärt. Ich verlasse mich auf euch. Ihr gehört alle zum selben Team. Zu meinem Team. Vergesst das nicht.«

Nachdrücklich schaute er Torge an, der einige Sekunden brauchte, bis er nickte.

*

Staub wirbelte auf bei jedem ihrer Schritte. Von der Autobahnbaustelle wehte der Geruch von heißem Teer herüber. Dorothee zog das Halstuch vor die Nase. Nomadenlook, hatte Heiko immer gesagt, wenn sie auch im Sommer nie ohne Tuch aus dem Haus ging. Ihre Kollektion war beachtlich. Billiger, als Schuhe zu sammeln, und sehr viel praktischer. Ein Tuch schützte vor Sonne und Regen, Dreck und Abgasen, vor eigenem und fremdem Mundgeruch – und half schon mal, eine verunglückte Frisur oder einen lästigen Pickel verschwinden zu lassen. Dass sie ständig neue Schals einkaufte, lag auch daran, dass sie diese mit unschöner Regelmäßigkeit wieder verschlampte. Wie so viele andere Dinge auch. Hastig durchwühlte sie ihre Tasche: Bürste, Taschentücher, Kopfschmerztablette, Kondome, Block, Kugelschreiber, Portemonnaie. Und der Haustürschlüssel. Gott sei Dank! Nur leider tauchte das vermisste Handy auch jetzt nicht wieder auf. Das wäre ja auch zu schön gewesen.

Bei ihrem überstürzten Aufbruch hatte sie fast nichts mitgenommen. War kopflos davongerannt, zu Fuß, statt den Motorroller zu nehmen. Einfach weg. Und das hatte sie jetzt davon.

Eine halbe Stunde hockte sie in glühender Hitze an der Haltestelle, ehe sie der Bus aus dem vertrockneten Niemandsland, das sich großspurig Industriegebiet nannte, bis zum Bahnhof von Waldfelden schaukelte. Von dort gab es eine direkte Verbindung nach Frankfurt, und das bedeutete: Zugang zu ihrer verlassenen Wohnung, zu ihrem Computer, zu ihrer Wäsche und ihrem eigenen Badezimmer. Wie sie sich nach einem Wannenbad sehnte! Mit etwas Glück konnte sie den ganzen Nachmittag ungestört und unbemerkt bleiben, solange Heiko in der Praxis arbeitete.

Eine weitere halbe Stunde später schlich sie wie ein Dieb die vertraute Straße entlang, fühlte sich fremd; ein Eindringling zwischen all den geregelten Existenzen und deren gepflegten Häusern. Obwohl sie noch vor wenigen Tagen ganz selbstverständlich dazugehört hatte. Vor der Wohnungstür blieb sie einen Moment stehen und lauschte. Stille umfing sie und die gewohnte Kühle, die vom Marmorboden des Flures und von den grob verputzten Wänden ausging. Erst als sie die Tür hinter sich geschlossen hatte, entspannte sie sich ein wenig. Wie in Trance ging sie von einem Zimmer zum anderen, blieb vor der Couch stehen, atmete tief durch.

Schließlich nahm sie eines der Bilder vom Regal im Wohnzimmer und sank auf den Fußboden. Sylt im letzten Sommer. Sie beide strahlten in die Kamera. Im Hintergrund das Meer, der Strand, die untergehende Sonne. An dem Abend hätte er ihr beinahe einen Heiratsantrag gemacht. Sie wusste es genau, obwohl es nicht dazu gekommen war. Etwas, das sie nicht näher bestimmen konnte, hatte sie damals dazu gebracht, die romantische Stimmung zu zerstören. Vielleicht war es die Angst vor der Antwort gewesen. Bis heute hatte sie es nicht geschafft, ihren Wohnsitz auf die gemeinsame Adresse umzumelden. Schlamperei oder Vorahnung? Sie konnte es nicht sagen. Vorsichtig strich sie mit dem Zeigefinger über Heikos zerzauste Haare, als könnte er es spüren. Der Druck hinter ihren Augen ärgerte sie. Verfluchte Melancholie!

Sie stellte das Bild zurück an seinen Platz. Heiko hatte nichts verändert. Alles sah aus wie immer. Auf dem Nachttisch lag noch der aufgeschlagene Roman, in dem sie zuletzt gelesen hatte. Mittwochabend, vor dem verhängnisvollen Donnerstag. Es war nicht zu übersehen, dass ihre Beziehung für Heiko noch längst nicht abgeschlossen war. Trotz allem. Eine Nacht, was bedeutete das schon? War es das wert, alles infrage zu stellen? Im ersten Zorn war die Sachlage einfach gewesen und klar – für sie beide. Und jetzt? Sie hatte es in der Hand. So wie jedes Mal. Mit Heiko Frieden zu schließen war leicht. Ihr Blick glitt über das Bett. Fünf Jahre Sicherheit, Geborgenheit und Liebe – mit gelegentlichen Ausrutschern.

Langsam öffnete sie die Schranktür und zog die Reisetasche heraus.

*

Arno Kessler telefonierte auf zwei Apparaten gleichzeitig. Eine Angewohnheit, die Torge ebenso sehr hasste wie Haare im Waschbecken oder labbrigen Kaffee. AK fühlte sich dabei wohl und wichtig und ganz besonders kompetent. Vor allem, wenn es sich so wie jetzt um Terminabsprachen mit der Sekretärin des Landtagsabgeordneten Gottfried Puchinger und Staatsanwältin Silvia Eichhorn handelte.

Kriminalhauptkommissar Kessler war mächtig scharf auf Prestige und hechelte sabbernd jeder Gelegenheit hinterher, die ihn ein Stück weiterbringen konnte auf der Jagd nach dem nächsten imaginären Sternchen für die Schulterklappe seiner Uniform. Torge war sich sicher, dass AK vor jedem Vorgesetzten schwanzwedelnd auf dem Buckel liegen würde, wenn er sich damit einen Vorteil verschaffen könnte. Die bildliche Vorstellung versüßte ihm die auferlegte Wartezeit auf der Türschwelle.

»Selbstverständlich, Frau Staatsanwältin; umgehend, ja. Stante pede, wie wir Lateiner sagen!«, säuselte Kessler nach links in die Sprechmuschel, um das Gespräch dann mit einem butterweichen »Sekündchen, bitte« zu unterbrechen. »Wann sagten Sie?«, fragte er nach rechts, warf Torge einen geheuchelt entschuldigenden Blick zu und schleimte munter weiter. »Auf dem Tennisplatz? Gar kein Problem. Selbstredend. Stehe zur Verfügung. Jederzeit.«

Torge beobachtete, wie sein Vorgesetzter auf Zeit Telefone und Organizer jonglierte. Vor seinem geistigen Auge sah er dabei eine haarige Rute im Dauereinsatz rotieren. Eigentlich bedauerte er es nicht, dass er dessen Job diesmal nicht bekommen hatte. Es folgte noch eine weitere servile Phrase zum Abschied in beide Richtungen, dann winkte AK den Bittsteller Torge Hansen gnädig zum Rapport. Da ihm immer noch der Schlafmangel in den Knochen steckte, beschloss Torge, ihm für heute den Triumph zu gönnen. Das Gefummel mit den Handydaten war nervig genug. Weitere Reibereien konnte er nicht gebrauchen. Wenn man ihn schon zum Laufburschen fürs Grobe erklärte, dem man diplomatisches Vorgehen nicht zutraute, dann sollte auch keiner von ihm erwarten, dass er selbstständige Entscheidungen traf. Er würde sich jeden einzelnen verfluchten Handgriff absegnen lassen. Er würde brav kooperieren und Arno Kessler den ganzen Ruhm zugestehen. Er würde helfen, AKs Beförderung voranzutreiben. Vielleicht war das die einzige Methode, sich ihn auf Dauer vom Hals zu schaffen. Misskamp war noch zu jung, um auf dessen Job zu spekulieren, was bedeutete, dass eine Beförderung Kesslers mit einer Versetzung verbunden sein musste. Wenn es nach Torge ging, möglichst schnell und weit weg. Er war gewillt, persönlich die Rakete zu zünden, mit der AK sich in höhere Sphären katapultieren konnte. Sie ihm auf den Rücken zu binden, wenn alles glatt lief. Und sie sonst wohin zu schieben, wenn nicht.

*

Freiheit! Genauso fühlte es sich an, und genau jetzt war sie bereit, das Gefühl zuzulassen. Der warme Wind wirbelte ihr die Haare um den Kopf, sauste in ihre Nasenlöcher, nahm ihr ab und zu die Luft oder die Sicht, wenn eine der Strähnen sich quer über die Augen legte. Es war Dorothee von Herzen gleichgültig. Der Helm baumelte nutzlos am Lenker ihrer Vespa. Sie wollte die Geschwindigkeit spüren und vielleicht auch ein bisschen die Gefahr. Nur für ein paar Minuten. Ein neues Leben lag vor ihr. Ohne Heiko, aber mit ihrer briefkastengelben Vespa. Und mit neuen Bekannten auf dem Campingplatz.

»Wir sind hier alle wie eine große Familie«, hatte Guntram ihr beim Einzug erklärt und sie väterlich in den Arm genommen. »Jeder passt auf den anderen auf und hilft. Musst nur die Tür aufmachen und rufen – so schnell kannste gar nicht gucken –, und dein Problem ist erledigt!«

Die weiteren Vorzüge, die er aufzuzählen wusste, waren an

ihr abgeprallt, wie Gummibälle an Beton. Erst als er den See erwähnte, hatte sie kurz wieder aufgehorcht.

»Fünf Minuten durch den Wald, sauberes Wasser, und warm ist es auch. Baden ist halt verboten, weil sie am anderen Ende immer noch baggern. Interessiert aber keinen. Kontrolliert wird's auch nicht.« Die Aussicht gefiel ihr, bis Guntram den Haken erläuterte. »Du musst nur aufpassen wegen der Nackedeis. Wenn du Angst hast vor alten Faltensäcken, so, wie ich einer bin, dann darfst du nicht in die Schilfwiese. Dort spannen die, wenn die jungen Leute am Poppen sind. Also, ich nicht, damit wir uns richtig verstehen. Da würde mir meine Madame Ärger machen.«

Schon wieder Sex. Und dann auch noch mit Spannern garniert. Das wollte sie sich lieber nicht vorstellen. Dann schon eher den Ärger mit der Madame. Die hörte auf den Namen Hiltrud, trug mit Vorliebe einen Freizeitanzug aus Ballonseide – lila-violett gestreift –, püschelige Pantoletten in der gleichen Farbe und dazu Rudi. Die Miniaturausgabe eines Pudels thronte ganztägig auf ihrem Arm.

Seufzend stellte Dorothee sich der Realität. Zwischen Autobahnauffahrt und Bundesstraße, Waldrand und Feldern, unweit des illegalen Badesees, an dessen Ufern Spanner lauerten und in dem jedes Jahr betrunkene junge Männer ihr Leben verloren, sollte also ihr neues Leben beginnen. Nun denn. Schlimmer konnte es wohl nicht mehr werden.

Immerhin hatte sie ihren Laptop wieder, wenn schon das dämliche Handy nirgendwo in Heikos Wohnung zu finden gewesen war. Heikos Wohnung. Nicht mehr ihre. Ja, das hörte sich richtig an. Und darum war es auch konsequent gewesen, nur das Allernötigste an Wäsche mitzunehmen und alles, woran Erinnerungen klebten, dort zu lassen.

Im Internetcafé war sie zu der Erkenntnis gelangt, dass die, die sich im Netz Freunde nannten, nicht einmal bemerkt hatten, dass sie eine Woche lang nicht da gewesen war, und hatte mit wenigen Klicks reinen Tisch gemacht. Sie drehte den Gashebel bis zum Anschlag. Die Enden ihres Schals flatterten hinter ihr wie züngelnde Flammen. Wenn es nur im normalen Leben auch so leicht wäre, die Festplatte von Altlasten zu befreien.

*

Der Sommer steuerte auf den längsten Tag des Jahres zu, aber Torge wartete auf die Nacht. Und jede Nacht wartete er auf das Klingeln des Telefons und auf den Schlaf. Stunde um Stunde. Natürlich hätte er selbst zum Hörer greifen können. Fragen, wie es ihr ging, und beteuern, dass bei ihm alles in Ordnung war. Aber sie hätte gewusst, dass er log. Sie spürte es immer. Und dann hätte er zugeben müssen, dass er auch jetzt, nachdem sie ein halbes Jahr fort war, kein eigenes Leben führte, außerhalb seiner Arbeit.

Er war nicht zum ersten Mal allein. Eigentlich war das für ihn der Normalzustand. Er hatte verdammt noch mal kein Recht, sie weiter damit zu belasten.

Durch das geöffnete Fenster trug ein leichter Luftzug den Atem der Stadt herein. Benzin, Musikfetzen, den Geruch von frischem Kebab und unzweideutige Geräusche aus der Wohnung nebenan.

Torge klaubte eine Handvoll Münzen, einen Geldschein und den Schlüsselbund vom Tisch, stopfte alles in die Tasche seiner Jeans und ging. Die Nacht war noch lang.

Donnerstag

Auf den Fluren des Polizeipräsidiums kündigten Schritte und Stimmen den Beginn des neuen Arbeitstages an. Er hatte die Morgendämmerung gesehen und den Sonnenaufgang um Viertel nach vier. Gähnend richtete Torge sich auf und streckte die Glieder, sein Blick wanderte über die Wände. Hier fühlte er sich wohl, auch wenn der Raum im Grunde den gleichen abwaschbaren Charme verbreitete wie sein altes Klassenzimmer in der Gesamtschule. Am Gehäuse seines Computers klebten ein paar Notizzettel mit Durchwahlnummern und der Wochenspeiseplan der Kantine. Was man eben so brauchte. Auf dem Schreibtisch gegenüber stand eine ganze Bilderserie in unterschiedlichen Rahmen: Frau, Kinder, Urlaubsschnappschüsse. Am Computer hingen drei Postkarten von Freunden, und über dem Sideboard mit den aktuellen Fallakten pappten bunte Zeichnungen, datiert mit dem jeweiligen Alter des verantwortlichen Sprösslings.

Eilig senkte er den Kopf und konzentrierte sich wieder auf die ausgedruckten Listen der in Raymond Jarrs Handy gespeicherten Telefonnummern und Kalendereinträge. Sekunden später öffnete sich die Tür.

»Das glaube ich jetzt nicht!« In Roland Brunners Augen spiegelte sich echte Überraschung. »Du hier – und das noch vor acht Uhr?«

Torge verzichtete darauf, seinem Kollegen einen guten Morgen zu wünschen. Den hatte er sicher schon gehabt, am heimischen Frühstückstisch. »Mach neuen Kaffee und dann ran an die Arbeit«, brummte er. »Der Bursche überfordert mein Vorstellungsvermögen.«

Rollo schüttelte die Thermoskanne und schaute über Torges Schulter. »Wieso – was hast du da?«

»Frauennamen. So weit das Auge reicht. SMS mit Lobeshymnen und Danksagungen – aber nicht von ihm. Die Weiber müssen ihm fast die Bude eingerannt haben. Wenn man ihnen Glauben schenkt, war der Typ ein echter Sexgott.«

»Ein toter Sexgott.« Rollo hob abschätzig die Achseln. »Da habe ich lieber ein paar Weiber weniger.« Er zog seinen Stuhl näher und setzte sich.

»Was ist mit dem Kaffee?«

»Später. Du kriegst sonst noch einen Herzinfarkt; kommst langsam ins kritische Alter, und Bewegung hast du auch zu wenig.« Freundschaftlich bohrte Rollo einen Zeigefinger in Torges Bauch, der im vergangenen Jahr an Umfang zugelegt hatte. Zwar nicht wirklich bedenklich, aber mehr, als ihm selbst zusagte. Rollo hatte schon einen Schuss vor den Bug einstecken müssen. Die Diagnose Diabetes hatte ihn völlig überraschend kurz vor dem fünfzigsten Geburtstag getroffen und sein Leben grundlegend umgekrempelt. Fünfundzwanzig Kilo hatte er abgespeckt. Gemüse statt Burger und Langstreckenlauf statt Fernsehfußball waren seitdem angesagt.

»Ich konnte nicht schlafen, bin schon zwei Stunden hier«, erklärte Torge kurz. »Nachdem Jarrs Nachbarn gestern ja alle erzählt haben, dass er ein ruhiger unauffälliger Mensch war, können wir davon ausgehen, dass er die Damen nicht zu sich nach Hause eingeladen hat. Das hätten die sicher bemerkt. Jetzt habe ich versucht, zu jeder Telefonnummer einen Namen zu finden und die SMS-Nachrichten und Kalendereinträge zusammenzusortieren. Aber ich finde nicht für alle Übereinstimmungen.« Er zupfte an seiner Nasenspitze herum und gähnte.

»Du solltest was gegen deine Schlafstörungen tun. Das geht jetzt schon seit Montag so. Und vier Tage hintereinander ...«

»Vergiss es, Mutti. Das geht von selbst vorbei.« Torge verbiss sich ein zynisches Auflachen. Vier Tage. Rollo hatte keine Ahnung. Was er sah, war nur die Spitze des Eisbergs. »Ein bis zwei Wochen, dann ist alles wieder in Butter.«

»Na von mir aus, dann behalte eben für dich, was los ist.« Sichtlich skeptisch wandte Rollo sich den Kalendereinträgen zu. »Verstehe ich das richtig, dass Raymond Jarr die meisten Frauen nur ein- oder zweimal getroffen hat?«

»Jepp. Sehe ich auch so. Entweder hat der sich selbst im Nebengewerbe als Callboy vermietet oder dauernd einen neuen Kick gebraucht. Auf der Suche nach was Festem war er garantiert nicht.«

»Dann werde ich mich gleich um seine Bankgeschäfte kümmern. Auf den ersten Blick war da zwar gestern nichts Auffälliges, aber vielleicht kann mir einer der Berater mehr erzählen. Wenn er sich wirklich noch was dazuverdient hat, muss ja irgendwo ein Hinweis auf die Kohle zu finden sein. Ein Schließfach mit Bargeld zum Beispiel.«

»Frag Florian, der nimmt sich heute sowieso den Computer vor, der in der Wohnung stand.« Torge warf einen überflüssigen Blick in die leere Kaffeetasse. »Ich darf gar nicht dran denken, wie viele heiße Bräute er im Netz womöglich noch entdeckt, die ich dann überprüfen muss.«

»Sieh das Ganze mal so: Marschall wühlt sich durch Bits und Bytes, ich schlag mich mit trockenen Bankdaten und Schlipsträgern rum, AK *in persona* gibt sich die Obduktion, und du darfst mit der holden Damenwelt telefonieren oder ihnen

Hausbesuche abstatten. Jetzt behaupte bloß nicht, du hättest es schlecht getroffen!«

Der Gedanke, dass Kessler den Termin bei der Leichenöffnung übernommen hatte, zauberte ein Lächeln auf Torges Gesicht. »Ach ja – AK in Grün in der Gerichtsmedizin. Das rettet meinen Tag. Er tut sich das nur an, weil Professor Radeberger den Mann auf dem Tisch hat.«

»Ein eitler Affe.«

»Welchen meinst du nur damit? Die Koryphäe am Skalpell oder unser Allzweckzäpfchen?«

Rollo legte die Stirn in ordentliche Querfalten und überlegte kurz. »Kannst du dir aussuchen. Die zwei *Koniferen* haben einander jedenfalls verdient.«

»Jetzt hätte ich fast die Staatsanwältin vergessen, Rollo! Die macht den Termin perfekt. Wegen der ›nicht auszuschließenden politischen Dimension‹ wird das Eichhörnchen unmittelbar neben AK zu finden sein.« Auch die Staatsanwältin war ehrgeizig und konnte eine ziemliche Nervensäge sein, der nichts jemals schnell genug ging.

»Ich weiß nicht, was dabei schlimmer ist: der Geruch aus der offenen Bauchhöhle oder das Parfüm von der Eichhorn.«

»AKs Aftershave«, mutmaßte Florian Marschall, der gerade hereinkam. »Ihr solltet lieber die Tür zumachen, wenn ihr ablästert.«

»Ich wüsste wirklich niemanden, zu dem ›Aftershave‹ besser passt. Hat mal jemand in Arnos Anzugtasche geguckt? Ich wette, der hat den Rasierer und das Gleitgel immer dabei. Damit er jederzeit noch schnell ein paar Haare von irgendwelchen Arschbacken kratzen kann, um dann elegant reinzuflutschen.«

»Boah!« Rollo sprang auf und schüttelte sich. »Jetzt geh ich freiwillig Kaffee kochen. Manchmal bist du echt widerlich, Torge.«

»Danke. Ich gebe mir auch wirklich Mühe.«

*

Schon morgens um halb elf staute sich die Hitze hinter der großen Glasscheibe im Büro der Platzverwaltung. Die Sonne brachte unbarmherzig die gleichmäßigen waagerechten Schmierstreifen zum Vorschein, die belegten, dass tatsächlich jemand versucht hatte, das Fenster sauber zu halten. Völliger Quatsch.

Dorothee verspürte jedes Mal, wenn sie davor wartete, große Lust, mit dem Finger einen Kommentar darauf zu malen. Direkt vor dem Fenster bremsten die Autos der Camper auf grobkörnigem Kies, um sich die Schranke zur Einfahrt öffnen zu lassen. Begleitet von einer feinen staubigen Wolke, die sich auf dem Glas niederschlug. Ein Schiebeelement öffnete das Büro nach außen, sodass bequem wie an einem Drive-in-Schalter verhandelt werden konnte. Außerdem diente das Büro als Minikiosk, an dem man die Tageszeitung, klebrige Gummitiere, leicht zerlaufene Schokoriegel und zu kalt gelagertes Eis am Stiel erstehen konnte. Folglich unterbrachen Finger- und Nasenabdrücke die Putzstreifen an der Stelle, an der die Süßigkeiten gut sichtbar in der Sonne schmorten.

Unfrisiert, in Flipflops und Bademantel, stand Dorothee inmitten der fragwürdigen Leckereien, lauschte am Telefon Grits munterer Stimme und hoffte inständig, dass sie niemand so zu Gesicht bekam. Hanne, die Frau des Platzwartes, hatte sie vor wenigen Minuten mit deftigen Faustschlägen gegen die Tür aus dem Schlaf gerissen und zum Telefon geschleift. Nachdem Dorothee ihre frisch entdeckte Freiheit am Abend zuvor mit sich selbst gefeiert hatte, war ihr das Aufstehen nicht eben leichtgefallen. Entsprechend fühlte sie sich Grits Fröhlichkeit nicht gewachsen, registrierte nur die Hälfte von dem, was diese erzählte, und antwortete einsilbig und zurückhaltend. Hanne saß nur wenige Zentimeter neben dem Apparat und machte nicht den Eindruck, dass sie sich um Diskretion bemühte.

»Also bleibt es dabei: Wir gehen heute Abend wie geplant wieder ins *Jerome*?«

Dorothee überlegte angestrengt. Da war etwas. Etwas, was sie verdrängt hatte. Sehr gründlich. Draußen knirschte es ausgiebig, eine Dreckwolke wirbelte auf, dann verdeckte ein Wohnmobil die Aussicht auf Hannes Geranientöpfe auf der gegenüberliegenden Seite der Zufahrt. Dorothee klappte den Schalkragen des Bademantels hoch, als könnte sie sich in dem flauschigen Kleidungsstück verstecken. Sie zog das Kabel des Telefons lang, drehte dem Fenster den Rücken zu und suchte Deckung hinter einem Regal. Hanne trollte sich jetzt nach draußen, um dem wartenden Wohnmobil einen Standplatz zuzuweisen. Die Fensterhöhe des Gefährts harmonierte wohl nicht mit ihrem Tresen, überlegte Dorothee.

Tresen. Theke. Bar.

Das war es. Sie stöhnte auf. »Ich kann da unmöglich hingehen«, flüsterte sie gepresst.

»Heißt das, du willst dich wieder mit Heiko versöhnen? Wäre nicht die blödeste Idee …«

»Nein, das heißt es nicht. Es ist nur so, dass er – du weißt schon wer …« Sie stockte. »Ich kann da einfach nicht hin!«

»Du hast Angst, dem dunklen Lord zu begegnen? Warte – oh mein Gott –, das ist es: Er will dich wiedersehen! Du willst ihn wiedersehen? Ihr habt für heute Abend ein zweites Date ausgemacht? Ich fasse es nicht!«

Dorothee schloss die Augen und lehnte die Stirn gegen das Regal, aus dem es nach muffigem Papier roch.

»Er wird nicht kommen«, sagte sie tonlos.

»Und wieso nicht?«

Sie drückte die Nase gegen eine Schraube, bis es wehtat. Dabei sah sie sein Gesicht vor sich – dunkle Augen, weiche, volle Lippen –, fühlte seinen Atem auf ihrem Gesicht, seine glatt rasierte Haut unter ihren Händen und fröstelte.

»Er wird nicht kommen, ich weiß es einfach. Okay?«

»Nö. Finde ich gar nicht okay. Außerdem, wenn du weißt, dass er nicht kommt, wo ist dann das Problem? Dann gucken wir ein bisschen Männer an und tanzen eine Runde und trinken einen Cocktail. Und wenn du willst, erzählst du mir endlich, was genau letzte Woche passiert ist, nachdem du die ganze Woche geschwiegen hast und nicht mal an dein Handy gehst. Und wenn du nicht willst, dann schweigst du eben weiter darüber, warum du nicht zurück zu Heiko gehst und warum du Black-Magic-Ray trotzdem nicht wieder treffen willst. Obwohl ich das beim besten Willen nicht begreifen kann. Ich meine, wenn es doch aus ist mit Heiko, was spricht dagegen, die heißeste Nacht deines Lebens zu wiederholen? Und wer weiß, vielleicht …«

»Er ist tot, Grit.« Dorothee presste die Augenlider fest aufeinander, bis kleine Sternchen über ihre Netzhaut tanzten.

»Was? Um Himmels willen …«

»Nein, nicht *so* tot«, verbesserte Dorothee sich hastig. »Nur für mich gestorben, erledigt, abgehakt. Es ging nur um den Augenblick.«

Die Bilder in ihrem Gedächtnis straften sie Lügen, und sie riss die Augen schnell wieder weit auf. Fast eine Woche hatte sie jede Erinnerung erfolgreich ausgeblendet. Keine Details. Sie hatte Heiko betrogen. Wieder einmal. Und er hatte sie erwischt, noch bevor sie beichten konnte. Es war das berühmte eine Mal zu viel gewesen. Stumm hatte sie seine Vorwürfe geschluckt. Seine Wut verstanden, die größer war als je zuvor. Die Demütigung, die sie ihm zugemutet hatte, war zu viel. Sie wollte ihn nicht mehr verletzen, nie wieder. Es hatte keinen anderen Weg gegeben, als es zu beenden. Alles. Endgültig.

»Und wieso habt ihr dann eine Verabredung für heute?«, bohrte Grit weiter. »Du redest Schwachsinn, Dorothee.«

»Und du verstehst mit Absicht alles falsch!«

Dorothees Hände zitterten wie unter Schüttelfrost, obwohl sie sich am liebsten den Bademantel vom Leib gerissen hätte, in dem sie plötzlich zu ersticken meinte. Sie durfte nicht damit rechnen, dass Grit einfach aufgab. Aus deren Sicht war der Fall klar.

Dorothee bemühte sich, die Argumente objektiv zu betrachten. Gar nicht so einfach. Ihr Verstand war offensichtlich ebenso auf der Strecke geblieben wie ihre Beziehung. Sie knirschte resignierend mit den Zähnen. Es gab nichts mehr zu verlieren und nur einen Weg, Grits Fragerei zu beenden und weiter einen Teil der Wahrheit für sich zu behalten.

»Also gut. Du hast gewonnen. Machen wir uns schön und mischen die Männerwelt auf. Aber nur ein bisschen. Ich habe nicht vor, mein Leben noch komplizierter zu machen, als es sowieso schon ist.«

»Ist das ein Keuschheitsgelübde?«

»Für heute Abend garantiert.«

»Und wenn Raymond doch da ist?«

Entnervt knallte Dorothee den Hörer auf die Gabel des uralten Telefons. Grün, Siebzigerjahre. Die gedehnten Spiralen der Schnur ringelten sich im Zeitlupentempo wieder zusammen. Dorothee spürte den eigenen Herzschlag in den Schläfen pochen. In einen One-Night-Stand verliebte man sich nicht. So lautete das Gesetz. Schon gar nicht bei einem Altersunterschied von zwölf Jahren. Aber das Thema war erledigt.

Sie spannte die Schultern an und verließ Hannes Büro mit hocherhobenem Kopf, winkte ihr im Vorbeigehen kurz zu und ignorierte den Wohnmobilbesitzer, der sie grinsend musterte.

*

Natürlich war Rollos Andeutung, dass Torge den Tag plauschend mit liebeshungrigen Hausfrauen verbringen durfte, völliger Unsinn. Auch wenn ihm die Vorstellung, unbefriedigten Negligéträgerinnen am heimischen Küchentisch Trost zu spenden, durchaus gefallen hätte. Vielmehr hatte er sich bis zum Mittag weiter damit herumgeplagt, aus der Datenflut herauszufiltern, welche der Damen tatsächlich befragt werden mussten.

Die Nummer, die am häufigsten in Erscheinung trat, war die von Raymond Jarrs Arbeitgeberin, was sich leicht erklärte, da er nicht über einen zusätzlichen Festnetzanschluss verfügte. Bei *Guardian Shield Security* verkündete jedoch nur die Bandansage, dass das Büro derzeit nicht besetzt sei. Marion Brünings Stimme versprach einen umgehenden Rückruf, und Torge hinterließ seine Durchwahl nach dem obligatorischen Signalton.

Zwei der Anruferinnen auf der Liste stachen durch die eindeutigen SMS-Texte hervor, mit denen sie Jarr über Wochen beglückten. Sie vergötterten, jammerten, flehten, reimten – aber sie drohten nicht. Geantwortet hatte er offenbar nie, trotzdem verloren sie kein böses Wort.

Blieben weitere vier Nummern, die Raymond in der letzten Woche seines Lebens selbst angerufen hatte und die jeweils mit einer Kalendernotiz zusammenpassten. Der letzte Anruf an seinem Todestag gehörte zu einem Eintrag, der auf den heutigen Abend verwies. Eine Uhrzeit, ein Männername und ein fett markiertes ›D‹. Grübelnd kratzte Torge sich den Nacken. ›D‹ wie Düsseldorf? ›D‹ wie Dealer? ›D‹ wie dumm gelaufen? Gerade, als er erneut die Handynummer wählen wollte, um die Zeit bis zu Rollos Rückkehr von dem Ausflug zur Bank zu überbrücken, klingelte der Apparat auf seinem Schreibtisch.

»Kriminalhauptkommissar Hansen«, raunzte er, obwohl ihm die Unterbrechung eigentlich gelegen kam.

»Hola, Compañero, rate, was ich für dich gefunden habe! Make your guess, baby.« Maurizio Fabianis Stimme krähte vergnügt aus dem Hörer.

»Keine Ahnung.« Torges Kugelschreiber malte dicke Ds auf die Schreibtischunterlage.

»Mensch Junge, streng mal deine grauen Zellen an. Also: Wovon erwartest du, dass es der Erkennungsdienst deines Vertrauens sucht und findet?«

»Fingerabdrücke.«

»Möööp – leider falsch!« Maurizio machte eine erwartungsvolle Pause. »Los, noch mal.«

»Haare, Lippenstift, Zigarettenstummel voller Spucke?«

»Möööpmöööp – schon wieder falsch. It is très suspekt, was ich gefunden habe. Rien ne va plus. Last chance, colega!«

»Richtig – letzte Chance, Maurizio, sag es endlich, und hör auf hier rumzukauderwelschen. Du kannst weder Spanisch noch Französisch, und wenn du mir noch einmal ins Ohr möpst, komme ich rüber in dein Kabuff und dreh dir eigenhändig dein dürres Italienerhälschen um, capito?«

»Elender Rassist!«

»Von mir aus. Also, Fakten auf den Tisch.«

Fabiani sparte sich jeden Anflug eines Akzentes, als er weitersprach. »Ich habe hier einen absoluten Nullinger, wenn dir das was sagt. Rein gar nichts gefunden. Nicht im Schlafzimmer, nicht im Bad und auch nicht auf dem Flur. Übrigens kann ich Französisch verdammt gut, sagt jedenfalls meine Frau ...«

»Schnauze Casanova! Du meinst, du hast keine fremde DNA, keine Fasern an der Leiche, die von unserem Mörder stammen können? Dann hat also jemand sehr sauber und überlegt mit Handschuhen agiert.« Diese Informationen stützten seine These von einer gut durchdachten Tat. Aber schon wieder trötete Maurizio lautstark los.

»Möööp – 'tschuldigung, ich nehme das Möp zurück – aber damit liegst du so was von daneben. Der müsste schon ein Ganzkörperkondom getragen haben. Handschuhe reichen da nicht. Außer im Bett war kaum noch ein Hautschüppchen von eurem Toten zu finden. Völlig clean die Hütte. Abgesehen von ein paar Polizistenhaaren und den Fingerabdrücken der Nachbarin. Einen so sauberen Tatort hatte ich noch nie. Als wären unsere Jungs von der Spurensicherung schon durch gewesen mit ihren Fusselrollern und Klebefolien und hätten anschließend noch feucht aufgewischt, bevor ihr angekommen seid! Wenn du die Nummer der Putzfrau findest, die will ich haben. Unbedingt!«

Torge fuhr sich mit der Hand über Hals und Kinn; sofort böselten einige Bartstoppeln auf den Tisch, die er nachdenklich betrachtete.

»Grazie, Maurizio. Aber was heißt das jetzt, bezogen auf den Tatort? Kannst du mir sagen, ob der Mann in der Wohnung getötet wurde?«

Der Kriminaltechniker zögerte. »Sieht nicht danach aus. Wobei natürlich noch nicht restlos alle Analysedaten vorliegen. Also ohne Garantie. Nur wenn da Blut geflossen ist, habe ich nicht die geringste Ahnung, wo.«

Als Roland Brunner wenig später das Büro betrat, hockte Florian Marschall auf der Fensterbank, die schlaksige Gestalt zusammengeklappt wie ein halb geschlossenes Springmesser. Seine langen Beine ragten weit in den Raum, und in dem engen Spalt zwischen Bauch und Knien klemmte wie immer ein Laptop. Manchmal mutmaßte Rollo, dass die beiden direkt miteinander verkabelt waren und dass Marschall abends einen Akku unter der Schädeldecke hervorzog und ans Stromnetz legte wie andere Leute die falschen Zähne ins Wasserglas.

»Hast du keinen bequemeren Platz gefunden?«, fragte er zur Begrüßung und warf die Jacke auf einen der freien Stühle. Marschall grinste und hämmerte weiter auf seine Tastatur.

»Ich habe gern den Überblick. Von hier sehe ich die Tür und aus dem Augenwinkel den Parkplatz. Stühle sind für altgediente Weicheier.«

»Frecher Hund! Ich hoffe, ihr habt mir was Vernünftiges zu erzählen. Den Termin bei der Bank hätte ich mir sparen können. Die wissen nichts. Keine windigen Börsengeschäfte, kein heimliches Schließfach. Was sagt dein Klapperkasten dazu, Florian?«

»Nichts«, erwiderte Torge an dessen Stelle. »Und das ist auch das, was Maurizio für uns hat. Keine Spur, kein Blut – keine Ahnung auf der ganzen Linie!«

Rollo setzte die Mineralwasserflasche an, die immer auf seinem Schreibtisch stand, und trank im Stehen ein paar Schlucke, ehe er weiterfragte: »Und was machen deine Mädels?«

Torge schnaubte und deutete mit dem Daumen auf die Pinnwand hinter seinem Rücken, an der neben den Polaroidfotos ein paar Klebezettel befestigt waren.

»Von den liebeskranken SMS-Ladys weiß ich alles; von den Adressen bis zur Körbchengröße. Bei den anderen war es komplizierter, aber auch denen können wir gleich einen Besuch abstatten. Nur zu dem Mann und dem ominösen ›D‹ gibt es keinen weiteren Hinweis in den Handynotizen. Ich habe die Nummer angerufen, aber da springt nur die voreingestellte Mailbox an. Wenn du dazu einen Geistesblitz hast, nur raus damit.«

»Warum hast du die Nummer nicht einfach zurückverfolgt?«

»Habe ich versucht, ist aber nicht registriert. Unser Tastengenie war beschäftigt, also habe ich erst mal alle anderen Nummern abgeklappert. Zu dem ›D‹ fiel mir nur das Autokennzeichen ein. Oder es ist sein Kürzel für ein Date mit seinem Dealer.«

»Ein flotter Dreier vielleicht?«

»›D‹ ist auch der Name einer Programmiersprache«, schaltete sich Marschall ein. »Und das könnte vielleicht sogar was bedeuten. Ich habe ein paar seltsame Sachen auf Jarrs Rechner gefunden. Aber bevor ich irgendwelche haarsträubenden Theorien in die Welt setze: Wie ist der Name, der mit bei dem ›D‹ steht?«

»Jerome. Vermutlich auch ein Ami, genau wie Jarr«, mutmaßte Torge. »Oder ein Franzose?«

Marschalls Kopf verschwand sofort zwischen seinen Knien und dem Bildschirm. »Jerome D«, hörten Torge und Rollo ihn murmeln. »Hm, da kriege ich nur die Bücher von Salinger. Passt wohl eher nicht, oder?«

»Wer ist Salinger?«

Marschall antwortete nicht auf Rollos Rückfrage, sondern murmelte weiter. »Jerome Frankfurt.« Es folgte ein weiteres Klacken und dann ein triumphierendes »Ha!«, ehe er die Stimme hob. »*Jerome* Frankfurt – Kultur trifft Sinnlichkeit. Das ist ein Nachtklub!«

»Im Ernst?« Torge sprang auf und war mit wenigen Schritten bei ihm. »Gut gemacht, mein Lieblings-Nerd, lass dich knutschen.« Er drückte ihm einen schmatzenden Kuss auf die Stirn, den Marschall entgeistert mit der Faust wegrubbelte. »Bist du noch ganz dicht, Mann?«

Torge grinste breit. »Aber klar doch. Die Aussichten werden immer besser, mein Freund. Jetzt gehen der gute Onkel Rollo und ich ein paar verlassene Schnecken befragen, und heute Abend machen die großen Jungs freiwillig Überstunden. Nightlife und Tabledance.« Er schlug Marschall mit der flachen Hand auf die Schulter und deutete mit dem Kinn Richtung Laptop. »Komm schon, sag mir, dass das ein richtig heißer Schuppen ist!«

Rollo warf nun ebenfalls einen neugierigen Blick auf die Homepage. Allein die Farbgebung sah vielversprechend aus. Trotzdem versuchte er, Torges Übermut etwas zu bremsen.

»Bevor du Überstunden einplanst, müssen wir das mit AK absprechen, und die Eichhorn kommt nachher auch noch den Lagebericht abholen.«

»Schon klar. Wir müssen das AK nur richtig schmackhaft machen. Marschall, du hast vorhin etwas von einer abstrusen Idee angedeutet. Was ist das genau?«

»Ach, nicht so wichtig.« Florian Marschall fühlte sich sichtlich unwohl. »Ich denke, das hat nicht wirklich mit Jarrs Tod zu tun. War nur so ein Gedanke. Eher was für Verschwörungstheoretiker.«

Rollo zog die Augenbrauen hoch und musterte kritisch Torges höchst zufriedenen Gesichtsausdruck. »Du hast doch hoffentlich nicht vor, was ich glaube, dass du vorhast?«

»Und wenn doch?« Torge trommelte mit dem Zeigefinger auf Marschalls Laptop. »Mach mir eine Aufstellung von den Merkwürdigkeiten, die du gefunden hast, und von den Schlüssen, die man daraus ziehen kann. Worst-Case-Szenario. Du musst die Nummer nicht selbst abliefern, ich mache das schon.« *Mit dem größten Vergnügen*, ergänzte er in Gedanken. »Und jetzt, Kollege Brunner: Ran an die Weiber. Vielleicht erwischen wir nachher sogar noch unser ›D‹ am Telefon und wissen dann, nach wem wir in der Spelunke Ausschau halten müssen.«

*

Als an diesem Nachmittag Hiltrud vor ihrem Wohnwagen stand und etwas von Kaffee und Erdbeerkuchen säuselte, nahm Dorothee dankbar an. Alles war besser, als über den bevorstehenden Abend nachzudenken. Sie folgte Hiltruds trippelnden Schritten, sank in einen bequemen Liegestuhl und ertrug Rudis zutrauliche Zärtlichkeiten mit stoischer Ruhe. Der Zwergpudel wackelte statt mit dem Stummelschwänzchen mit dem ganzen Körper, hopste auf Dorothees Schoß und schleckte ihr mit seiner winzigen Zunge abwechselnd über die nackten Oberarme und den Hals.

Neben ihr saß Guntram, die dürren Beine ragten aus einer sehr kurzen Jeans, wie sie wohl in den frühen Siebzigern modern gewesen waren. Ein Original, wie Dorothee vermutete. Darüber trug er ein Feinrippunterhemd, das genug Raum für sein volles weißes Brusthaar freiließ. Er schaufelte für jeden ein Stück Kuchen auf die Teller, klatschte Sahne dazu und begann sehr geschickt, Dorothee über ihr bisheriges Leben auszufragen. Im lichten Schatten unter der gestreiften Markise versank sie in einem angenehmen Dämmerzustand und antwortete freimütiger, als sie eigentlich wollte.

»Heiko ist ein toller Mann«, nuschelte sie mit erdbeergefülltem Mund. »Mediziner mit eigener Praxis. Solide, zuverlässig, witzig. Und treu. Und schrecklich eifersüchtig. Da krieg ich einfach nicht genug Luft.«

Hiltrud nickte zustimmend und fütterte Rudi mit kleinen Biskuitbröckchen.

»Hier bist du richtig. Auf dem Campingplatz redet dir keiner rein. Leben und leben lassen, sag ich immer. Ist ein alter Spruch, stimmt aber trotzdem.«

Dorothees zweifelnder Gesichtsausdruck entging Guntram nicht.

»Ich weiß«, fügte er daraufhin an, »auf den ersten Blick sieht es anders aus. Und ein paar Zeitgenossen laufen hier natürlich auch rum, die meinen, sie wüssten alles besser. Aber mir zum Beispiel sind die bekloppten Gartenzwerge nebenan egal. Sollen sie doch dumm ins Gelände glotzen mit ihren aufgemalten Augen. Und dem Ernst, der die bei sich aufstellt, ist es wurscht, ob bei uns nachts der Wohnwagen wackelt oder nicht. Verstehst du, was ich meine? Dass der Ernst sich ab und zu eine Dame kommen lässt, damit bei ihm auch wieder mal was wackelt, wissen alle. Und? Wenn er genug Geld hat, soll er doch.«

Hiltrud schlug ihm missbilligend auf den Oberschenkel.

»Jetzt lass doch den Schweinkram sein!«, schimpfte sie, und packte Dorothee ein weiteres Stück Kuchen auf den Teller. »Ich versteh ja, dass es dich stört, wenn dein Herr Doktor dich einengt. Aber davon mal abgesehen, was ist mit der Liebe?«

Stumm streichelte Dorothee durch Rudis weiche Locken.

*

Verärgert zupfte Rollo einen Zettel nach dem anderen von der Pinnwand, bis sie wieder fast ebenso nackt aussah wie noch am Morgen. Eine Sackgasse nach der anderen. Jede der besuchten Damen konnte ein einwandfreies Alibi vorweisen, keine hatte ein ernst zu nehmendes Motiv. Außer den Leichenfotos blieb nur das ›D‹ übrig, das er mit einer roten Nadel in die Mitte hängte. In einer knappen halben Stunde war eine Besprechung mit Arno Kessler und Silvia Eichhorn angesetzt. Ihm graute davor, nichts Nennenswertes in der Hand zu haben. Bei ihrem ersten gemeinsamen Fall hatte die zierliche Brünette unmissverständlich klargestellt, wie man sich die weitere Zusammenarbeit mit ihr vorzustellen hatte.

»Wenn Sie sich bemüßigt sehen, sich über meinen Namen lustig zu machen, gebe ich Ihnen Folgendes zu bedenken: Eichhörnchen knacken Nüsse. Und das mache ich auch. Egal, ob harte, dumme oder, wenn es sein muss, auch haarige. Haben wir uns verstanden, meine Herren?«

Seitdem hegte Rollo nicht gerade große Sympathie für die Staatsanwältin. In Torge dagegen weckte diese Art der Ansprache einen gewissen Ehrgeiz.

Mit Florian Marschall im Schlepp rauschte er nun durch die Tür, riss den eben mittig ausgerichteten Zettel von der Wand und fläzte sich auf einen Stuhl.

»Wirf mal eins deiner Augen auf Marschalls Pamphlet, Rollo. Das reib ich AK nachher unters Näschen und dann keine

Gewähr, dass er nicht unmittelbar das BKA und die Terrorabwehr hier anrücken lässt. Aber zuerst knöpfe ich mir ›D‹ vor. Mann, ich habe dauernd diesen Tanzbären aus dem Fernsehen im Kopf, wenn ich den Buchstaben sehe!«

Während Rollo sich über Florians Ausarbeitung beugte, klemmte Torge den Telefonhörer zwischen Ohr und Schulter und tippte die Handynummer ein. Er erwartete nicht wirklich, diesmal etwas anderes als die blecherne Mailboxansage zu hören. Es knackte in der Leitung.

»Ja?«

Eindeutig ein Mann. Torge richtete sich unwillkürlich auf. In diesem einen kurzen Wort lagen Vorsicht und Aggression. Nur keinen Fehler machen.

»Mit wem spreche ich?«, fragte er zurück. Auf der anderen Seite hörte er unterdrücktes Schnaufen, als sei sein Gesprächspartner zum Telefon gerannt.

»Das wüsstest du gerne, was?« Nun lag ein hämischer Unterton in der Stimme. »Was willst du?«

Torge hob den Arm und fuchtelte mit der Hand herum, bis er sich der Aufmerksamkeit seiner Kollegen sicher war. Dann drückte er auf die Lautsprechertaste, um sie mithören zu lassen. »Ich will mit ›D‹ sprechen. Das ist doch ›Ds‹ Nummer.«

Ohne zu überlegen, hatte er den Buchstaben englisch ausgesprochen, *Di* – wie der Tänzer, den er nicht leiden konnte.

»Di? *Di* ist nicht da, kapiert? Und *Di* kommt auch nicht mehr!«, zischte der andere.

Torge überlegte hektisch. Die unverkennbare Wut des Mannes ließ sich offenbar kaum kontrollieren. Was, wenn er hier den Mörder am Apparat hatte? Konnte es sein, dass dem erst Raymond Jarr und dann womöglich dieser ›D‹ zum Opfer gefallen war?

»Alles klar. Habe verstanden. *Di* ist nicht da. Wir waren verabredet für heute Abend. Und …«

»Deinen Namen. Sonst sag ich nichts«, flüsterte der Unbekannte lauernd. Fragend schaute Torge von Rollo zu Florian, seine Lippen formten tonlos den Namen Raymond. Aber beide schüttelten den Kopf. Klar. Wenn der Typ der Mörder war, würde er die Lüge sofort erkennen. Also besser was anderes.

»Torge«, antwortete er leise, und sein Hals fühlte sich rau dabei an. »Mein Name ist Torge.«

»Torge?«, wiederholte der Mann. »Ich dachte …« Man hörte ein dumpfes Geräusch –, wie einen Faustschlag auf eine gepolsterte Unterlage, dann ein Wispern. »Egal. *Du* bist also *Torge*. Und du willst von mir wissen, ob sie heute Abend für dich da sein wird?«

Torge stutzte. Sie?

Unerwartet brüllte die Stimme los und überschlug sich dabei. »Du verfluchtes Arschloch! Sie heißt nicht *Di*, sie heißt Dorothee, und sie war verdammt noch mal *meine* Dorothee! Aber jetzt ist sie weg. Seit einer Woche. Ich habe sie rausgeschmissen, weil sie mit einem anderen rumgevögelt hat! Warst du das? Sag es mir! Warst du das? In unserer Wohnung. Auf *meiner* Couch habt ihr es getrieben. Ich bring dich um, wenn ich dich in die Finger kriege, du Dreckschwein! *Ich bring dich um.*«

In die folgende Stille hinein zischte Rollos Wasserflasche, bei der er den Deckel abdrehte. Das Freizeichen tutete gleichmäßig, bis Torge auflegte.

»Wow, das nenne ich eine Mordswut.«

»Und ein klassisches Motiv«, ergänzte Rollo. »Wobei – wenn er den Lover schon auf dem Gewissen hat …«

»Hätte er anders reagieren müssen, meinst du? Wer weiß, vielleicht hat er auch auf Verdacht zugeschlagen und geht demnächst in Serie? Er hat gestutzt bei meinem Namen – als ob er einen anderen erwartet hätte.«

Florian Marschall hämmerte auf die Tastatur seines Laptops. »Ich versuche gerade, das Handy zu orten und nachher noch was über den Telefonanbieter rauszukriegen. Wenn das nicht klappt, scheint mir die Partynacht wirklich eine gute Idee zu sein. Auf jeden Fall habt ihr nach dem Gespräch eben genug Argumente für Arno, dass ›D‹ einen ganz genauen Blick wert ist.«

»Stimmt. Das ist ein gutes Stichwort. Arno knöpfe ich mir gleich noch allein vor, wenn's recht ist. Dann hat der schon ordentlich Feuer, wenn die Eichhorn aufkreuzt.«

»Nur zu.« Rollo lehnte sich in seinem Schreibtischstuhl zurück und zog das Telefon näher. »Dann sag ich meiner Frau Bescheid, dass ich mich dienstlich amüsieren gehen muss und sie mir die Discohose aufbügeln soll.«

»Sehr brav, Kollege. Bestell ihr Grüße, und ich passe auf dich auf.«

Torge schnappte sich Marschalls Ausarbeitung und zog los. Sein Vorhaben für den Abend durchzusetzen sollte kein Problem sein, wenn er AK dieses Leckerli vor die Füße warf.

»Kann ich reinkommen, AK? Wir haben da was, das solltest du wissen, bevor Frau Eichhorn da ist.« Noch an der Tür stehend, machte er ein bekümmertes Gesicht.

Überrascht hob Kessler die Augenbrauen. »Und wieso?«

Torge legte die Unterlagen vor ihm auf den Schreibtisch.

»Marschall hat Jarrs Computer gründlich unter die Lupe genommen. Der Typ war viel im Internet unterwegs. Es sind ein paar Pornos drauf – nichts von Belang –, aber in seinem Browserverlauf finden sich auch etliche amerikanische Websites. Darunter Ministerien, Sicherheitsdienste, die Army und einige paramilitärische Gruppierungen, Waffenhersteller, irgendwas mit Sprengstoff … Seine E-Mail-Liste ist endlos. Die auszuwerten kann Tage dauern, wenn wir das überprüfen sollen. Mein Englisch ist zwar nicht übel, aber …« Er wiegte zweifelnd den Kopf und ließ den Satz unvollendet.

Kessler befeuchtete seine Lippen und räusperte sich ausgiebig. »Gib den Kram rüber. Du hast recht, das müssen wir anders organisieren.«

Torge konnte förmlich sehen, was sich hinter AKs Stirn abspielte: ein Agententhriller à la James Bond, internationale Spionage – Watergate ein Dreck dagegen.

Und in weniger als zwei Minuten erwartete sein heiß geliebter Leiter der Mordkommission die Staatsanwältin zur Visite. Kesslers Hand legte sich beschwichtigend auf Torges Arm. »Mach dir keine Gedanken – das übernehme ich. Nachdem ich ein Jahr in den Staaten gewesen bin, ist die Sprache kein Problem. Außerdem habe ich dort immer noch viele Freunde, gute *Connections*.«

Als ob das jemals einer der Kollegen vergessen könnte. Aus Amerika hatte er auch die Verkürzung seines Namens auf AK mitgebracht, was er unglaublich cool fand.

»Habt ihr sonst noch was?«

»Das wüsste ich auch gern. Guten Abend, die Herren.« In der Türöffnung lehnte Silvia Eichhorn und tippte demonstrativ mit einem Fingernagel auf das Ziffernblatt ihrer schmalen Armbanduhr. »Ich bin keine Sekunde zu spät, und Sie fangen trotzdem ohne mich an?«

Torge konnte sich ein Grinsen nicht verkneifen.

»Ich hole dann mal den Rest des Teams.« Er schob sich an ihr vorbei und pfiff durchdringend auf den Fingern. Sämtliche Türen auf dem Flur öffneten sich, Köpfe wurden herausgestreckt, und er musste nur noch Rollo und Marschall herüberwinken. Bei den anderen entschuldigte er sich halbherzig, mit einem Schulterzucken und dem Fingerzeig auf die Staatsanwältin.

Normalerweise hätten sie die Besprechung nicht in Kesslers Büro, sondern vor der Info-Pinnwand geführt, doch Torge erschien der Schachzug günstig, um die magere Ausbeute verbal aufzuplustern. Die internationale Verschwörung brauchte zunächst noch etwas Spielraum, um sich in AKs Kopf entfalten zu können. Garantiert konnte der daraus noch eine Verbindung zu Gottfried Puchinger herleiten – oder zu einer terroristischen Schläferzelle. Für Torge sah die Sache völlig anders aus, aber das behielt er für sich. Ihm kam es entgegen, wenn AK sich an der Amerika-Sache festsaugte wie ein hungriger Blutegel. Falls doch etwas dran war, hatte er ohnehin wenig Lust, in diese Richtung zu ermitteln. Seine politische Grundhaltung war nur selten mit dienstlichen Notwendigkeiten kompatibel.

Eifrig rückte derweil Kessler einen Stuhl für die Staatsanwältin zurecht. Marschall hockte sich gewohnheitsmäßig aufs Fensterbrett, Rollo lehnte sich an den Schrank, und Torge besetzte eine Ecke des Schreibtisches.

Nach einigen einleitenden Worten übergab Kessler an Torge.

»Im Augenblick haben wir nur eine einigermaßen heiße Spur bezüglich einer Frau, mit der Raymond Jarr vermutlich sexuellen Kontakt hatte. Sie war die Letzte, die er vor seinem Tod angerufen hat. Daraus ergibt sich ein Motiv für den zugehörigen Ehemann oder Lebenspartner; wie die Beziehung genau aussieht, wissen wir noch nicht. Leider haben wir von ihr nur einen Vornamen, aber keine Adresse. Oder hast du dazu noch was Neues für uns, Florian?«

Marschall schüttelte den Kopf. »Bei der Telefongesellschaft werde ich nur von einer Warteschleife in die nächste verschoben. Die Service-Hotlines dort sind chronisch unterbesetzt, und orten lässt sich das Mobiltelefon auch nicht. Ist jetzt komplett ausgeschaltet.«

»Mist. Ich hatte gehofft, wir könnten das noch vor Feierabend vom Schreibtisch aus klären.« Torges Hand verschwand in der Hosentasche und tastete nach seinem Talisman. Die Berührung entspannte ihn. Für ihn war eindeutig Dorothee ›D‹ die aussichtsreichste Fährte. Er wollte keine Informationen zurückhalten, das verbot sein Selbstverständnis als Polizist, aber er konnte sie ein wenig unattraktiver präsentieren, damit AK nicht merkte, wie scharf er darauf war, den Job zu kriegen. »Also bleibt es leider vorerst dabei: Ihr vollständiger Name und ihr Aufenthaltsort sind uns derzeit unbekannt. Doch wir wissen, dass sie für heute Abend einundzwanzig Uhr dreißig mit dem Opfer verabredet war. Und wir wissen auch, wo.«

»Das ist gut! Da müssen Sie unbedingt jemanden hinschicken, Kessler.« Silvia Eichhorn spielte Torge den richtigen Ball zu.

»Wenn die Frau aufkreuzt, ist das fast so gut wie ein Alibi. Wer kommt schon zum Date mit einem Toten? Also, wenn sie es weiß. Und wenn sie die Mörderin wäre, wüsste sie es natürlich und käme nicht. Das ist eine einfache Sache, da kannst du jeden Schutzpolizisten hinschicken, AK.«

Irritiert schauten die anderen ihn an. Kessler schüttelte ungläubig den Kopf, aber Rollo begriff. Schnell senkte er den Blick auf seine Schuhspitzen.

»Mensch, Torge! Viel verdächtiger ist doch der Mann. Das hast du gerade selbst gesagt. Und wenn wir die Frau haben, kriegen wir ihn auch. Außerdem kann es durchaus noch etwas anderes bedeuten, wenn sie kommt!«

Silvia Eichhorn überkreuzte die Beine, und Torge bedauerte, dass sie, wie so oft, einen Hosenanzug trug. Ihre Waden waren sensationell. Erwartungsvoll schaute sie Kessler an, der nur zu gerne weitersprach.

»Es könnte bedeuten, dass sie gerissen ist und sich sehr sicher fühlt. Ein organisierter Täter, wie im vorliegenden Fall, würde selbstverständlich die Überlegungen der Polizei in die eigenen Planungen mit einbeziehen. Darüber haben wir doch gestern schon gesprochen. Die Tat geschah nicht im Affekt, das Opfer wurde vielmehr emotionslos hingerichtet.«

Nun blieb sogar Torge kurzfristig die Sprache weg. Dieser elende Opportunist verwendete *seine* Argumente, um vor der Eichhorn zu glänzen! In Gedanken polierte er seine Stiefel, um AK im geeigneten Moment den finalen Tritt zu verpassen. Langsam atmete er tief durch. Immerhin bereitete AK gerade unwissentlich genau das vor, worauf Torge hinauswollte. Er gab sich kleinlaut.

»Okay, also wird sie von uns umgehend zur Vernehmung hergebracht?«

Kessler legte sinnierend die Fingerspitzen gegeneinander.

»Observieren«, sagte er dann. »Beobachten. Aushorchen. Da sehe ich die größere Chance, einen entscheidenden Hinweis zu erhalten. Wenn ihr sie offiziell einvernehmt, haben wir nur begrenzte Möglichkeiten zur Befragung. Wie sehen Sie das, Frau Eichhorn?«

»Was Sie haben, ist mehr als dürftig, meine Herren. Von Beweisen will ich da gar nicht reden. Das reicht nie und nimmer für einen Haftbefehl. Liefern Sie mir etwas Handfestes.«

»Ähm, Arno, ›observieren und aushorchen‹ heißt jetzt, wer

genau?« Florian Marschall hob den Zeigefinger, wie ein unsicherer Pennäler.

Kessler warf ihm einen beinahe entschuldigenden Blick zu. »Tut mir leid, in dem Fall sind die alten Haudegen gefragt. Aber ich verspreche, eines Tages kommst du auch noch dran.«

Torge stöhnte demonstrativ. »Oh nö, AK – undercover, oder was? Ausgerechnet heute?«

»Da geht kein Weg dran vorbei. Ihr habt jetzt noch ein paar Stunden Pause, bis ihr losmüsst. Oder gibt es von Ihrer Seite irgendwelche Einwände gegen dieses Vorgehen, Frau Staatsanwältin?« Zu Marschall gewandt fügte er hinzu: »Dich brauche ich wegen der anderen Sache viel dringender hier. Nichts für ungut Jungs, aber …«

»Welche andere Sache?« Silvia Eichhorn beugte sich neugierig ein Stück nach vorn. »Ich dachte, das eben war schon Ihre heiße Spur, Kessler?«

»Mitnichten. Ich habe da eine Theorie, die in eine gänzlich andere Richtung weist. Marschall, hol mir doch mal dieses Flipchart, dann kann ich das besser verdeutlichen. Rollo und Torge, ich denke, euch brauchen wir nicht mehr. Wir sehen uns morgen früh, Punkt acht, zum Update. Für Notfälle«, er klopfte auf die Brusttasche seines Jacketts, »habt ihr meine Nummer. Allzeit bereit.«

Vor der geschlossenen Tür blieb Torge stehen, hob drei Finger der rechten Hand zum Pfadfindergruß und grinste. »Allzeit bereit. Ist er nicht umwerfend, unser Häuptling?«

*

Ein kurzes, aber heftiges Sommergewitter schwemmte die Hitze des Tages davon. Im Kellergewölbe des *Jerome* war von der nachfolgenden kühleren Luft jedoch nichts zu spüren. Klebrige Schwüle verstärkte das Verlangen nach eiskalten Getränken. Erst nach neun Uhr begann sich die Bar ganz langsam zu füllen. Aus den Boxen erklang Achtzigerjahre-Musik, und auf der noch ungenutzten Tanzfläche blinkten bunte Lichteffekte. Dorothee und Grit saßen gegenüber der Theke, direkt neben dem Durchgang zum Raucherraum. Nicht weil sie der Rauch gestört hätte, sondern weil sich von diesem Platz aus die perfekte Sicht auf alle Neuankömmlinge bot. Dorothee lehnte den Rücken in die Nische. Die Steine des Mauerwerks drückten, und wenn sie sich unvorsichtig bewegte, zerkratzte sie sich die nackten Schultern. Das einfache schwarze Trägertop war das einzige halbwegs zum Anlass passende Kleidungsstück, das sie im Augenblick besaß.

»Frischfleisch!«, raunte Grit ihr jedes Mal zu, wenn ein weiterer Gast die letzte Treppenstufe herunterkam.

Der Inhaber, Christian, empfing alle weiblichen Gäste galant mit einem formvollendeten Handkuss. Ein Gentleman, der es verstand, jeder Frau das Gefühl zu geben, etwas Besonderes zu sein. Aber Dorothee war heute dafür nicht empfänglich und fand auch wenig Gefallen an den üblichen Lästereien.

»Du wirst jetzt aber nicht den ganzen Abend so ein Gesicht ziehen, oder?« Grit knuffte sie in die Seite. »Noch ist zwar kein George Clooney in den Katakomben angekommen, aber das ist kein Grund, so miesepetrig zu gucken. Der Abend ist noch jung.«

Dorothee rang sich ein Lächeln ab, und Grit hob zufrieden ihr Glas, um mit ihr anzustoßen.

»Geht doch! Hey, da sind schon wieder zwei. Endlich mal echte Männer und keine schlipsigen Bubis, die hier nur After-Work-Chill-out betreiben.«

Wohlgefällig musterte sie die Neuankömmlinge, die sich kurz umschauten und dann direkt an der Bar zwei Hocker besetzten.

»Mist, jetzt sehen wir nur noch die Rücken.« Grit stocherte aufgeregt mit dem Strohhalm in ihren Eiswürfeln herum. »Die Zwei angeln wir uns, Dorothee. Wenn nichts Besseres mehr auftaucht, ist das die Aufgabe heute: Flirten, bis ein Drink rausspringt oder die Burschen willig sind, uns auf die Tanzfläche zu folgen.«

*

Aufmerksam studierte Torge die Getränkekarte, während Rollo seinen ersten Eindruck formulierte: »Nettes Ambiente, aber wohl leider doch ohne Tabledance. Und bezahlte Damen scheint es auch nicht zu geben.«

»Dafür haben sie gesalzene Preise. Was soll's? Wir sind im Dienst, ich werde die Rechnung einreichen.« Torge legte die Karte beiseite und bestellte zwei alkoholfreie Pils. »Immerhin kostet der Laden heute keinen Eintritt.«

Eine Weile tranken sie schweigend und beobachteten die anderen Gäste.

»Viel Stammpublikum, viel Leder, heiße Outfits«, fasste Torge dann zusammen. Erst beim zweiten Hinsehen hatte er an den Wänden die Zeichnungen und Gemälde mit erotischen Motiven bemerkt – und die unauffällig angebrachten Eisenringe. Beides brachte seine Fantasie auf Touren. »Dass die Bedienung ein Halsband mit einem Ring daran trägt, ist dann sicher auch kein Zufall.«

Rollo lachte leise. »Sehr genau hast du dir die Internetseite nicht angesehen, oder? Hier tagt einmal im Monat der Fußfetischisten-Stammtisch. Damit ist doch alles gesagt. Hast du schon eine Idee, wie wir das Zielobjekt ausfindig machen? Eine Runde Speeddating quer durch den Saal und jede Frau nach ihrem Namen fragen wäre ein bisschen platt. Und die Polizeimarke auspacken wollten wir ja nicht.«

Torge schaute auf die Uhr. Noch zehn Minuten bis zum offiziellen Date des Toten mit der geheimnisvollen Dorothee. Er winkte die spindeldürre Bedienung zu sich, die ihn freundlich anlächelte.

»Ich bin ein Freund von Raymond«, behauptete er und schaute ihr tief in die Augen, die sofort erkennen ließen, dass sie wusste, von wem er sprach. »Wo finde ich Dorothee? Ich muss ihr sagen, dass er heute nicht kommen kann.«

*

Grit nuckelte den letzten Rest aus ihrem Cocktailglas und ließ dabei die beiden Männer an der Theke nicht aus den Augen. »Welchen findest du attraktiver, den Großen oder den Sportlichen? Sind beide nicht übel, schon sexy …«

»Wenn du die weiter so anglotzt, gehe ich. Das ist peinlich, Grit.« Dorothee wäre am liebsten unter dem Tisch verschwunden.

»Sag schon. Der Große scheint einiges an Muskeln zu haben. Der andere ist eher drahtig. Gar nicht so leicht zu entscheiden. Ich tippe bei dir auf den Großen.«

»Das ist kein Mann, das ist ein Brocken. Und ich fürchte, was du für Muskeln hältst, ist aus der Nähe betrachtet etwas ganz anderes.« Gerade jetzt setzten die Männer sich in Bewegung, und Dorothee spürte ein verräterisches Brennen im Nacken, wie immer, wenn sie nicht aufrichtig war.

»Ich muss aufs Klo.« Sie schubste Grit vom Stuhl und flüchtete. Der Brocken streifte sie im Vorübergehen, und sie atmete erst wieder aus, als sie vor dem Spiegel in ihre eigenen weit aufgerissenen Augen starrte.

»Was zum Teufel machst du hier, du blöde Kuh? Keine Männer. Keine Komplikationen. Kein Flirt!«, keifte sie laut.

Hinter ihr öffnete sich eine der Kabinen, und eine wunderschöne Blondine mit Beinen bis zum Hals grinste sie an.

»Leben ohne Flirts ist aber leider langweilig«, sagte sie mitfühlend mit weichem dunklen Timbre und wusch sich die Hände, während Dorothee sich gegen eines der Waschbecken lehnte und die Arme vor der Brust verschränkte. »Und ohne Männer ist es das auch.«

Die Blonde zog den Lippenstift nach und richtete dann ihren hautengen Lederrock und die Strumpfhose darunter. Dorothee sah deutlicher, als sie wollte, dass diese ein beachtliches Geheimnis beherbergte. Sie überlegte, wie oft sich Männer wohl in ihrem Gegenüber irrten und sich urplötzlich mit einer echten Überraschung konfrontiert sahen. Im Vergleich dazu schienen ihr die bevorstehenden Komplikationen, die sie bei Grits Flirtexzess erwarteten, doch überschaubar.

Als sie an den Tisch in der Nische zurückkehrte, war Grit nicht mehr allein. Sie war in die Ecke gerutscht, und der Brocken belagerte den Stuhl neben ihr. Der andere saß Grit gegenüber, sodass für sie keine Wahl blieb.

»Na endlich!« Die Stimme ihrer Freundin strotzte vor Übermut. »Kaum warst du weg, haben sich hier die heißesten Männer des Abends angepirscht.«

»Vielleicht sollte ich dann besser wieder gehen?«, murmelte Dorothee mit schiefem Lächeln, aber Grit nahm keine Notiz davon.

»Darf ich vorstellen: Torge und Roland – Rollo. Ich hätte die Namen glatt falsch herum zugeordnet. Aber die Jungs sind richtig gut beim Raten. Denen war gleich klar, dass ich Dorothee bin!« Grit zwinkerte verschwörerisch, und Dorothee nickte widerwillig.

»Ah-ja. Und woran habt ihr das so scharfsinnig erkannt?«

»Instinkt«, brummte der Brocken, und Grit, die nun plötzlich nicht mehr Grit hieß, lachte viel zu laut.

»Der Name passt einfach zu ihr«, erklärte Roland jetzt. »Du siehst eher aus wie eine Grit. Ein bisschen zurückhaltender, besonnener. Eine Dorothee hingegen steht dauernd unter Strom.«

»Da hörst du es! Ich wusste es schon immer. Manche Männer sind einfach unglaublich clever.«

»Unglaublich. Allerdings.« Dorothees Begeisterung für den spontanen Namenswechsel hielt sich in Grenzen. Sie war also die Besonnene; das war ja wohl nur die schmeichelhafte Umschreibung für langweilig.

Ihr Blick richtete sich auf Rollos Uhr. Halb zehn. Jetzt. Genau jetzt hatte Raymond sie treffen wollen. Hier. Ihre Nackenhaare richteten sich auf, und sie schielte unauffällig in Richtung Eingang. Keine Bewegung auf der Treppe.

»Und was macht ihr so, wenn ihr nicht durch Bars zieht und Namen erratet?«, erkundigte sie sich, obwohl ihr die Antwort eigentlich völlig egal war. Nur Grit zuliebe war sie bereit, das Spiel eine Weile mitzuspielen, um sich abzulenken.

»Ach, gar nichts Besonderes. Arbeiten eben.«

Die Hand mit der Uhr trug einen Ehering am Finger. Aha. Noch so einer wie sie. Ein Betrüger. Dorothee schaute ihn genauer an. Sanfte braune Augen, Lachfältchen, ein Hauch von Verlegenheit. Nein, der wollte nicht fremdgehen. Sie trank den Rest ihres Cocktails in einem Zug. Keine Gefahr, für niemanden. Sie schob ihren Arm ein wenig näher, bis ihr Ellbogen seinen berührte.

*

Torge beobachtete die Frauen sehr genau. Die quirlige kleine Dorothee mit der blondierten Wuschelfrisur wirkte ein wenig mannstoll und quietschvergnügt. Sie war ganz bei der Sache und verschwendete offenbar keinen Gedanken an Raymond Jarr, was ihn irritierte. Ihre Freundin, die ihn beinahe über den Haufen gerannt hatte, war dagegen spröde und zugeknöpft. Ihr Flirt mit Rollo machte einen gezwungenen, halbherzigen Eindruck. Außerdem war sie nervös geworden, und zwar genau um die Zeit, als Raymond Jarr hätte kommen müssen. Und sie vermied jeden Augenkontakt mit ihm, während Dorothee ihn hemmungslos anschmachtete.

Er war hier goldrichtig. Denn hier stimmte etwas nicht.

An der Theke holte er vier Schnäpse, auf eigene Rechnung. Offiziell mussten Rollo und er stocknüchtern bleiben. Aber es konnte hilfreich sein, die Damen ein wenig zu benebeln. Er blieb neben dem Barhocker stehen, denn es war unbequem, die langen Beine unter den Tisch zu klemmen. Sie stießen an, tranken, schüttelten sich kollektiv, lachten. Vielleicht konnte er so auch bei der kühlen Grit das Eis brechen.

Automatisch rutschte seine Hand in die Hosentasche und suchte den Glücksbringer, während er nachdachte.

*

»Da ist wohl nicht drin, was du suchst. Oder es ist kleiner, als du denkst. Viel kleiner.« Dorothee hätte sich am liebsten die

Zunge abgebissen. Ausgerechnet ihr musste dieser saublöde Spruch entschlüpfen, und ausgerechnet jetzt schaffte sie es nicht, den hellen grauen Augen auszuweichen.

Ein unverschämtes Lächeln zuckte über Torges Gesicht. »Glaub mir, in dieser Hose findest du alles, was du brauchst. Absolut alles. Da bleiben keine Wünsche offen.« Dann knallte er mit seiner großen Bärenpranke einen dicken Schlüsselbund auf den Tisch. Sprachlos starrte Dorothee ihn an. Erst den Schlüsselbund, dann wieder den Mann.

Grit klappte vor Lachen beinahe zusammen und presste die Knie gegeneinander. »Dieser Blick, Doro…« Sie prustete und japste nach Luft, dann wurde ihr der Fehler offenbar bewusst. »Dorotheemäßig – unbedingt. Solche Knaller passieren sonst immer mir. Ich mach mir gleich in die Hose!«

Torge trat eilig einen Schritt zur Seite, um sie durchzulassen, und Grit grapschte zuerst nach ihrer Tasche, dann nach Dorothees Hand. »Mitkommen!«

Auf diesen Kommandoton stand sie definitiv noch weniger als auf den Rest der lächerlichen Nummer, die Grit hier aufführte. Dorothee spürte den unwiderstehlichen Drang, sie zu treten und sich loszureißen, doch Grit zerrte sie erbarmungslos hinter sich her zur Toilette.

»Der Brüller, der absolute Brüller! *In dieser Hose findest du alles, was du brauchst.* Die zwei Schätzchen sind ein echter Glücksgriff, oder?«, fiepte Grit, sobald die Tür hinter ihr ins Schloss gefallen war.

»Oh ja, ich lach mich schlapp.« Dorothee zog eine Grimasse. »Was soll der Mist mit den vertauschten Namen?«

»Wieso? Ist doch lustig. Außerdem waren sie so stolz.«

Dorothee warf genervt die Hände in die Luft. »So stolz! Mann, die hätten sich genauso gefreut, wenn sie falschgelegen hätten, einfach nur, weil du mit ihnen redest. Kapierst du das nicht? Das sind doch alles nur billigste Anmachspielchen.«

»Klar. Weiß ich doch, war ja schließlich meine Idee, dass sie raten sollen.« Grit strahlte weiter. »Aber du musst zugeben, dieser Torge ist ein echtes Schnittchen – Sahne-Kirsch, sag ich dir!«

»Schnittchen?« Dorothee wäre so manche Bezeichnung eingefallen, aber die garantiert nicht. Im Spiegel entdeckte sie einige graue Haare im ausgewaschenen Braun ihrer Locken. »Verdirb dir bloß nicht den Magen dran; der steht kurz vor Ablauf des Haltbarkeitsdatums.« *Genau wie du*, flüsterte die graue Strähne ihr zu. *Ganz genau wie du.* Sie warf die Klotür hinter sich zu und plumpste auf die Schüssel. Dann kamen ihr die Tränen.

»Dorothee? Was hast du denn?«

Das ging niemanden etwas an. Sie hatte alles vermasselt, das mit Heiko – und Ray … Damit musste sie allein klarkommen. Schweigend wartete sie, bis Grit das Fragen und Klopfen aufgab, und beseitigte dann gründlich die Spuren ihres Heulanfalls.

Als sie sich wieder zurückwagte, war Grit damit beschäftigt, mit leidenschaftlichen Hüftschwüngen um Torge herumzuhopsen. Immerhin nutzten sie für ihren Balztanz die dafür vorgesehene Fläche. Dorothee gesellte sich zu Rollo, der das wilde Gehampel ihrer Freundin und das etwas schwerfällige Staksen seines Kumpels aus der Ferne beobachtete.

»War nicht deine Idee, heute hierherzukommen, oder?«

Rollo hob entschuldigend die Achseln. »Sieht man mir das so sehr an? Ist nicht wirklich meine Welt. Ein bisschen … exotisch, das alles.« Er reichte Dorothee ein Cocktailglas. »Wir haben noch mal nachbestellt. Ich hoffe, das war okay.«

Seine unaufdringliche Art war ihr sympathisch, und sie nickte. Mit ihm allein zu reden fiel ihr viel leichter, und sie prostete ihm zu. Es dauerte keine fünf Minuten, bis Rollo sich verplapperte und von seiner Frau erzählte. Dorothee legte ihm tröstend die Hand auf den Arm.

»Schon in Ordnung. Ich habe deinen Ring gleich gesehen.« Und dann kam ihr ein kleiner gemeiner Gedanke, der sich herausmogelte, bevor sie ihn aufhalten konnte. »Weißt du, ich bin auch verheiratet. Aber ich fände es trotzdem schön, wenn wir in Kontakt bleiben könnten. Ich schreib dir meine Nummer auf, vielleicht gehen wir mal wieder was trinken.« Aus den Untiefen ihrer Tasche zog sie Zettel und Stift und notierte fein säuberlich Grits Namen und Nummer. »Ruf mich einfach an.«

Genauso freigiebig hatte Grit Dorothees Nummer an Raymond weitergegeben. Als die Welt noch in Ordnung gewesen war.

Rollo nahm das Blatt verblüfft entgegen. »Heißt das, dass du jetzt gehst?«

»Ja. Das heißt es.« Sie hauchte ihm ein Küsschen auf die Wange, zahlte ihre Rechnung und beeilte sich, die Treppe hinaufzukommen, ohne dass Grit es bemerkte.

Draußen sog sie tief die regenfeuchte Nachtluft ein. Es gab ein Leben nach Heiko. Es gab ein Leben nach Raymond.

Aber noch war sie nicht bereit dafür.

Freitag

Als Erstes sah er die Pumps. Dann die schmalen Knöchel und die schlanken Beine, die unter dem schwarzen Rocksaum direkt ins Paradies führten. Torge schlug hart mit dem Hinterkopf gegen die Unterkante des Schreibtischs, als er sich aufrichtete. Der Schmerz brachte ihn augenblicklich zurück in die Realität. Dieses Paradies war garantiert den Masochisten vorbehalten. Staatsanwältin Eichhorns Blick ruhte wohlgefällig auf seinem am Boden kauernden Körper. Diese Haltung erschien ihr offenbar durchaus angemessen für ihn.

»Guten Morgen, Herr Hansen. Verstecken sich Ihre Kollegen auch unter den Tischen, wenn ich hereinkomme, oder habe ich mich in der Tür geirrt?«

Ungelenk entfaltete Torge sich zur vollen Größe. Die Tanzerei mit der wilden Dorothee hatte ihm ganz schön zugesetzt. Immerhin war er anschließend wie tot ins Bett und sofort in tiefen Schlaf gefallen. Seit Tagen zum ersten Mal. Auch bei Dorothee gab es für ihn begründete Zweifel, ob man am Ende ihrer Beine im Paradies landete. Das Temperament sprach eher für einen schweißtreibenden Höllentrip. Und wenn er an Raymond Jarr dachte, löste man für diesen Trip eventuell ein One-Way-Ticket.

»Falsche Tür«, erklärte er kurz und schob noch hastig ein »Guten Morgen« nach, um nicht allzu unhöflich zu wirken.

Er packte den zuvor abgestürzten Papierstapel wieder auf den Tisch und folgte Silvia Eichhorns wiegendem Gang. Dann kehrte er noch einmal um, griff seinen Schlüssel und stopfte ihn in die Hosentasche. Alles drin, was ein Mann so braucht, liebe Grit. Er grinste gut gelaunt.

Wenige Minuten später fasste Rollo den vergangenen Abend so neutral wie möglich zusammen. »Die Zielperson ausfindig zu machen war nicht weiter schwierig. Die Dame heißt mit vollem Namen Dorothee Löblich, wie wir inzwischen wissen. Sie wurde von einer Freundin begleitet. Grit Steinhagen. Wir konnten kein besonders auffälliges Verhalten bei Frau Löblich feststellen.«

Bei diesem Satz konnte Torge nur mit Mühe ein Lachen zurückhalten. Als unauffällig konnte man die Frau und ihr Verhalten wahrlich auch nicht bezeichnen.

»Zumindest nichts, was auf den ersten Blick darauf hindeutet, dass sie einen Mord auf dem Gewissen hat«, präzisierte Rollo nun. »Allerdings hat sie definitiv nicht auf Raymond Jarr gewartet, was wiederum bedeuten könnte, dass sie aus besagtem Grund nicht mit seinem Erscheinen rechnete.«

Ungeduldig fuchtelte Silvia Eichhorn mit der Hand herum, als könne sie so das Band ein Stück vorspulen.

»Und das heißt? Fazit? Erkenntnisse?«

»Ganz einfach.« Torge angelte nach der vorsorglich mitgebrachten Kaffeekanne und ließ sich betont Zeit mit der Antwort. »Sie hat uns nicht überzeugt. Weder von ihrer Schuld noch von ihrer Unschuld.«

»Dann war die ganze Aktion für die Katz! Und Sie, meine Herren, haben Steuergelder verpulvert.«

»Nicht doch.« Der Kaffee plätscherte gemächlich in die Tasse. »Wir haben Namen und Adressen beziehungsweise Telefonnummern von beiden Frauen. Diese Grit Steinhagen könnte auch interessant sein. Die zwei bilden ein typisches Gespann: ein heißer Reifen und ein Blaustrumpf.«

Fragend schauten die anderen ihn an.

»Kommt schon, Leute, das kennt man doch! Die eine kriegt jeden Kerl, und die andere guckt dauernd in die Röhre. Und damit hätten wir noch eine Person mit möglichem Eifersuchtsmotiv. Schon klar, egal, welche der beiden man sich als Täterin vorstellt, klingt es doch zunächst nach einem eindeutigen Kräfteverhältnis: eine Frau gegen einen durchtrainierten Bodyguard. Professor Radeberger hat offiziell den aufgeschlitzten Hals zur Todesursache erklärt. Es gibt aber laut Obduktionsbericht Anzeichen für eine leichte Kopfverletzung von einem Sturz oder einem Schlag. Nichts Gravierendes, keine große Gewalteinwirkung, es könnte ihn aber überrascht und so außer Gefecht gesetzt haben. Und wenn jemand benommen am Boden liegt …«

Arno Kessler saß in Gedanken versunken in seinem Stuhl und wippte mit der Lehne langsam vor und zurück.

»Was ist mit dem Mann am Handy?«, fragte er dann, ungewohnt kurz und sachlich.

»Fehlanzeige. Da haben wir noch keinen Namen. Löblich heißt er nach meinen Recherchen jedenfalls nicht«, erklärte Florian Marschall. »Die Frau ist unverheiratet.«

»Aber der kommt natürlich nach wie vor auch als Täter infrage. Mein Vorschlag: Wir holen Dorothee heute zur Vernehmung. Zunächst als mögliche Zeugin.« Torge hob die Hand, als die Staatsanwältin schon wieder den Mund öffnete, um zu intervenieren, und setzte zu einer weiteren Erklärung an. »Ich weiß, gestern haben wir etwas anderes gesagt. Heute denke ich eher an ein zweigleisiges Vorgehen. AK und Marschall knöpfen sich die Dame vor. Falls ihr sie nicht direkt zu fassen kriegt, weil sie sich nicht verdächtig macht oder verplappert, führt uns die Vernehmung zumindest zu dem zugehörigen wütenden Ex.

Und wenn bei dem nichts zu holen ist, bleiben Rollo und ich weiter an ihr dran. Von mir aus rund um die Uhr. Aber das setzt voraus, dass wir unsere Tarnung aufrechterhalten.«

Dass Kessler keine Lust hatte, sich in die Niederungen der Befragung einer potenziellen Verdächtigen herabzulassen, konnte man an der griesgrämigen Furche auf seiner Stirn ablesen. Aber Rollo fand die passenden Worte zur Besänftigung.

»Keine schlechte Idee. AK, für dich ist das doch eine Kleinigkeit. Die Frau knackst du in ein paar Minuten – mit deiner Erfahrung. Uns würde sie vermutlich gleich die Augen auskratzen, weil wir ihr gestern was vorgemacht haben. Da wäre nicht mit Kooperation zu rechnen. Aber wenn es tatsächlich um den Mann geht, übernehmen wir selbstverständlich wieder.«

In Zeitlupentempo nickte Kessler. »Okay. Dann aber sofort. Lasst die Frau von einer Streife abholen, ich habe nicht den ganzen Vormittag Muße, auf sie zu warten! Der Landtagsabgeordnete hat mich um zehn Uhr dreißig zu sich gebeten.« Das zwanglose Treffen auf dem Tennisplatz war am Tag zuvor kurzfristig geplatzt. Arno Kessler hatte den Weg nach Wiesbaden gemacht und wie ein dummer Junge vergebens gewartet. Diese Schmach war nur zu ertragen, wenn er Puchinger gedanklich noch ein wenig wichtiger machte, als er war. »Der Mann hat unaufschiebbare Termine.«

»Geht klar!« Florian Marschall schnappte sich das Telefon. »Her mit der Adresse.«

Kessler nahm den Eifer des jungen Kollegen mit sichtlicher Freude zur Kenntnis. Torge dagegen war sicher, dass Florian die Vernehmung als Laufbursche an Kesslers Seite möglichst schnell hinter sich bringen wollte, und schob ihm den Zettel zu. Merkwürdig fand er es schon, dass Dorothee ihm ihre Adresse überhaupt gegeben hatte. Sie war geradezu erpicht darauf gewesen, ihm mitzuteilen, dass sie vorübergehend auf einem Campingplatz wohnte – ohne Telefon. Aber es passte zu seiner These, dass es einen möglicherweise unausgesprochenen Wettkampf zwischen den Freundinnen gab. Einen Männer-Anmach-Marathon oder was auch immer. Wer konnte schon in die Köpfe von Frauen gucken! Sicher war nur, dass sie sofort mit ihrer Anschrift rausgerückt war, als sie zufällig hörte, dass Rollo Grits Nummer bekommen hatte.

*

Als Dorothee an diesem Morgen die Wohnwagentür öffnete, war es nicht Hanne, die draußen auf sie wartete, um sie ans Telefon zu rufen. Die beiden Beamten in ihren blauen Uniformen, die sie aus ihren Tagträumen am Frühstückstisch gerissen hatten, wirkten nicht gerade bedrohlich. Dennoch überlegte Dorothee sofort fieberhaft, was sie verbockt haben könnte. Die gelbe Vespa parkte zwar vorschriftswidrig neben dem Wohnwagen auf dem Grünstreifen, aber eine Ölspur konnte sie nicht entdecken. War sie am Abend in eine Radarfalle gebrettert? Hatte sie irgendjemanden beleidigt, bedrängt, überfahren? Ihre Gedanken hüpften so wild durcheinander, dass sie die ersten Sätze der jungen Polizistin gar nicht registrierte. Erst der Abschnitt »bitte ins Präsidium zur Befragung begleiten« blieb hängen. Während sie wie in Trance ihre Schuhe anzog und die Handtasche griff, tanzten die Worte ›Zeugin‹ und ›Mord‹ vor ihren Augen. Und es dauerte den ganzen Weg bis zum Streifenwagen, bis der Name Raymond in ihrem Gehirn ankam.

*

Der Anruf Marion Brünings vereitelte Torges Plan, möglichst unmittelbar das Ergebnis von Dorothees Vernehmung zu erfahren. Die Chefin der *Guardian Shield Security* kündigte an, für ein Gespräch zur Verfügung zu stehen. Im Firmensitz in Bad Soden. Am besten gleich.

Im Erdgeschoss des Präsidiums packte Rollo Torge plötzlich am Arm und zerrte ihn durch die nächstbeste Tür.

»Was ist denn jetzt los?«, zischte Torge, aber Rollo bedeutete ihm, leise zu sein. Gemeinsam spähten sie durch den Türspalt. Rollo zeigte auf die gegenüberliegende Glasfront zum Innenhof. Vom Haupteingang her näherten sich drei Personen, betraten den breiten Flur mit den Zugängen zu allen Abteilungen.

»Die unnahbare Grit?«

Flankiert von zwei Schutzpolizisten ging sie in Richtung der Aufzüge an ihnen vorbei, ohne sie zu bemerken.

»Mann, ich wüsste zu gern, wohin sie sie bringen. Ob ich mal schnell bei Florian anrufe?«

»Vergiss es, Rollo. Erstens haben wir einen Termin, und zweitens soll der gleich mit Arno zusammen Dorothee vernehmen. Da störst du besser nicht.« Natürlich brannte Torge genauso darauf, zu erfahren, was hinter Grits Auftauchen steckte, aber er versuchte sich nichts anmerken zu lassen. Als sie außer Sicht war, schüttelte Torge auffordernd den Autoschlüssel vor Rollos Gesicht, und sie setzten ihren Weg zum Parkplatz fort.

»Hast du gesehen, die war völlig verheult.«

»Klingt, als hättest du Mitleid, Rollo.«

»Ja, habe ich auch. Ich finde sie nicht unnahbar. Wir haben uns gestern sehr nett unterhalten, während du den Travolta gegeben hast. Die sah eben ganz schön fertig aus.«

Der Wagen grüßte mit kurzem Aufleuchten der Scheinwerfer, als Torge auf die Fernbedienung drückte.

»Jepp, ziemlich fertig. Und ich sag dir auch gleich, warum. Ich schätze, du tust gut daran, wenn du sie nicht ganz so nett findest, mein Lieber. Auf eine Verdächtige scharf zu sein ist unprofessionell.«

»Du bist manchmal echt ein Arsch, Torge. Nicht alle Männer denken immer mit dem Schwanz. Ich kann Frauen durchaus auch einfach so mögen.« Rollo rutschte auf den Beifahrersitz und knallte die Tür zu. Schweigend fuhren sie vom Präsidiumsgelände auf die Autobahn.

Torge grinste.

Er liebte es, Rollo hochzunehmen. Der konnte mal ein paar Sticheleien gebrauchen. Zu viel Harmonie war ungesund.

»Unser Taunusausflug ist völlig überflüssig. Aber ich möchte mir gern die Lady angucken, die einen Stall voll Muskelmännern dressiert«, nahm er kurz darauf das Gespräch wieder auf und wechselte auf die linke Fahrspur. »Wahrscheinlich ist sie der Typ russische Gewichtheberin. Kein Hals, Damenbart und mehr Testosteron im Blut als die meisten Männer.«

Rollo zuckte desinteressiert die Achseln. Aber Torge dachte gar nicht daran, dessen saure Miene zu beachten.

»Okay, willst du wissen, was ich vermute, warum deine neue Freundin im Präsidium ist?« Die Frage war rhetorischer Natur und blieb entsprechend unbeantwortet. »Unsere blonde Dorothee gibt gern die Loreley, wenn die zwei Weiber auf die Jagd gehen. Die setzt sich hin, wirft ihre Netze aus und zieht die Kerle an Land.«

»Die Loreley hat gesungen. Die hatte kein Netz.«

»Ist doch egal. Unsere Loreley hat eins. Und wenn die Burschen in den Maschen zappeln, sucht sie sich ihren Favoriten aus. Für Grit bleibt der Rest, der Beifang, sozusagen.«

»Charmant. Das war dann gestern wohl ich, der Beifang?

Und du der tolle Hecht, oder was? Mach so weiter, und du hast AK bald eingeholt mit deiner Arroganz!«

Torge lachte kurz auf. »Komm Rollo, sei nicht beleidigt. So habe ich es nicht gemeint, und das weißt du. Mir ging es nicht um gestern, sondern ums Prinzip«, stellte er klar. »Denk dir folgenden Fall: Es ist Donnerstag letzter Woche, und wie üblich sind Grit und Dorothee im *Jerome*. Wie hat sie das genannt? Mädelsabend. Grit hat zuerst die Angel nach dem schönen schwarzen Raymond ausgeworfen und ihn schon fast am Haken. Aber dann erscheint ihre Freundin und vernascht ihn. Schnappt ihr wieder mal einen Kerl vor der Nase weg. Da tickt sie aus. Und heute kam das schlechte Gewissen durch, und sie stellt sich der nächstbesten Polizeistreife.«

Rollo schüttelte sehr nachdrücklich den Kopf. »Nein. Diesmal liegst du falsch, Torge. Deine Theorie wird nicht richtiger, wenn du sie wiederholst. Sie hat sich gestern nicht gut gefühlt. Irgendwas hat sie beschäftigt, und sie hat garantiert etwas vor uns verheimlicht. Aber sicher nicht den Mord an Raymond Jarr.«

*

Ihre Nase fühlte sich an wie ein riesiger Ballon, der sich in alle Richtungen ausdehnte und ihr die Atmung erschwerte. Die angeschwollenen Schleimhäute ließen ihre Stimme merkwürdig und fremd klingen. In einem hellen, aber schlecht gelüfteten Büro saß Dorothee an einem nackten Tisch. Noch nie war ihr ein Tisch so nackt vorgekommen wie dieser. Kein Telefon darauf, kein Ordner, kein Locher. Nichts. Und obwohl sie selbst vollständig bekleidet war, fühlte sie sich ebenso nackt. Schutzlos, hilflos.

Ihr gegenüber nahmen zwei freundlich dreinblickende Männer ihre Plätze ein, die sich ihr als Ermittler der Mordkommission im Fall Raymond Jarr vorstellten. Arno Kessler und Florian Marschall. Der ältere im Anzug, mit ersten Anflügen von Grau in den perfekt frisierten Haaren, der jüngere mit Jeans und gekrempeltem Hemd, in seinen Augen verhaltene Neugier.

Automatisch antwortete sie auf die Fragen zu ihrer Person, die Kriminalkommissar Marschall ins Protokoll eintrug. Wie durch eine Wand hörte sie die formalen Erläuterungen und Belehrungen zu ihren Rechten und Pflichten. Die ganze Situation erschien ihr völlig surreal. Es war Sommer, draußen war es warm, die ganze Welt pulsierte, lebte, lachte. Und hier schwafelte sie dieser Hauptkommissar voll und wollte ihr weismachen, dass Raymond tot war. Ermordet. Es musste sich um einen Irrtum handeln. Eine Verwechslung. Ja, eine andere Erklärung gab es nicht. Sie atmete tief durch und lächelte.

*

Am Stadtrand von Bad Soden kroch der Wagen mit Schrittgeschwindigkeit durch die verkehrsberuhigte Zone.

»Bodyguard-Verleih in der Spielstraße. Na, wenn das kein Gefühl der Sicherheit vermittelt, weiß ich auch nicht.«

Obwohl Torge sich beruflich ständig mit Kriminalität auseinandersetzen musste, ging ihm das überzogene Sicherheitsbedürfnis vieler Menschen enorm gegen den Strich. Gerade die besser verdienenden Bildungsbürger neigten dazu, sich in ihren Häusern wie in Festungen zu verbarrikadieren und ihren Nachwuchs in Watte zu packen. Umzäunte Spielplätze, auf denen zertifizierte Geräte mit abgerundeten Kanten in splitterfreiem Mulch standen. Umgeben von Bänken, die von jedem Standort aus den Blick auf die lieben Kleinen gewährleisteten. Und das, obwohl direkt hinter dem Zaun der Wald anfing, mit ausreichend Platz zum Versteckspielen, Klettern und Abenteuer erleben. Es gab Tage, an denen Torge bedauerte, dass er es nicht geschafft hatte, eine Familie zu gründen. Und ganz allmählich wurde ihm klar, dass sich daran wohl auch in Zukunft nichts mehr ändern würde. Aber wenn diese ständige Angst vor jedem kleinen Kratzer der Preis war, dann konnte ihm das Vaterglück gestohlen bleiben.

Direkt vor der Einfahrt des Sicherheitsdienstes stellte er den Wagen ab. Weiße Kiesel, Polsterstauden, Ziergräser, farblich fein aufeinander abgestimmte Blütenpracht; dazwischen schlängelte sich ein angedeuteter Bachlauf mit Miniaturteich vom etwas höher gelegenen Eingang herunter. Ein bis ins Detail durchdachter Steingarten, den Torge aber nur als Ganzes wahrnahm. Hübsch, aber nutzlos. Pflanzen unterteilte er lediglich in die Kategorien essbar oder nicht.

Das Garagentor stand ein Stück offen und gab den Blick auf eine schwarze Limousine frei. Rollo reckte den Hals, um möglichst viele Einzelheiten sehen zu können.

»Ein *Maybach*, wow.« Anerkennend pfiff er durch die Zähne. »Das nenne ich einen Dienstwagen. Verdammt nobel.«

»Und vermutlich rundum gepanzert.« Torge deutete zum Haus. Jeweils in der unteren linken Ecke der Fensterscheiben konnte man die Kontakte der Alarmanlage erkennen. »Die Dame schützt sich gern auch selbst. Hast du eine Ahnung, was so eine Kutsche kostet?« Er drückte auf die Klingel neben dem Messingschild mit Gravur.

»Mehr, als wir uns je leisten können, so viel steht fest.« Rollo konnte sich an dem Wagen gar nicht sattsehen. Bei Torges zweitem Klingeln bremste unmittelbar neben seinen Füßen ein Rennrad.

»Sind Sie die Herren von der Kripo?« Unter dem schnittigen Fahrradhelm kam eine zum Zopf gebändigte dunkelblonde Mähne zum Vorschein. »Kommissare Brunner und Hansen, richtig? Sie waren schneller, als ich erwartet habe. Eigentlich wollte ich bei Ihrem Eintreffen nach meiner morgendlichen Runde schon geduscht sein.« Sie zog rasch einen Fahrradhandschuh aus, wischte die Hand am Oberschenkel ab und streckte sie danach erst Torge und dann Rollo entgegen.

»Marion Brüning. Schön, dass Sie den frühen Termin möglich machen konnten. Wenn Sie mir bitte folgen?«

Ein Meter achtzig groß, durchtrainiert und sonnengebräunt, warme braune Augen, weiche Locken. Der Aufforderung, ihr zu folgen, konnte vermutlich kaum ein Mann widerstehen. Torge warf Rollo einen vielsagenden Blick zu und schüttelte die Hand, als habe er sich bereits die Finger verbrannt. Marion Brüning schob das Rad über den Plattenweg in die Garage und knallte dann das Tor zu.

»Was für ein Fahrgestell!«, murmelte Torge. Allerdings nicht so leise, wie er gedacht hatte.

»Nicht übel, nicht wahr? Ein *Scott CR1*, super im Sprint, aber auch für längere Strecken.«

Torges Blick klebte immer noch an ihren knackigen Kurven im hautengen Radlerdress. Amüsiert zog Marion Brüning eine Augenbraue hoch.

»Wollen Sie vielleicht mal Probe fahren?«, fragte sie, kehrte ihm dann schwungvoll den Rücken zu und ging zum Eingang voraus.

Torge packte Rollos Arm. »Hat die mich eben angemacht, oder fang ich an zu spinnen?«, raunte er verdutzt.

»Du spinnst schon länger. Wenn du ein Taschentuch dabeihast, tupf dir die Mundwinkel ab: Du sabberst.«

Im Innern des Flachdachbungalows setzte sich das perfekte Styling des Gartens nahtlos fort. Eine Mischung aus klaren Linien und verspielten Akzenten.

»Feng-Shui«, erklärte Marion Brüning. »Wirkt sich ausgesprochen günstig auf das Betriebsklima aus und auch auf Geschäftsabschlüsse.« Dann wies sie auf eine Tür zu ihrer Rechten. »Machen Sie es sich doch bitte in meinem Arbeitszimmer bequem. In fünf Minuten bin ich für Sie da.«

Rollo nahm das Angebot an und sank in einen weichen Sessel, in dem er sich genussvoll seufzend rekelte.

»Das Geschäft mit der Angst scheint blendend zu laufen.« Jeder Winkel strahlte unaufdringlichen Luxus aus. Und Marion Brünings Auftreten deutete nicht gerade auf eine angespannte berufliche Situation hin.

Torge nutzte die Gelegenheit, den Raum eingehend unter die Lupe zu nehmen. Es konnte nie schaden, sich ein möglichst umfassendes Bild eines Menschen zu verschaffen. Bescheidenheit war offenkundig nicht angesagt, wenn man Prominente von der eigenen Leistungsstärke überzeugen wollte. An den Wänden hingen zahlreiche Auszeichnungen und Urkunden: Meistertitel im asiatischen Stockkampf, Judo, Kung-Fu, Bogenschießen und Kleinkaliber. Dazwischen Fotografien der Agenturinhaberin in klassischer Jägermontur neben einem erlegten Wildschwein, mit einem gigantischen Lachs vor der Brust im reißenden Wildbach, im Jeep in der staubigen Savanne Afrikas. Die Frau wusste sich durchzusetzen. Torge schob die Nase ganz dicht an das Bild heran.

»Großwildjagd. Aber nur mit der Kamera«, versicherte sie lächelnd, als sie hinter ihm das Zimmer betrat.

In einer dünnen weiten Leinenhose mit passendem Oberteil lehnte sie in der Tür, die Füße in geflochtenen Sandalen. Fehlten nur der breitkrempige Hut und der obligatorische leichte Wind, der sie perfekt in Szene gesetzt hätte. Wie aus einem alten Kinostreifen entsprungen. *Schnee am Kilimandscharo* oder *Hatari*, nur dass sie garantiert keinen Helden brauchte, der sie vor irgendetwas rettete. Ihre komplette Verwandlung hatte tatsächlich nur fünf Minuten gedauert, wie Torge überrascht zur Kenntnis nahm.

Mit geschmeidigen Bewegungen glitt sie in den Sessel hinter dem Schreibtisch.

»Da bin ich also. Verzeihen Sie die Verzögerung. Ich war die letzten beiden Tage persönlich zum Schutz einer Kundin gebucht, daher konnte ich Sie nicht früher empfangen. Aber jetzt bin ich ganz für Sie da. Sie wollten mich wegen eines meiner Mitarbeiter sprechen, Raymond Jarr. Ist das korrekt?«

Torge schluckte schnell, um sich nicht wieder einen Sabbervorwurf von Rollo einzuhandeln, und verbannte sämtliche Hollywood-Assoziationen aus seinem Kopf.

»So ist es. Wann und wo haben Sie Raymond Jarr zuletzt gesehen?«

Marion Brüning beugte sich ein wenig nach vorn und legte die Unterarme auf dem Schreibtisch ab. Ihre Miene spiegelte Besorgnis. »Das gefällt mir nicht, wie Sie das sagen. Ist er in Schwierigkeiten? Oder …?«

»Ermordet.«

Direkter ging es nicht. Rollo fasste die Angelegenheit in einem Wort zusammen, wobei er Marion Brüning sehr genau beobachtete. Sie zuckte nicht, sie schlug nicht die Hand vor den Mund. Kein theatralisches Schauspiel. Nur ein leises Stöhnen, Augenschließen und Kopfsenken.

»In der Nacht von Freitag auf Samstag. In seiner eigenen Wohnung«, schob Rollo unbarmherzig nach.

»Nach Ihrem Anruf habe ich schon befürchtet, dass etwas passiert ist. Aber ermordet? Das ist … unfassbar.«

Sie stand auf und machte drei schnelle Schritte zum Fenster. Ihre Schultern hoben und senkten sich unter einem tiefen Atemzug. Als sie sich ihnen wieder zuwandte, konnte Torge im Gegenlicht ihr Gesicht nicht klar erkennen. Doch ihre Stimme war unverändert fest.

»Ich habe seit Tagen nichts von ihm gehört, was aber durchaus nicht ungewöhnlich ist. Er ist ein extrem zuverlässiger Mitarbeiter. Etwas anderes kann ich hier auch nicht gebrauchen. Meine Männer sind die Besten. Schlamperei toleriere ich nicht.« Sie hob die Hand und wischte ihre eigenen Bemerkungen beiseite. »Vergessen Sie das. Für Ihre Ermittlungen ist das nicht von Bedeutung.«

»Sagen Sie das nicht. Alles kann wichtig sein.« Betont beiläufig blätterte Rollo in seinem Kalender. Torge fixierte den chromglänzenden Kaffeeautomaten, der auf einer Anrichte neben dem Fenster stand. Verlockend lächelten große Kaffeegläser und fingerhutkleine Espressotassen zu ihm herüber. Vor seinen sonnengeblendeten Augen tanzten blinde Flecken mit Marion Brünings Silhouette. Seine Eingeweide lechzten nach Koffein. Sein Denkvermögen kam erst nach mindestens einer Kanne des bitteren braunen Elixiers so richtig in Schwung. Doch gerade jetzt erschien es ihm unpassend, darum zu bitten.

»Haben Sie schon irgendwelche Anhaltspunkte bezüglich des Motivs?«

Er sah, wie die gute Fee nach einem Löffel griff, ihn dann aber zurücklegte, ohne die erlösende Frage nach seinem Kaffeewunsch zu stellen, und sich wieder setzte.

»Entschuldigung, ich sollte einfach Ihre Frage beantworten. Sie wollten wissen, wann ich Raymond Jarr zuletzt gesehen habe. Das muss am Freitagvormittag gewesen sein. Hier.« Sie deutete auf Rollos Platz. »Wir sind den Plan für die nächsten beiden Wochen durchgegangen. Er wollte kurzfristig ein paar Tage freimachen, was ich ihm auch genehmigt habe.«

»Wissen Sie, was er vorhatte?«

»Nein. Über private Dinge haben wir nicht gesprochen.«

»Das überrascht mich. Schließlich tragen Ihre Mitarbeiter eine große Verantwortung. Sind Sie es Ihren Klienten nicht schuldig, auch das private Umfeld Ihrer Bodyguards regelmäßig zu checken?« Mit dieser Frage traf Rollo offenbar einen heiklen Punkt, denn Marion Brüning verlor für einen kleinen Augenblick ihre Souveränität.

»Ja, schon, aber doch nicht … Also, grundsätzlich bin ich natürlich über alles orientiert, bevor ich jemanden einstelle. Lückenloser Werdegang, polizeiliches Führungszeugnis und auch ihre Familienverhältnisse müssen detailliert offengelegt werden. Aber ich kann nicht verlangen, dass sie mir von jeder privaten Aktivität oder Liaison erzählen. Das führte doch zu weit!«

»Sie wissen also nicht, weshalb er ein freies Wochenende brauchte? Ob er wegfahren wollte, verabredet war?«

»Nein. Wie gesagt. Ein gewisses Maß an Intimsphäre muss ich meinen Männern zugestehen.«

Ungeachtet des Kaffeeentzuges schaltete Torge sich nun wieder mit ein, um Rollo nicht die Gesprächsführung allein zu überlassen. »Wie gut kennen sich Ihre Mitarbeiter untereinander? Gibt es da Freundschaften oder auch Rivalitäten?«

»Rivalität? Ich wüsste nicht, weshalb.«

»Es gibt doch sicher Aufgaben, die begehrter sind als andere. Wer würde nicht lieber für Madonna den Kopf hinhalten als für einen Bankmanager. Gibt es Provisionen oder Sonderzulagen bei besonderer Gefährdung?«

»Ja, die gibt es selbstverständlich. Aber auch ohne die werden alle mehr als gut bezahlt. Die Einsatzbereiche wähle ich nach rein objektiven Kriterien aus. Dafür braucht man ein Händchen. Nicht jeder Guard passt zu jedem Klienten. Jeder Job, jeder Einsatzort stellt andere Herausforderungen an die Personenschützer. Fehler kann ich mir in dieser Branche nicht leisten. Für jeden meiner Schutzbefohlenen erstelle ich ein spezielles Gefährdungsprofil unter Berücksichtigung der äußeren Rahmenbedingungen. Wer den Anforderungen am besten entspricht, wird eingesetzt. Punkt. Da gibt es keine Debatten und auch keine Rücksichtnahme auf eventuelle Befindlichkeiten der Männer. Wir sind hier nicht im Kindergarten. Persönliche Sympathien bleiben außen vor. Auch bei der Teambildung. Wenn einer bevorzugt wird, dann aufgrund seiner Fähigkeiten. Wem das nicht passt, der muss dafür sorgen, dass er seine eigene Qualifikation verbessert. Oder er kann gehen. Im Schnitt kommen alle auf ausreichend Einsätze, um gut davon zu leben. Sehr gut sogar.«

Eine strenge und ehrgeizige Geschäftsfrau und sicherlich keine Chefin, die man leicht zufriedenstellte. Für Torge klang das durchaus nach einem Klima, das Rivalität förderte. Feng-Shui-Deko hin oder her.

»Demnach ist es üblich, dass derselbe Bodyguard regelmäßig für denselben Kunden eingesetzt wird?«

Sie nickte. »Gewiss. Wenn das Profil passt, haben meine Kunden gerne ein bekanntes Gesicht an ihrer Seite. Das erhöht ihr Gefühl der Sicherheit, schafft Vertrauen.«

»Wie im Fall Gottfried Puchinger und Raymond Jarr?«

Bedächtig neigte Marion Brüning den Kopf zur Seite.

»Auch der Landtagsabgeordnete schätzt Kontinuität.«

Ihr kaum merkliches Zögern bei der Antwort ließ Torge aufhorchen. Er tauschte einen schnellen Blick mit Rollo, der seinen Verdacht bestätigte.

Hier gab es eine negative Schwingung. Eine mögliche Spur. Wenn auch eine winzige.

*

Das Wartezimmer der Zahnarztpraxis war leer. Endlich musste Dorothee keine Haltung mehr bewahren. Auf der breiten Couch rollte sie sich zusammen und schluchzte wie ein gestrandeter Heuler. Das Angebot, sich von einer Streife nach Hause bringen zu lassen, hatte sie abgelehnt. Nach Hause. Als ob dieser dämliche Wohnwagen ein Zuhause sein könnte! Für einen Sekundenbruchteil war ihr sogar in den Sinn gekommen, Heiko anzurufen, um sich ihm in ihrem Elend an den Hals zu werfen und darum zu betteln, dass er sie zurücknahm und gefälligst die Welt wieder ganz machte, die gerade über ihr zusammenbrach.

Aber dann war ihr klar geworden, dass das völlig unmöglich war. Nicht nur weil sie ihn betrogen hatte. Sie hatte ihn belogen und die Polizei auch. Obwohl beides nicht unmittelbar strafbar war, war es doch falsch. So falsch wie die ganze blöde Geschichte, in die sie da hineingeraten war. Falsch – wie Erdbeersoße zu Sauerkraut. Falsch – wie der berühmte Fuffziger. Falsch – wie die Behauptung dieses grau melierten Kommissars, dass Heiko ein Mörder sein könnte. Ein Mörder. Ihr Heiko. Dessen Namen sie der Polizei bockig verschwiegen hatte, um ihn zu schützen. Ihr Ex-Heiko. Zu dem sie nicht gehen konnte, weil sie ihn einfach nicht mehr liebte. Ihr Heulen brach augenblicklich ab.

Endlich bemerkte sie, dass Grit neben ihr saß und genau auf diesen Moment gewartet hatte.

»Kaffee?«, fragte sie mitleidig und schob ihr auf dem Beistelltisch eine suppenschüsselgroße französische Bol näher. Die Zeitschriften mit den Geschichten über europäische Königshäuser und bis zur Unkenntlichkeit geliftete Uraltpromis lagen auf dem Boden, achtlos von der Glasplatte heruntergefegt. Schniefend richtete Dorothee sich auf und legte beide Handflächen um die Schale. Die Hitze brannte auf der Haut. Es kümmerte sie nicht.

In ihrem mintgrünen Dress und den Clogs sah Grit aus wie frisch aus dem OP entsprungen. Fehlte nur der Mundschutz. Aber den hatte sie bereits mit den Einmalhandschuhen entsorgt, nachdem der letzte Patient mit frisch gefülltem Backenzahn von ihrem Behandlungsstuhl gerutscht war.

»Ich bin fertig für heute, der Nachmittag ist frei von Terminen, und ich habe alle Zeit der Welt. Also spuck es aus. Was ist los?«

Dorothee pustete in den tiefschwarzen Kaffee, der sich nun in leichten Wellen kräuselte.

»Raymond ist tot«, flüsterte sie und nippte. Sofort schwoll die Oberlippe an, und in Sekundenschnelle bildete sich eine Blase auf ihrer Zungenspitze. Prächtig. Das passte zur Gesamtsituation. Sie nippte wieder.

»Klar. Weiß ich. Er ist für dich gestorben. Aus, Ende, erledigt. Erzähl mir was Neues. Gestern hast du deswegen nicht geheult.«

»Verdammte Scheiße, er ist wirklich tot, Grit!« Dorothee entwirrte ihre untergeschlagenen Beine, die Bol krachte auf das Glas. »Er ist nicht mehr am Leben. Er wurde umgebracht. Und zwar am letzten Freitag. Verstehst du? Wirklich und wahrhaftig ermordet! Donnerstagnacht haben wir uns kennengelernt und miteinander geschlafen, und Heiko hat mich rausgeschmissen. Die Polizei sagt, Ray hat mich freitags angerufen, aber ich habe mein Handy liegen lassen, als ich abgehauen bin. Das heißt, dass er vielleicht Heiko am Apparat hatte. Aber das habe ich der Polizei nicht erzählt. Ich habe behauptet, dass ich nichts von dem Anruf weiß, und das stimmt ja auch, und gelogen, dass ich mein Handy verloren habe. Und dann habe ich mich auf mein Aussageverweigerungsrecht berufen, weil ich meinen Lebensgefährten nicht belasten muss. Aber er ist nicht mehr mein Lebensgefährte.« Sie schnappte nach Luft. »Und jetzt frage ich dich: Glaubst du, dass Heiko zu einem Mord fähig ist?«

⁂

Auf dem Weg zurück nach Frankfurt herrschte zwischen Torge und Rollo friedliches Einvernehmen. Da Arno Kessler für die Dauer des Besuchs beim Abgeordneten sein Handy stumm geschaltet hatte, konnten sie ihm ihre Erkenntnisse nicht direkt mitteilen. Sie mussten sich eingestehen, dass er diesmal mit seinem Verdacht, die Bewachung Gottfried Puchingers könnte für den Fall von Bedeutung sein, vielleicht näher an der Wahrheit dran gewesen war als sie selbst. Das war zwar eine hässliche Kröte, die sie zu schlucken hatten, andererseits ergaben sich daraus auch Vorteile. Torge erhoffte sich weitere Besuche bei Marion Brüning. Sein Interesse galt sowohl dem ungenutzten Kaffeeautomaten als auch dem Fahrgestell und den Nahkampfqualitäten, die sich hinter der Fassade von *Jenseits von Afrika* versteckten. Und Rollo freute sich stillschweigend, dass diese Fährte von Grit wegführte – was auch immer ihr in Tränen aufgelöster Auftritt am Morgen bedeuten mochte. Darüber zu spekulieren brachte wenig, die Antwort würden sie in Kürze sowieso hören und auch, was Dorothees Vernehmung ergeben hatte.

Im Polizeipräsidium angekommen beschaffte Torge sich endlich den nötigen Koffeinschub – Neugier hin oder her – das hatte oberste Priorität. Die erste Tasse trank er sofort, dann füllte er den Rest aus der Maschine in eine Thermoskanne um, ohne neuen zu kochen. So viel Zeit hatte er dann doch nicht.

Im Büro erwarteten Florian Marschall und Rollo ihn bereits. Es gab hochspannende Neuigkeiten, das konnte er an Rollos Gesichtsausdruck sofort ablesen.

»Sagt bloß, die eiskalte Grit hat gestanden, und der Fall ist abgeschlossen!« Er schob sich eine Ecke auf dem Schreibtisch frei und setzte sich zwischen die Unterlagen. »Los Marschall, Details bitte!«

»Doppelter Irrtum. Habe ich Rollo schon versucht zu erklären: Die Dame, die ihr heute Morgen gesehen habt, war nicht Grit Steinhagen, das war Dorothee Löblich.«

»Klein, dünn, blonde Wuschelfrisur?«, fragte Torge nach, aber Marschall schüttelte den Kopf.

»Nein. Mittelgroß, braunes, kinnlanges Haar. Bevor du mich für blöd hältst: Sie hat selbstredend ihren Ausweis vorgelegt. Da gibt es keinen Zweifel. Außerdem kam sie nicht freiwillig, sondern wurde von der Streife auf dem Campingplatz aufgesammelt, den ihr uns als Adresse von der Löblich genannt habt. Und gestanden hat sie auch nichts. Wenn du an meiner bescheidenen Meinung interessiert bist, die Frau hatte keinen Schimmer, dass Raymond Jarr tot ist.« Er behielt für sich, dass ihm in dem Zusammenhang herausgerutscht war, wie das Opfer aus dem Leben geschieden war. Zum Glück nur die Methode, nichts über die Tatwaffe. Arno hatte ihn dafür unter vier

Augen gehörig zur Sau gemacht. Ein Anfängerfehler, der ihm nicht hätte passieren dürfen. Die unangenehme Erinnerung brachte erneut seine Hände zum Schwitzen.

»Sie war ziemlich geschockt und wollte es nicht wahrhaben, hat völlig debil vor sich hin gegrinst und dauernd etwas von einer Verwechslung gefaselt. Es müsse ein anderer Raymond sein. Laut ihrer Aussage kannte sie nicht mal seinen Nachnamen. Die Tatortfotos haben wir ihr aber erspart, war ja nichts mehr richtig zu erkennen von seinem Gesicht. Erst nach dem dritten Kaffee hat sie uns endlich geglaubt. Die säuft das Zeug wie Wasser – genau wie du.«

Torge starrte auf die Kanne, die er immer noch in der Hand hielt. Die Weiber hatten ihn reingelegt. Wo gab es denn so was? Kurz ärgerte er sich darüber, dass er die Vernehmung nicht selbst in die Hand genommen hatte. Er hätte sich von dieser Grit, Dorothee, wie auch immer sie nun wirklich hieß, nichts vormachen lassen. Er mochte Florian, aber seine Fähigkeiten als Ermittler mussten sicher noch ein paar Jahre reifen. Und AK hörte sowieso immer nur, was er hören wollte. Diese Dorothee glaubte wohl, mit ihrem Geflenne auf unschuldig und ahnungslos machen zu können. Aber nicht mit ihm! Die hatte es offenbar faustdick hinter den Ohren. Log und betrog und vögelte fremd … Irritiert kratzte er sich den Nacken. Verdammt! Wo war sein eigenes Urteilsvermögen hin? Von wegen Blaustrumpf. Er war sich darüber im Klaren, dass es ein Fehler war, die Geschichte persönlich zu nehmen. Er tat es trotzdem.

»Scheißegal, was aus dem Fall hier wird, Rollo, spätestens morgen treffen wir die zwei wieder. Ich lasse mich nicht gern verarschen. Und wenn die Täubchen doch in die Sache verwickelt sind, dann schiebe ich ihre Hinterteile höchstpersönlich in den Knast.«

»Bisher gibt es keinerlei Beweis«, wagte Florian erneut einen Vorstoß. »Keine DNA, kein Motiv – wieso sollte sie ihren neuen Lover umbringen?«

Grübelnd presste Torge die Thermoskanne, die leise Zischlaute ausstieß, gegen den Bauch. Unter der Dichtung blubberten kleine Bläschen hervor.

»Brauchst du die zum Denken, oder kann ich die haben?« Rollo schnippte gegen das Gehäuse. »Ich will euren intimen Moment der Zweisamkeit ja nicht stören …« Widerwillig ließ Torge los, und Rollo nahm Florian Marschalls Frage wieder auf, während er sich ausnahmsweise selbst einen Kaffee genehmigte. »Wenn der Lover nicht so viel Liebe wollte wie Dorothee, wäre das schon ein Motiv. Schließlich ist seinetwegen ihre vorherige Beziehung zerbrochen.«

»Dann glaubst du also auch, dass sie es gewesen ist?«

»Nein. Mit Glauben hat das nichts zu tun. Ich kann es nur noch nicht ausschließen. Leider. Was hat sie euch über ihren Ex erzählt?«

Marschall drehte die leeren Handflächen nach oben. »Nichts. Wir sollen ihn gefälligst in Ruhe lassen. Weil er damit nichts zu tun hat und nichts von Raymond wusste. Sie hat keinerlei Angaben zu seiner Person gemacht. Völlig hirnrissig, denn wir finden ihn ja sowieso. Kostet mich eine kurze Anfrage beim Einwohnermeldeamt, da wir nun ihren kompletten Namen kennen. Nach dem Gebrüll am Telefon gehe ich davon aus, dass sie zusammengewohnt haben, bevor sie auf den Campingplatz gezogen ist.«

»Von wegen nichts gewusst! Habt ihr sie mit dem Telefonat zwischen dem Ex und Torge konfrontiert? Bei so einer offensichtlichen Lüge …«

»Ich war drauf und dran, aber Arno hat es abgebügelt.«

»Wahrscheinlich nur, weil ihm die Vernehmung schon zu lange gedauert hat! Vor lauter Schiss, das Gespräch mit dem Puchinger könnte ihm durch die Lappen gehen, bringt er seine Arbeit nicht richtig zu Ende. Ist doch zum Kotzen so was!«

»Mach halblang, Torge. Wer weiß, was er sich gedacht hat? Fragen wir ihn doch einfach später. Und du weißt selbst, dass die Nummer mit dem Puchinger gar nicht verkehrt ist.«

Torge knurrte verärgert. Rollo drückte ihm die Kaffeekanne wieder vor die Brust, und er schlang die Arme darum wie um eine lange vermisste Geliebte.

»Wo machen wir jetzt weiter, bis sich unser aller Kapitän wieder die Ehre gibt, auf der Brücke zu erscheinen?«

»Keine Ahnung, was ihr macht, aber ich darf die gesammelten Zeugenaussagen der Hausbewohner noch mal durchforsten, falls ihr daran kein Interesse habt. Außerdem warte ich auf Rückmeldung vom Verfassungsschutz – kein Witz! Unsere amerikanische Verschwörungstheorie zieht weite Kreise.« Florian rümpfte die Nase. »Gefällt mir auch nicht. Den Ex von der Löblich zu suchen hatte ich noch gar nicht im Programm. Aber ich habe einen Termin bei dem Label vereinbart, für das Jarr gemodelt hat, und bei dem Kneipenbesitzer, der ihn als Barkeeper beschäftigte. Es ist nicht so, dass ich die Jobs los sein will, nur kann ich allein nicht rausfahren und Arno …«

»Gib schon her.« Torge winkte grinsend ab. »Wer will schon mit AK zum Außeneinsatz. Erst recht nicht, wenn der überall Terroristen wittert. Kneipenrecherche klingt doch gut, die Klientel ist mir sowieso näher als ihm. Und bis wann er den Fängen der Wiesbadener High Society entkommt, steht eh in den Sternen. Also, bevor deine Termine platzen, machen wir das.«

Erleichtert hob Marschall beide Daumen zum Dank.

»Und unsere Bodyguards, was wird aus denen?« Rollo wedelte mit der Liste von Raymond Jarrs Kollegen, die sie Marion Brüning abgeknöpft hatten.

»Eins nach dem anderen. Die Termine stehen, also gehen sie vor. Wenn du später noch Zeit hast, Flo, jag die Namen der Muskelmänner mal durch deinen Klapperkasten. Vielleicht weiß das Netz ja was Spannendes über einen davon. Und wenn AK kommt, sag ihm, wir rufen von unterwegs an. Jetzt habe ich Kohldampf und will in die Kantine. Aber das behältst du bitte schön für dich, falls er in den nächsten zehn Minuten aufkreuzt.«

*

Durch eine schmale Einfahrt neben einer ehemaligen Wäscherei gelangten Rollo und Torge in einen Innenhof, der auf zwei Seiten von roten Backsteinmauern begrenzt wurde. Die Fenster auf der Rückseite der Wäscherei waren komplett vernagelt. Efeu kletterte in den schattigen Winkeln die Wände hoch, eroberte Stück für Stück Neuland und streckte seine Ranken an einigen Stellen bereits zwischen den Brettern hindurch ins Innere. Unkraut wucherte überall dort, wohin sich gelegentlich mal ein Sonnenstrahl verirrte. Vor dem hinteren Gebäude lagerten links neben dem Eingang große rostige Metallteile. An den hohen Sprossenfenstern und dem breiten Holztor erkannte man, dass es früher eine Werkstatt oder eine Produktionshalle gewesen sein musste. Mitten in dem Metallhaufen streckte ein Mann beide Arme Richtung Himmel, während sich zu seinen Füßen eine Frau rekelte.

»Mensch, jetzt tu wenigstens so, als ob du die Tussi geil findest, Herrgott noch mal!« Vor ihnen tobte ein Kahlköpfiger wie ein balzender Pfau herum und verpasste dem Stativ seiner Kamera einen genervten Tritt. »Wenn du weiter so gelangweilt guckst, kriegen wir die Fotos heute wieder nicht hin. Das Licht spielt nicht mehr lange mit.«

Rollo und Torge näherten sich vorsichtig, um dem Wüterich nicht in die Quere zu kommen, wobei sie das sich rekelnde Wesen am Boden einer eingehenden Betrachtung unterzogen. Die Kollektion des Modelabels bot reichlich Spielraum für Fantasien und wenig Stoff.

»Ann-Kristin«, stellte sich kurz darauf die Chefdesignerin und Geschäftsführerin vor, ohne ihre Arbeit am Computer zu unterbrechen. Um sie herum lagen stapelweise Schnittmuster, Stoffballen und Werbeplakate. Um ihren viel zu dünnen Körper spannten sich bandagenähnliche Streifen, die eher aufgemalt als angezogen wirkten. Obwohl sie höchstens fünfundzwanzig war, sahen ihre Augen uralt aus und todmüde. Zu viele Aufputschmittel, tippte Rollo.

»Gibt es dazu noch einen Nachnamen?«

Sie warf einige auberginefarbene Haarsträhnen über die Schulter und musterte die beiden Männer wie Steaks im Supermarkt, bei denen sie überlegen musste, ob sie als gerade eben noch genießbar durchgingen. Sie gingen nicht.

»Lautenschläger. Klingt aber voll spießig. Passt hier nicht hin. Ist 'ne lockere Branche, und das Team ist echt cool drauf. Alles ganz chillig. *So what?* Ihr seid wegen Ray hier.«

Sie machte keine Anstalten, ihnen einen Platz anzubieten, und Rollo beschloss, die Befragung möglichst zügig durchzuziehen. Er konnte an Torges Körperhaltung ablesen, dass der offenbar überlegte, womit er dieser affektierten Göre den Hintern versohlen konnte, wenn sie ihn weiter duzte und wie einen senilen Volltrottel vorzuführen versuchte. Seine Hand verkrampfte sich bereits in der Hosentasche.

Schnell rasselte Rollo die Formalitäten herunter. »Wir wollen wissen, wieso Raymond Jarr nicht mehr für Sie arbeitet. Gab es Ärger? Mit Ihnen oder mit Kollegen?«

Ann-Kristin packte eine Stirnlocke, drehte sie um ihren Mittelfinger und zog sie dann ein Stück nach oben, sodass sie wie ein Horn abstand.

»Wir sind wie eine Familie, da streitet man nicht, man diskutiert. Wir arbeiten gemeinsam an etwas Großem, *creative arts*, da braucht man positive *vibrations*, klar? Ich bin tieftraurig, dass er tot ist.« Das Horn wippte zu jedem ihrer Worte, und ihr Blick untermalte die Phrasen mit einem unausgesprochenen *Ihr könnt mich mal*. »Wir haben ihn alle geliebt.«

»Ach ja?« Endlich kam Torges Hand wieder aus der Hosentasche zum Vorschein. Er stellte sich direkt vor Ann-Kristin Lautenschläger und stützte sich im Durcheinander ihres Arbeitstisches mit beiden Armen auf. »Hat ihn irgendwer vielleicht ein bisschen mehr geliebt als die anderen? Sie vielleicht? Gab es Streit, weil das Model auch die Muse der Chefin war und für Sie mehr Wäsche aus- als angezogen hat? Musste er deshalb gehen?«

Ihr Lachen erschreckte Torge durch die Lautstärke, mit der es aus ihr herausbrach, und auch durch den enthaltenen Spott. Sie rollte die Augen, legte den Kopf in den Nacken und schüttelte sich geradezu. Automatisch wich er einen Schritt zurück.

»Sie haben ja wirklich von nichts eine Ahnung! Er war verbraucht und zu alt. Nach zwei Jahren muss etwas Frisches auf die Fotos und auf den Laufsteg. Unser Label hat eine klar definierte Zielgruppe. Als er gegangen ist, war er schon achtundzwanzig. Drei Jahre über unserem absoluten Limit. Er hatte Riesenglück, dass ich ihn überhaupt genommen habe. Models können gar nicht jung genug sein! Die zwei, die Sie draußen gesehen haben, sind noch nicht mal volljährig. Keine Angst: Mami und Papi wissen Bescheid. Alles legal, mit Vertrag. Meine Models brauchen einen heißen Body und ein Gesicht wie eine leere Leinwand, auf das ich projizieren kann, was ich will. Ray hatte schon zu viel erlebt.«

Torges Hand rutschte zurück in die Hosentasche. Er hasste es, wenn das Leben solchen Sarkasmus produzierte.

»Eine glückliche Familie, ich verstehe. Und alle haben Raymond Jarr geliebt.«

Ann-Kristin schaute ihm ungerührt ins Gesicht. »Ganz genauso war es. *But it's business*. Ein Designer hat einen Ruf zu wahren. Der Markt ist hart umkämpft. Und ein ausgelutschter Kaugummi bringt keine guten Verkaufszahlen.«

*

Es dauerte im Wagen noch fast eine Viertelstunde, bis Torge wieder den Mund aufmachte. »Jetzt habe ich fast Sehnsucht nach unserem AK. Wenn Jarrs Boss aus der Kneipe auch so ein Kotzbrocken ist wie die Designerbratze, werde ich Arno heute Abend schluchzend in den Armen liegen und ihm als Chef ewige Treue schwören.«

»Übertreib es nicht gleich.« Rollo grinste. »Obwohl ich das wirklich gerne sehen würde!«

Doch der Barbesitzer entpuppte sich als völlig anderes Kaliber. Er begrüßte sie mit festem Händedruck und führte sie zu einem Tisch direkt neben der Theke. Mit einem Geschirrtuch wischte er sich über die Stirnglatze.

»Affig, die Hitze heute. Trinken Sie ein Bier? Alkoholfrei, Sie sind im Dienst, ist klar.«

An der Decke drehte summend ein Ventilator seine Rotorblätter. Die gruftähnlichen Dekorationselemente nahmen sich im Tageslicht eher lächerlich als gruselig aus. Künstliche Spinnweben, Skelette, Fledermäuse.

»Mit Rotlicht und Kerzen kommt das besser rüber.« Ronny Schulze warf drei Bierdeckel auf die Tischplatte und platzierte die Gläser, indem er den Werbeaufdruck exakt zum Gast ausrichtete. Die verkleckerte Tropfenspur beseitigte er mit einer eleganten Wischbewegung aus dem Handgelenk. Dann fuhr er sich wieder mit dem Tuch übers Gesicht und setzte sich. Das schwarze Totenkopfshirt spannte über einem beachtlichen Bauch. Kunstvolle Tattoos zierten die Arme bis hinunter zu den Handgelenken.

»War mein Traum, der Laden hier. Bin direkt nach der Wende ab in den Westen. Inzwischen ist der Traum allerdings ein bisschen abgeschubbert.« Er winkte ab und hob das Glas. »Was soll's. Trinken wir erst mal einen Schluck. Auf Raymond!«

Rollo und Torge stießen mit ihm an und tranken schweigend. Das Bier schmeckte angenehm herb und erfrischend kalt. Kein Grund zur Eile. Schulze musste nicht zum Reden aufgefordert werden.

»War ein wirklich feiner Kerl, der Raymond. Viele haben gedacht, er ist so was wie eine Schlampe, nur eben als Mann. Gibt es dafür eigentlich einen Ausdruck? Na ja, irgendwie war er das ja auch, aber nicht so, wie die geglaubt haben. Die Mädels waren verrückt nach ihm. Aber er blieb hart. Hat Cocktails gemischt und gelächelt. Sonst nichts. *Kein Sex am Arbeitsplatz* war seine Devise. Der hat die Hühner scharenweise abblitzen lassen, hat keine Nummer angenommen und seine nicht hergegeben. Was haben die nicht alles angestellt!« Er schüttelte den Kopf und lachte kurz auf. »Schade um ihn, wirklich schade. Das hat er nicht verdient. Was ist eigentlich genau passiert?

Oder dürfen Sie mir das nicht sagen?« Ronny wartete nicht auf ihre Antwort. »War es sehr … also … brutal? Hat er gelitten, meine ich.«

Rollo legte abwägend den Kopf zur Seite. Eine durchtrennte Kehle war verdammt brutal. Aber vielleicht hatte Raymond das gar nicht mehr gespürt? Er entschied sich für den Mittelweg. »Ging wohl schnell.«

Ronny ließ kurz den Kopf hängen, dann zuckte er die Schultern. »Ist letztlich ja auch egal.« Er kippte seinen Rest Bier herunter. »Vielleicht will ich es gar nicht genauer wissen. Nur schnappen müssen Sie das Dreckschwein. Ist Ehrensache, oder?«

Mit dem Daumen verrieb Torge die Kondenswassertropfen auf seinem Glas. »Logisch. Sagen Sie, Ronny, als er bei Ihnen Barkeeper war, hat er doch gleichzeitig noch als Model gearbeitet. Hat er Ihnen davon irgendwas erzählt, gab es Ärger – mit der Chefin zum Beispiel?«

Schulze zupfte sich am Ohrläppchen, in dem ein schwarzer Tunnel steckte. Durch die fingerdicke Öffnung konnte Torge die Wand dahinter sehen.

»Sie meinen von wegen: kein Sex am Arbeitsplatz? Nee, da war nix, auch kein Ärger. Weder hier noch dort.«

»Sie wollen mir doch nicht erzählen, dass ein Mann, dem die Frauen derart nachgerannt sind, wie ein Mönch gelebt hat!«

Verständnislos guckte Ronny Schulze Torge an. »Quatsch. Wieso sollte ich so einen Scheiß behaupten? Klar hatte der Frauen. Aber nicht hier. Und mit denen gab es keinen Stress. Weil Ray nämlich ehrlich war.«

Rollo gab einen argwöhnischen Laut von sich. »Eine ehrliche Schlampe. Das müssen Sie mir genauer erklären.«

Das Handtuch sauste links und rechts über die Schläfen

und polierte den speckigen Stiernacken. »Purer Sex. Nur darum ging es. Keine Beziehung, keine Verpflichtung, nichts auf Dauer. Er hat von vornherein alles vermieden, was Verwicklungen geben konnte. Das hat er jeder Frau gesagt, und er hat sich die Ladys sehr genau ausgesucht. Hat super funktioniert.«

In Torges Gesicht spiegelten sich deutliche Bedenken. Purer Sex. Etwas kribbelte in seinem Bauch, was sich nicht wie verdorbener Joghurt anfühlte.

»Klingt zu schön, um wahr zu sein. Möglicherweise ist ihm aber doch ein Fehler unterlaufen. Ein einziger.« Und er musste herausfinden, ob dieser Fehler den Namen Dorothee trug. Er legte seine Visitenkarte vor Ronny auf den Tisch und stand auf. »Danke für das Bier.«

Arno Kesslers Gebaren erinnerte Torge an einen klassischen Veitstanz. Einmal mehr telefonierte er beidhändig, wobei er sich einen Wechsel im Tonfall sparte und gar nicht erst den Versuch unternahm, die Gespräche einzeln zu führen. Beinahe tat er Torge leid. AK gab wirklich sein Bestes, um für die Jungs seiner Mordkommission die optimalen Arbeitsbedingungen herauszuschlagen. Das »schöne Wochenende«, das er seinen Gesprächspartnern zum Abschied entgegenschmetterte, klang unverhohlen nach einer Drohung und beinhaltete definitiv den Wunsch nach einem lokal eng begrenzten Erdbeben oder Vulkanausbruch. Asche auf die Häupter der Unbelehrbaren.

Erschöpft sank Kessler in seinen Stuhl, stützte die Ellbogen auf den Tisch, das Gesicht in die Hände – und schüttelte ausgiebig das müde Haupt. Dramaturgisch gut durchdacht, fand Torge und musste schon wieder grinsen.

Nachdem Kessler einen inspirierenden Tag mit dem Landtagsabgeordneten verbracht hatte und in bester Stimmung zu seinem Team zurückgekehrt war, ging es stetig bergab. Torge war sich sicher, dass man AKs Schleimspur über die komplette Autobahn von Wiesbaden bis ins Präsidium verfolgen konnte. Aber nun war sein Vorrat an diplomatischem Gleitmittel restlos aufgebraucht.

Die Verfassungsschützer waren angesichts seiner Verschwörungsanfrage beinahe in schallendes Gelächter ausgebrochen, und auch Staatsanwältin Eichhorn und Volker Misskamp bremsten seinen Enthusiasmus.

»Ist doch wahr, verdammt noch mal!«, schimpfte er jetzt laut ins Leere. Der Ausruf bezog sich auf sein abschließendes Argument, mit dem er die übergeordneten Entscheidungsträger konfrontierte, für das er aber kein Gehör gefunden hatte. »Sollen wir uns am Ende vorwerfen lassen, dass wir den Fall stiefmütterlich behandeln, weil der Tote ein Schwarzer ist? Ich dachte, bei uns werden alle gleich behandelt!«

AK war eindeutig zu lange im Windschatten eines Politikers gesegelt. Kam gar nicht gut an, diese Art der Polemik. Vor allem, weil so leicht zu erkennen war, dass Arno damit den allerletzten Strohhalm zückte.

Dabei stimmte Torge ihm prinzipiell sogar zu: Sie hätten den einen oder anderen zusätzlichen Kollegen brauchen können, wenn sie alle Spuren zeitnah verfolgen wollten, solange die Fährte noch dampfte. Und auch den Vorwurf, Prioritäten nach Hautfarbe zu setzen, musste man sich im Polizeidienst gelegentlich tatsächlich anhören. Allerdings war erstens nicht jede Spur eine Verfolgung wert, zweitens die Begründung *zeitnah* eine Woche nach dem Mord ohnehin relativ zweifelhaft und drittens – egal ob schwarz oder weiß – die Suche nach einer noch lebenden Person als absolut vorrangig zu betrachten. Unglücklicherweise war seit einem halben Tag ein kleines Mädchen aus einem Frankfurter Vorort abgängig. Zeugenaussagen deuteten auf eine mögliche Verschleppung hin. Eine eilends ins Leben gerufene Sonderkommission schluckte alle verfügbaren Kräfte. Da konnte man bequem nachvollziehen, weshalb Kessler kein weiteres Personal zugeteilt wurde. Wenn man wollte. Aber AK rotierte lieber munter weiter um sich selbst.

»Alles klar.« Seine ineinander verschränkten Hände polterten auf die Tischplatte. »Dann sehe ich unter diesen Umständen keinen Grund, warum wir Überstunden schieben und uns übers Wochenende den Arsch aufreißen sollten. Ihr habt gute Arbeit geleistet, und wir haben schon eine Menge erreicht in dieser kurzen Zeit. Hoffen wir nur, dass die Presse keinen Wind von der Sache bekommt.«

Kessler war so sehr in seine eigenen Ansichten verstrickt, dass er die Ermittlungsergebnisse seiner Kollegen zwar lobte, sie inhaltlich aber nicht wirklich zur Kenntnis nahm.

»Hör mal AK, Florian kann den Ex von Dorothee Löblich nicht finden. Er hat ihre amtliche Adresse gecheckt, aber da wohnt sie schon über ein Jahr nicht mehr und war dort auch allein gemeldet. Deshalb wollten Rollo und ich uns noch mal an sie dranhängen, um …«

»Nach Dienstschluss? Nur auf eigene Verantwortung – und auf eigene Rechnung. Ihr habt es gehört, wir sind ganz auf uns gestellt. Keine Verstärkung, keine zusätzlichen Mittel.«

Ganz stimmte seine Aussage nicht mit den Fakten überein, aber Torge sparte sich den Einwand. Solange AK jetzt nicht ein Messer zückte, um sie zu Blutsbrüdern zu machen, weil sie eine einsam und verlassen für Gerechtigkeit kämpfende Truppe bildeten, eine verschworene Gemeinschaft, konnte er mit einem Einsatz auf eigene Faust leben.

Sein Ehrgeiz war geweckt, und sein Stolz verlangte nach

Satisfaktion. Dorothee Löblich war weiterhin seine Wunschkandidatin für die Rolle des Mörders. Und er hatte ohnehin nichts vor an diesem Wochenende. Da konnte er ebenso gut im *Jerome* sitzen wie auf seiner Couch vor dem Fernseher.

*

Als Grit am Telefon Rollos Stimme hörte, warf sie nur einen kurzen Blick auf das zusammengeknüllte Elend, das inzwischen in ihrem Wohnzimmer hockte.

»Heute nicht. Aber morgen«, sagte sie dann. Die Auszeit eines Abends musste sie Dorothee noch gönnen. Und eine Nacht in ihrem Gästezimmer. Mehr aber nicht. Sie konnte nicht fassen, dass Dorothee tatsächlich in Betracht zog, Heiko könne etwas mit Raymonds Tod zu tun haben. Das Einzige, was man ihm vielleicht vorwerfen konnte, war, dass er zwischen Grippeimpfungen, Herztabletten und Rheumasalbe seine Spontaneität verloren hatte. Langweilig zu sein war jedoch kein Verbrechen.

Dorothees Argwohn ließ sich auch nicht durch die Tatsache besänftigen, dass Heiko an dem betreffenden Freitag bei ihr und Manfred gewesen war. Natürlich in fürchterlichem Zustand. Außer sich, wütend und sturzbetrunken. Aber er war bis zum Morgen geblieben und hatte somit ein Alibi, das Grit zur Not auch der Polizei gegenüber bestätigen würde. Obwohl sie selbstverständlich nicht die ganze Zeit neben ihm sitzen geblieben war. Dass Dorothee auch danach fragte, mit einer Mischung aus Ironie und Angst im Gesicht, gab ihr den Rest. Ihre Freundin verlor den Verstand und den Sinn für die Realität. So schnell wie der Flügelschlag einer Mücke huschten nächtliche Schritte und das Klappen der Haustür durch Grits Gedächtnis.

Ein lästiges Insekt, das sie beiseitewischte. Raymonds Tod war eine schreckliche Sache, aber eine, die garantiert nichts mit Heiko zu tun hatte.

Im Vorbeigehen drückte Manfred Steinhagen seiner Frau einen Kuss ins Gesicht und schleppte die Angelausrüstung zum Wagen. Ein Wochenende mit den Mitgliedern des Klubs an irgendeinem See. Stille, Einsamkeit – toter Fisch. Manche Dinge an ihm konnte Grit auch nach über zwanzig gemeinsamen Jahren nicht verstehen. Vielleicht war das das Geheimnis ihrer glücklichen Ehe. Sie liebte ihn bedingungslos. Auch für sein Vertrauen und die Unabhängigkeit, die er ihr ließ. Sie warf ihm eine Kusshand hinterher, ehe sie sich wieder ihrem Telefonat zuwandte.

»Morgen Abend im *Jerome*«, bestätigte sie Rollo und lächelte dabei.

Dorothee brauchte Ablenkung, Spaß und vielleicht ein neues Abenteuer. Wahrscheinlich würde alles wieder ins Lot kommen, wenn sie sich richtig ausgetobt hatte. Grit war gerne bereit, ihr beim Austoben unter die Arme zu greifen. Sie hatte frei bis zum Sonntag, und sie hatte vor, die Zeit zu nutzen.

Samstag

Einen Abend lang hatte Dorothee sich ganz dem Selbstmitleid hingegeben und gar nicht mehr versucht, einen vernünftigen Gedanken zu fassen. Nur einen kurzen Anruf bei Hiltrud hatte sie zustande gebracht. Schließlich war keinem der Camper entgangen, dass sie am Morgen von einer Polizeistreife abgeholt worden war. Sie wollte ungern für den Rest des Wochenendes das Tratschthema Nummer eins bleiben und Spekulationen über eine Verhaftung ausräumen, ehe sie das nächste Mal einen Fuß ins Rentneridyll setzen musste. Ihre hastige Erklärung zum Thema Zeugenaussage holperte und enthielt um einiges zu oft die Worte ›alles in Ordnung‹. Rudi jaulte in den Hörer, und Guntram brummte im Hintergrund so lange irgendetwas von Erdbeerkuchen, bis Hiltrud ihr das Versprechen abringen konnte, am Sonntagnachmittag wieder da zu sein, um eben diesen mit ihnen zu verspeisen.

Erschöpft gab sie sich anschließend in Grits Hände, die sie betuttelte wie eine echte beste Freundin und dabei ihre Erfahrung als dreifache Mutter nutzte. Heißer Kakao, Schokolade und ein Schaumbad. Wen interessierten schon die fünfundzwanzig Grad, die dieser Sommerabend zu bieten hatte? Danach mit der Großpackung Schnupftücher auf die Couch, eine blödsinnige Actionkomödie auf den Schirm und eine Tüte Chips auf den Bauch. Gelegentliche unmotivierte Heulattacken hatte Grit unkommentiert gelassen, und Dorothee war ihr dankbar dafür.

Der morgendliche Blick in den Spiegel fiel nach einer unruhigen Nacht ernüchternd aus. Rot geäderte, verquollene Schlitzaugen. Dorothee entdeckte fatale Ähnlichkeiten mit einem gewissen Axel in ihrem Gesicht. Dass sie in Manfreds übergroßem weißen Bademantel steckte, verstärkte den Eindruck. Fehlten nur noch die Kappe mit dem Werbeaufdruck und die Medaille – oder gab es bei den Boxern für den Sieger einen Kranz? Dorothee drehte den Wasserhahn weit auf und schob den ganzen Kopf darunter, schnappte nach Luft wie ein Karpfen nach Brotstückchen, während ihr das Wasser in die Nasenlöcher sprudelte. Kränze trug man zum Friedhof. Sie richtete sich heftig auf, schrammte dabei mit dem Ohr über die Armatur, dass es blutete. Die Augenschlitze brannten.

*

In ihrem kleinen Appartement goss Julia Kaufmann sorgsam die zahlreichen Pflanzen. Liebevoll wischte sie hier und da Staub von einem Blatt, las akribisch die Pflegeanleitungen und dosierte Flüssigdünger, dann zog sie den Rollladen so weit herunter, dass genügend Licht ins Zimmer kam, aber die Mittagssonne ihre kleinen grünen Freunde nicht verbrennen konnte.

Leise vor sich hin summend schmierte sie ein Sandwich und packte es in ihre Badetasche zu dem großen Laken und der Sonnencreme. Ein ganzer langer Schwimmbadtag lag vor ihr, den sie genießen wollte, ohne an die unerfreulichen Ereignisse der vergangenen Wochen zu denken oder an das, was vielleicht schon am Montag auf sie wartete. Im Leben gab es nichts geschenkt, das war ihr längst klar. Man musste sich wehren, wenn man ungerecht behandelt wurde, und im Zweifel auch zu harten Mitteln greifen. Zum Angriff übergehen. Sie war nicht länger bereit, sich einfach kaltstellen zu lassen. Keiner würde so schnell dahinterkommen, dass sie womöglich Köpfe rollen ließ.

Bei dem Gedanken entschlüpfte ihr ein Lachen. Julia Kaufmann, der kleine gemeine Rächer. Aber nicht heute! Mit ihrem neuen knappen Bikini verschwand sie im Badezimmer, um sich für das Sonnenbad vorzubereiten und den kurzen Stoppeln auf ihren Waden zu Leibe zu rücken. Wie immer musste sie dabei an ihren Vater denken. Sie vermisste ihn. Als sie noch ein kleines Mädchen gewesen war, hatte sie es geliebt, ihm zuzusehen, wenn sein Gesicht haarig unter einem Berg aus Schaum verschwand, um dann zentimeterweise mit glatter Haut wieder zum Vorschein zu kommen. Es wäre ihr nie eingefallen, eine andere Prozedur zu wählen, obwohl es nur um ihre Beine ging. So war er ihr plötzlich ganz nah. Auch viele Jahre nach seinem Tod. Sie prüfte die Schärfe des Rasiermessers und lächelte, als sie es ansetzte.

*

Dorothees Körperhaltung entsprach ziemlich genau der, die ein Hund einnimmt, wenn sein Herrchen glaubt, ihn bei Regenwetter Gassi führen zu müssen. Hätte sie vier Beine gehabt, hätte sie diese wie Betonpfeiler in den Boden gestemmt, so aber steckte sie mit ausgebreiteten Armen im Türrahmen.

»Ich will aber nicht!«

»Glaubst du wirklich, du hast eine Wahl?« Grit machte ein wenig kompromissbereites Gesicht. »Ein Großteil deiner Klamotten hängt immer noch in Heikos Schrank. Wir sind verabredet, und du hast tatsächlich nichts zum Anziehen. Sei doch froh, dass du einen Grund zum hemmungslosen Einkaufen hast. Das hebt die Stimmung. Eine Shoppingtour hat noch jeder Frau gutgetan!«

Es war sinnlos zu widersprechen. Grit erfüllte in dieser Hinsicht die gängigen Klischees zu hundertzehn Prozent. Der Hinweis darauf, dass Dorothee nicht die geringste Lust verspürte, Rollo und vor allem Torge wiederzusehen, verpuffte ungehört.

Auf ihrem Weg durch diverse Dessousabteilungen redete Dorothee kaum ein Wort. Die zarte Spitzenwäsche brannte auf ihrem Körper – wie die Fragen in ihrem Kopf. War Heiko so eifersüchtig, dass er deshalb töten konnte? War sie schuld an Raymonds Tod, weil sie den Kick einer Nacht gebraucht hatte? Sie kannte Raymonds Adresse nicht. Wie also hätte Heiko ihn finden sollen? War Ray zurückgekommen, und hatte Heiko ihn nach Hause verfolgt? Wäre es nicht logischer gewesen, sie umzubringen? Oder hatte Heiko sie beide töten wollen, und sie hatte einfach nur Glück gehabt? Sie musste unbedingt mit Heiko reden, ihm in die Augen sehen und dann … Ja, was dann? War sie mutig genug, sich der Wahrheit zu stellen, auch wenn das vielleicht bedeutete, einem Mörder gegenüberzustehen, den sie einmal geliebt hatte und der dann vielleicht seinen Plan zu Ende führte?

Minutenlang stierte sie ihr Spiegelbild an. Das Licht in der Umkleidekabine brachte gnadenlos jede Hautirritation, jede Unebenheit zum Vorschein, malte Ringe unter ihre Augen, die vorher nicht da gewesen waren, und verlieh ihrem Teint eine ungesunde graue Färbung. *Wachsleichen*. Irgendwo hatte sie etwas darüber gelesen. Es brauchte eine hohe Konzentration an Feuchtigkeit ohne Sauerstoffzufuhr, daran konnte sie sich erinnern. Und da sie schwitzte, aber kaum atmen konnte in dieser widerwärtigen Kaufhausluft, stand eine spontane Umwandlung ihres Unterhautfettgewebes zu Wachs wahrscheinlich unmittelbar bevor. Bei lebendigem Leib. Wie eine der Figuren bei *Madame Tussauds* würde sie dann aussehen, wenn sie tot war. Oder so wie Ray. Wenn der Mörder sie doch noch erwischte.

Aus ihrer Tasche zog sie einen Lippenstift, drehte die Spitze weit heraus und fuhr sich damit von links nach rechts über die Kehle. Eine hässliche breite rote Spur. Sie schluckte. Raymond war so verdammt schön gewesen. So jung und sexy. Voller Leben. Voller Liebe.

Ungeduldig steckte Grit den Kopf durch den Vorhang.

»Wie siehst du denn aus?«

Erschrocken riss Dorothee die Augen auf. »Ich wollte nur …« Der Lippenstift fiel zu Boden und kullerte unter der Trennwand hindurch in die Nachbarkabine. »Ach, vergiss es.« Sie schnappte eilig eines der aussortierten Höschen vom Wäschestapel, rubbelte sich damit den Hals sauber und drückte das verschmierte Ding anschließend in Grits Hand.

»Passt mir sowieso nicht«, murmelte sie dabei.

*

Entgegen jeder Logik spürte Torge eine gewisse Nervosität in sich aufsteigen, als er Grit und Dorothee an der Bar entdeckte. Etwas in ihm befand sich seit gestern in Aufruhr. Der Gedanke, dass eine dieser Frauen vielleicht gefährlich sein konnte, reizte ihn. Dass sie Spiele mit fremden Männern spielten, erst recht. All seine Sensoren befanden sich in höchster Alarmbereitschaft, und er fühlte sich verdammt gut dabei. So wie als kleiner Junge, wenn ihm seine Schwester den Sheriffstern auf die Brust pappte und er ganz allein die Bösewichte erledigte, die die kleine Squaw bedrohten. Für Rote Feder war er der

Held gewesen. Immer. Diesmal lächelte er, als seine Hand den Glücksbringer berührte.

»Guten Abend, die Damen!« Er deutete eine kleine Verbeugung an und strahlte in die Runde. Rollo dagegen schüttelte Grit die Hand und umarmte Dorothee. Siedend heiß fiel Torge ein, dass sie das Geheimnis der vertauschten Namen offiziell noch nicht kannten. Aber da legte Rollo schon los.

»Wenn ich mich richtig erinnere, Dorothee, warst du eher für die Cocktails mit Limette zu haben, und Grit ist Fan von Kokosnuss und süßem Sirup. Habt ihr schon bestellt?«

Dorothee nickte zur Limette und runzelte dann die Stirn. Verdammt, fuhr es Torge durch den Sinn, schon aufgeflogen, der erste Schwindel. Dorothee öffnete den Mund, aber Rollo legte den Finger an die Lippen.

»Pst!« Er zwinkerte verschwörerisch. »Wir werden euch nicht verraten, wie wir dahintergekommen sind. Aber zum Trost geht der erste Cocktail auf meinen Deckel und der zweite auf Torge.«

Grit schürzte die Lippen zum Kussmund und schmatzte mit geschlossenen Augen in die Luft. Erst in Rollos, dann in Torges Richtung. »Ich liebe kluge Männer!«

Sie nahm die Enttarnung mit Humor, und sogar Dorothee rang sich ein Lächeln ab, das allerdings nur Rollo bedachte. Torge registrierte beides und musste mit Erleichterung anerkennen, dass sein Kollege besser improvisierte als erwartet.

*

Dorothee kam sich lächerlich vor. Einerseits war sie froh, dass der dämliche Namenstausch beendet war, andererseits schämte sie sich weiterhin für Grits vorpubertäres Getue. Der Zwischenfall in der Umkleidekabine hatte noch ein unangenehmes Nachspiel gehabt, und anschließend war ihr nichts anderes übrig geblieben, als sich endlich auf die Wahl eines ausgehtauglichen Outfits zu konzentrieren. Die Korsage aus auf alt getrimmtem Lederimitat mit den vielen kleinen Schnallen und Riegeln schmiegte sich hauteng an ihren Oberkörper. Steampunk. Das war Liebe auf den ersten Hautkontakt. Nur jetzt, unter den Augen all dieser Leute, fragte sie sich plötzlich, wieso es ausgerechnet ein so auffälliges Teil hatte sein müssen. Eines, das ihre Oberweite in Szene setzte wie die Auslage in einem Schaufenster. Peinlich und unangemessen.

Die Erinnerung überrollte sie unausweichlich. Hier war sie Raymond begegnet. Vorsichtige Blickwechsel, scheues Lächeln, zwei Donnerstage lang. Am dritten Abend schickte er ihr SMS vom anderen Ende der Theke – weil Grit ihm ihre Nummer zugesteckt hatte.

Weiter kam sie nicht mit ihren Grübeleien. Der Blick, der sie gerade jetzt taxierte, war alles andere als schüchtern und alles andere als angenehm. Der Klumpen, der sich beim Gedanken an Ray in ihrem Hals gebildet hatte, löste sich mit einem Schlag. Wut war ihr bei Weitem lieber. Sie beugte sich zu Torge und flüsterte mit rauer Stimme in sein Ohr: »Ich dachte, du hast alles in deiner Hose, was der Mensch so braucht. Was glaubst du da noch in meinem Ausschnitt finden zu können?«

Leider fühlte sich der unverschämte Riese durch die Bemerkung kein bisschen kompromittiert. Er verzog sein Gesicht mit dem blonden Dreitagebart zu einem breiten Grinsen.

»Ich bin immer auf der Suche nach neuen Perspektiven. Das erweitert den Horizont.« Er gab sich keine Mühe, leise zu reden, und Grit prustete los, als ob er den Witz des Jahrhunderts gemacht hätte. Die Hitze kletterte unaufhaltsam wie die Tide an der See durch Dorothees Körper aufwärts bis in ihr Gesicht. Abrupt wendete sie sich ab, widmete sich dem inzwischen eingetroffenen Cocktail und beschloss, den Mann ab sofort zu ignorieren. Da Grit ihn umgehend auf die Tanzfläche schleppte, glückte ihr Vorhaben zumindest vorübergehend, und sie entspannte sich in Rollos Gegenwart.

»Scheißwoche gehabt?«, fragte er freundlich, und sie nickte. »Willst du reden?«

Nach einem kurzen Achselzucken schüttelte sie den Kopf. »Ich will nur etwas trinken. Und vergessen. Aber wenn du zufällig jemanden kennst, der einen Job für mich hat – ich könnte Montag anfangen.«

»Ich denke drüber nach.« Rollo legte seinen Arm um ihre Schulter. »Und ich passe ein bisschen auf dich auf, wenn es recht ist.«

Dorothee saugte mit dem Strohhalm Zuckerkristalle vom Boden des Glases. »Zwecklos, aber trotzdem danke.«

*

In Torges Kopf setzten die Gedanken zu wilden Loopings an. Während er sich die Lunge aus dem Leib tanzte, stand Rollo offensichtlich kurz vor einem durchschlagenden Erfolg. Die aufgeschlossene Grit war zwar privat gesehen immer noch seine Favoritin, denn es machte einfach Spaß, mit ihr zu flirten, der Ermittler in ihm lechzte jedoch nach Informationen über Dorothee. Er signalisierte Grit den Wunsch nach einem Timeout, um möglichst wenig von der lebhafter werdenden Unterhaltung zu verpassen.

»Wir sitzen im selben Büro im Präsidium«, hörte er Rollo

gerade sagen und schlug ihm etwas derber als geplant auf die Schulter.

»Was erzählst du denn für ein Zeug?« Er zog die Augenbrauen zusammen und unterstrich seinen warnenden Blick mit einem leichten Tritt gegen Rollos Schienbein.

»Präsidium – heißt das, ihr seid bei der Polizei? Kein Wunder, dass man sich bei euch so sicher fühlt!« Grit klimperte mit den Wimpern. »Finde ich ungeheuer spannend. Was macht ihr denn genau?« Sie schob den Zeigefinger unter Torges obersten Hemdknopf und hebelte ihn auf. »Druckknöpfe«, quietschte sie. »Habe ich's doch geahnt.«

»Wir sind cool und sehen gut aus. Reicht das nicht?«, schnurrte Torge, in der Hoffnung so das Thema schnell wieder zu beenden.

Dorothee schüttelte mit einem Aufstöhnen den Kopf. »Wollt ihr euch nicht lieber gleich ein Zimmer nehmen?«

Grit kicherte, und Rollo sprang ein, um die Situation zu entschärfen. »Wer fällt euch ein, wenn ihr an richtig coole, gut aussehende Cops denkt?«

»Außer uns«, warf Torge dazwischen und schaffte es wieder nicht, Dorothees Blick einzufangen. Sie wandte sich jedes Mal sofort ab. Angewidert oder ängstlich? Schwer zu sagen.

»Ich weiß es!« Grit schubste Rollo begeistert in die Seite. »Ihr seid Drogenfahnder, *Miami Vice*; Crockett und Tubbs! Und wer ist wer?«

Torges volle Aufmerksamkeit richtete sich auf Dorothees Gesicht. »Ich bin der schwarze Mann. Da stehen die Frauen doch drauf, oder nicht?«

Dorothee zuckte heftig zusammen, und er fürchtete schon, das Spiel überreizt zu haben. Aber sie brach weder in Tränen aus, noch lief sie davon.

»Nein«, sagte sie so leise, dass er es kaum hören konnte. »So einfach ist es nicht.«

Rollo drückte kurz ihre Hand, und es versetzte Torge einen Stich zu sehen, dass offenbar etwas sehr Intimes zwischen den beiden vorging. Er musste unbedingt ein paar Takte mit Rollo allein reden.

»Ist es nicht? Tja, Frauen sind wohl wirklich komplizierter als Männer. Aber ich muss jetzt dringend einem sehr männlichen Bedürfnis nachgehen.« Wenn Rollo hier einen auf Frauenversteher machte, blieb ihm wohl nur die Rolle des Vollprolls. »Komm Kollege. Vielleicht kannst du mir was halten helfen.«

*

Kaum waren die beiden verschwunden, umarmte Grit Dorothee ganz fest. »Alles okay, Schätzchen? Tut mir so leid. Ich habe gar nicht dran gedacht, dass Tubbs … Aber das war auch eine saublöde Bemerkung von Torge, obwohl er ja nicht wissen kann … Sag doch mal was!«

»Ist schon in Ordnung, Grit. Das ist allein mein Problem. Ich muss endlich aufhören, dauernd an Raymond zu denken.« Sie vergrub den Abschied ganz tief unten in ihrer Seele und häufte Teilnahmslosigkeit darüber. »Er war ein One-Night-Stand und mehr nicht.« Mehr musste Grit jedenfalls nicht wissen. »Wenn du mir Kriminalhauptkommissar Großmaul noch eine Weile vom Hals halten könntest, wäre ich dir allerdings sehr verbunden.«

»Geht klar. Wobei ich ihn gar nicht so schlimm finde. Das einzig wirklich Blöde ist sein Name. Torge klingt nach IKEA-Einbauschrank. Den kannst du nicht genussvoll stöhnen im Bett. Ich weiß, ich weiß …« Abwehrend fuchtelte sie mit beiden Händen. »Da soll er gar nicht hin, in mein Bett. Aber träumen werde ich ja wohl noch dürfen. Die Gedanken sind frei!«

»Ich habe doch gar nichts gesagt. Dass hier nur eine verruchte Sünderin am Tisch sitzt, ist mir klar, du Ausbund an Treue.«

Einen Hauch von Sarkasmus konnte sie sich nicht verkneifen. Grit machte die Männer scharf, bis sie auf Knien lagen und bettelten. Und das war alles. Mehr gab sie ihnen nicht. Unehrlich und gemein. Aber diese Diskussion mit ihr führte regelmäßig in eine Sackgasse.

*

Auf der Herrentoilette nahm unterdessen Torge seinen völlig verdutzten Kollegen ins Gebet. »Ich bin nicht blind, Rollo. Du machst einen Fehler. Die Frau ist nicht das, was du in ihr siehst. Setz bloß nicht dein Leben aufs Spiel.«

»Mein Leben?« Rollo drehte sich zur Wand mit dem Urinal und öffnete die Hose. »Meinst du nicht, dass du übertreibst? Selbst wenn sie Raymond Jarr getötet hätte – ich betone *hätte* –, wäre das aller Wahrscheinlichkeit nach eine Affekthandlung gewesen, so, wie ich sie einschätze. Ich weiß, die Indizien legen etwas anderes nahe. Aber mal ehrlich, nach Gottesanbeterin oder Schwarzer Witwe sieht sie nicht aus.«

»Seit wann urteilen wir danach, wie etwas aussieht? So wörtlich habe ich es auch nicht gemeint. Dein Leben bezog sich mehr auf deine Karriere und deine Ehe.«

Rollo grunzte abfällig. »Du bist bekloppt, Torge.«

»Und du bist unvorsichtig, wenn du ihr so nah kommst. Davon ganz abgesehen: Wieso musstest du über unsere Arbeit reden?«

»Weil ich für diesen faulen Zauber nicht geschaffen bin und

auch nicht für einen Seitensprung. Ich liebe meine Frau. Für nichts auf der Welt würde ich das riskieren. Eigentlich solltest du das wissen! Jetzt kennt Dorothee einen Teil der Wahrheit, und ich laufe nicht mehr Gefahr, mich ungewollt zu verraten.«

»Und wieso ausgerechnet Drogenfahndung?«

»Du warst doch dabei. Die Dienststelle haben wir Grit zu verdanken, *Mr Rico Tubbs*.«

»Welche zwei Cops hattest du denn im Hinterkopf?«

»Kommissar Rex und sein Herrchen«, brummte Rollo, schloss den Reißverschluss und ging zum Waschbecken. »Hör zu, ich hielt es für sinnvoll, beiläufig zu erwähnen, dass wir bei der Kripo sind, und damit Dorothees Reaktion zu testen. Sie blieb ganz ruhig – bis du aufgekreuzt bist. Wir haben uns über Dienstgrade und Behördenschikane unterhalten. Sie hat keinen Verdacht geschöpft, da bin ich sicher. Übrigens ist sie eine arbeitslose Arzthelferin und ihr Ex ein niedergelassener Allgemeinmediziner, woraus man schließen könnte, dass er mit einem Rasiermesser analog zum Skalpell umzugehen weiß. Sein Vorname ist Heiko. Ich wette, dass Florian jetzt drei Klicks im Internet reichen, um ihn endlich aufzustöbern. Also, Kollege, ich habe meinen Job gemacht. Und du?«

Torge drückte mit der Stirn gegen die Wand und atmete geräuschvoll aus. »Entschuldigung. Ich weiß auch nicht, was mit mir los ist. Der Fall macht mich kirre. Ich kapiere einfach nicht, was in diesen Leuten vorgeht. Und auch nicht, was an diesem Raymond so besonders gewesen ist.«

Für ihn blieb der Typ ein Casanova, der Frauen in Serie flachgelegt und dafür am Ende eine blutige Quittung bekommen hatte. Machte sein gewaltsamer Tod ihn zu einem besseren Menschen?

Als Torge eine gute Stunde später das Handtuch warf und seine Tänzerkarriere für beendet erklärte, fackelte Grit nicht lange, packte Rollo am Kragen und entschwebte aufs Neue.

»So schnell kann es vorbei sein mit der Liebe«, gurgelte Dorothee tiefsinnig in ihr Glas und legte dann völlig unerwartet ihren Kopf auf Torges Unterarm.

»Du hast ganz ordentlich getankt, was?« Er biss die Zähne aufeinander und fluchte innerlich. Wenn das kein Spruch war, für den sie ihn mögen musste …!

»Der Letzte macht's Licht aus.« Sie kicherte, und er war sich ziemlich sicher, dass ihr dabei Speichel aus dem Mundwinkel tropfte und sein Handgelenk benetzte. »Aber einer geht noch.«

Sie riss den Kopf wieder hoch und sah bemitleidenswert zerknautscht aus. Offenbar spiegelte sich diese Einschätzung eins zu eins in seinem Gesicht. Deutlich genug, dass sie es selbst in ihrem Zustand noch erkannte. Ob es die Scham, die schnelle Bewegung oder allein die Menge der Cocktails war, die den Würgereiz auslöste, würde wohl nie jemand mit Sicherheit sagen können. Torge schaffte es gerade eben, ihr auszuweichen, als sie, die Hände vor den Mund gepresst, an ihm vorbeidrängte. Das musste jetzt wirklich nicht sein.

Auf der Tanzfläche schlang Grit beide Arme um Rollos Hals und ignorierte Torges Hilfe suchendes Winken.

Fluchend nahm er die drei Stufen in den Vorraum mit einem Schritt und folgte Dorothee über die Treppe ins Freie. Auf der anderen Straßenseite hing sie mit beiden Armen an einem Verkehrsschild, den Kopf in den Nacken gelegt, und schaute hinauf zu den Sternen.

»Geh weg«, maulte sie ihn an. »Ich kotz gleich.«

»Nur meinetwegen?«

Er kam sich schäbig vor, sie selbst in diesem Moment noch

aushorchen zu wollen. Und auch, weil er gehofft hatte, nicht unmittelbar dabei sein zu müssen, wenn es passierte. Ihr Atem dehnte die Korsage, bis sie fast platzte. Das Geräusch und das Auf und Ab ihres Brustkorbs erinnerten ihn an die stampfenden Kolben einer Dampflok. Erst als sie laut lachte, wurde ihm klar, dass er es ausgesprochen hatte.

»Steampunk«, stieß sie hervor, zupfte mit einer Hand an dem Mieder, ahmte mit den Armen die Bewegung nach und rammte dann ihren Kopf gegen seine Brust.

»Genau: Steampunk!« Der nächste Lacher erstickte in den Stückchen, die anschließend auf seinen Schuhen landeten.

»Na klasse!« Mit einer Hand packte er sie in den Haaren und zog ihren Kopf ein Stück nach hinten. »Fertig?«

Sie klapperte zur Bestätigung mit den Lidern, die Pupillen verdreht, dass ihm nur das Weiß ihrer Augäpfel entgegenleuchtete. Er angelte ein Taschentuch aus der hinteren Hosentasche und wischte ihr den Mund ab.

»Steck's ein«, kommandierte er. »Vielleicht brauchst du es noch mal.« Dann schob er sie zurück ans Verkehrsschild und wickelte ihre Arme um die Stange. Zur Absicherung stellte er sich direkt hinter sie, eine Hand auf ihrem Bauch. »Ich rufe dir ein Taxi, die Party ist vorbei.«

Ihr Oberkörper zuckte unterdrückt, aber sie nickte. Fünf Minuten lang verharrten sie schweigend in genau dieser Haltung, bis das Taxi vorfuhr.

Als Dorothee das Bewusstsein wiedererlangte, sah sie als Erstes Grit. Direkt danach die im Wasser leise sprudelnden Kopfschmerztabletten und den Eimer. Unbenutzt, zum Glück! Wortlos richtete sie sich auf und leerte das Glas.

»Wie war deine Nacht?«

Eine gute Frage, die sie spontan nicht beantworten konnte. Sie erinnerte sich noch, dass Rollo ihr einen Zettel mit einer Telefonnummer gegeben hatte.

»Ruf da mal an. Ist sicher keine besonders schöne Arbeit, aber die brauchen immer Leute. Tatortreinigung. Mit denen haben wir bei der Polizei gelegentlich zu tun.«

Überraschenderweise verursachte der Gedanke ihr keine Übelkeit. Insgesamt gesehen fühlte sie sich besser als erwartet. Das sprach eindeutig dafür, dass sie den Alkohol nicht bei sich behalten hatte.

»Ich schätze, ich habe mir meine Getränke der Reihe nach noch mal durch den Kopf gehen lassen, aber ich weiß beim besten Willen nicht, wo oder wann das passiert ist.« Hilflos schaute sie Grit an. »Bitte sag mir, dass ich mich nicht mitten im *Jerome* übergeben habe! War ich sehr peinlich?« Ihr fehlte jede Vorstellung, wie sie von der Stadt nach Hause gekommen war. Die Korsage lag auf dem Tisch, die Hose klebte ihr noch an den Beinen. »Hast du meine Rechnung bezahlt?«

Grit grinste. »Absolut klassischer Filmriss. Du hast dir aber auch Mühe gegeben. Sei dir gegönnt. Ich hatte auch meinen Spaß. Jetzt kann ich gar nicht lange bleiben, aber nach deinem plötzlichen Abgang musste ich nachsehen, ob du wieder auf die Füße kommst. Außerdem hast du dein Halstuch liegen lassen. Das mit dem Geld regeln wir ein andermal.« Sie patschte Dorothee aufmunternd auf die Wangen. »Im Übrigen muss ich meine Bemerkung von gestern zurücknehmen, was Torge betrifft.«

Dorothee verstand kein Wort.

»Ich habe es ausprobiert. Das mit dem Stöhnen geht doch. Wenn du das O und das E lang ziehst, gibt einen guten Effekt. Lässt sich flüstern und schreien.«

»Du hattest den Kriminalhauptkommissar im Bett? Aber du hast doch noch nie …« Der Wohnwagen begann sich unvermittelt um Dorothee zu drehen.

»Habe mich mit geschlossenen Augen seufzend über knisternden Satin gerollt und seinen Namen gestöhnt. Eigentlich müsste sein Dienstgrad Kriminaloberkommissar sein und nicht Hauptkommissar, wenn du mich fragst. Ich habe mir das von Rollo noch mal genau erklären lassen. Abgekürzt K-O-K, also, englisch ausgesprochen: *Cock*.« Grit grinste süffisant. »Ganz klarer Fall.«

Dorothee stellte einen Fuß auf den Boden, in der Hoffnung, damit das Karussell anhalten zu können.

»Ein Traumtyp, mit seiner Bärenbrust. Wenn er jetzt noch dabei gewesen wäre … Aber man kann nicht alles haben. Und ich habe meinen Manfred. Bewährtes Qualitätsmodel. Nicht mehr ganz taufrisch, ein paar Bügelfalten, aber ein Fachmann auf dem Gebiet der …«

»Was?« Das fiepende Stimmchen konnte Dorothee nur mit Mühe als ihr eigenes identifizieren. »Hast du jetzt mit ihm … oder hast du nicht?«

»Au weia, das ist ja schlimmer, als ich dachte! Natürlich habe ich nicht. Langsam und zum Mitschreiben: KHK Torge Hansen hat sich letzte Nacht telefonisch bei Rollo abgemeldet, nachdem du ihn vollgekotzt hast.«

Stöhnend sackte Dorothee auf der Matratze zusammen und zog das Kissen übers Gesicht.

»Mach dich nicht verrückt deswegen. Kann doch mal vorkommen. Ich glaube nicht, dass er dir böse ist, sonst hätte er dich bestimmt nicht noch ins Bett gebracht.«

Dorothee spürte einen Kuss auf dem Kissen über sich.

»Ich muss los. Tschüssi.« Dann klappte die Tür zu.

Dorothee hielt den Atem an. Ins Bett gebracht? Wieso war nicht Grit bei ihr gewesen, als es ihr dreckig ging? Und wie kam die verdammte Korsage auf den Tisch? Wieso hatte nicht Rollo ihr beigestanden? Das wäre viel weniger schwer zu ertragen. Ein Kumpel, ein Freund. Sie fand Rollo zwar in sexueller Hinsicht nicht anziehend, aber ansonsten ausgesprochen sympathisch. Ganz im Gegensatz zu dem anderen. Innerlich verfluchte sie sich für diesen Gedanken. Ja. Verdammt, ja: ganz im Gegensatz!

Dampflok. Kopf gegen Brust. Taxi.

In den Gedankenwirbel mischte sich der Geruch von wiedergekäutem Caipirinha und herbem Deodorant. Sie stopfte sich das Kissen in den Mund und schickte ein frustriertes Brüllen in die Federn.

Ein Schnittchen, hatte Grit gesagt. Aber alles andere als Sahne-Kirsch. Das war ein Mann. Und süß war er garantiert nicht. Dieses Arschloch von einem Typ war leider ein Chili-Jalapeño-Schnittchen. Und sie fürchtete seine hellgrauen Augen wie ein Vampir den Holzpflock.

Montag

Schon auf dem Flur hörte man Rollos vergnügtes Pfeifen. Bei offener Tür intonierte er laut und melodisch *Walking on Sunshine* und erregte damit Torges Neid. Seine eigenen musikalischen Fähigkeiten beschränkten sich auf das Einschalten elektronischer Wiedergabegeräte. Natürlich konnte er auch pfeifen, schrill und durchdringend, ohne die Finger zu benutzen, aber ein Lied war nicht drin. Im Büro drehte Rollo gerade eine Pirouette, und Florian Marschall schnippte im Takt, als er eintrat.

»Gibt's was zu feiern?« Die Stimmung erschien ihm außergewöhnlich für einen Montagmorgen.

Florian setzte eine unschuldige Miene auf und bedeutete ihm, die Tür zu schließen, ehe er antwortete.

»König Kessler regiert heute vom Krankenlager aus. Hat eben angerufen. Zu viel Wiesbadener Höhenluft geschnuppert. Nachdem er gestern seine Gattin noch in die Landeshauptstadt ausgeführt hat – Hochzeitstag – mit Weinbergschnecken, Hummersüppchen und einem flambierten Was-weiß-ich, ist wohl der Gourmet-Magen in Streik getreten, und jetzt sitzt er auf der Schüssel fest.«

Torge holte seine Tasse aus der Schreibtischschublade und schnappte sich die Thermoskanne. »Halleluja! Da werde ich doch gleich mal ein schwarzes Käffchen drauf trinken. Desinfiziert von innen und tötet Keime ab. Das heißt, wir haben heute Freigang?«

»Schön wär's gewesen. Bestenfalls lange Leine.« Rollo beendete die Tanzeinlage mit einem einwandfreien Moonwalk und übergab Torge ein dicht beschriebenes Blatt. »Ich durfte notieren, was seine Hoheit uns als Pensum aufgibt.«

Schon der erste Punkt, den Torge entzifferte, verdarb ihm den Spaß. »Das meint er hoffentlich nicht ernst, dass wir die Antwort vom Verfassungsschutz ignorieren sollen?«

»Ich fürchte doch. Aber Priorität hat immer noch Puchinger, der muss mächtig Eindruck auf Arno gemacht haben. Wenn er könnte, würde er dem Mann rund um die Uhr Personenschutz gewähren, vermutlich sogar höchstpersönlich. Damit AK seine Ruhe hat, schauen wir darum als Erstes Florian über die Schulter, wenn er für uns das Internet durchstöbert auf der Suche nach Informationen über Umut Galioglu.«

Florian deutete überrascht mit beiden Zeigefingern erst auf die Kollegen, dann auf die eigene Brust. »Aha, mache ich das? Und wer ist dieser Galioglu, nach dem ich stöbern soll?«

»Der Ersatzmann, den die Chefin von *Guardian Shield Security* ab sofort an Raymond Jarrs Stelle zu AKs Lieblingsabgeordnetem schicken wird. Demnach hast du die Personalliste am Freitag nicht mehr gecheckt?«

Florian zog eine Grimasse. »Ich wohne hier nicht, Rollo. Und nach Arnos Rumgeflenne wegen der Kosten, werde ich garantiert keinen Handschlag extra machen, für den mich am Ende des Monats irgendwer nach der Anordnung fragt. Mein Zeitkonto ist sowieso voll bis zum Anschlag.«

Torge gähnte ausgiebig und setzte sich dann rechts neben dem Computer auf den Tisch. Rollo zog sich auf der linken Seite einen Stuhl dazu.

»Galioglu ist noch neu«, erklärte er jetzt mit Blick auf die Unterlagen. »Erst seit gut drei Monaten bei der Brüning angestellt. Er bringt praktisch die gleichen Voraussetzungen mit wie Jarr.«

Florian fixierte den Bildschirm, als könne sein hypnotischer Blick das Hochfahren des Systems beschleunigen.

»Kessler meint, dass der vielleicht gezielt eingeschleust wurde, um Jarrs Stelle einzunehmen.«

Den Gedanken quittierte Torge nur mit abfälligem Schnauben und schob die blinkende Computermaus über seinen Oberschenkel auf und ab.

»Wäre nicht das erste Komplott dieser Art.« Florian nahm ihm die Maus ab und boxte ihn aufs Bein, bis Torge ihm gerade so viel Platz machte, dass es für die Maus reichte.

»Jepp – in Hollywood. Lasst ihr euch etwa anstecken von dem Blödsinn?«

»Hast du eine bessere Idee? Bin ganz Ohr.« Rollo verschränkte die Hände hinter dem Kopf und lehnte sich zurück. »Freitag warst du auch noch der Meinung ...«

»Dass mit dem Politikerfuzzi was nicht stimmt, ja. Weil die Brüning so komisch reagiert hat. Aber deshalb glaube ich noch lange nicht, dass auf ihn ein Anschlag geplant ist. Ich sag dir, wir greifen uns besser Dorothees Ex, diesen Heiko, sobald Florian ihn gefunden hat.«

»Immer mit der Ruhe, ja. Einen nach dem anderen! Ich bin ein Gott am PC – aber die Technik ist langsam, und leider habe selbst ich nur zwei Hände. Davon abgesehen: Warum nehmen wir eigentlich die Frau nicht noch mal richtig in die Zange? Vielleicht kommt dabei ja doch noch etwas Brauchbares raus. Das Herzchen hat schließlich kein Alibi.«

Für einige Sekunden herrschte ungläubige Stille.

»Wie war das?«

»Dorothee Löblich hat bei der Vernehmung angegeben, dass sie in der Mordnacht allein auf dem Campingplatz im Wohnwagen war und diesen auch nicht mehr verlassen hat. Das kann man glauben oder es lassen. Ich meine: Ich habe es geglaubt, aber … Sagt mal, ihr habt doch mit Kessler darüber gesprochen, oder etwa nicht? Na egal – lest einfach das Protokoll.«

Verdutzt rieb Rollo seine Stirn und wühlte sich wortlos mit beiden Händen den Scheitel entlang bis in den Nacken, während Torge in die Höhe schnellte.

»Ich fasse es nicht! AK hat sie gehen lassen, ohne einen Ton darüber zu verlieren? Wir müssen dahin, Rollo, die Althippies aus ihrer Wagenburg scheuchen und befragen!« Am liebsten wäre er sofort aufgebrochen, aber Rollo, dessen Hände den Weg über den Kopf nun in umgekehrter Richtung nahmen, hielt ihn auf.

»Warte, das eilt nicht. Da läuft uns keiner weg. Du kannst ja wohl nicht ernsthaft für möglich halten, dass es Dorothee gewesen ist. Und AK hat das offenbar im ersten Ansatz genauso eingestuft, schließlich gibt es keinen Hinweis, dass sie Jarrs Wohnung jemals betreten hat. Außerdem wird AK vermutlich stündlich Meldung erwarten, und das Eichhörnchen ist auch darüber informiert, was wir abzuarbeiten haben. Darum besuchen wir diesen Galioglu und, wenn nötig, seine Chefin. Der ist genau zu dem Zeitpunkt bei der Brüning eingestiegen, als Puchinger wieder mal heftig in die Schlagzeilen geraten ist. Ich will nicht unken, aber denkbar ist ein Zusammenhang schon.«

»Der politische Gegner engagiert einen – ja, was – einen Profikiller? Aus welchem Grund sollte der genau jetzt zuschlagen?«

Florian hob den Zeigefinger. »Das kann ich unter Umständen schon beantworten. Wenn du einen Blick auf AKs Wunschliste wirfst, steht da für mich vermerkt, dass ich die Zeitungsberichte und Leserbriefe der letzten sechs Monate sichten soll, in denen Puchinger erwähnt wird. Mit seinen Ausfällen über

Schmarotzer auf Staatskosten oder die *Kopftuchmafia* hat er sich nicht gerade viele Freunde gemacht, obwohl er das hinterher alles gar nicht so gemeint haben wollte. Auch in Internetforen gibt der Mann dauernd seinen Senf zu jedem Mist. Der will sich profilieren um jeden Preis. Puchinger gilt auf allen Ebenen als absoluter Hardliner, der unbedingt bald in den Bundestag will. In den kommenden zwei Wochen tagen im Landtag die Ausschüsse zum letzten Mal vor der Sommerpause. Puchinger sitzt unter anderem im Rechts- und Integrationsausschuss; die debattieren über Islamunterricht an Schulen, Justizpannen, strafrechtliche Ermittlungen im Zusammenhang mit Skandalen bei der hessischen Polizei und Gleichstellung von Lebenspartnerschaften. Reichlich Zündstoff für einen Ultrakonservativen. Nach den Ferien sollen einige Beschlüsse gefasst werden.«

Rollo rutschte mit dem Drehstuhl näher an den Schreibtisch heran, als sich auf Florians Bildschirm endlich der Internetzugang öffnete. »Demnach kommen viele infrage, die ihn sicher gern vorher aus dem Verkehr ziehen würden. Dieser Galioglu ist dem Namen nach ja wohl vermutlich türkischer Abstammung, da könnte es ein gewisses Konfliktpotenzial geben. Gab es Drohungen?«

»Schwachsinn«, raunzte Torge dazwischen.

»Puchinger hat Arno gegenüber so was angedeutet …«

Schlecht gelaunt rutschte Torge über die Tischkante. »Angedeutet. Ich habe dieses Gesülze satt. Von mir aus soll AK weiter Kreide fressen – ich mach das nicht. Mit mir soll der Mann gefälligst Klartext reden. Auch wenn er Politiker ist!«

*

Das pausbackige runde Gesicht löste sofort eine Flut von Assoziationen aus. Roter Saft aus dem Reformhaus, auf dessen Etikett ein gemalter Mädchenkopf mit Kopftuch prangte. Ihre Oma, die immer eine Flasche davon mitgebracht hatte, wenn Dorothee krank war. Knödel, Krachlederne und Volksmusik. Gemütlichkeit. Jegliche Nervosität verflog angesichts des Lächelns, das ihr Elmar Wimmer schenkte.

»Sie schickt der Himmel, Frau Löblich, wenn ich das so sagen darf. Willkommen!«

Er schüttelte ihr beide Hände zur Begrüßung, als sei sie bereits eingestellt. Das vorausgegangene Telefongespräch hatte keine drei Minuten gedauert.

Wimmer dirigierte sie in einen Nebenraum und bestellte Kaffee und Kekse bei Hannelore Bittner, die er ihr als unverzichtbare Mitarbeiterin mit Weit- und Durchblick, als Seele des Unternehmens und Meisterin der Terminkoordination vorstellte. Die Hochgelobte machte dazu zwar ein säuerliches Gesicht, dennoch spürte Dorothee, dass die hagere Endfünfzigerin an der Schaltzentrale ein umgänglicher Mensch sein musste.

Dorothees fehlende Arbeitszeugnisse überging Elmar Wimmer mit einer wegwerfenden Handbewegung.

»Was wir hier machen, lernen Sie ohnehin nirgendwo sonst. Tatorte zu reinigen«, setzte er an, nachdem er einen Schokokeks bis zur Hälfte in seinen Kaffee gestippt und weggenuckelt hatte, »ist eine diffizile Angelegenheit. Wobei die Bezeichnung ›Tatorte‹ irreführend ist. Wir sind sehr viel seltener am Ort eines Verbrechens, als Sie wahrscheinlich denken.«

Aufmerksam lauschte Dorothee seinen umfangreichen Ausführungen, ohne sich auch nur die Hälfte merken zu können.

»Leider sind viele Menschen heutzutage nicht besonders belastbar, daher gibt es in unserer Branche eine hohe Fluktuation unter den Mitarbeitern. Schade, sehr schade.« Entgegen seiner betrübt klingenden Worte klatschte er urplötzlich munter in die Hände.

»Schade, sehr schade«, echote es von der Tür.

»Da ist er ja!«, rief Elmar Wimmer fröhlich, und Dorothee wandte sich verwirrt um. An der Tür stand der gleiche Mann, der ihr auch gegenübersaß, und sprach mit der exakt gleichen Stimme. Sie blinzelte.

»Sie schickt der Himmel, Frau Löblich, wenn ich das so sagen darf. Willkommen!«

Er schüttelte ihr beide Hände zur Begrüßung, als sei sie bereits eingestellt. Ein so heftiges Déjà-vu war Dorothee noch nie untergekommen. Sie brachte keinen Ton heraus.

»Du hast es ihr nicht erzählt, du Schlimmer!«, freute sich die pummelige Dublette und nahm neben Elmar Wimmer auf einem zweiten Stuhl Platz, den Dorothee zuvor hinter dem Schreibtisch nicht bemerkt hatte.

»Edgar«, sagte er dann. »Der ältere Wimmer.«

»Genau fünf Minuten.«

Frau Bittner brachte schweigend eine weitere Tasse Kaffee, und die Zwillinge führten das Gespräch gemeinsam weiter. Unauffällig kniff Dorothee sich von Zeit zu Zeit in den Unterarm. Die Ähnlichkeit war mehr als verblüffend. Es gelang ihr nicht, auf Dauer zu unterscheiden, wer von den beiden redete, denn sobald einer sprach, echote der andere und vervollständigte den begonnenen Satz. Unwillkürlich fragte sie sich, ob die Brüder selbst immer ganz sicher sein konnten, wer von ihnen wer war. Wie Klone.

»Wir haben eine uneigennützige Ader«, erläuterte der, bei dem sie sich zu erinnern glaubte, dass es Elmar war. »Diese Arbeit ist eine sehr soziale Tat.«

»Sehr soziale Tat, sie entlastet die Angehörigen«, bestätigte Edgar. »Da achten wir drauf. Das ist uns schon immer wichtig bei allem, was wir machen: Altenpflege, Sanitätsdienst, Feuerwehr … ach ja, Schlüsseldienst, aber nur kurz. Wenn Sie sich also einmal ausgesperrt haben …«

»… einfach anrufen! Nach dem Schlüsseldienst kam noch die Arbeit in der Suppenküche, Grabredner und dann Tatorte.«

»Tatorte und seit letztem Jahr noch die Schädlinge.«

Wie lächelnde Buddhas hockten sie ihr gegenüber, und Dorothee beobachtete fasziniert, wie auch der zweite Wimmer mit seinen würstchenförmigen Fingern einen Keks nach dem anderen ertränkte, ehe seine Zähne sie zermalmten.

»Wir kümmern uns um das, was keiner gerne macht, was aber gemacht werden muss. Und Sie, Frau Löblich, passen ganz wunderbar in unser Team!«

»Wunderbar in unser Team. Als Arzthelferin kennen Sie sich aus mit Menschen und ihren Schwächen. Haben Sie Angst vor Ungeziefer? Wir bevorzugen es, wenn unsere Mitarbeiter in beiden Firmen mitarbeiten können und flexibel sind. Reinigung und Schädlingsbekämpfung gehören zusammen, ergänzen sich wunderbar.«

»Ganz wunderbar. Können Sie morgen anfangen?«

Erwartungsvoll schauten Elmar und Edgar Wimmer aus den gleichen wasserblauen Augen zu Dorothee herüber. Wie aufs Stichwort huschte Hannelore Bittner durch die Tür.

»Wir haben da schon mal etwas vorbereitet!«

Auf dem Arbeitsvertrag fehlte nur noch ihre Unterschrift.

Umut Galioglu umwehten die Sanftmut und Gelassenheit eines Kobe-Rindes. Seine braunen Augen lagen im Schatten langer geschwungener Wimpern, um die ihn so manche Frau beneidete und die ihm ein leicht schläfriges Aussehen verliehen. Beides konnte jedoch nicht darüber hinwegtäuschen, dass der Mann durchaus in der Lage war, mit der Kraft seiner bloßen Hände einen Grizzly in die Flucht zu schlagen oder einen Hai in die Tiefe des Meeres zurückzutreiben.

Neben diesen offensichtlichen Fähigkeiten verfügte er über ein fast abgeschlossenes Germanistik-Studium und einen grauenhaften Akzent, der nicht den geringsten Zweifel an seiner südhessischen Herkunft aufkommen ließ. Von Raymond Jarr sprach er mit Respekt, und die Erwähnung Marion Brünings brachte sein Gesicht zum Leuchten. Die Trainingseinheiten im Stockkampf, die sie ihren Angestellten in den Kellerräumen des Anwesens zuteilwerden ließ, nötigten ihm geradezu ehrfürchtiges Staunen ab. Er packte die Frau auf einen gedanklichen Sockel und verneigte sich. In ihr vereinten sich Kraft und Grazie, Körperbeherrschung in Perfektion, personifiziertes Feng-Shui, sozusagen.

Schon nach wenigen Sätzen strich Torge ihn im Geiste von der Liste der Verdächtigen. Umut war weder so schläfrig, wie er aussah, noch Schläfer einer Terrorzelle, sondern ein angehender Grundschullehrer mit einem Faible für Frauen, die noch stärker waren als er selbst. Die Arbeit als Bodyguard finanzierte ihm das Studium und war objektiv betrachtet weniger gefährlich als sein vorangegangener Türsteherjob vor einer Disco. Umut Galioglu gönnte sich ein sparsames Lächeln. Etwas mehr als ein Jahr noch, dann konnte er als Deutsch- und Sportlehrer in den hessischen Schuldienst eintreten und auf seine Verbeamtung hoffen.

Torge stand kurz vor der Explosion, als sie sich verabschiedet hatten und zum Wagen gingen.

»Na, wenn das mal kein gefährlicher Zeitgenosse ist! Der unterwandert das deutsche Volk an der Basis. Nur weil er türkische Eltern hat, macht AK ihn zum potenziellen Attentäter. Ich krieg die Krätze!«

»Wir hätten ihn auch überprüfen müssen, wenn sein Name Karl Meier wäre. Sicherheit geht vor. Krieg dich besser wieder ein, bevor wir auf Puchingers Couch sitzen, sonst nehme ich dich an die Leine und verpasse dir einen Maulkorb. Du musst den Mann nicht mögen, aber objektiv bleiben und dich nicht aufführen wie ein tollwütiger Terrier. Puchinger ist Politiker, da gehört Säbelrasseln zum Geschäft. Immerhin hat er eine Meinung, die er offen vertritt.« Rollo hob beschwichtigend die Hand. »Auch wenn ich die nicht teile. Im Gegenteil. Aber das ist Privatsache und darf unsere Arbeit nicht beeinflussen.«

Torge schwieg daraufhin. Fast die ganze Strecke nach Wiesbaden starrte er aus dem Fenster. Er stützte den Ellbogen gegen die Scheibe und rieb mit den Lippen über sein Handgelenk. Etwas lief grundlegend falsch in seinem Leben. Dass er privat keinen Fuß auf den Boden bekam, war nicht neu, aber dass er nun auch noch das Gefühl für seine Arbeit verlor, konnte er nicht zulassen. Er riss ständig das Maul auf, ohne vorher richtig nachzudenken, er machte seine eigenen Vorstellungen zum Maß für alle und weigerte sich, andere Möglichkeiten auch nur in Betracht zu ziehen.

Rollo hatte recht. Er entwickelte sich zu einem arroganten, egozentrischen Arschloch. Er wusste, dass das nicht nur am fehlenden Schlaf der vergangenen Woche lag. Und der fehlende Schlaf rührte nicht nur von seiner Nachbarin her, wie er sich einzureden versucht hatte. Ihr Mann war nach sechs Monaten auf Montage für zwei Wochen zu Hause, und die beiden liebten sich laut und hemmungslos. Jede Nacht. Fast bis zum Morgen. *From dusk till dawn*. Unersättlich wie Vampire. Im Sitzen war sein Talisman unerreichbar, darum grub er die Zähne in die geballte Faust. Das lange Alleinsein machte ihn mürbe und unleidlich. Aber Selbstmitleid half garantiert nicht weiter. Die Folgen kannte er nur zu gut. Isolation und Alkoholmissbrauch. Er war auf dem besten Weg zum Eigenbrötler und Vollzeitzyniker.

Über den gelben Rapsfeldern kletterte die Sonne zum Zenit, es wurde immer heißer. Torge setzte die Sonnenbrille auf und kurbelte das Fenster ein Stück herunter. Es war an der Zeit, in die Offensive zu gehen und nicht nur den coolen Bullen zu spielen. Er musste cool sein. Von innen heraus. Aber das war nicht so leicht, wie er es sich wünschte. Seine guten Vorsätze mussten sich umgehend einer harten Prüfung unterziehen.

Birgit Puchinger verströmte den staubigen Charme einer englischen Gutsbesitzerin und trug trotz großer Hitze in der Wohnung ein pastellfarbenes Kostüm, Seidenstrümpfe und eine zweireihige Perlenkette. Queen Mum wäre stolz auf sie, fuhr es Torge durch den Sinn, aber er biss fest die Zähne aufeinander und verzog keine Miene. Sehr aufrecht saß sie in den geblümten weichen Polstern, was er wiederum bewunderte. Er selbst sackte so tief ein, dass sein Gürtel ihm in den Magen drückte und er sich sofort fragte, wie er jemals wieder aufstehen sollte, ohne dabei eine peinliche Figur abzugeben.

Die Hausherrin lächelte unentwegt und entschuldigte ihren Mann, der leider nicht anwesend sein könne, der Besuch der Kripo sei doch sehr überraschend und sein Termindruck enorm. Dabei hielt sie Knie und Knöchel eng geschlossen, die gefalteten Hände ruhten in ihrem Schoß. Ein Bild wie gemacht für Pressefotografen oder die Herausgeber eines Trendmagazins für Wohnideen im gehobenen Landhaus-Ambiente. Das typisch konservative Heimchen am Herd. Wie alt mochte sie sein? Zweiunddreißig – fünfunddreißig? Sie konnte niemals so alt sein wie die Art Frau, die sie verkörpern wollte. Torge fühlte den Wunsch in sich aufsteigen, sie an den Schultern zu schütteln, um die Fassade fallen zu sehen.

Bei der Frage nach Raymond Jarr flatterte ein Hauch von Kummer über ihr Gesicht. Ihre Antworten blieben jedoch distanziert.

»Ein netter Mann. Gut ausgebildet, höflich. Wirklich traurig, was ihm zugestoßen ist. Er war häufig für meinen Mann gebucht und hat auch mich einige Male begleitet. Aber wir haben eigentlich nicht miteinander gesprochen.«

»Wieso er?«, hakte Torge nach. »Gab es einen bestimmten Anlass, genau ihn immer wieder als Bodyguard anzufordern? Hatte er … besondere Qualitäten?«

»Wie meinen Sie das?« Das Mona-Lisa-Lächeln kam nicht aus dem Gleichgewicht. Wenn sie Raymond Jarr attraktiv gefunden hatte, verbarg sie das ziemlich gekonnt.

Rollo warf ihm einen warnenden Blick zu, aber Torge signalisierte, dass er diesmal nicht zu weit gehen würde.

»Nur so, wie ich es sage. Ihr Mann ist einer, der gern alles kontrolliert, alles im Griff hat, nichts dem Zufall überlässt. Darum nehme ich an, dass er Raymond Jarr nicht ohne Grund engagiert hat.«

Birgit Puchinger massierte sich die schlanken blassen Hände. »Konkreter Anlass waren Schmähbriefe, die Gottfried nach einem Interview erreichten, in dem seine Aussagen völlig verzerrt wiedergegeben worden waren. Leider ist diesen Schmierfinken nicht wirklich beizukommen, den Redakteuren, meine ich. Die Sache wurde wiederholt, zitiert, breitgetreten … Pressefreiheit nennt sich so was dann. Die Briefeschreiber sind ohnehin zu feige, ihre Anschuldigungen mit dem eigenen Namen zu unterzeichnen.«

»Womit hat man Ihrem Mann gedroht?«

Sie schüttelte den Kopf und verschränkte die Finger ineinander. »Ach, ich weiß es nicht mehr genau. Gottfried hat mir die Briefe nicht gezeigt und sie gleich vernichtet, worüber ich schon ein wenig ärgerlich war.«

Vernichtet? Misstrauisch neigte Torge den Kopf zur Seite und wartete auf eine weitere Erklärung.

»Er meinte, als Politiker müsse er mit Anfeindungen leben, und wollte keine große Sache daraus machen. Aber ich hielt es trotzdem für richtig, mit Marion zu sprechen und Konsequenzen zu ziehen.«

»Frau Brüning?« Jetzt kam endlich Schwung in die Geschichte. Torge sortierte umständlich seine Beine und bemühte sich, seine Körperspannung wiederzufinden. »Sie kennen sich näher?«

»Noch aus der Schule, ja.«

»Hat Frau Brüning Ihrem Mann Raymond Jarr empfohlen?«

»Nein, wieso sollte sie? Den habe ich ausgesucht.« Birgit Puchinger schaute fragend von einem zum anderen. »Was ist daran so ungewöhnlich? Ich manage Gottfrieds Wahlkampf, kümmere mich um die Öffentlichkeitsarbeit. Er steht im Rampenlicht, und ich halte ihm diskret den Rücken frei.«

Eigentlich war daran wirklich gar nichts ungewöhnlich. Nur die Art, wie sie sich in den Hintergrund spielte, suggerierte etwas völlig anderes.

*

Rollo hatte rechtzeitig erkannt, dass Torge nicht mehr fähig war, das Gespräch weiterzuführen, aber auch er förderte nichts Brauchbares mehr zutage. Im Wagen beobachtete er seinen Kollegen besorgt. Wieder dieser schweigende Blick aus dem Fenster. Ein ausgesprochen schlechtes Omen. Torge kam ihm vor wie ein Dampfkessel unter Hochdruck, aber ohne Ventil. Ihm war nicht klar, wie er ihn aus der Reserve locken konnte, ohne eine Explosion auszulösen, also sagte er nichts.

Selbst als Florian bei ihrer Rückkehr ins Präsidium die neusten Nachrichten Kesslers zum Besten gab, blieb die erwartete Detonation zunächst aus. Vielmehr sackte Torge auf seinen Stuhl wie ein löchriger Fesselballon.

»Arno war stinksauer, dass ihr bei der Puchinger gewesen seid. Die hat ihn angerufen, kaum dass ihr dort zur Tür raus wart. Ihr hättet ihr infamerweise ein sexuelles Interesse an ihrem Bodyguard unterstellt und offensichtlich die Bedrohung ihres Gatten nicht ernst genommen.«

»Na, sieh mal einer an!« Rollo pfiff durch die Zähne. »Die hat ja doch alles kapiert, obwohl sie so getan hat, als pralle das an ihr ab. Die steht nicht hinter ihrem Mann, um ihm Rückendeckung zu geben, sondern um ihn in den Hintern zu treten und vorwärtszupushen. Würde mich nicht wundern, wenn es die Briefe nie gegeben hätte oder sie die selbst geschrieben hat. Was stand denn darüber in den Presseberichten, Flo?«

»Nichts wirklich Konkretes und aus unbestätigter Quelle, vom Abgeordneten nicht kommentiert, aber dennoch durchgesickert … Du meinst, das ist nur PR, um den Typ wichtig zu machen?«

»Kann doch sein. Bösewichte von links außen, die ihm nach dem Leben trachten, das lenkt von seinem Geschwätz ab und hebt ihn für so manchen schon fast in den Stand eines Märtyrers.«

»Und auf den Fotos sieht man seitdem wie einen Schatten den Leibwächter zur Bestätigung der Gerüchte. Clever eingefädelt.« Florian Marschalls Grinsen erstarrte. »Meint ihr, die gehen so weit, Jarr umzubringen für das Komplottszenario, das sie Arno verkauft haben?«

Von Rollo kam als Antwort nur ein lautes Schnaufen, und Torge stierte unbeteiligt vor sich hin.

»Was ist denn mit dem los?«, flüsterte Florian, und Rollo wiederholte das Schnaufen mit hilflos erhobenen Händen.

Nach kurzem Überlegen wandte sich Marschall wieder den Fakten zu. »Jedenfalls sollt ihr euch ab sofort von Puchinger und Frau fernhalten. Wenn dort noch etwas zu klären ist, macht Arno das, sobald er wieder fit ist. Galioglu und Kollegen habe ich gecheckt, da ist im Netz rein gar nichts zu finden, abgesehen von sportlichen Aktivitäten. Die haben nicht mal einen Facebook-Account, und keiner von denen hat auch nur einen Punkt in Flensburg, geschweige denn eine Jugendstrafe oder Ähnliches. Fast zu sauber, um echt zu sein.«

Torge sprang auf wie angestochen und durchwühlte die Papiere auf Florians Tisch.

»Kann ich dir helfen?« Die freundliche Frage erhielt kein Gehör, woraufhin Florian energisch Torges Handgelenk packte.

»Verflucht, Hansen, was soll das?«

»Wo sind die Bilder?« Mit der freien Hand zerrte Torge einen Zeitungsartikel mit dem Foto Gottfried Puchingers hervor. »Guckt euch den an und dann unseren Toten.« Sein Zeigefinger hämmerte auf Puchingers Gesicht. »Wenn ihr als Frau die Wahl hättet, welchen wolltet ihr im Bett haben? Birgit Puchinger lügt gewohnheitsmäßig, um das Image zu wahren. Sie ist gezwungen, permanent die Treusorgende und Integre zu spielen. Die kann nicht mal eben rausgehen und Party machen, wenn ihr danach ist. Und dann hat sie diesen Raymond um sich. Sie hat ihn selbst ausgesucht, wie sie zugegeben hat. Wenn sie meine Frau wäre, hätte ich damit ein Problem. Aber wer, wenn nicht ein Mann wie Puchinger, hätte die Möglichkeit, sich dieses Problems wieder zu entledigen – endgültig?« In Torges Augen funkelte es zornig. »Hier habt ihr euer Motiv, das älteste von allen: Eifersucht.« Er klatschte den Ausschnitt vor Florians Brust und stürmte aus dem Zimmer.

»Unserem Kollegen geht es heute nicht gut«, stellte Florian lakonisch fest. »Wenn du mich fragst, braucht er dringend Urlaub.«

»Ich frag dich aber nicht.« Rollo kratzte sich den Nacken. »Obwohl du völlig recht hast. Es sind für ihn einfach zu viele Frauen in diesem Fall, das bedeutet Stress für die ungenutzten Hormone. Der denkt nicht mehr mit dem Kopf.«

Als Torge sich mit der frisch gefüllten Kaffeetasse wieder zu ihnen gesellte, erwähnte keiner seinen Ausraster, und auch er knüpfte nicht an das Thema an.

Florian erläuterte Rollo gerade, was die Auswertung von Raymond Jarrs Computerdateien und Korrespondenz ergeben hatte – und die daraus folgenden Lacher des Verfassungsschutzes.

»Es ging um seinen jüngeren Bruder Max, der im Dienst der US-Army steht. Berufsbedingt sind beide Waffennarren, was schon einige der aufgerufenen Seiten erklärt. Den E-Mails nach spielt Max mit dem Gedanken, ebenfalls bei einem privaten Sicherheitsdienst anzuheuern. Allerdings ein anderes

Kaliber als *Guardian Shield*, für mich klingt das eher nach Söldnertruppe, und so hat Raymond das auch gesehen. Er hat sich im Internet über den Laden schlau gemacht und wollte Max die Sache wieder ausreden. Dazu hat er anscheinend auch einige Bekannte in den Staaten kontaktiert, die ihm dabei helfen sollten. Mehr war nicht. Nur dass die beiden eine eigenartige Sprache miteinander sprechen. Viele Abkürzungen, Andeutungen – so ein Bruderding eben, das für Außenstehende nicht unbedingt Sinn ergibt, weil es viele private Anspielungen enthält. Ein simpler Anruf der Kollegen bei Max hat alles aufgeklärt.«

»Und Arno hat sich mit der Geschichte selbst ein Bein gestellt, weil er gleich ›Feuer!‹ gebrüllt hat, ohne zu gucken, ob es wirklich brennt. In dessen Haut wollte ich nicht stecken.« Rollo seufzte, hin- und hergerissen zwischen Schadenfreude und Mitleid.

Bedächtig trank Torge seinen Kaffee und zeigte keine Gefühlsregung.

»Wir stecken fest«, sagte er leise. »Wenn wir ehrlich sind, haben wir nichts außer phantastische Geschichten, die wir uns gegenseitig erzählen. Wir laufen im Kreis und zur Abwechslung manchmal gegen eine Wand. Und überall strahlt uns ein Bild von Raymond Jarr an, das ihn uns als heiligen Mann anpreist. Ein Netter, ein Guter, ein Wundervoller. Das stinkt doch. Wenn es wirklich so wäre, wäre er nicht ermordet worden.«

»Hey, hey, hey, mal langsam, das klingt, als ob es ein Opfer letztlich verdient haben müsste …«

Torge sah Rollo an wie aus einer Trance erwacht. »Scheiße, nein. So habe ich das nicht gemeint. Ist doch nur so, dass kein Mensch so perfekt sein kann. Oder bist du schon mal einem begegnet, an dem überhaupt nichts auszusetzen war? Und selbst wenn, so muss er doch in den Augen des Mörders einen Grund geliefert haben.«

»Was schlägst du vor?«

»Zurück an die Pinnwand. Alles noch mal durchkauen. Vielleicht haben wir etwas übersehen. Alles auf Anfang und damit zurück zu Dorothee auf den Campingplatz – und zwar live –, weil sie kein Alibi hat. Aber das mache ich heute Abend allein. Vertraut mir. Das ist besser wegen unserer Tarnung.«

*

Wenn nicht Raymonds gewaltsamer Tod auf ihrer Seele gelastet hätte, wäre Dorothee der Gedanke an einen Mord in diesem Moment sehr verlockend vorgekommen. Während sie sich damit abquälte, den von Hanne ausgeliehenen Wäscheständer aufzustellen, der sich vehement dagegen sträubte, lungerte Ernst am Rande des Kiesweges herum und erteilte ihr Ratschläge. Ernst, Herr über ein Heer von Gartenzwergen und gelegentlicher Beischläfer bezahlter Damen. Guntrams Tratschgeschichte zauberte Bilder in ihren Kopf, die sie weder brauchen konnte noch sehen wollte. Nebenbei forderte Ernst von ihr ein konsequentes Vorgehen gegen das Unkraut, das sich zwischen den Platten vor ihrem Wagen breitmachte und für das sie zuständig war, solange sie diesen bewohnte.

»Unn des gelbe Mofa, mit dem du rumknatterst, des hat hier nix verlorn! Des geheert uff de Parkplatz. Do könnt sunnst jo jeder die Luft verpeste, wie er will, wenn mer des aamal dorschgehe lässt.« Schrittweise rückte Ernst näher.

Dorothee zog die letzte lockere Schraube fest und versuchte, das Gemecker zu ignorieren. Von wegen Toleranz. Guntram hatte eindeutig zu dick aufgetragen, als er ihr die schöne heile Camperwelt versprochen hatte.

Als das klapperige Trockengestell endlich mit gespreizten Beinen vor ihr stand und nicht mehr wackelte, tippte Ernst ihr unvermittelt auf die Schulter.

»Des Moped muss weg, sunnst hol isch die Hanne!«

Erschreckt fuhr Dorothee herum. »Warum nicht gleich die Polizei?«, fauchte sie, den Schraubenzieher noch in der hocherhobenen Faust.

Ernst verschränkte unbeeindruckt die Arme vor der Brust.

»Mit denne hast du öfter zu duun, gell?«

Für einige Sekunden starrte sie ihn sprachlos an, dann hob sie mit spitzen Fingern ein knappes Höschen aus ihrem Wäschekorb und schwenkte es aufreizend vor seinem Gesicht.

»Sag mal, warum bist du eigentlich auf *meinem* Standplatz, Ernst? Scharf auf fremde Unterwäsche?«

»Dorothee!« Die empörte Stimme ließ sie zusammenzucken. »Um Himmels willen, was treibst du da?«

Mit gequältem Aufstöhnen senkte sie den Arm und drückte Ernst gedankenlos das Höschen in die Hand. Der Schraubenzieher plumpste neben ihren Füßen ins Gras.

»Das könnte ich dich auch fragen, Heiko.«

Über die Schilfmatte, die die Nachbarparzelle von ihrer trennte, reckte Hiltrud den Hals. »Alles in Ordnung, Liebes? Ernst, was machst du mit Dorothees Unterwäsche?«

Dank Hiltruds weit tragendem Organ zeigten sich weitere Köpfe im Umkreis. Auffordernd schaute Dorothee an allen vorbei in Heikos Gesicht.

»Also, was willst du?«

»Mit dir reden, in Ruhe. Allein, wenn das möglich ist.«

Dorothee rührte sich nicht vom Fleck, sie sprach ruhig, aber laut. »Es gibt nichts mehr zu reden. Du warst sehr deutlich, und ich habe deine Argumente eingesehen. Es ist endgültig aus.«

Die vergangene Woche hatte Spuren hinterlassen. Heikos Polohemd war ungebügelt, die Hose fleckig, und er trug noch die weißen Gesundheitsschuhe, die er sonst nur in der Praxis anhatte. Die wirre Einsteinfrisur stimmte sie sentimental. Aber nur für einen Augenblick.

»Dorothee, bitte, lass uns vernünftig sein und sehen, wie es weitergeht. Was ich sagte, war der Situation geschuldet. Es muss nicht zu Ende sein. Ich bin bereit …«

»… mir zu verzeihen? Das ist lieb von dir, aber es ist falsch. Ich werde mich nicht ändern. Es geht nicht weiter.«

»Soll das heißen, was ich will, spielt keine Rolle? Du entscheidest allein, dass es vorbei ist? Ich akzeptiere das nicht, hörst du!«

Wie bei einem Tennismatch verfolgte der halbe Campingplatz die hin- und herfliegenden Worte. Aufschlag, Return, Aus. Natürlich hätte Dorothee Heiko vieles sagen können, erklären – und vielleicht wäre es ihm gegenüber fair gewesen, dieses Finale nicht hier auszutragen. Öffentlich. Aber sie hatte es satt, sich für Dinge zu entschuldigen, die sie nicht bedauerte, und sich in eine Form pressen zu lassen, in die sie nicht passte. Trotzdem versuchte sie einen letzten Vorstoß in Sachen Logik.

»Diesmal gibt es kein Zurück. Zum Zusammenbleiben braucht man zwei, Heiko. Zur Trennung reicht einer.«

»Einer?« Heikos Stimme überschlug sich. Er war verletzt, und er wollte sie nicht verstehen. »Und wer ist dieser eine? Sag mir seinen Namen, und ich knöpfe ihn mir vor!«

*

Die *Miami-Vice*-Brille auf der Nase, das kurzärmelige Hemd etwas weiter aufgeknöpft als normal und zur Sicherheit die linke Hand in der Hosentasche schlenderte Torge an der Eingangsschranke vorbei. Das Vorhaben schien ihm denkbar einfach und perfekt geeignet, um seine Laune zu heben. Ein bisschen Wahrheit, ein bisschen Heuchelei und damit die spröde Dorothee um den Finger wickeln. Konnte ja nicht so schwer sein, wenn es sogar Rollo gelungen war, ihr Zutrauen zu gewinnen.

Schon aus einiger Entfernung sah er sie vor dem Wohnwagen stehen. Drum herum ein kleiner Menschenauflauf. Er grinste. Offensichtlich kam er gerade zur rechten Zeit. Vielleicht konnte er zur Begrüßung gleich den Helden spielen. Gut möglich, dass sie Ärger hatte, weil ihretwegen die Polizei auf dem Platz gewesen war.

Er hob die rechte Hand zum Gruß, als Dorothee in seine Richtung schaute, und hörte, wie sie seinen Namen sagte.

Dann ging alles sehr schnell.

Der Mann, der sich vor Dorothee aufgebaut hatte, folgte ihrem erstaunten Blick.

»Ist er das – dieser Torge?«, brüllte er. »Ist er das, der eine?« Mit langen Schritten rannte der Mann ihm entgegen, ballte die Faust und streckte Torge mit einem einzigen Schlag nieder.

Auf die plötzliche Dunkelheit folgten ein dumpfer Schmerz und Kälte. Torge hörte Stimmengewirr, spürte die Erschütterung sich schnell entfernender Füße. Als er die Augen öffnete, befand sich unmittelbar vor dem linken ein buntes Seidentuch und vor dem rechten blauer Himmel und etwas undefinierbar Graues, das sich auch noch bewegte, was in Kombination ein unangenehmes Schielen verursachte. Er klappte die Augen wieder zu und überlegte, mit welchem er einen schmerzfreien Einzelblick riskieren konnte. Sein Gehirn nahm schleppend wieder die Arbeit auf. Es mussten Eiswürfel sein. Eingewickelt in das Tuch, das sich vorsichtig über seine Nase und das Jochbein tastete. Er probierte es mit dem rechten Auge. Blank rasierte Achselhöhle, mausgraues T-Shirt mit Spaghettiträgern, Haut über weicher weiblicher Rundung. Das Leben war manchmal doch unerwartet schön. Er grunzte behaglich, obwohl seine linke Gesichtshälfte unter der Schockfrostung brannte.

»Bist du okay?«

Die Rundung verschwand und machte Platz für ein braun gesprenkeltes Auge, in dem er Mitgefühl erkannte. Er grunzte wieder, und Dorothee half ihm sich aufzusetzen.

»Tut mir leid«, murmelte sie. »Du hast den absolut falschen Augenblick erwischt.«

Im Hintergrund zerstreute sich allmählich der Pulk der Zuschauer. Die Show war gelaufen. Knock-out in der ersten Runde und der Sieger auf und davon. Torge hatte den Gong nicht gehört, was der eine oder andere im Stillen bedauerte.

Er nahm Dorothee den improvisierten Eisbeutel ab und verzog vorsichtig das Gesicht, rümpfte die Nase.

»Hm, nichts gebrochen. Klär mich auf, was war los?«

Dorothee verfrachtete ihn unter das Vordach auf einen Liegestuhl und setzte sich auf die Eingangsstufe des Wagens.

»Das war Heiko, mein Ex, und der hat etwas falsch verstanden und dachte, dass du und ich … na ja, dass du mein Neuer bist.«

»Fand er wohl nicht gut.«

»Nein, wohl nicht.«

»Die Breitseite, die er mir verpasst hat, spricht dafür, dass er verdammt eifersüchtig ist. Und das ist man nur, wenn man nicht fertig ist mit einer Beziehung. Wird das wieder mit euch?«

Dorothee lachte bitter. »Du bist Spezialist, was? Nein, es wird nicht wieder. Weil ich nicht mehr will.«

»Wegen Raymond?« Mit der Frage erwischte er sie kalt.

»Was weißt du von Raymond?« Dorothee sprang auf. »Bist du deshalb hier? Dienstlich? Ich denke, du bist Drogenfahnder?«

Jetzt nicht die Nerven verlieren. Torge pokerte hoch und musste dabei locker bleiben. Ricardo-Tubbs-mäßig. Sie musste ihm vertrauen, um die Wahrheit herauszulassen.

»Ja und nein. Beruhige dich. Ich weiß nicht viel, und ich bin rein privat hier. Ich habe im Präsidium etwas gehört – seinen Namen, deinen Namen. Mord. Es ist mein Beruf, neugierig zu sein. Und dann habe ich kapiert, was am Samstag mit dir los war. Ich wollte einfach sehen, ob es dir besser geht. Wir sind nicht gerade besonders dicke Freunde bisher, aber manchmal ist das sogar besser, wenn man jemanden zum Reden braucht.«

Dorothee lachte höhnisch. »Und dann darf ich mich an deiner breiten Brust ausheulen, und du bringst mich wieder ins Bett? Hast du dir das so gedacht?«

Torge hielt ihrem finsteren Blick problemlos stand. Obwohl er sich plötzlich überdeutlich an die Korsage erinnerte – und an die nackte Haut darunter –, als er sie auf dem Tisch abgelegt hatte. »Womit habe ich deinen Sarkasmus verdient? Wenn ich der Arsch wäre, für den du mich anscheinend hältst, wärst du am Sonntag nicht allein aufgewacht.«

Ertappt schaute sie zur Seite, nickte dann und verschwand kurz im Wohnwagen. Mit zwei Plastikbechern, einer Flasche Rotwein und einem Hocker platzierte sie sich neben ihm.

»Ich habe Heiko betrogen«, sagte sie schlicht und drehte den Schraubverschluss von der Flasche. »Und ich kann nicht sagen, wieso. Ich weiß nur, dass ich es wollte. Dass ich Raymond wollte, und er wollte mich. Ein Mal, mehr sollte es nicht sein. Wir waren uns einig. Heiko war nicht da, also habe ich ihn mit nach Hause genommen.«

Torge nahm ihr die Flasche aus der Hand und füllte die Becher. Sie schaute auf ihre Füße, rieb die Zehen gegeneinander und dann die Knöchel.

»Als Raymond ging, sagte er, dass er donnerstags wieder im *Jerome* sein würde, um mich zu sehen. Ich habe *Nein* gesagt. Komm nicht, und ruf mich nicht wieder an. Das war es.«

War es nicht. Torge forschte in ihren Zügen, doch sie schwieg. Etwas hatte sie nicht gesagt. Er stieß seinen Becher gegen ihren, und sie tranken wortlos. Aus dem Tuch, das er weiter gegen seine Nase drückte, tropfte Schmelzwasser und durchnässte sein Hemd.

»Gib her.« Dorothee schüttelte die restlichen Eiswürfel auf den von Klee durchzogenen Rasen und warf ihm ein trockenes Badelaken zu, das neben ihr über der Schilfmatte hing. »Was soll ich noch sagen? Heiko kam früher als geplant, hat sofort begriffen, was los war, und mich vor die Tür gesetzt. So bin ich hier gelandet.«

»Wieso bist du nicht zu Grit gegangen?«

»Zu nahe liegend. Ich wollte nicht, dass Heiko mich findet. Also habe ich mir einen Fastfoodladen gesucht, der rund um die Uhr geöffnet hat, und dort bis zum Morgen gewartet. Dann habe ich einen Schulschwänzer bestochen, dass er mir sein Handy leiht, und sie angerufen. Grit weiß immer eine Lösung.«

Das glaubte Torge aufs Wort. »Das heißt, der Campingplatz war ihre Idee?«

»Genau. Eine Patientin hat ihr mal davon erzählt. Ich hatte keine Ahnung, dass es Orte wie diesen überhaupt gibt. Sie hat mich aufgesammelt und hergebracht. Als ich das nächste Mal von Raymond hörte, war er tot. Seitdem fühle ich mich mies. Schuldig, obwohl ich nicht weiß, warum. Als ob es besser wäre, wenn …« Sie guckte angestrengt hoch zu den Baumwipfeln, die am Ende des Campingplatzes im warmen Wind schaukelten, und blinzelte.

»Wie hast du davon erfahren?«, fragte Torge, obwohl er die Antwort kannte, und gab sich ahnungslos.

»Von deinen Kollegen. Sie haben mich zum Verhör geholt.«

»Vernehmung«, korrigierte er automatisch.

»Sie wollten ein Alibi von mir. Aber ich habe keins. Ich war hier. Allein. Und habe mich leider nicht volllaufen lassen und rumgegrölt, dass es die ganze Camper-Bagage mitgekriegt hätte.« Sie brach ab und stellte fast angeekelt den Becher auf den Boden. »Aber Saufen macht es auch nicht besser. Nie. Tut mir leid, wie ich mich Samstag aufgeführt habe.«

Torge knöpfte das Hemd auf und wischte sich die Brust trocken. »Schon vergessen. Solche Tage hat jeder. Frag meine Kollegen, ich bin auch kein einfacher Zeitgenosse, und wenn ich schlecht drauf bin, habe ich selten einen so plausiblen Grund, wie du ihn hattest.«

Dorothee rutschte ungelenk auf dem unbequemen Hocker herum, und Torge klopfte einladend gegen seine Schulter. Nach kurzem Zögern rückte sie näher und lehnte sich an.

»Da läuft so ein dämlicher interner Machtkampf mit AK.« Torge redete drauflos, ohne lange zu überlegen. Es war nicht wichtig, was er erzählte, nur dass er es tat. »Er bildet sich ein, dass ich mit AK seinen Namen abkürze, aber für mich bedeutet es nur Arschkriecher, weil er eben einer ist. Er nervt, ist arrogant und selbstverliebt. Im Augenblick macht er sich mit einer Verschwörungstheorie lächerlich. Und das ist meine Schuld.« Das klang ungewohnt kleinlaut, und verrückterweise fühlte es sich plötzlich für ihn auch so an. »Ich habe AK draufgehoben. Hätte mir klar sein müssen, dass er sich festbeißt und übers Ziel hinausschießt. Das ist nicht fair, denn eigentlich ist er ein ziemlich guter Polizist.«

Er kriegte die Hand nicht in die Hosentasche. Seine Verrenkungen mussten auf Dorothee absonderlich wirken, und er gab den Versuch auf. Zu spät allerdings.

»Zeig es mir.« Sie hob den Kopf von seiner Schulter. »Was ist da noch Geheimnisvolles drin außer dem Schlüsselbund?«

Was jetzt? Sie spähte von unten in sein Gesicht. Sollte er darauf warten, dass sie die Frage zurückzog? Es ging sie nichts an. Schließlich drückte er entschlossen sein Becken etwas nach oben und zog neben dem Schlüssel einen weiteren Gegenstand ans Licht. Einen Ring. Sehr klein, verkratzt, mit einem rosafarbenen Schmetterling verziert.

»Das ist mein Glücksbringer.« Er legte das winzige Ding in seine Handfläche. »Wenn ich mich aufrege oder im Stress bin, halte ich ihn fest. Ist albern, ich weiß.«

»Nein, gar nicht.« Verlegen hüstelte Dorothee und angelte nun doch wieder nach ihrem Rotwein. »Wenn es hilft.«

»Ja, das tut es. Meistens zumindest. Der hat meiner kleinen Schwester gehört.« In Torges Stimme lag ein Lächeln und viel Zärtlichkeit. »Zufrieden?«

Dorothee nickte und fragte nicht weiter.

Er schob den Talisman zurück in die Hose und ließ den Kopf entspannt auf das Polster sinken. Über dem Platz lag eine seltsam friedfertige Stimmung. Die Sonne stand tief und tauchte den Himmel in sanftes Wasserfarbenblau. Gleichmäßiges Rauschen erfüllte die Luft, und wenn er sich Mühe gab, konnte er fast vergessen, dass es nicht von den Wellen eines Meeres, sondern von der Autobahn herrührte. Sicher dauerte es noch mehr als eine Stunde, bis es dunkel genug sein würde, um die ersten Sterne zu sehen.

Torge streckte die Beine aus und streifte die Schuhe von den Füßen. Nichts sprach dagegen, so lange hierzubleiben.

Dienstag

Die Umstände, unter denen er am Morgen erwacht war, machten ihm zu schaffen. Nicht nur, dass er trotz steigender Temperaturen weiter fror – Torge konnte sich den Aussetzer vom Vorabend einfach nicht erklären. Er hatte nur ganz kurz die Augen geschlossen, und dann war da statt eines Sternenhimmels plötzlich Dorothee mit einem Kaffeebecher – über ihm eine Wolldecke, und am Ende seiner Beine waren eisig kalte Füße, auf denen Tautropfen malerisch funkelten. Das Einzige, was ihn ein wenig tröstete, war die Tatsache, dass er wieder eine ganze Nacht durchgeschlafen hatte. Wenn auch auf einem nur mäßig bequemen Liegestuhl. Er rieb sich mit beiden Daumen die Nasenwurzel und stieß einen zischenden Schmerzenslaut aus. Der unerwartete Hieb Heiko Thalbachs würde ihm noch ein paar Tage Freude bereiten. Aber das machte nichts, schließlich hatte die Attacke Dorothees Samaritertrieb geweckt und ihre Zunge gelockert.

Bei der zweiten Tasse Kaffee war es ihm gelungen, ihr Heikos Nachnamen zu entlocken, zur Kontrolle, ob Florian den richtigen Arzt ausfindig gemacht hatte. Trotz des fehlenden Alibis konnte Torge nicht länger glauben, dass Dorothee Raymond getötet hatte. Der heißblütige Ex dagegen rutschte einen Platz nach vorn auf seiner internen Verdächtigenliste, und insgeheim freute er sich darauf, ihn AK zum Fraß vorzuwerfen. Sollten die beiden doch ihren Frust aneinander abreagieren.

Als er die Bürotür öffnete, schlug ihm bereits angespannte Stimmung entgegen. Arno Kessler war hörbar wieder auf dem Posten, Staatsanwältin Eichhorn wippte hektisch mit dem überkreuzten linken Bein –, wie sonst die goldene Katze im Chinarestaurant mit der erhobenen Mao-Faust, und Rollo schwitzte vor der nahezu leeren Pinnwand.

»Moin, moin, zusammen«, warf Torge fröhlich in den Raum und spürte plötzlich ungeahnte Kräfte durch die kalten Muskeln fließen. »Jemand an meiner bescheidenen Meinung interessiert?« Er überging sein Zuspätkommen und den Zustand seiner Nase, zwinkerte Rollo zu und begann unaufgefordert, die Zettel an der Wand neu zu sortieren. »Ich sehe da genau zwei Möglichkeiten für den Täter und genau ein Motiv.«

Rollo plumpste resignierend auf den Stuhl neben Florian.

»Nicht schon wieder«, flüsterte er und griff sich unauffällig, aber vielsagend in den Schritt. Florian prustete unterdrückt.

»Eifersucht«, sagte Torge mit Überzeugung und bestätigte Rollos Befürchtung. »Birgit Puchinger hatte eine Affäre mit Raymond Jarr, die der Landtagsabgeordnete sich nicht länger bieten lassen wollte. Darum hat er …«

»Schluss mit dem Blödsinn!« Arno Kessler donnerte die Faust auf den Tisch. »Bist du noch zu retten, Torge? Du bist unpünktlich, und dann bläst du dich hier auf, als ob du den Fall gelöst hättest, dabei bist du nicht mal auf dem aktuellen Stand. Puchinger hat ein wasserdichtes Alibi, wie du meinen Gesprächsnotizen entnehmen kannst, die du aber noch nicht gelesen hast, weil ich erst gestern Nachmittag mit ihm telefoniert habe – obwohl ich krank war –, nachdem du seiner Frau diesen Unfug unterstellt hast. Ich musste mich für dich entschuldigen und schwere Geschütze auffahren, um ihn zu besänftigen!«

»Hättest du meinetwegen nicht gebraucht. Ich stehe zu dem, was ich sage. Die Puchinger hat selbst erzählt, dass sie sich Jarr persönlich ausgesucht hat und dass er sie auch zu Terminen begleitet hat und nicht nur ihren Mann. Miteinander geredet hätten sie aber nicht viel.« Torge äffte ihre blasierte Stimme nach. »Klar, was die von ihm wollte, geht auch ohne Text.« Er untermalte seine Aussage mit eindeutigen Handzeichen.

»Was bezweckst du damit? Willst du der Familie schaden, weil sie nicht deine persönliche Gesinnung vertreten? Hast du eine Ahnung, was los ist, wenn davon auch nur ein Wort an die Presse durchsickert?«

»Und wenn schon! Die sind doch so geil auf jede Publicity, dass es ihnen völlig schnuppe ist, was über sie geschrieben wird. Hauptsache, sie können ihr Grinsgesicht in die Kamera halten. Aber klar, du kneifst wieder die Backen zusammen vor lauter Schiss!«

»Pass auf, was du sagst!« Arno Kessler schnellte vom Stuhl hoch, und Rollo packte warnend Torges Arm.

»Legst du es auf eine offizielle Abmahnung an, ein Disziplinarverfahren? Macht sich sicher gut in deiner Dienstakte. Glaube mir, Hansen, ich habe damit gar kein Problem!«

Auf Dorothees Liegestuhl hatte sich ein versöhnlicher Funke in Torges Gemüt geschlichen. Doch AKs dämliches Gelaber erstickte den friedfertigen Anteil, und die übrig bleibende Glut entfachte einen mittleren Waldbrand.

»Klar doch, AK, einem Kollegen vor'n Koffer zu scheißen, tut dir nicht weh …«

»Meine Herren!« Silvia Eichhorn klatschte dreimal durchdringend in die Hände. »Etwas mehr Contenance und Professionalität, wenn ich bitten darf! Herr Hansen, Sie gehen eindeutig zu weit. Mäßigen Sie sich. Verleumdung ist kein Kavaliersdelikt. Wenn Sie Fakten vorzuweisen haben, bitte. Ansonsten liegt es in Ihrem eigenen Interesse, jetzt zu schweigen.«

Einen Moment lang blieb Torge unschlüssig stehen und presste die Lippen fest zusammen, dann deutete er mit dem ausgestreckten Arm auf die Zeitungsausschnitte und Notizzettel. »Ich habe vielleicht keine Beweise. Aber mit dem Motiv liege ich richtig. Das werdet ihr schon noch sehen.«

*

In der ersten halben Stunde zuckte Dorothee jedes Mal zusammen, wenn etwas in die Containermulde krachte. Jetzt rächte es sich, dass sie vor der Vertragsunterzeichnung nicht wirklich genau hingehört hatte, worauf sie sich bei dem Job einließ. Sie schwitzte.

»Entrümpelung nach Todesfall, Dokumentensuche und am Ende die Reinigung. Die Wohnung wurde gestern schon von mir mit einem Insektizid vernebelt.« Ein Wimmer hatte hinter dem Lenkrad des vollgestopften Firmenwagens geklemmt.

»Edgars Spezialgebiet – er ist der Mann für die fiesen kleinen Krabbeltierchen!«

Elmar rüstete Dorothee mit Handschuhen, Mundschutz und Overall aus, ehe sie in den *Sprinter* kletterte. Zu ihrer Überraschung waren sie zu fünft zum Einsatzort ausgerückt. Außer ihr noch Wimmer und Wimmer sowie zwei schweigsame Helfer im Kleiderschrankformat, die ihr weder die Hand schüttelten noch sich vorstellten.

»Insektenbekämpfung ist zwingend der erste Schritt, beim Fund einer Wohnungsleiche, sobald der Tote abtransportiert ist. Die Biester sind wahnsinnig schnell und verbreiten sich durch jede Ritze bis ans Mauerwerk. Ich muss nachsehen, ob ich sie alle richtig erwischt habe.«

Edgar war ganz in seinem Element, und Elmar behauptete, es sei nichts Besonderes, was sie an ihrem ersten Tag erwartete. Aber jeder Müllsack und jedes Möbelstück, das die Wohnung verließ, belehrte sie eines Besseren. Dies war nicht einfach nur ein Ort, an dem ein Mensch gestorben war und dabei Verunreinigungen hinterlassen hatte, die es zu entfernen galt. Es war ein Ort, an dem ein Mensch gelebt hatte. Und sie half dabei, die letzten Spuren dieses Lebens endgültig zu beseitigen. Ihr blieb kein großer Spielraum für Gedanken, die sich mit etwas anderem als der Realität der Vergänglichkeit befassten. Nichts, was sie ablenken konnte. Auf der Suche nach erbrechtlich wichtigen Unterlagen über Vermögenswerte und Familienverhältnisse blätterte sie durch Bücher, Notizen und Fotoalben. Dabei entstand nach und nach in ihrem Kopf ein ziemlich genaues Bild des Mannes, der in seinem Sessel sitzend vor laufendem Fernseher aufgehört hatte zu sein.

Neunundachtzig Lebensjahre, eine Ehe, keine Kinder. Zahllose Urlaubsfahrten nach Italien, eine Reise in die Vereinigten Staaten, ein Hang zu geschmacklosen Souvenirs. Der Freiheitsstatue aus Plastik fehlte die Fackel. In plötzlicher Wut stopfte sie die Figur ganz nach unten in den Sack. Was kümmerte sie dieser alte Mann? Neunundachtzig Jahre waren ein Geschenk – ein verdammt großes Geschenk. Wieso kriegte einer so viel und ein anderer so wenig? Irgendwer hatte beschlossen, dass Raymond nur knappe neunundzwanzig Jahre leben durfte, und hatte ihm alles genommen: die Chance auf eine Familie, auf Erinnerungen, auf kitschige Reiseandenken und romantische Sonnenuntergänge.

Tränenblind stolperte sie zum Fenster, riss die Flügel weit auf und die Staubmaske vom Gesicht. Wer kümmerte sich jetzt um seine Sachen? Landete sein Leben auch in einem Müllcontainer?

»Ist Ihnen nicht gut, Frau Löblich?«

Ein kugelrundes Wimmergesicht schaute sie bekümmert an. Welches, wusste sie nicht. Beide Brüder wuselten dauernd um sie herum, hielten ihr Vorträge, die sie abzuspeichern versuchte. Solange sie sprachen, konnte Dorothee anhand des Themas erkennen, welcher Elmar oder Edgar sein musste. Klonkrieger im Einsatz für die gute Sache, mit Desinfektionsmittel der eine und mit giftigen Gasen aus der Sprühpistole der andere.

Sie atmete ruckartig ein und aus und rang sich ein Lächeln ab. »Geht schon, Herr Wimmer. Es ist nur …«

Wissend tätschelte er ihr den Arm und winkte sie mit sich. »Ich zeig Ihnen was, kommen Sie. Das habe ich gerade gefunden. Aber nicht erschrecken!«

Angespannt und in Alarmbereitschaft folgte sie ihm ins angrenzende Schlafzimmer. Über einer Kommode hing ein hässlicher Gummifisch an der Wand, auf den Wimmer deutete, ehe er einen letzten Schritt auf ihn zumachte. Unvermittelt drehte der Fisch ihm den Kopf zu, wackelte mit der Schwanzflosse und schmetterte mit blecherner Stimme »Don't worry, be happy!« durch den Raum.

»Ist der nicht großartig?« Wimmer schaukelte begeistert zu der eingängigen Melodie. »Ich liebe Fische! Sie haben so etwas Beruhigendes. Don't worry, be happy! Genau das müssen Sie verinnerlichen, Frau Löblich. Sehen Sie das Schöne, nicht nur das Traurige, und denken Sie nicht zu viel nach.«

Fassungslos starrte Dorothee auf das zappelnde Monstrum und dann auf ihren Arbeitgeber, der es fast andächtig vom Haken hob.

»Dich nehme ich mit«, flüsterte er verzückt. »Ab sofort wohnst du in meinem Büro! Und Ihnen, Frau Löblich, zeige ich jetzt, wie man den Leichengeruch am effektivsten loswird.

Wenn wir heute Abend fertig sind, wird niemand mehr auf die Idee kommen, dass hier ein Mensch gestorben ist. Wir hinterlassen nichts als perfekte Sauberkeit!«

*

Die bunten Pfeile und Kringel auf dem Flipchart kamen zu einem eindeutigen Ergebnis: Gottfried Puchinger kam als Täter nicht infrage. Der Triumph in Arno Kesslers Gesicht war für Torge nur schwer auszuhalten. Und dann erkundigte er sich auch noch mit süffisantem Lächeln nach seiner lädierten, leicht bläulich schimmernden Nase. Widerwillig berichtete Torge von dem Zusammenstoß mit Heiko Thalbachs rechtem Haken.

»Auch wenn das jetzt wieder keiner hören will, aber der Herr Doktor ist mein zweiter Verdächtiger bei nahezu gleichbleibendem Motiv.«

Silvia Eichhorn kräuselte die Lippen zu einer zierlichen Schnute und nickte ihm auffordernd zu. »Details?«

»Thalbach wusste von der Untreue seiner Lebensgefährtin.«

»Und das ist sicher, ja?« Arno schaute konzentriert auf seine Notizen und spielte dabei mit seinem Kugelschreiber herum. Der Druckknopf klackerte unrhythmisch.

»Ganz sicher«, antwortete Rollo. »Florian und ich haben mitgehört, als Torge diesen Thalbach am Telefon hatte, und zwar an Dorothee Löblichs Handy, auf dem Raymond Jarr noch an seinem Todestag angerufen hatte. Thalbach hat seinem vermeintlichen Nebenbuhler – in dem Fall Torge – mit dem Tod gedroht. ›Ich bring dich um, du Dreckschwein‹, ist für mich unzweideutig.«

»Und worauf warten Sie dann noch?« Die Staatsanwältin

nahm das hektische Fußwippen wieder auf. »Holen Sie den Burschen her, kochen Sie ihn weich, servieren Sie ihn mir mit Petersilie garniert!«

»Sofort? Aus der Praxis heraus und am besten noch in Handschellen? Ich bin überrascht. Haben Sie diesmal keine Bedenken wegen übler Nachrede – oder stecken Mediziner das besser weg als Politiker?« Torge schnaubte verächtlich und hob dann entschuldigend beide Hände. »Ich ziehe die Frage zurück.«

»Das will ich auch hoffen!« Silvia Eichhorn baute sich zu voller Größe vor ihm auf. Die betrug zwar höchstens ein Meter fünfundsechzig, wirkte aber dennoch wie gewünscht. »Und ich hoffe auch, dass wir nicht wieder in eine Sackgasse laufen, Herr Hansen, weil Sie sich etwas zusammenfantasieren.«

Torges Halsschlagader schwoll an wie die Kehle eines balzenden Pelikans, aber er erwiderte nichts mehr.

*

Das Wasserglas schwappte beinahe über, als er es an die Lippen setzte. Heiko Thalbach zitterte am ganzen Körper. Seine lange schlanke Gestalt schrumpfte hinter dem Tisch im Vernehmungszimmer zusammen. Jegliche Aggressivität war schon in den Praxisräumen, beim ersten Kontakt mit den Kriminalbeamten, von ihm abgefallen. Er ging sogar so weit, sich dafür zu bedanken, dass er nicht von Uniformierten abgeführt worden war und ohne Handschellen an seinen Patienten vorbeigehen durfte.

»Ja, ich wusste, dass Dorothee mich betrogen hat«, gab er leise zu Protokoll. »Aber ich habe niemanden umgebracht! Das könnte ich gar nicht. Ich bin Arzt und ein friedfertiger Mensch.«

Florian Marschall lehnte unauffällig an der Wand, während Arno Kessler die Vernehmung durchführte.

»Sie haben am Telefon eine Morddrohung ausgesprochen und gestern einen Mann tätlich angegriffen.«

Thalbach nahm die zweite Hand zur Hilfe, um das Glas verlustfrei zum Mund führen zu können. Seine Stirn glänzte unter kaltem Schweiß.

»Das ist nur passiert, weil ich mich mit Dorothee gestritten habe und gerade so wütend war und …«

»Wütend, genau. Und in der Nacht, in der Raymond Jarr ermordet wurde, waren Sie auch wütend, nicht wahr? Weil er Ihnen die Frau weggenommen hat und das auch noch in Ihrer eigenen Wohnung.« Kessler beugte sich über den Tisch ganz nah zu Heiko Thalbach hinüber. »Mensch, Herr Thalbach – das ist doch ganz natürlich – da wären mir auch die Sicherungen durchgebrannt!«

»Ja – nein! Sicher war ich wütend, aber doch nicht so.«

Kessler nickte bedächtig, was Thalbach nach Belieben als Zustimmung oder als Mitgefühl auslegen konnte. »Sehen Sie, in Deutschland gilt die Unschuldsvermutung, solange ein Mensch nicht verurteilt ist. Reden Sie mit mir, überzeugen Sie mich – ich stehe auf der Seite des Rechts. Und wenn Sie unschuldig sind, haben Sie nichts zu befürchten. Erzählen Sie mir einfach, was genau Donnerstagnacht geschehen ist, als Sie den Betrug entdeckten. Und was danach am Freitagabend.«

Torge, Rollo und Staatsanwältin Eichhorn verfolgten vom Nebenraum aus, wie Kessler sich scheinbar mit dem Verdächtigen verbrüderte. Sie alle wussten, dass er nur darauf lauerte, dass der ihm in die Falle rannte. Und er rannte.

»Ich kam früher nach Hause als geplant, eigentlich sollte ich erst am Abend zurück sein. Aber dann habe ich meine Reise verkürzt und dachte, ich überrasche sie, krieche zu ihr ins Bett, und wenn sie aufwacht … Aber Dorothee stand unter der Dusche, morgens um halb fünf. Im Wohnzimmer sah es aus wie …« Aufstöhnend fuhr er sich mit beiden Händen durchs Gesicht. »Eindeutig eben. Ich fand ein benutztes Kondom zwischen den Kissen. Was hätten Sie gemacht? Es war so entwürdigend. Und es war ja auch nicht das erste Mal. Nur hat sie es vorher nie in unserer Wohnung getan.«

Torge schnappte nach Luft. Dorothee, eine notorische Fremdgängerin? Die Dorothee, die ihm heute Morgen einen verdammt guten, starken Kaffee gekocht und kein Wort über seinen uncharmanten Schlafanfall verloren hatte?

»Kann nicht sein«, murmelte er und erntete einen befremdeten Blick von Silvia Eichhorn. Er biss die Zähne zusammen, dass die Kiefergelenke schmerzten. Sollte diese Frau auch nur ahnen, wie weit Rollo und er das *Miami-Vice*-Spiel getrieben oder wo er die letzte Nacht verbracht hatte, war er so sicher raus aus dem Fall, wie ein Frosch eine Mücke fraß – und nicht umgekehrt.

»Ich habe sie aus der Dusche gezerrt«, flüsterte Heiko Thalbach weiter. »Ich habe getobt, gebrüllt – und dann wurde ich ganz ruhig und habe ihr gesagt, sie soll gehen. Sofort. Fünf Minuten später war sie weg.«

»Haben Sie ihr auch einen Kinnhaken verpasst, so, wie dem Mann gestern Abend, bevor sie ruhig wurden?«

»Nein! Mein Gott, ich könnte Dorothee nie wehtun!«

»Darum mussten Sie einem anderen wehtun, um Ihr Gleichgewicht wiederzufinden.« Arno Kessler sprach den Satz sanft aus, selbstverständlich und nicht als Frage formuliert. Automatisch signalisierte Thalbachs Köpersprache Zustimmung.

»Jetzt hat er ihn gleich«, wisperte Rollo aufgeregt und kassierte dafür einen staatsanwaltschaftlichen Ellbogenstoß in die Rippen.

»Ich weiß nicht mehr genau, wie lange ich einfach nur dasaß und die Wand anstarrte. Irgendwann rief Kerstin an. Meine Sprechstundenhilfe. Ich sagte ihr, dass die Praxis geschlossen bleibt. Dann habe ich getrunken. Bis der Anruf auf Dorothees Handy kam, irgendwann mittags. Es lag unter dem Sofa. Ich bin nicht rangegangen, aber jemand hinterließ eine Nachricht auf der Mailbox.«

»Und die haben Sie abgehört?«

»Später. Viel später. Da war ich schon bei Manfred und Grit Steinhagen, und dort bin ich den Freitag geblieben.«

Rollo stieß ein ärgerliches Raunen aus. »Mist. Das hört sich nach Alibi an.«

Silvia Eichhorn brachte ihn mit einem Zischen zum Schweigen. Auf keinen Fall wollte sie auch nur ein Wort versäumen.

»Da war ein Kerl dran, der sich mit Dorothee treffen wollte. Noch am selben Abend. Sagte, er könne nicht warten und dass er – hören Sie es sich doch selbst an, ich habe es nicht gelöscht.«

Florian Marschall nahm das Handy entgegen und rief die Mailboxnachricht ab. Gespannt lauschten alle der Stimme des Toten. Tief und weich, mit kaum merklichem Akzent.

»Glaub mir, ich habe das nicht geahnt, Dorothee. Es verstößt gegen die Regel. Gegen meine genauso sehr wie gegen deine. Aber was soll ich tun? Ich weiß nicht, wie es passiert ist, nur, dass ich mich verliebt habe. Ich muss dich sehen, bitte! Dass du Nein gesagt hast, war vernünftig.« Man hörte ein leises, zärtliches Lachen. »Aber ich will nicht vernünftig sein – nur bei dir! Du stellst alles auf den Kopf. Es ist zu lang, bis Donnerstag zu warten, das schaffe ich nicht. Ich gebe dir meine Adresse. Das habe ich noch nie gemacht, verrückt … Lass uns reden – ich will dich hier bei mir haben … am liebsten für immer. Komm heute Abend um neun. Ich warte auf dich. *Bitte* …«

Auf Raymond Jarrs Adresse folgte Stille. Das Liebesgeständnis hing in den Räumen fest, hallte nach in den Köpfen mit seiner ganzen tragischen Konsequenz. Das war es, was Dorothee Torge nicht gesagt hatte, dass unerwartet tiefe Gefühle ins Spiel gekommen waren in dieser Nacht mit Raymond. Seine Gefühle, nicht ihre. Die Kante des winzigen Schmetterlingsflügels bohrte sich in Torges Hand.

»Astreines Motiv«, knarrte er mit belegter Stimme.

Im selben Moment nahm Arno Kessler die Befragung wieder auf.

»Üble Sache, Herr Thalbach. Der Mann war verliebt in Ihre Lebensgefährtin. Ein harter Schlag, nicht wahr? Da konnte mehr draus werden als eine Nacht.« Kessler bewegte abwägend den Kopf hin und her. »Aber Dorothee war nicht da und wusste nichts von der Einladung. Sie konnten also sicher sein, dass sie nicht hingehen würde. Wie sind Sie damit umgegangen? Was haben Sie unternommen?«

Thalbach zuckte die Schultern. »Was meinen Sie? Nichts habe ich unternommen. Höchstens schneller getrunken.«

»Haben Sie allein getrunken, oder haben Ihre Freunde Ihnen Gesellschaft geleistet? Erzählten Sie ihnen von dem Anruf?«

Florian Marschall tütete nebenbei wortlos das Handy als Beweisstück ein und brachte es außer Reichweite des Verdächtigen. Die Aufnahme musste dringend gesichert werden, ehe sie am Ende doch noch versehentlich oder absichtlich gelöscht werden konnte.

Thalbach reagierte nicht und Kessler fuhr fort. »Dass Sie Dorothee Löblich rausgeworfen hatten, tat Ihnen sicher schon bald wieder leid. Sie sagten selbst, es war nicht das erste Mal, und Ihre Beziehung ging dennoch weiter. Aber dass nun plötzlich Liebe ins Spiel kam ... ignorieren konnten Sie das gewiss nicht.«

Torge atmete flach und schnell. Verdammt, AK war gut! Richtig gut. Pokerface und Schmeichelsound.

»Sicher hat Frau Steinhagen Sie mit ihrem Gatten – Manfred – allein gelassen. Ein Mann braucht einen Mann an seiner Seite in einer solchen Situation. Sie sind sehr eng befreundet, nicht wahr? Ein echter Kumpel lässt den anderen nicht hängen. Und Sie hatten ja die Adresse ...«

Heiko Thalbachs Gesichtsfarbe veränderte sich um eine weitere Nuance von Blass in Richtung Grau. Er knetete seine Wangen, die dadurch Falten warfen wie die Hängebacken eines Bassets.

»Nein, Manfred ist nicht mitgekommen. Ich bin erst später hingefahren, als er und Grit schon lange im Bett waren.« Endlich begriff er und stöhnte auf. »Ich bin nicht drin gewesen, das schwöre ich! Ich stand nur davor, habe das Haus angeguckt, das Klingelschild gesucht. Es brannte kein Licht. Alles war still, und Dorothees Vespa konnte ich nirgends entdecken, also bin ich wieder gegangen.«

Hocherfreut schlug Silvia Eichhorn ihr Notizbuch zu. »Aus die Maus. Damit haben wir ihn im Sack. Wenn er keinen spontanen Salto rückwärts hinkriegt, der mich restlos überzeugt, reicht mir das für einen Haftbefehl.«

Aber Heiko Thalbach sah ganz und gar nicht nach einem Salto aus – weder rückwärts noch vorwärts. Torge seufzte.

»Er ist ein Idiot. Er hätte schweigen können, aber er hat sich selbst belastet. Ich nehme es zurück, Frau Eichhorn. Der war es nicht. Und auch wenn Sie einen Haftbefehl kriegen, hält seine dämliche Aussage allein nicht stand.«

»Erklären Sie mir nicht, wie meine Arbeit funktioniert! Er hat ein Motiv, und er hatte die Möglichkeit. Sie sind dran. Beschaffen Sie mir Beweise.« Sie klatschte ihm herausfordernd das Notizbuch auf die Schulter. »Sagen Sie Kessler, ich bin beim Richter.«

*

Grit rollte sich auf den Bauch. Die schmalen Holzbretter mit den Ritzen dazwischen drückten sie. Ihr fehlte das nötige Polster auf den Rippen.

»Das klingt ja nach einem wirklich gelungenen Abend!« Schweiß tropfte von ihrer Stirn auf das dicke Handtuch. Dorothee saß eine Stufe tiefer mit dem Rücken an der Wand. Die Augen hielt sie wegen der Hitze geschlossen.

»Unvergesslich«, schnaufte sie. »Mir ist noch nie ein Mann einfach so weggedämmert. Und es hat sich auch noch keiner meinetwegen geprügelt.«

Grit klappte die Beine nach oben und schaukelte mit verschränkten Füßen. Bis auf ein paar Schweißtropfen auf der Stirn war ihr Körper noch rundum trocken. Hitze machte ihr nichts aus, während Dorothee die fünfundneunzig Grad in der Sauna heftig zusetzten. In ihrem Nabel stand eine Pfütze, und die Haut nahm die übliche Verfärbung an. Rot, durchzogen von fast weißen Linien. Marmoriert. So, wie ein gutes Stück Fleisch eben sein muss, damit es beim Braten nicht zäh wird. Sie wäre ein prima Steak geworden.

»Verschwendung, dass dann nicht wenigstens hinterher was mit euch gelaufen ist.« Grit amüsierte sich. »Wenn Heiko das sowieso dachte.«

»Na, schönen Dank auch. Ich habe genug Probleme – da

brauche ich nicht noch so einen Möchtegern-Superhelden.« Dorothee schlug die Augen auf. Der letzte Satz ergab selbst für sie wenig Sinn. Im *Jerome* hatte Torge sich zwar als großspuriger Macho präsentiert, aber nicht am vergangenen Abend. Da wirkte er ganz anders, fast schon einfühlsam. Sie sah den kleinen rosa Schmetterling vor sich. Ein Kinderring in der Hosentasche eines erwachsenen Mannes konnte nichts Gutes bedeuten. Von seiner kleinen Schwester.

Wer glaubte denn so was? Ja, sie, im ersten Augenblick. Aber jetzt nicht mehr, wenn sie genauer darüber nachdachte. War sie ihm auf den Leim gegangen, weil er keinen Ring am Finger trug? Hatte er doch eine Familie? Nein, sicher nicht. Ein geschiedener Mann. Der Klassiker. Ein einsamer Wolf, getrennt von Frau und Tochter, der wie ein Besessener an seiner Arbeit hing. Das passte besser. Oder noch schlimmer ein Todesfall. Wie in diesen Fernsehserien. Da waren Frau und Kind immer tot. Und die Geschichte von der kleinen Schwester schob er als Notlüge vor, um den echten Schmerz nicht zu zeigen. Dorothee schluckte betreten. Hart und verletzlich. Dass sie genau diese Mischung anzog, wollte sie sich keinesfalls eingestehen. Schon gar nicht vor Grit.

»Torge ist nichts für mich«, behauptete sie trotzig und versuchte, daran zu glauben. »Nicht mein Typ. Außerdem habe ich gerade keine Lust auf Männer.«

»Klar, morgen gehst du direkt ins Kloster«, warf Grit trocken dazwischen, dann wurde sie ernst. »Dass Heiko ihm eine verpasst hat, heißt wohl, er will dich immer noch und exklusiv. Seine Toleranzgrenze ist überschritten. Und er sieht in jedem Mann in deiner Nähe einen Konkurrenten.«

»Aber das war Torge!«

»Und der ist ganz eindeutig ein Mann!«

»Schon, aber doch nicht …« Ein Bild blitzte vor ihr auf, wie er sich die breite haarige Brust trocken tupfte, und sie presste die Hände auf die brennenden Augen. »Und selbst wenn: Mein Leben geht Heiko nichts mehr an.« Dorothee winkelte die Beine an und legte die Stirn aufs linke Knie. Sie wollte an nichts und niemanden denken. Sie wollte nur schwitzen und das ganze Elend dieses Tages, dieser Woche aus jeder Pore tropfen lassen; die Erinnerung vertreiben – an den Geruch der Leiche, des Desinfektionsmittels, Torges Deodorant und Raymonds Haut.

»Mag sein, dass du recht hast«, sagte Grit vorsichtig, und Dorothee ahnte, dass ihre Verdrängungstaktik heute nicht aufging. »Aber Heiko geht *dich* noch etwas an. Er hat Manfred heute Nachmittag in der Kanzlei angerufen. Er wurde verhaftet wegen dringenden Mordverdachts.«

»Wie bitte? Das kann doch nicht sein! Du hast gesagt, er war in der Nacht bei euch. Dann hat er doch ein Alibi.« Verständnislos schaute Dorothee Grit an, die ihr behutsam die Hand auf den Ellbogen legte.

»Na ja, da gibt es ein kleines Problem … Eine blöde zeitliche Lücke. Mehr durfte Manfred mir nicht erzählen. Aber er boxt ihn da raus. Mach dir keine Sorgen.«

Doch Dorothee war weit davon entfernt, sich zu sorgen. Wenn er Ray tatsächlich getötet hatte, sollte Heiko in der Hölle schmoren, für immer und ewig. Und auch wenn er es nicht gewesen war, konnte er gerne dort bleiben. Der Mann, von dem sie geglaubt hatte, dass sie ihn liebte, erschien ihr plötzlich völlig fremd. Er klammerte, und er prügelte.

»Mir kocht das Hirn. Ich muss hier raus!« Sie schüttelte Grits Hand ab und beeilte sich, die Saunakammer zu verlassen. Die Kälte des Wasserschwalls, der aus einem Eimer auf sie herabstürzte, nahm ihr kurz die Luft, brachte aber ihre Gedanken wieder zur Ruhe. Diesem Kriminalhauptkommissar Kessler mit seinem aristokratisch-arroganten Gesichtsausdruck traute sie durchaus zu, die Wahrheit herauszufinden. Der konnte penetrant sein. Freiwillig wollte sie mit dem nicht mehr sprechen.

Aber sie musste wissen, wer sich um Raymonds Sachen kümmerte. Sie konnte nicht zulassen, dass sein Leben einfach entsorgt wurde. In einem Container, um dann verbrannt zu werden. Sicher konnte Torge das für sie in Erfahrung bringen. Er hatte ihr seine Handynummer gegeben. Am Morgen, nachdem er vor ihrem Campingwagen aufgewacht war. Zerzaust und klamm von der Nacht im Freien. Eine Gänsehaut kroch über ihren nackten Körper. Nein, keine gute Idee. Wenn sie nicht einen neuen akuten Gefühlsschlamassel heraufbeschwören wollte, fragte sie besser Rollo danach. Bei ihm musste sie sich ohnehin noch für ihren neuen Job bedanken.

Mittwoch

Arno Kesslers gute Laune bescherte den Angehörigen der Mordkommission Raymond Jarr eine Tüte voller duftender Croissants zum morgendlichen Zehnuhrkaffee. Dass ausgerechnet Torge selbst Gottfried Puchinger und Gemahlin aus der Schusslinie der Ermittlungen befördert hatte, bereitete ihm offensichtlich größte Genugtuung.

»Thalbach war es aber nicht«, wiederholte Torge kauend seine Ansicht vom Vortag. Kessler schaute ihn verständnislos an.

»Er war dein Wunschkandidat. Du solltest beten, dass er doch noch gesteht und die Staatsanwältin die Angelegenheit zügig abschließen kann. Damit könntest du zur Abwechslung Pluspunkte sammeln.«

»Und die Pluspunkte bringen mir was? Einen Eintrag in der Personalakte? *Das hat der kleine Torge aber fein gemacht. Dafür hat der Volker ihn ganz doll lieb.* Er war mein Wunschkandidat, ja, aber ich lag leider daneben. Er ist es nicht gewesen.«

»Gottfried Puchinger aber auch nicht!«, triumphierte Kessler, und Torge stopfte den Croissantrest in den Mund, um sich am Antworten zu hindern. Er legte weiter zweierlei Maß an. Etwas in ihm weigerte sich, den Politiker von der Verdächtigenliste zu streichen. Oder dessen Frau.

Florian Marschall verteilte die Kopie des Vernehmungsprotokolls. Als ihn Torges Blick traf, hob er fast entschuldigend die Schultern. Bevor er etwas sagen konnte, schrillte jedoch das Telefon.

»Brunner hier. Einen wunderschönen guten Morgen!«, schmetterte Rollo in den Hörer, da ihm das Display eine interne Durchwahlnummer präsentierte. Dann folgten ein kurzes Schweigen und einige ungläubige Halbsätze. Er kritzelte eine Adresse auf seinen Notizblock und stand gleichzeitig auf. »Wir sind schon fast da!«, versprach er zum Abschluss und reichte den Apparat an Kessler weiter. »Der Kollege informiert dich, was Sache ist.« Dann wandte er sich an Torge und Florian. »Vergesst Thalbach und Puchinger. Es ist alles ganz anders. Wir haben noch eine Leiche – und ein Geständnis.«

Arno Kessler legte die Hand über die Sprechmuschel und grinste. »Da streiche ich doch glatt die angedachten Pluspunkte wieder, Hansen. Dein Bauchgefühl braucht dringend einen Termin beim Internisten, wie mir scheint. Marschall, du bleibst hier. Das schaffen die zwei auch ohne dich. Wir haben noch genug anderes zu erledigen.«

Unterdrückte Flüche vor sich hinmurmelnd, hastete Torge nach draußen, wo er plötzlich Rollos Arm packte. »Sag, dass es nicht Dorothee ist, die gestanden hat.«

»Hat sie nicht.« Dass in Torges Worten ein Hauch von Sorge mitschwang, quittierte er mit einem süffisanten Grinsen. »Ganz ruhig Brauner. Sie ist auch nicht die Leiche.«

Die Leiche war dennoch weiblich, und sie war bereits bewegt worden, als die Kommissare am Tatort eintrafen. Den Tod der Frau hatte ein Arzt zweifelsfrei festgestellt, nun wartete sie auf den Abtransport in die rechtsmedizinische Abteilung. Maurizio Fabiani passte Torge und Rollo an der Wohnungstür ab und reichte ihnen einen Mundschutz, den sie dankbar bis über die Nase zogen, um dann nur noch flach zwischen leicht geöffneten Lippen hindurch zu atmen.

»Das sind die Schattenseiten des Sommers.« Fabiani winkte sie hinter sich her ins Badezimmer. »Der Geruch entwickelt sich viel schneller.« In der vergangenen Woche hatte die Hitze deutlich zugenommen, inzwischen schaffte das Thermometer täglich die Dreißig-Grad-Marke.

Die Tote lag ausgestreckt auf dem Boden, um den Hals den durchtrennten Gürtel ihres Bademantels. Der zweite Teil baumelte noch an der oberen Stange des modernen Heizkörpers. Durch Torges Kopf huschten Fetzen von Werbebotschaften, die funktionales Design und vorgewärmte Handtücher versprachen.

»Natürlich gibt es noch keinen endgültigen Befund, aber alles spricht für Selbstmord. Keine Kampf- oder Einbruchspuren. Bevor ihr fragt, wie sie da oben ohne Hocker rangekommen ist, der Heizkörper ist perfekt als Leiter geeignet.«

»Und was sollen wir hier, wenn das ein eindeutiger Selbstmord ist? Du hast doch gesagt …«

»Geduld Rollo. Den Zusammenhang mit eurem Bodyguard zeig ich euch jetzt.«

Gemeinsam verließen sie den engen fensterlosen Raum, wobei Rollo sich an Torge vorbeiquetschen musste, der halb in der Türöffnung stand und weiter auf die Tote blickte. Rollo klopfte ihm auffordernd auf den Oberarm.

»Kommst du? Oder ist hier noch was Wichtiges?«

Langsam bewegte Torge den Kopf von links nach rechts und zog eine faltige Grimasse. »Da ist was. Aber ich weiß noch nicht, was«, murmelte er und riss sich endlich los.

Maurizio Fabiani und Rollo tauschten vielsagende Blicke. Es war höchste Zeit, dass Kollege Hansen wieder zu seiner üblichen Form zurückfand.

Im Wohnzimmer führte Fabiani sie zu einem altgedienten

Computer, über dessen Bildschirm sich eine bunte Spirale drehte. Ein Klick mit der Maus und statt der Spirale präsentierte sich ein weißes Blatt Papier.

»Es tut mir leid«, stand dort zu lesen. »Ich kann nicht mehr. Verzeiht mir.« Hastig überflog Torge die weiteren Zeilen. Ein Abschiedsbrief mit allem Drum und Dran, die nötigen Worte, um der Familie und den Freunden die eigene Verzweiflung zu verdeutlichen. Und mittendrin das Geständnis, einen Mann ermordet zu haben. Raymond Jarr. Diese Schuld sei unerträglich.

In Torges Kehle klebte irgendetwas fest, das sich nicht schlucken lassen wollte. Es war garantiert nicht das Croissant von Kessler, auch wenn er das ungute Gefühl gerne auf AK geschoben hätte.

»Was gibt es sonst noch an Spuren?«, knurrte er halblaut. »Ist die Familie schon informiert, und wer hat sie gefunden?« Vielleicht konnte er den Nebel über seinem Kombinationsvermögen lüften, wenn er nur die richtigen Fragen stellte. »Wie alt ist unser Opfer, wie heißt sie eigentlich, was wissen wir gesichert über ihren Tod und was über ihr Leben?«

Fabiani packte den eigenen Overall links und rechts neben dem Hals am Kragen, zog den Ausschnitt zurecht und schaukelte dabei leicht vor und zurück.

»Was wird das hier, ein Dreißig-Sekunden-ein-Mann-Brainstorming? Die Frau hieß Julia Kaufmann, ist mehr als achtundvierzig Stunden tot, da die Leichenstarre schon komplett gelöst ist. Viel mehr kann ich dir nicht sagen. Frag halt die Kollegen von der Streife, die haben sicher ein Kurzprotokoll aufgenommen. Sie haben zusammen mit dem Hausmeister die Tür geöffnet, weil irgendwer ihn angerufen hatte. Ich weiß nicht, warum du so ein Gesicht ziehst. Die holde Maid hat gestanden, und passenderweise liegt im Badezimmer ein Rasiermesser. Das macht den Mord an Jarr noch einen Tick glaubhafter. Zu weiteren Spuren kann ich noch nichts sagen. Lass mich in Ruhe meine Arbeit machen, dann hast du die Antworten am schnellsten. Von dem Abschiedsbrief könnt ihr euch gleich einen Ausdruck mitnehmen.«

»Ich will den ganzen Rechner. Für Florian.« Jetzt zupfte Torge beidhändig an Fabianis Kragen, der ihm ungehalten auf die Finger schlug. »Der soll prüfen, ob da was manipuliert wurde. Und du checkst vorher …«

»Ob fremde Fingerabdrücke dran sind. Schon klar, Herr Kommissar. Wieso zweifelst du an der Geschichte?«

Torge nestelte ungeschickt das Gummiband des Mundschutzes über den Kopf und drückte ihn dem Kollegen in die Hand.

»Die Lösung ist mir zu sauber, Maurizio. Viel zu sauber. Ich komme später noch mal wieder.«

»Wenn du mein Siegel kaputt machst, bring ein neues an!«, rief der ihm hinterher.

In aller Ruhe entledigte sich auch Rollo der lästigen Maske und entsorgte sie ebenfalls elegant in Fabianis Faust.

»Keine Sorge, ich pass schon auf, dass der grollende Donnergott deinen schönen Tatort nicht durcheinanderbringt.«

Die Belastbarkeit des rosa Schmetterlings in Torges Hosentasche wurde im Laufe der nächsten Stunden bis aufs Äußerste ausgereizt. Im Minutentakt flog die Bürotür auf, und nacheinander preschten Arno Kessler, Volker Misskamp und Silvia Eichhorn herein und rannten wieder hinaus. Das Ganze erinnerte durch die damit einhergehende Geräuschkulisse an eine Sturmflut, die sich in mehreren Wellen über der Mordkommission brach. Roland Brunner gab sich die größte Mühe, die noch spärlichen Fakten zu erläutern und sich nicht von den Vorhaltungen der Staatsanwältin einschüchtern zu lassen, die abwechselnd von Fahrlässigkeit und Unvermögen sprach.

»Wie vielen falschen Fährten sind Sie und Ihre Leute eigentlich nachgerannt in den vergangenen Tagen? Eine Absurdität nach der anderen, Dutzende Frauen, aber von der Existenz dieser Julia Kaufmann hatten Sie keinen Schimmer! Wie kann das sein, Herr Kriminalhauptkommissar Kessler?«

Volker Misskamp rang die Hände, dass die Gelenke knirschten, während sein Gesicht ein Lächeln simulierte. Ihm war deutlich anzumerken, dass er sich genau diese Frage auch gestellt hatte und zu keinem befriedigenden Ergebnis gekommen war. Ein auflockernder Scherz wollte ihm ungünstigerweise gerade jetzt auch nicht einfallen.

»Meine liebe Frau Eichhorn!« Kessler reckte mit einer leichten Drehbewegung den Hals aus dem Hemdkragen. Er hatte keinen Rüffel erwartet. Im Gegenteil. Er sah sich völlig in seiner Meinung bestätigt. »Es ist unsere Pflicht, jedem Hinweis nachzugehen.«

Überrascht hob Torge, der die ganze Zeit mit verkniffener Miene den Fußboden angestarrt hatte, den Kopf. Kessler stellte sich vor das Team?

»Jedem Hinweis, und sei er auch noch so … nun ja, sagen wir – zweifelhaft.«

Aha, also doch nur halbherzig. Nicht mit den breiten Schultern, die ein Vorgesetzter haben sollte. Dazu hätte es eines stabilisierenden Rückgrats bedurft und nicht der Konsistenz einer biegsamen Qualle. Klar, nicht Kessler, sondern er, Torge Hansen, war der Mann mit dem fehlgeleiteten Instinkt. Er konnte sich nicht länger bremsen. »Ob an einem Hinweis was dran ist, kann man immer erst hinterher sagen. Und mit Verlaub, Frau

Staatsanwältin, der Thalbach hatte Motiv und Möglichkeit, und Sie konnten es gar nicht abwarten, ihn einzubuchten, und der Puchinger …«

»Herr Puchinger, bitte schön!«, keifte Kessler dazwischen.

»… und seine angetraute falsche Natter haben garantiert keine reine Weste. Da ist irgendwas Dubioses gelaufen im Zusammenhang mit Jarrs Engagement als Bodyguard.« Beschwichtigend hob Torge beide Hände über den Kopf. »Keine Angst, darauf will ich jetzt gar nicht weiter eingehen. Nur überlegen Sie mal, könnte es nicht sein, dass es einen guten Grund dafür gibt, dass wir keinerlei Anzeichen dafür hatten, dass Julia Kaufmann in Raymond Jarrs Leben eine Rolle gespielt hat?«

»Und was könnte das für ein guter Grund sein?«

»Dass es keine Verbindung zwischen den beiden gab!«

Misskamp ließ ein nervöses Lachen erklingen. »Und wie erklärst du den Abschiedsbrief mit Geständnis?«

»Einen Brief am Computer kann jeder schreiben. Du weißt selbst, dass der ohne Unterschrift eigentlich gar nichts wert ist. Es sei denn, man will daran glauben.«

Volker Misskamp stöhnte auf. »Eine Verschwörung also? Und Julia Kaufmann als ahnungsloses Opfer? Jetzt sag nicht, da steckt doch der Geheimdienst dahinter. Warum nicht gleich die CIA? Hatten wir die Theorie nicht auch schon verworfen?«

Kessler fuhr hoch wie ein getretener Hund. »Moment, Volker, die ersten Indizien …«

Misskamp schüttelte die gefalteten Hände. »Ja, nichts für ungut, Arno. Das ging nicht gegen dich.«

Torge griff sich das Telefon. »Ich habe nicht behauptet, dass ich weiß, wie das alles zusammenhängt oder wer die Fäden zieht. Aber … Sekunde!« Er hämmerte die Nummer von Maurizio Fabiani ein und redete los, bevor der seinen Namen nennen konnte. »Sag mir was zu den Spuren. Keine Story drumherum. Sag mir einfach, dass du wieder nichts hast.«

»Was soll das denn heißen? Wieder nichts, hä? Woher soll ich denn was nehmen, wenn …?«

»Langsam!«, unterbrach ihn Torge. Er schaltete den Lautsprecher zu und ergänzte: »Jetzt bist du auf Sendung, die ganze MK Raymond Jarr hört mit. Locker bleiben, keiner pisst dir ans Bein. Nur die Fakten. Du hast also?«

»Nichts, verdammt!«, schnauzte Maurizio los. »Woher hast du das gewusst? Der bekack… der Tatort sieht aus wie blank geleckt. Das Mädel muss im Putzwahn gewesen sein, vor ihrem Abgang. Genau wie euer letzter Toter. Null Fingerabdrücke im Bad, sogar den Müll hat sie noch runtergebracht.«

»Danke, das war es schon. Halt, nein – warte. Bitte ausdrücklich bestätigen: Null im Bad bedeutet – auch keine Abdrücke am Heizkörper, richtig?«

»Exakt.«

»Wunderbar. Du bist der Beste. Nimm eine Valium, such weiter und protokolliere, was alles *nicht* da ist.« Höchst zufrieden beendete Torge das Gespräch und schaute in die Runde. »Ist das Problem klar? Finaler Sauberkeitsfimmel hin oder her, selbst wenn sie mit Handschuhen geputzt hätte, müsste zumindest beim eigenhändigen Aufknüpfen eine Spur geblieben sein. Sie musste sich festhalten und ein Stück hochziehen, um den Gürtel zu platzieren.«

»Mitnichten«, fiel ihm Kessler ins Wort. »Wenn sie so durchgedreht war, wie man annehmen darf, kann sie die Schlinge angebracht haben, dann nachgewischt und …«

»Und ist dann elegant vom Boden aus mit dem Kopf in den Henkerstrick gehüpft?«

Silvia Eichhorn klackerte ungehalten mit den Absätzen auf

dem Boden. Flamencotänzerin. Mit Stierkämpferattitüde. »Haben Sie noch mehr solcher Ideen auf Lager, Hansen?«

Torge schob den Ring über die Fingerspitze des kleinen Fingers, um ihn weiter zu spüren und nicht doch noch zu zerdrücken. Er guckte grübelnd in die leere Kaffeetasse, und Florian schenkte ihm nach, um der Sache auf die Sprünge zu helfen. In der Mitte der Tasse bildete sich ein von dunklen Blasen gekrönter Wirbel.

»Der Bademantel«, sagte Torge plötzlich und klang dabei selbst überrascht. »Sie hatte ihn nicht an. Der hing im Schlafzimmer. Stimmt doch, oder?« Seine Augen suchten Rollo, der ihm bestätigend zunickte. »Sie trug nichts weiter als einen Bikini. Finde nur ich das seltsam? Wenn sie so großen Wert darauf gelegt hat, ihre Wohnung in ordentlichem Zustand zu hinterlassen, dann erscheint es merkwürdig, wenn ihr ihre eigene Erscheinung nach dem Tod nicht ebenso wichtig gewesen wäre. Eine Überdosis Tabletten hätte besser gepasst. Fein gemacht wie Schneewittchen ins Bett legen und als perfekte Leiche enden. Aber Strangulation macht hässlich – geplatzte Äderchen in den Augen, dazu die Schwellungen. Und ein fast nackter Körper? Nein, ich glaube nicht an Selbstmord.« Er schubste im Aufstehen den Stuhl um, fing ihn mit einer Hand auf und war geistig schon durch die Tür, als er ihn zurück auf alle vier Beine knallte. »Ihr findet mich am Tatort.«

»Hansen!«, blaffte Kessler zornig hinter ihm her. »Hiergeblieben!«

*

Spontan sprang Rollo auf, um ihm zu folgen, aber Volker Misskamp pfiff ihn zurück. »Lasst ihn. Wenn er einer fixen Idee nachrennen muss, kann man ihn nicht stoppen. Es reicht, wenn er der Sache allein nachgeht.« Vielsagend deutete er auf Rollos Stuhl. »Ihr habt noch genug andere Baustellen.«

»Bravo, das nenne ich ein eingespieltes Team!« Der Sarkasmus tropfte aus jedem Wort der Staatsanwältin wie flüssiger Honig von einem warmen Brötchen.

Rollo setzte sich und griff zur Wasserflasche. Hier waren eindeutig zu viele Häuptlinge unterwegs. Da hielt er sich als einfacher Indianer besser raus, bis die sich geeinigt hatten, wie es weitergehen sollte.

Silvia Eichhorn wollte zunächst das Ergebnis des Obduktionsberichts und die offizielle Festlegung des Todeszeitpunktes abwarten, ehe sie über eine mögliche Entlassung Heiko Thalbachs aus der Untersuchungshaft nachdachte. So lange blieb die Möglichkeit offen, dass dieser auch in den zweiten Todesfall verwickelt war. Sie musste nicht betonen, dass sie die Überprüfung einer eventuellen Verbindung zwischen den beiden als oberste Priorität einstufte. Chefsache also, die Arno Kessler selbstverständlich persönlich zu übernehmen gedachte. Mit saurem Gesicht verteilte er unnötige Anweisungen, während Volker Misskamp die in Gedanken bereits ausformulierte Pressemitteilung zur schnellen Aufklärung wieder verwarf.

Nachdem sich das Dreigestirn verzogen hatte, nahm sich Rollo die gesamte Dokumentation der in Raymond Jarrs Wohnung gesicherten Fundstücke und Unterlagen vor. Torges Alleingänge gingen ihm gehörig auf die Nerven. Allerdings konnte er nicht umhin, seinen Zweifeln zuzustimmen. Julia Kaufmann passte zu gut ins Bild – und dann auch wieder nicht. Raymond Jarr hatte die Namen und Adressen seiner Kurzzeit-Geliebten weder wie Trophäen gesammelt noch versucht, die Daten zu verstecken. Doch von der Kaufmann keine Spur.

Nichts deutete darauf hin, dass Jarr pikante Details gehortet hatte, die für eine Erpressung ausgereicht und somit ein neues Mordmotiv geliefert hätten. Eines, welches wunderbar mit der anschließenden Selbsttötung harmonierte: Ich weiß etwas über dich, was keiner wissen soll und was ich mit wenigen Klicks über das Internet verbreiten kann. Ich habe Fotos, ich habe E-Mails … vielleicht interessieren die deine Familie, Freunde, deinen Chef? *Chef*.

Das war kein übles Stichwort. Julia Kaufmanns Mutter wohnte auf dem Land, weit außerhalb, und wurde vermutlich gerade jetzt von den Beamten der nächstgelegenen Dienststelle über den gewaltsamen Tod ihrer Tochter informiert. Aber die junge Frau hatte hier gelebt und auch gearbeitet. Im Dienst der Stadt Frankfurt. Vielleicht konnten ihre Kollegen etwas Licht in ihr Privatleben bringen. Doch das musste warten bis morgen. Erst brauchte Rollo gesicherte Erkenntnisse über die Todesumstände, und er hoffte immer noch, dass Maurizio anrief und das viel beschworene weiße Kaninchen aus dem Hut zauberte. Aber der tat ihm den Gefallen nicht.

Da er Torge durchaus zutraute, dass dieser am Tatort tatsächlich von einer brauchbaren Inspiration überfallen wurde, hätte er ihm liebend gern Gesellschaft geleistet. Dass ihn dort selbst der Blitz der Erkenntnis traf, war schließlich auch nicht gänzlich auszuschließen. Leider stand ihm ein anderes Programm bevor. Er stellte die Rufumleitung des Dienstapparates auf sein Handy ein, um sich auf den Weg zur Gerichtsmedizin zu machen. Im Vorbeigehen klopfte er Florian auf die Schulter. Mit rot glühenden Ohren entlockte der dem Computer der Toten seine Geheimnisse, was ihm keinerlei Mühe bereitete.

»Völlig ungeschützt!«, schimpfte er, und Rollo blieb neben ihm stehen. »Keine Firewall, keine Virenabwehr, nichts verschlüsselt, kein Kennwort. Das ist die Einladung zur Manipulation! Riskant wie Sex ohne Gummi, wie der Schlüssel unter der Fußmatte, wie der Klebezettel neben der Klingel, auf dem steht: *Ich bin verreist.*«

»Ist denn irgendwas Kritisches drauf?« Rollo beugte sich über Florians Schulter und musterte das klobige graue Gehäuse. »Das Gerät ist antik, oder?«

»Alt, einfach nur alt. Beschissene Grafikkarte, kaum Programme, immerhin internetfähig, aber das ist auch schon das Spektakulärste an dem Ding. Und nein, nichts drauf, was auch nur einen Menschen interessiert. Habe selten einen langweiligeren Computer gesehen. Statistiken, die wohl mit ihrem Job zu tun haben. Brisant ist nur der Abschiedsbrief. Und da gebe ich Torge völlig recht: Von wem der geschrieben wurde, kann dir keiner sagen – nur wann.«

»Und der E-Mail-Verkehr?«

»Bisher nicht ergiebig. Nehme ich nachher noch genauer unter die Lupe. Was ich aber schon gecheckt habe, ist, dass weder Jarr noch Thalbach oder die Löblich darin auftauchen.«

Rollo registrierte zumindest Letzteres als gute Nachricht, auch wenn es sie der Aufklärung nicht näherbrachte.

»Ich muss los, der Radeberger wird *äbsch*, wenn man zur Sektion zu spät kommt. Danach schau ich mal, was unser einsamer Seher an Visionen empfängt, wenn er bis dahin nicht zurück ist.« Schon in der Tür drehte Rollo sich wieder um. »Ach so, eins noch. Wann wurde der Brief abgespeichert?«

»Samstagabend, etwa um Viertel vor acht.«

Ärgerlich rümpfte Rollo die Nase. Zu früh. Leider zu früh, um Dorothee zu entlasten.

*

Als Erstes hatte er die Fenster weit aufgerissen, dann durchschritt Torge von der Eingangstür aus beginnend ganz langsam alle Zimmer. Einmal, zweimal, dreimal. Schaute nach links und nach rechts, versuchte dabei, zunächst das Denken auszuschalten und die Räume als großes Ganzes zu betrachten. Verengte schließlich die Augen zu Sehschlitzen, bereit für das eine ultimative Detail, das es aus der Gesamtheit herauszufiltern galt. Nach drei weiteren Runden nahm er auf dem Stuhl Platz, vor dem Julia Kaufmanns Computer gestanden hatte. Unter der Schreibtischauflage klemmte der Flyer eines vegetarischen Lieferservices, daneben eine Glückwunschkarte mit der Schrift nach oben. *Alles Gute zum Einzug in die erste eigene Wohnung. Du wirst mir fehlen, Mama.* Auf der rechten Tischseite lagen Stifte und ein Notizblock, dessen Seiten Torge über den Daumen blättern ließ, die aber kein Geheimnis preiszugeben hatten. Dahinter stand ein gerahmtes Foto, von dem ihm ein Schäferhund entgegenblickte. Er drehte sich nach links zum Regal. Sachbücher zu gesunder Ernährung, Gesetzestexte, betriebswirtschaftliche Fachbücher, Lehrgangsunterlagen in Griffhöhe; weiter oben Biografien bekannter Persönlichkeiten und einige wenige Romane.

Torge lehnte sich zurück und fixierte die Bücher. Für einen Moment stellte er seinen Blick unscharf, dann wieder scharf, glitt zurück in die Unschärfe und sprang auf. Er legte die Romane nebeneinander auf den Tisch, mit dem Klappentext nach oben. Reale Frauenschicksale, in denen die Rolle des Mannes immer gleich besetzt war. Negativ. Keine der Geschichten versprach ein Happy End, er fand keine Schnulze und keinen Vampir oder auch nur einen Hauch von Poesie. Gezielt schaute er sich erneut um. Das war es, was ihn die ganze Zeit an dieser Wohnung gestört hatte. Die Einrichtung zeigte nicht die typisch weibliche Note. Es fehlte an dekorativem Nippes und verspielten Details. Julia Kaufmann war ein analytisch denkender und gradlinig strukturierter Mensch gewesen, ohne Sinn für Romantik und sicher nicht der Typ Frau, der sich auf einen Mann wie Raymond Jarr eingelassen hätte. Einen schmeichelnden Womanizer.

Und wenn sie ihn ermordet hätte, dann garantiert nicht aus leidenschaftlicher Liebe, sondern vielleicht aus abgründigem Hass, und der sprach garantiert gegen einen anschließenden Selbstmord aufgrund von Reue. Oder? Gereizt schob er die Bücher zurück an ihren Platz. Was, wenn er sich schon wieder irrte? Für die richtige Einschätzung von Menschen hatte er in letzter Zeit erwiesenermaßen nicht gerade das beste Händchen.

Die Nachbarn hatten ihm Julia Kaufmann als still und zurückhaltend beschrieben. Da in der Wohnanlage ständig neue Mieter ein- und wieder auszogen, kannte man einander nicht besonders gut. Möbelwagen und Handwerkerbesuche waren an der Tagesordnung, auch zu Unzeiten am Abend und am Wochenende. Auch am vergangenen Samstag stand über längere Zeit ein Kleintransporter in der Zufahrt. Aber ungewöhnliche Vorkommnisse hatte es keine gegeben. Auch von Männern in Julia Kaufmanns Leben wusste niemand zu berichten, weder von einer festen Beziehung noch von wechselnden Bekannten.

Raymond Jarr war nicht auf der Suche nach Liebe gewesen. Er wollte unverbindlichen Sex. Vielleicht war das doch die passende Verbindung? Die reine Bedürfnisbefriedigung.

Torge trat ans Fenster und stieß langsam den Atem aus. Es roch nach Sommer. Auf dem Spielplatz in der Grünanlage rannten Kinder kreischend hintereinander her. Mütter hockten im Schatten und bewachten das Spiel.

Torge stürmte ins Bad. Eine Frau, die bereit war für die schnelle Nummer zwischendurch, musste sich schützen. Vor Krankheiten und auch vor einer Schwangerschaft. Hastig durchwühlte er das Bad. Nichts. Auch die Schubladen im Schlafzimmer gaben nichts her. Keine Pille, kein Kondom. Er presste die Fäuste auf die geschlossenen Lider. In einer Handtasche vielleicht? Er warf sämtliche Taschen, die er finden konnte, aufs Bett und kippte ihren Inhalt aus. Wieder nichts. Flüche vor sich hinmurmelnd räumte er alles wieder ein. In eine große Basttasche steckte er ein paar Badeschuhe, eine Flasche Sonnencreme, ein Badetuch, eine Papiertüte mit Brötchenkrümeln und eine Dauerkarte für das Rebstockbad, das praktisch gegenüber am Rande des Viertels lag.

Etwas summte in seinem Ohr. Der Bikini! Wieso hatte Julia Kaufmann den bei ihrem Tod angehabt? Torge nahm erneut die Eintrittskarte zur Hand. Gekauft am Samstagmorgen. Gültig für die ganze Saison. Eine Saison, die für Julia Kaufmann noch am selben Tag zu Ende gewesen war.

*

Professor Radeberger deponierte die blutigen Handschuhe zwischen den ebenso blutigen Instrumenten auf dem Ablagetisch neben der Leiche. Der Sektionsgehilfe würde sich um die Reinigung kümmern, während er die festgestellten Fakten, für Polizistenohren verständlich aufbereitet, noch einmal zusammenfasste.

»Halten wir fest: Der Tod ist zwischen 19 und 21 Uhr am Samstagabend eingetreten, und zwar eindeutig durch Erhängen.«

»Also doch Selbstmord?«

»Nicht so hastig, Herr Brunner.«

Rollo fühlte sich in Radebergers Gegenwart regelmäßig zum unwissenden Grundschüler degradiert. Die langatmigen Vorträge hatten schon mehr als einmal beinahe zu einem Handgemenge mit Torge geführt, der darum das Privileg des Hausverbotes im Obduktionssaal besaß.

Mit schnellen Schritten eilte ein blassgesichtiger Kittelträger durch die Tür, ein Praktikant vermutlich, der aussah, als ob er jeden Moment Nackenschläge oder Schlimmeres vom Großmeister erwartete, und streckte diesem ein Papier entgegen. »Entschuldigen Sie die Störung, aber Sie wollten die Ergebnisse sofort …«

Der Professor nahm das Blatt grußlos entgegen und entließ den Überbringer, der im Gehen hinter seinem Rücken Grimassen schnitt. Irgendwann musste sich diese Überheblichkeit rächen, dachte Rollo. Wenn der eines Tages auf dem eigenen Metalltisch endete, gemeuchelt von einem namenlosen, ausgebeuteten Laboranten, war seinem Mörder das Mitgefühl aller Kollegen sicher.

Völlig unbeleckt von der ihm entgegengebrachten Feindseligkeit, studierte der Professor den Ausdruck und redete beim Lesen etwas verlangsamt weiter. »Richtig ist, Frau Kaufmann wurde weder erdrosselt noch erwürgt. Die Auffindesituation entsprach dem Sterbeszenario und, wie ich vermutete und meine fleißigen Helferlein mir gerade bestätigen, die Dame hatte einen Cocktail aus Alkohol, Schlaf- und Beruhigungsmitteln intus. Ich habe vorausschauend die Analyse gleich heute Morgen veranlasst, man macht den Kollegen doch auch gerne mal eine Freude.«

Rollo versuchte, einen Blick auf die Daten zu erhaschen, die der Professor sicher erst nach eingehender eigenhändiger

Überprüfung herausrücken würde. Dass es Radeberger garantiert nicht um die Kollegen der Polizei, sondern vielmehr um eine gewisse Staatsanwältin ging, wenn er den Turbo zuschaltete, war ein offenes Geheimnis.

»Ist etwas Besonderes dabei?«

»Sieht nach ganz banalen, gängigen Wirkstoffen aus. Gibt es in der Apotheke und bei jedem Hausarzt auf Rezept.«

»Scheint, als ob die Frau gut geplant hätte.«

»Gut? Die Menge an Tranquilizern hätte für drei gereicht. Ich bezweifle, dass sie nach der Einnahme noch sehr lange bei Bewusstsein war.«

»Lange genug, um sich eigenhändig aufzuknüpfen?«

Der Mediziner schaute ihn belustigt an. »Wenn es nur das wäre, vermutlich ja. Doch sie hat sich offenbar noch die Zeit genommen sich zu waschen. Gesicht und Hände wurden akribisch gereinigt. An den Lippen sind keine Spuren von Rotwein oder Medikamenten. Wenn man Tabletten aus der Packung drückt, bleiben zwangsläufig Rückstände an den Fingern. Hier jedoch nicht, selbst unter den Fingernägeln.«

Das passte zu Maurizio Fabianis Angaben über die extrem saubere Wohnung. Möglicherweise eine Zwangsneurose.

»Ihr Fazit, Herr Professor?«

Radeberger gab einen Grunzlaut von sich, den Rollo als Lachen deutete. »Fazit: Sie sind zu ungeduldig, Brunner. Aber das ist keine neue Erkenntnis. Spaß beiseite. Haben Sie in der Wohnung Medikamentenverpackungen gefunden, die leere Weinflasche oder ein benutztes Glas?« Er redete nahtlos weiter, nachdem er Rollos Gesichtsausdruck offenbar ein Nein entnommen hatte. »Also kommen zur Reinigungszeremonie noch weitere Minuten zwecks Aufräumungsarbeiten. Fragwürdig, sehr fragwürdig! Wenn Sie vorhin aufgepasst haben, erinnern Sie sich sicher an die winzigen Verletzungen im Mundraum der Toten. Feine Kratzer und Einrisse an Gaumen und Zunge.«

»Wollen Sie damit sagen, dass ihr der Schlummertrunk gewaltsam eingeflößt wurde? Etwa mit einem Schlauch oder einem Trichter?«

»Möglich. Würde unzweifelhaft die Wunden erklären.«

Bei einem vorgetäuschten Selbstmord ergab die übertriebene Sauberkeit allerdings keinen Sinn mehr. »Können Sie einen anderen Ablauf definitiv ausschließen?«

Radeberger grunzte erneut, diesmal weniger belustigt als verärgert. »Mein Fachgebiet sind Fakten, nicht Fantastereien. Bringen Sie mir ein Objekt, und ich sage Ihnen, ob es sich um den eingeführten Fremdkörper handelt. Was weiß ich, was diese Dame sich in den Schlund zu schieben pflegte! Der Bademantelgürtel ist zu hundert Prozent das Tatwerkzeug, mittels dessen die Strangulation vollzogen wurde. Klassisch hängende Position, kein nachträgliches Vertuschungsmanöver. Darauf Brief und Siegel. Wenn Sie keinen Mord haben wollen, beweisen Sie das Gegenteil! Dann müsste die Tote, als sie noch eine Lebende war, einen Helfer gehabt haben. Und das lässt sich de facto bisher nicht ausschließen.«

Schweigend erledigte Rollo die verbliebenen Formalitäten, unterschrieb als Vertreter der Mordkommission das Anwesenheitsprotokoll und war in Gedanken schon ganz woanders. Noch ein Mord. Statt eines aufgeklärten zwei rätselhafte Fälle. Aber wenn es nicht unerfüllte Liebe war, wie der Abschiedsbrief behauptet hatte, was war es dann, das die beiden Toten verband? Wer hatte ein Interesse daran, diese beiden Menschen aus dem Weg zu räumen?

Als er das Gelände des rechtsmedizinischen Institutes in der

Kennedyallee verließ und in seinen Wagen stieg, hatte er einen ersten Entschluss gefasst. Torge konnte warten.

*

Auf Knien kroch sie durch den Keller und spähte gemeinsam mit Edgar Wimmer blinzelnd in jede Ecke, die der Strahl seiner Taschenlampe wie ein Scheinwerfer ausleuchtete. Eine leichte Atemnot machte sich jedes Mal bemerkbar, wenn sich neben ihrem auch sein kugeliger Kopf in einen Winkel klemmte und sein ausgestreckter Arm das Platzangebot zusätzlich verknappte.

»Da der Beweis. Sehen Sie?« Sein Zeigefinger schubste ihr einige dunkelbraune olivenkernförmige Klümpchen entgegen und pulte dann Putzbrösel aus einem kleinen Loch in der Wand. »Dahinter liegt das Nest.«

Zufrieden richtete er sich auf und hielt Dorothee die Giftbox hin. »Na, Frau Löblich? Welchen Köder nehmen wir denn jetzt für die Plagegeister?«

Sie vermied den Blick auf den Sammelbehälter, in dem sich bereits drei Delinquenten stapelten; unter fröhlichen Juchzern von Wimmer dem Älteren im Nachbargarten eingetütet. Nein, nach dieser Lehrstunde würde sie garantiert nicht mehr vergessen, woran sie die Henkersmahlzeithäppchen für Ratten erkannte. Zyankali war für diesen Zweck bei Profis schon lange nicht mehr angesagt. Dafür gab es harmlos aussehende viereckige Klötzchen in schrillem Pink mit dem Geruch eines Klosteins, die angeblich wie Kaugummi schmeckten.

Dorothee hatte nicht vor, das zu testen. Auch wenn Edgar Wimmer ihr versicherte, es bestünde keinerlei Gefahr außer für die Ratten. Sie platzierte den todbringenden Klumpen in der Nähe des Höhleneingangs und befestigte ihn an einem Metallregal. Die Nager sollten den Köder nicht wegtragen, so ließ sich der Erfolg der Maßnahme an den Kauspuren besser überprüfen. In wenigen Tagen würden die Tierchen irgendwo an inneren Blutungen verenden, und sie konnten wiederkommen und die stocksteifen Leiber auflesen. Es gruselte sie. Wimmer hatte sich strahlend eines der bretttharten Opfer über einen Finger gehängt und ein wenig schaukeln lassen, ehe er es einpackte, zur seuchensicheren Entsorgung. Ein scheußlicher Tod. Und dazu verwendete man einfach ein gängiges Blutverdünnungsmittel, das die Gerinnung verhinderte und üblicherweise zur Therapie bei Schlaganfallpatienten eingesetzt wurde. Nachdenklich verschloss Dorothee die Box.

»Man sagt doch immer, die Dosis macht das Gift. Habe ich recht? Also, wenn so ein kleiner Bissen eine Ratte tötet – wie viel von diesem Zeug haut dann einen Menschen um? Ich meine, wäre das nicht eine unauffällige Lösung, wenn jemand dieses Präparat ohnehin einnimmt und die liebe Verwandtschaft nachhelfen möchte, dass …«

»Aber, aber, Frau Löblich! Was sind denn das für böse Ideen. Das wollen wir ganz schnell wieder vergessen, nicht wahr?« Edgar Wimmers Blick ruhte strafend auf Dorothee, ehe sich sein Gesicht wieder zu einem Lächeln verbreiterte. »Wobei ich Ihnen beipflichte, es ist immer die Dosis, die entscheidet. Im Zweifel wäre für den Laien allerdings ein Treppensturz vorzuziehen, der lässt sich im Blut nicht nachweisen. Cumarine dagegen schon.«

Dorothee spürte, wie das Entsetzen über diesen pragmatischen Vorschlag ihr Gesicht lähmte. Im Schein der Taschenlampe erinnerte Wimmers Kopf plötzlich an einen diabolisch grinsenden Halloweenkürbis, bis sein albernes Kichern die Bemerkung entschärfte und ihrer Fantasie die Grundlage entzog. Er reichte ihr die Hand, um ihr aufzuhelfen.

»Sie sind mir vielleicht einer!«, schnaufte sie und richtete sich auf, mit puddingweichen Knien.

Auf dem Weg nach draußen, schulterte Edgar Wimmer die Tasche mit den toten Ratten und schmetterte aus Leibeskräften ein zünftiges Liedchen im Walzertakt.

Eine eingängige Melodie. Und der Text erzählte mit wunderbar makaberem Wiener Schmäh vom Frühling und der Liebe – und dem Genuss beim gemeinsamen Taubenvergiften im Park.

*

Von den Spargelfeldern wehte Sand in Böen über die Fahrbahn, prasselte auf die Frontscheibe und nahm Rollo kurz die Sicht. Er schaltete die Scheibenwischanlage ein, und schmutzig-braune Brühe spritzte in alle Richtungen, verteilte sich in breiten Schlieren. Neben der Straße arbeitete ein bunter Haufen Erntehelfer. Er sah lange Beine in ultrakurzen Hosen, schulterfreie Tops, Kopftücher, Faltenröcke und ausgebeulte Trainingshosen. Entlang der aufgehäuften Balken, die ihm wie Hügelgräber vorkamen, schufteten sie Stunde um Stunde. Während die Sonne ihnen die Haut gerbte und sie sich für ein paar Kröten in der Tasche die Gelenke ruinierten, beerdigte vermutlich so mancher seine Illusionen. Hier gab es weder schnelles noch leicht verdientes Geld.

Direkt hinter dem Acker bog Rollo von der Bundesstraße ab und saß wenig später auf dem Campingplatz Hanne gegenüber.

Mit einer löchrigen Fliegenklatsche bewaffnet, bewachte sie

ein Blech voll klebriger Plunderteilchen, die sie gerade in die Auslage hatte stellen wollen. Dass sie ihre Tätigkeit nur ungern unterbrach und noch viel weniger gern Fragen beantworten wollte, ließ sie Rollo deutlich spüren. Dennoch hoffte er, mit ihrer Hilfe das ungute Gefühl vertreiben zu können, das Professor Radebergers Ausführungen hinterlassen hatten.

»Wieso wollen Sie wissen, ob die Dorothee am Samstagabend auf dem Platz war?«

»Sagen wir so: weil es wichtig ist. Dorothee hat ein paar Probleme am Hals, was Ihnen sicher nicht entgangen ist.« Diskret legte er seine Dienstmarke auf den Tisch, die Hanne kritisch begutachtete. Beeindruckt war sie nicht.

»Ich bin Polizist«, versuchte er es weiter in freundlichem Ton. »Aber ich bin auch ein Freund von ihr.«

»Erwarten Sie, dass ich für die Dorothee lüge?«

Rollo erwiderte nichts, und Hanne schaute ihm entschlossen in die Augen. »Das werde ich nicht machen. Dorothee ist neu hier. Sie ist nett, aber sie ist keine von uns. Und das wird sie auch nie werden. Sie hält sich nicht gern an Regeln.« Da Rollo nichts dazu sagte, redete Hanne weiter. »Wäre es besser, wenn ich sage, dass Dorothee hier war? Oder wäre es besser, dass sie nicht hier gewesen ist?«

Abwartend steckte Rollo die Marke zurück in die Jacke. Sein Schweigen funktionierte wesentlich besser, als Fragen zu stellen.

»Also ich weiß gar nichts!« Mit einem gezielten Schlag erledigte Hanne ein vorwitziges Insekt und beförderte es mit spitzen Fingern in den Mülleimer. Rollo beobachtete sie; Geduld, Wohlwollen und Interesse im Blick. Ihr innerer Konflikt war ihr an den Lippen abzulesen, die sich abwechselnd zu einer spitzen Schnute zusammen und dann wieder in die

Breite zogen. Die Klatsche in ihrer Hand wippte im Hochfrequenzbereich auf und ab, bis Hanne endlich wieder den Mund öffnete. »Mir ist das ja wurscht, was meine Leute hier privat machen. Nur bei Fremden passe ich auf. Ich kann ja nicht jeden auf den Platz lassen, wegen der Sicherheit. Aber nachts, da schlafe ich halt auch irgendwann und bekomme nicht alles mit. Dafür haben die Dauergäste ihren Schlüssel.«

Verständnisvoll nickte Rollo. Die Information, die er wollte, war schon fast draußen, da war er sicher.

»Also, wie gesagt, ich habe nichts gesehen oder gehört am Samstag. Aber der Ernst, der führt Buch darüber, wann Dorothee kommt und geht. Weil sie immer mit der Vespa bis hinten zum Wohnwagen fährt, um ihn zu ärgern.« Hanne wühlte aus der Schreibtischschublade ein kariertes Blatt hervor, auf dem in gestochen scharfen Zahlen und Buchstaben eine Tabelle Auskunft über Dorothees Fehlverhalten auf dem Campingplatz gab.

»Samstag war sie überhaupt nicht hier! Sie ist am Freitagmorgen von einer Polizeistreife abgeholt worden. Das sollten Sie eigentlich wissen. Und dann ist sie erst Sonntagmorgen wiedergekommen, genau um null Uhr dreiundfünfzig. Ohne Vespa, die stand die ganze Zeit – illegalerweise – auf ihrer Parzelle statt auf dem Parkplatz. Dafür kam sie in männlicher Begleitung. Der Mann ist exakt vierunddreißig Minuten geblieben. Reicht das?«

Das war mehr an Information, als Rollo erwartet hatte. Aber nichts davon half Dorothee weiter. Er hegte die hässliche Befürchtung, dass sie ein Alibi gebrauchen konnte, wenn sie nicht ins Zentrum der Ermittlungen rücken wollte. Als Arzthelferin war es für sie sicher ein Leichtes gewesen, an die passenden Medikamente zu kommen, die Julia Kaufmann außer Gefecht gesetzt hatten. Das Gleiche galt selbstverständlich auch für Heiko Thalbach.

*

Im Präsidium prallten Torge und Rollo direkt vor der offenen Bürotür aufeinander. Torge wedelte mit der Schwimmbaddauerkarte vor Rollos Nase, der den Obduktionsbericht schwenkte.

»Das war kein Selbstmord!«, schmetterten sie einander entgegen.

Florian Marschall hob drinnen den Kopf.

»Ich bin beeindruckt. Wie lange habt ihr an der Nummer geübt?«

Irritiert schauten die beiden ihn an, um dann gleichzeitig weiterzureden. Nach wenigen Minuten war der Informationsaustausch abgeschlossen, und wieder meldete sich Florian zu Wort.

»Ich stimme euch insofern zu, dass die Kaufmann sich nicht umgebracht hat. Der Abschiedsbrief ist ein Fake, da wette ich drauf. Aber für den Mord an Jarr ist sie dadurch trotzdem nicht zwingend entlastet. Und für eure Frau Löblich sieht es zappenduster aus. Sie hat für beide Tatzeiten bisher kein Alibi, und wenn man die Sache mit den Medikamenten berücksichtigt …«

»Dann käme Thalbach aber genauso in Betracht!«, warf Torge ein. Rollo nickte und bedachte ihn mit einem langen nachdenklichen Blick. Bei Gelegenheit sollte er dann doch mal nachhaken, was genau am Sonntagmorgen in den vierunddreißig Minuten geschehen war, die Torge in Dorothees Wohnwagen verbracht hatte.

»Thalbach ist als Arzt ja wohl ein bisschen näher an dem

Zeug dran, und sie hat nicht mehr in der Praxis gearbeitet, hatte also auch keinen Zugang mehr zu den Pillen. Stimmt doch, oder etwa nicht?«

»Stimmt absolut. Aber Thalbach hattest du doch schon von deiner Verdächtigenliste gestrichen.« Rollo konnte nicht aufhören zu grinsen, und Torge hob die Schultern.

»Was ist? Das sehe ich immer noch so. Ich wollte nur verdeutlichen, dass Dorothee nicht die Einzige ist mit der Möglichkeit zur Tat und ohne Alibi.«

»Kleiner Irrtum, Kollege.« Florian schob Torge vorsorglich die Kaffeekanne zu, ehe er weitersprach. »Für Samstag ist Thalbach aus dem Schneider. Arno hat ihn dazu befragt, und er konnte sich angeblich nicht erinnern, was er gemacht hat. Selbstverständlich streitet er ab, Julia Kaufmann zu kennen. Sie war jedenfalls keine Patientin bei ihm, das habe ich inzwischen gecheckt. Nachdem Thalbach zurück in der Zelle war, bin ich mit Arno in die Praxis gefahren, um die zweite Arzthelferin zu befragen. Tja, und diese Kerstin Hartwig war sehr gesprächig, und die konnte sich auch sehr gut daran erinnern, wo Thalbach vergangenen Samstag gewesen ist und was er da gemacht hat. Ihr war das offenbar kein bisschen unangenehm, dass sie ihn mit allen ihr zur Verfügung stehenden Mitteln über sein Verlassenwerden hinweggetröstet hat. Mir kam es so vor, als ob sie schon eine Weile in den Startlöchern darauf gewartet hätte, dass der Platz in seinem Bett frei wird. Dagegen war es ihm wohl ziemlich peinlich, dass er sich so schnell hat rumkriegen lassen. Schließlich versucht er ja immer noch, seine Ex zurückzuholen.«

Rollo klatschte den Obduktionsbericht auf den Tisch. »Schöner Mist. Ich nehme an, ihr habt Dorothee auch gleich einen Besuch gemacht?«

»Wir konnten sie nicht erreichen. Aber sie steht ganz oben auf Arnos Wunschzettel. Tut mir leid, Jungs.«

Kopfschüttelnd ging Rollo zur Pinnwand und griff sich einen Stift. »Ich hoffe nur, sie hat was Besseres zu bieten als eine Aussage von Grit. Die könnte nämlich nicht mal ich als wirklich zuverlässig ansehen. Auch wenn es vielleicht der Wahrheit entspricht, dass Dorothee bei ihr war.« Er drehte sich zu Torge um, der immer noch schwieg. »Ich fürchte, wir müssen in Betracht ziehen, dass sie es gewesen ist. Ob es uns passt oder nicht.«

Statt direkt darauf einzugehen, befühlte Torge ausgiebig seine Nase, die inzwischen auf ihre normale Größe zurückgeschrumpft war. »Dieser Heuchler hat am Samstag seine Sprechstundenhilfe gevögelt und mich am Montag k.o. geschlagen, weil er dachte, ich hätte das Gleiche mit Dorothee gemacht!« Sein Jochbein zierten die Reste des Blutergusses, inzwischen in Gelbgrün. »Muss ich das verstehen?«

»Vielleicht war das mit der Hartwig für ihn nichts Ernstes?«, wandte Florian ein.

»Na und? Das war es für Dorothee ja auch nicht. Das mit Raymond, meine ich.« Torge funkelte Rollo böse an, der schon wieder schmunzelte.

»Ist klar, was du meinst. Aber als er mit der Hartwig ins Bett gestiegen ist, hatte er sich schon von Dorothee getrennt. Das ist ein nicht zu verachtender Unterschied.«

Torge schnaubte nur.

»Das müssen die zwei untereinander klären. Wir sollten uns wieder um die beiden Morde kümmern. Denn völlig egal, ob Dorothee ein Alibi für den zweiten hat – es fehlt die Verbindung zwischen ihr und Julia, die uns das Motiv liefert.«

»Raymond«, murrte Torge. »Die Verbindung ist doch ein

Supermotiv. Julia tötet ihn aus Eifersucht, weil er Dorothee vorzieht. Dorothee tötet Julia, weil die Raymond getötet hat. Das ist doch alles Scheiße! Aber es ist schön einfach und geht schnell. Zackzack und abgeschlossen ist der Fall.«

»Nicht so hastig«, beschwichtigte ihn Rollo. »Ein paar Beweise müsste man schon haben. Und auch wenn Maurizio keine brauchbaren Spuren gefunden hat, so haben wir doch genau darin eine Übereinstimmung an den beiden Tatorten. Was meiner Meinung nach für einen einzigen Täter spricht und nicht für zwei verschiedene. Irgendwo«, er klopfte mit dem Stift gegen die Wand voller Kringel und Pfeile, »gibt es eine Gemeinsamkeit zwischen den Toten. Vielleicht steht die Antwort genau hier, und wir müssen nur noch die richtigen Schlüsse ziehen!«

Alle städtischen Gebäude rochen gleich. Torge wünschte, es gäbe wenigstens bei der Möblierung oder der Auswahl an Böden gewisse Variationen. Gab es aber nicht. Sämtliche öffentlichen Einrichtungen, die in etwa zur selben Zeit gebaut oder renoviert wurden, fielen offenbar auch demselben Planungsbüro und Innenausstatter in die Hände. Während er mit Rollo den Flur entlangging, war er sich sicher, dass er auch ohne Wegweiser die Verteilung der Büros erraten konnte. Die Anordnung der Toiletten, der Teeküche, der Büros niederer und höherer Ränge folgte immer der gleichen Systematik.

Klaus-Peter Münch erwartete sie bereits und bat sie, vor seinem Schreibtisch Platz zu nehmen. Sein Pullunder spannte über dem Bauch und legte sich beim Hinsetzen in die gleichen markanten Querfalten wie seine Stirn.

»Tragisch, tragisch«, wiederholte er nach fast jedem zweiten Satz und wiegte bekümmert das Haupt mit den zu schwarz gefärbten Haaren. »Tragisch, tragisch. So jung und eine großartige Beamtenlaufbahn vor sich. Es ist mir unbegreiflich. Sie kam im vergangenen Jahr zu uns ins Ordnungsamt und hat viele neue Ideen eingebracht. Eine sehr engagierte Person und immer darum bemüht, Arbeitsabläufe zu optimieren und Kosten zu senken.«

Torge zog unauffällig eine Grimasse in Rollos Richtung, während Münch intensiv seine Brillengläser reinigte. Das klang ja nach einer erfüllenden Lebensaufgabe. Auf dem Tisch stapelte sich die morgendliche Post, auf der ein archaisch anmutendes

Messer bereitlag, um die Umschläge aufzuschlitzen oder vielleicht auch nur als Briefbeschwerer. Denn das Öffnen übernahm sicher bereits die Sekretärin, die nur die persönlichen Briefe ungeprüft bis zum Amtsleiter durchließ.

»Können Sie uns mehr über Frau Kaufmann erzählen? Was war sie für ein Typ? Hatte sie viele Freunde unter den Kollegen?«

Münch zupfte den Pullunder zurecht und setzte die Brille wieder auf, ehe er antwortete.

»Das kann ich Ihnen nicht sagen. So gut habe ich sie nicht gekannt. Wie das als Vorgesetzter eben so ist.« Er lachte verunsichert, als ihm klar wurde, dass die Männer ihm gegenüber vermutlich niemandem vorgesetzt waren. »Viel Privates bekomme ich hinter meiner Tür nicht mit.«

»Aber Sie werden doch wissen, ob sie beliebt war oder ob es Ärger mit ihr gab? Oder ihretwegen? Sie sprachen von Frau Kaufmanns bevorstehender Karriere. Wenn jemand ehrgeizig ist, dann eckt er unter Umständen auch mal an. Neue Ideen stoßen nicht immer nur auf Begeisterung.«

»Nein, meine Herren. Wenn Sie auf Mobbing oder Ähnliches anspielen, so etwas gibt es bei uns nicht. Die meisten meiner Mitarbeiterinnen arbeiten schon viele Jahre unter mir. Für die lege ich meine Hand ins Feuer!«

Seine Einlage war ebenso theatralisch wie wirkungslos. Torge bezweifelte seine Aussage mit unverhohlen spöttischem Ton. »Wenn Sie sich da mal nicht vertun, Herr Münch. Das wäre das erste Büro, das ich betrete, das ganz ohne Machtkämpfe auskommt. Aber vielleicht können Ihre Damen uns ja direkt weiterhelfen, wir würden sie gern ebenfalls befragen.«

Klaus-Peter Münch schaute ein wenig pikiert von einem zum anderen und räusperte sich umständlich.

»In Einzelgesprächen«, setzte Rollo noch eins drauf. »Und dann möchten wir gern auch noch den Arbeitsplatz von Frau Kaufmann sehen.« Konzentriert blätterte Rollo dabei durch seinen Kalender. »Nur rein der Form halber, Herr Münch«, er ließ den Blick gesenkt, »wo waren Sie am vergangenen Samstag, zwischen 19 und 21 Uhr? Und gibt es dafür Zeugen?«

»Die Frage soll ja wohl ein Scherz sein!« Münch erhob sich hastig und sah alles andere als amüsiert aus. »Wenn Sie mir bitte folgen. Ich stelle Ihnen unsere Küche für die Befragung zur Verfügung.«

Den Flur entlang trotteten sie hinter Münch her, der es plötzlich eilig hatte. Gelangweilt glitt Torges Blick über die Wände in dezentem Silbergrau. Aus manchen Büros hörte er Stimmen, in einem brummte es. Zwei Schritte weiter machte Torge schlagartig kehrt. *Julia Kaufmann* stand auf dem Schild neben der Zimmernummer. Er riss die Tür auf, das Brummen schwoll an. Ohne zu überlegen, machte er einen Satz nach vorn und schlug mit der flachen Hand auf den roten Schalter. Stille.

»Was zum Henker tun Sie da?«, blaffte er den entsetzen jungen Mann an, der neben seinem Aktenstapel winzig wirkte.

»Sch-sch-schreddern?« Sein Kinn zitterte. Hilfe suchend richtete er die Augen auf Münch, der gerade mit Rollo hereinstolperte und direkt hinter Torge zum Stehen kam.

»Vollrath, was machen Sie denn hier?«

Münchs weit ausholende Armbewegungen erinnerten Torge an die Trockenübungen eines Brustschwimmers.

»Sch-sch-schreddern?«, antwortete Vollrath wieder und schien sich dabei nicht ganz sicher zu sein.

»Das ist doch Julia Kaufmanns Schreibtisch, richtig?« Torges Augenbrauen zogen sich zu einer einzigen zusammen, als er den obersten Aktendeckel griff. »Hier steht ihr Name auch drauf. Können Sie mir das erklären, Herr Vollrath?«

»Die-die-die sind a-a-alt u-u-und werden ni-ni-nicht mehr be-be-benötigt.«

»Aha. Und die werden genau heute vernichtet, nachdem man Sie über Frau Kaufmanns Tod informiert hat?«

Vollraths Blicke zuckten wie eine Stroboskoplampe, was exakt seiner stakkatoartigen Ausdruckweise entsprach.

»Ju-Ju-Julia ist tot? Wa-wa-warum? Davon haben Sie a-a-aber ...«

Klaus-Peter Münch teilte die Raumluft mit weiteren schnellen Schwimmzügen, legte Vollrath eine Hand auf die Schulter und geleitete ihn zur Tür.

»Tragisch, tragisch, Vollrath. In der Tat. Machen Sie eine kleine Pause, ja? Wir reden später. In Ruhe.«

Als er sich wieder Rollo und Torge zuwandte, breitete Torge die Arme aus und imitierte Münchs allumfassende Geste. »Und wie erklären Sie das? Ist das so üblich in Ihrer Behörde, dass man die Vorgänge, an denen ein verstorbener Mitarbeiter gearbeitet hat, mal eben schnell zerhäckselt, wenn die Polizei zu Besuch kommt?«

»Selbstverständlich nicht! Meine Herren, bleiben Sie bitte sachlich.« Münch rang die Hände und schüttelte die Föhnfrisur in Form. »Die Anordnung hatte ich unserem Praktikanten erteilt, bevor mir das Ableben von Frau Kaufmann zur Kenntnis gebracht wurde. Sie ist eine sehr gründliche Person, und, sagen wir, sie trennt sich nur ungern von einmal verfassten Schriftsätzen und Aktennotizen. Was, wie Sie sehen, einen nicht unerheblichen Platz beansprucht und auch sonst Kapazitäten bindet. Daher musste ich als Vorgesetzter leider Maßnahmen ergreifen. Sie verstehen?«

»Und in ihrer Abwesenheit Unterlagen vernichten? Nein, das verstehe ich nicht. Und auch nicht, welche sonstigen Kapazitäten durch ein paar Bögen Papier gebunden wurden. Ich denke, Frau Kaufmann hat immer so kostenbewusst und innovativ gearbeitet?« Torges Bass schwoll bedrohlich an, sodass auf dem Flur einige Türen klappten, um die Quelle der Auseinandersetzung zu lokalisieren. Doch Klaus-Peter Münch zeigte sich erstaunlich unbeeindruckt.

»Hätte ich mir ja denken können, dass Sie nicht in der Lage sind, sich in meine Situation zu versetzen. Sie verlegen sich wohl generell lieber auf Unterstellungen, Herr Hansen.«

»Was soll das jetzt heißen?«

»Dass Ihnen ein gewisser Ruf vorauseilt. Aber auf das Niveau von Gerüchten und Spekulationen wollen wir uns besser nicht begeben. Nicht wahr? Vergessen Sie nicht, wir sind alle Staatsdiener und daher …«

»Daher schlage ich vor«, ergänzte Rollo und tätschelte Münch gönnerhaft den Arm, »dass Sie uns vollumfänglich bei unserer Arbeit unterstützen. Dieses Büro wird bis auf Weiteres versiegelt und der Inhalt beschlagnahmt …«

»Was? Das darf ja wohl nicht wahr sein! Was haben denn die Akten mit Frau Kaufmanns Selbstmord zu tun?«

»… bis wir uns einen Überblick verschafft haben und die näheren Todesumstände geklärt sind. Noch, sehr verehrter Herr Münch, ist die Theorie vom Selbstmord keineswegs bewiesen, und somit lässt sich auch ein Mord nicht ausschließen.«

»Mord?« Münchs aufgeplusterte Chefattitüde sackte in sich zusammen wie ein Gleitschirm ohne Aufwind. »Wieso denn Mord?« Sein Gesicht spiegelte echtes Entsetzen, seine Atmung stockte und setzte dann umso heftiger wieder ein. »Dann brauchen Sie aber einen Durchsuchungsbefehl!«, keifte er mit wiedererwachtem Selbstvertrauen. »Auch wenn wir hier nicht das Geringste zu verbergen haben, bestehe ich auf der korrekten Einhaltung der Vorschriften!«

»Beschluss«, verbesserte Torge ihn mit Genugtuung. »Der Wisch heißt Durchsuchungsbeschluss. Und den zu kriegen kostet mich einen kurzen Anruf bei der Staatsanwältin, denn hier ist eindeutig Gefahr im Verzug, Sie Schredderkünstler! Das unterschreibt uns jeder Richter.«

Rollo gab ihm hinter Münchs Rücken ein Zeichen, nicht zu dick aufzutragen. Die Argumente sollten ausreichen, um Eindruck zu machen, ganz stichhaltig waren sie jedoch nicht. Freundlich legte er dem Amtsleiter eine Hand auf die Schulter.

»Kompromissvorschlag, Herr Münch. Wir schließen hier ab und nehmen uns den Papierberg später vor. Sie zeigen mir die Küche, in der ich mit Frau Kaufmanns Kolleginnen sprechen kann, und Kriminalhauptkommissar Hansen wird sich persönlich darum kümmern, dass die Damen sich nicht über ihre Aussagen abstimmen. Bis wir damit fertig sind, denken Sie ganz genau nach, wo Sie denn nun gewesen sind am Samstagabend.«

*

Der Job bei den Wimmerbrüdern hielt täglich neue Überraschungen für Dorothee bereit. An diesem heißen Sommermorgen standen gleich zwei Wespennest-Entsorgungen auf dem Programm, was sich als weniger dramatisch herausstellte, als sie befürchtet hatte. Irgendwie taten ihr die kleinen Tierchen leid. So, wie sie auch schon die Ratten bedauert hatte, die, vom leckeren Köder verführt, ihr Leben lassen mussten.

Diesmal waren sie nicht mit dem neutral weißen *Sprinter* unterwegs gewesen. Die geräumige Limousine verfügte über einen großen Kofferraum, ein frisch poliertes Äußeres, einen Haufen PS und einen flotten Werbeaufdruck.

»Hast eine Plage du im Zimmer – ruf zur Hilfe schnell die Wimmer!« Daneben klebte ein erhobener Daumen, unter der zugehörigen Faust ein zerquetschter Comic-Käfer mit heraushängender Zunge und der Zusatz: »Wir erlösen Sie von Ihrem Problem.«

Nachdenklich betrachtete sie den Text. Wenn es doch immer so einfach wäre, Schwierigkeiten aus der Welt zu schaffen. Ein Schlag mit der Wimmer-Faust, dann nur noch zusammenfegen und ab in die Tonne mit dem Liebeskummer, dem Ex, der eigenen gescheiterten Existenz.

»Na, Frau Löblich, was machen wir denn für ein trauriges Gesichtchen? Kommen Sie mit rein, wir räumen noch schnell unsere Sächelchen ins Kämmerchen. Dann macht uns die liebe Frau Bittner ein Kaffeechen.«

Unwillkürlich zogen sich Dorothees Mundwinkel nach oben. Die tödlichen Gasfläschchen und Chemiekeulchen ins Schränkchen und morgen Abend durfte das Mädchen ins Wochenendchen. Aus dem Büro hörte sie scheppernd den Plastikfisch singen. Ihre dicken Chefchen waren einfach Gold wert. Das beste Mittel gegen ihre depressiven Gefühlsanflüge. Während sie das Pumpzerstäuberchen neben das Kanisterchen mit der Desinfektionslösung stellte, konnte sie das Lachen kaum noch zurückhalten. Hoffentlich kriegte sie die niedlichen *-chens* bald wieder aus dem Kopf, das Wimmerchen kam sich sonst vielleicht veralbert vor, wenn sie auch anfing, so zu sprechen.

Sie hängte die beiden Overalls auf Kleiderbügel zum Auslüften und dann dreimal das Schlauchsortiment zurück in die Halterung, bis es endlich oben blieb. Es konnte noch Wochen oder Monate dauern, bis sie von jedem Ausrüstungsteil wusste, wozu genau es benötigt wurde. Von der Handhabung ganz zu schweigen.

Spannend fand sie ihren neuen Job auf jeden Fall. Dem aktiven Töten bei der Schädlingsbekämpfung konnte sie zwar nicht gerade Freude abgewinnen, doch leuchtete ihr die Notwendigkeit ein. Und es machte ihr weit weniger aus als die Entrümpelung. Die hatte ihr mehr zugesetzt, als sie sich eingestehen wollte. Bei dem Gedanken, Maden oder Kakerlaken zu erledigen, verspürte sie dagegen ein nahezu triumphierendes Hasta-la-vista-Baby-Gefühl und fand sogar langsam Gefallen an Edgars makaberen Scherzen. Sie musste dringend den genauen Text dieses Taubenvergiftungsliedchens herausfinden. Wenn sie jemals wieder eine feste Beziehung in Erwägung ziehen sollte, brauchte der Mann unbedingt den passenden Humor, um diesen Text mit ihr zu schmettern. Im Park. Am Sonntagnachmittag. Während sie beide mit Brotstückchen um sich warfen.

*

Klaus-Peter Münchs Damenriege erwies sich als zäh und unbeugsam. Rollo hatte keiner von ihnen ein böses Wort oder ein unkontrolliertes Zucken im Gesicht entlocken können. Keine Tränen, keine Mutmaßungen, nichts. Genau das machte ihn skeptisch. Der Einzige, dem ihr Tod wirklich nahezugehen schien, war der Praktikant Pascal Vollrath, und den hatte Münch vorzeitig in den Feierabend geschickt.

Während ihn nun Torge, auf Julia Kaufmanns Schreibtisch sitzend, deswegen genüsslich herunterputzte, versuchte Rollo, sich einen groben Überblick über die zu vernichtenden Akten zu verschaffen. Viele der Unterlagen stammten aus einer Zeit, lange bevor Julia Kaufmann im Amt gewesen war. Rechnungen, Anordnungen, Protokolle. Bei jedem Handgriff folgte ihm Münch mit den Augen, machte den Hals lang.

»Quizshow auf dem Sofa mit Ihrer Frau. Das nenne ich einen aufregenden Samstagabend.« Torge neigte den Oberkörper nach rechts, um ihm nach Möglichkeit im Weg zu sein und das Blickfeld zu versperren. »Ich sehe zwar im Augenblick noch kein Motiv, aber ein Alibi von der eigenen Ehefrau, das zweifeln Richter schon mal ganz gerne an.« Beide Männer vollführten eine Schaukelbewegung in die entgegengesetzte Richtung. »Ein Opernbesuch käme da besser oder das Foto eines Blitzers, der Sie auf dem Nachhauseweg abgelichtet hat, als Sie gerade von Ihrer Geliebten kamen.«

Münch reagierte nicht auf seine Provokationen.

»Was tun Sie denn da hinten, Herr Brunner? Sie wissen, ohne den Durchsuchungsbefehl – Beschluss, oder wie auch immer – dürfen Sie keine amtlichen Unterlagen aus der Behörde entfernen!«

Rollos Kopf schnellte aus einer Schublade nach oben.

»Bin schon fertig, Herr Münch. Kein Amtspapier verlässt den Raum, schon klar. Und Sie bürgen uns persönlich dafür, dass das auch bis morgen so bleibt.«

»Sonst nehmen wir Ihnen hier jedes einzelne Büro auseinander«, fügte Torge mit freundlichem Lächeln hinzu. »Und ich befrage Ihre Frau, ob Sie wirklich den ganzen Samstag neben ihr gesessen haben.«

Wenig später, auf dem Weg zum Wagen, zog Rollo ein paar Latexhandschuhe über, nahm ein kleines Buch aus seiner hinteren Hosentasche und blätterte darin. Torges fragendes Stirnrunzeln ignorierte er.

»Sag nicht, du hast doch was mitgehen lassen? Die Eichhorn

dreht dir den Hals um. Wenn da etwas Wichtiges drinsteht, kann sie es vor Gericht nicht verwenden.«

»Weiß ich«, murmelte Rollo und winkte ab. »Aber nur wenn du es ihr erzählst. Ich konnte ja wohl nicht riskieren, dass der besorgte Amtsleiter das noch findet und verschwinden lässt.«

»Wo hast du das her?«

Rollo kniff die Augen zusammen. »Aus der Schublade mit privaten Sachen.«

»Na, wenn es einfach so rumlag, wird es wohl nicht geheim sein.«

»Lag nicht rum, war versteckt.« Jetzt streckte Rollo die Arme mit dem Notizbuch weiter von sich. »Scheiße, ich glaube, ich brauche doch eine Lesebrille.« Aufstöhnend ließ er die Hände sinken. »Ganz oben in der Schublade lag ein Kalender. So, dass man ihn sofort gesehen hat. Ansonsten waren da mehrere Sorten Tee, Taschentücher und Kosmetik. Das Büchlein hier«, er hielt es Torge unter die Nase, »steckte in einer Packung mit Damenbinden. Ganz unten.«

Torge schüttelte sich. »Du hast vor nichts Angst, oder? Wieso zum Teufel hast du da reingesehen?«

»Ich bin eben gut.« Rollo grinste. »Komm schon, sag, dass ich gut bin!«

»Ja, bist du. Ändert aber nichts an unserem Problem. Was machen wir mit dem Ding?«

»Lesen. Am besten macht das Florian mit einer Lupe, die Schrift ist winzig. Und dann kriegt es Maurizio. Er soll es mit auf die Liste der Fundstücke aus der Wohnung setzen. Ist nicht legal, weiß ich. Aber ich habe noch was gut bei ihm. Oder wir schmuggeln es morgen wieder mit ins Büro und finden es dann offiziell.«

Nachdenklich spielte Torge mit dem Schmetterlingsring.

»So ein Unfug ist eigentlich meine Sache und nicht deine. Ich fang an, mir Sorgen um dich zu machen, Kollege Brunner. Der Fall tut dir nicht gut.«

»Im Gegenteil«, widersprach Rollo und packte das Beutestück sorgsam in ein Taschentuch. Ein später Versuch, wenigstens noch ein paar Fingerabdrücke zu retten. Dass er es vorher einfach in die Hose gesteckt hatte, würde ihm garantiert einen Schwall italienischer Flüche einbringen. »Ich fühle mich sehr gut! Und ich komme gerade erst so richtig in Fahrt. Wir haben zwei Tote und alle möglichen und vor allem unmögliche Hinweise, mehr offene Fragen als Antworten. Eine Leiche, die uns als Mörderin präsentiert wird, aber keinen Beweis, dass sie das Opfer überhaupt kannte. Wenn ich mich richtig erinnere, war Julia hübsch, schlank, langhaarig und jung. Jung genug, um für das Label zu modeln, bei dem Raymond Jarr als zu alt aussortiert wurde. Richtig? Wir sollten das prüfen. Das könnte das fehlende Puzzlesteinchen sein. Damit unsere Abteilung aber nicht noch einen dritten Mord mit einem Täter aus den eigenen Reihen auf den Tisch bekommt, schlage ich vor, dass ich Ann-Kristin Lautenschläger allein nach Julia frage. Und da es schon wieder Donnerstag ist, hüpfst du nachher in die Discojeans – ebenfalls allein. Meine Frau findet diese Ausflüge nämlich gar nicht so unproblematisch, wie ich dachte. Vielleicht erinnert sich eine der Angestellten aus dem *Jerome*, dass Julia dort gewesen ist. Mit oder ohne Raymond.«

Torge deutete eine Verbeugung an. »Ich nehme alles zurück und behaupte das Gegenteil. Einverstanden. Heute bist du der große Rätselmeister, und ich wandle ehrfürchtig in deinem Windschatten.«

*

Auf ihrem Bauch lag ein sabbernder Pudel und verursachte unter seinem von der Sonne aufgeheizten Leib eine kleine Schweißpfütze in ihrem Nabel. Dorothee selbst fläzte auf einem Liegestuhl. In der Hand ein Bier, auf dem Tisch Wurstbrote unter einem Fliegenabwehrnetz, vor sich ein flimmernder Fernseher und im Ohr die andauernden Kommentare Hiltruds zum laufenden Programm. Genauso hatte sie sich ihren Feierabend nie vorgestellt und nie haben wollen. Aber heute sah sie das anders.

Sie hatte den Mädelsabend mit Grit stillschweigend gestrichen und Hanne die Anweisung gegeben, sie am Telefon zu verleugnen. Auf dem Bildschirm explodierte ein über die Autobahn fliegender Wagen grundlos in einem wahren Höllenfeuer. Reifen quietschten auf Sand, und die Gesetze der Natur und der Logik nahmen kopfschüttelnd Reißaus. Das war das Niveau, das sie brauchte, um abzuschalten. Sie schob die freie Hand in Rudis warme dichte Locken, der ihr mit seiner nassen Zunge den Arm abschlabberte. Und der Kommissar hatte zum Glück nicht die geringste Ähnlichkeit mit dem, den sie aus ihrem Kopf verscheuchen wollte.

*

Aus den Boxen dröhnte Heavy Metal. Lichtblitze zuckten über die Tanzfläche, auf der leder- und nietenbedeckte Körper sich im passenden Rhythmus schüttelten. Hinter dem Tresen mixte Ronny Schulze Drinks und wischte sich von Zeit zu Zeit den Schweiß aus den Augen. Torge besetzte einen Barhocker und wartete. Eine Fotografie Julia Kaufmanns lag vor ihm.

»Nie gesehen.« Schulze streifte sich ein halbes Dutzend dicker Ringe über, die er zum Gläserspülen abgenommen hatte, und stellte ein verlockend kaltes Bier vor Torge ab. »Aber mit dem Mädel hatte Ray garantiert nichts.« Mit beiden Händen formte er eine kurvige Gestalt, ehe er weiterbrüllte, um die Musik zu übertönen. »Bei ihm durfte es nicht klappern. Der wollte es rund, üppig. Nicht fett. Aber mit Titten und Arsch, wenn ich es mal so sagen darf. Die hier hätte nicht mehr als ein freundliches Lächeln und ein Nein kassiert. Zu dünn und auch viel zu jung.«

Für Ann-Kristin Lautenschläger war sie es nicht gewesen, im Gegenteil. Laut Rollos Auskunft hatte diese schallend gelacht, als er nach einer mögliche Modeltätigkeit Julias fragte. Das Alter war das Einzige, was einen Hauch von Gnade vor den Augen der Designerin gefunden hatte. Wohlgemerkt: nur einen Hauch.

Ronny zerteilte schon wieder ein ganzes Netz Limetten für die nächsten Cocktails und hob nur kurz die Hand mit dem Messer zum Gruß, als Torge sich verabschiedete, einen Schein unter das Glas schob und das Bild zurück in die Hemdtasche. Im *Jerome* hatten sie ihm zuvor genau das Gleiche gesagt. Ein Liebhaber der urweiblichen Form und der reiferen Ladys sei Ray gewesen. Keine Chance für Julia. Automatisch musste er an Dorothee denken. Sie passte perfekt. Der unangenehme Beigeschmack ließ sich nicht runterschlucken. Denn sie passte ebenso gut in Rays Beuteschema wie in das Bild der Mörderin.

Als Torge endlich zu Hause ankam, war es längst dunkel. Er schaltete das Licht ein und lehnte sich gegen die Tür. Die Energiersparlampe brachte heller werdend die ganze Pracht seines Daseins zum Vorschein. Pappkartons, ein paar Regale und die Einbauküche vom Vormieter. Ein Bett, in dem er noch nie mit einer Frau geschlafen hatte und auch selbst kaum Schlaf finden konnte. Er schlug auf den Lichtschalter, lauschte seinem eigenen Atem in der Finsternis. Die Nachbarn vögelten schon wieder.

Freitag

Wann er den Schlüssel aus dem Präsidium geholt hatte, konnte Torge nicht mehr genau sagen. Und erst recht nicht, warum. Er wusste nur, dass er nicht in der Lage gewesen war, die Geräusche aus der Wohnung nebenan noch eine weitere Nacht lang zu ertragen. Die folgenden Stunden fehlten in seiner Erinnerung fast vollständig, obwohl er keinen Tropfen getrunken hatte. Dann war er auf diesem fremden Sofa erwacht.

Raymond Jarrs Schlüssel hing nun am Ring neben seinem eigenen, brannte in seiner Hosentasche, während er sich ins Büro schlich wie ein Dieb. Stöhnend rieb er sich die Schläfen. Ihm war klar, dass sich dieses Verhalten wiederholen würde. Er sackte auf seinen Schreibtischstuhl und wünschte, Arno Kessler käme durch die Tür, um mit ihm zu streiten, oder Rollo oder … Wo zum Teufel steckten die alle? Hastig blickte er zur Uhr. Halb acht. Er war schon wieder der Erste.

Als wenige Minuten später Rollo und Florian erschienen, wirkte Torge wie immer. Seine Füße lagen zwischen den Akten auf dem Schreibtisch, und auf seinem Bauch thronte die unvermeidliche Kaffeetasse. Auch die folgende Besprechung verlief wie gewohnt. Torge und Rollo argumentierten in die eine Richtung und Kessler in die andere. Silvia Eichhorn haderte mit dem Ansinnen der beiden, einen Durchsuchungsbeschluss für Julias Arbeitsplatz zu erwirken, bis Florian Marschall nicht mehr anders konnte, als das Notizbuch zu erwähnen. »Die Eintragungen passen zu den Tabellen auf Julia Kaufmanns Rechner, Frau Staatsanwältin. Ich bin noch nicht ganz schlüssig, was sie zu bedeuten haben, aber sie beziehen sich eindeutig auf Vorgänge im Amt.«

»Vielleicht hat sie nur Arbeit mit nach Hause genommen? Nach Ihren Aussagen hatte die Dame ja wohl keine Hobbys.«

Florian ließ nicht locker. »Ich hatte bisher nur kurz Gelegenheit, mir das anzusehen, aber wenn ich einen Blick auf die Akten werfen könnte, die vernichtet werden sollen, kann ich Ihnen garantiert sagen, ob da etwas faul ist.«

»Wie wäre es vorab mit einem Beweis für den Richter, dass das eine Relevanz für den Mord hat? Wobei ich ohnehin noch Zweifel daran habe, dass es keine Selbsttötung war.«

»Professor Radeberger aber nicht«, wagte Rollo einzuwenden und fing sich dafür einen finsteren Blick von Kessler ein.

»Der geschätzte Kollege weiß auch nicht alles und könnte tatsächlich ausnahmsweise auf der falschen Fährte sein. Ein als Selbstmord getarnter Mord – und das ausgerechnet von mobbenden Mitarbeitern im Ordnungsamt? Wenn das nicht nach Satire riecht … Mir ist das zu weit hergeholt, tut mir leid, meine Herren.«

»Sie lassen uns hängen?« Rollo konnte seine Enttäuschung nicht verbergen. Die Staatsanwältin beugte sich zu ihm und kraulte ihn ebenso aufmunternd wie herablassend am Kinn.

»Mein lieber Herr Brunner, so würde ich es nicht nennen. Ich mache mich nur nicht gerne vor einem Richter lächerlich. Lassen Sie sich etwas anderes einfallen, bringen Sie mir etwas Konkretes, dann können Sie mich gerne wieder kontaktieren.« Silvia Eichhorn packte ihre Unterlagen zusammen und rauschte davon.

»Na prächtig! Und jetzt?« Erwartungsvoll schaute Torge auf Arno Kessler, der geringschätzig die Schultern hob.

»Ihr habt es gehört: Lasst euch etwas einfallen, wenn ihr

glaubt, die Spur lohnt sich. Mir fehlt noch die Entlastung für Frau Löblich, was den Todeszeitpunkt von Frau Kaufmann betrifft. Wirklich bedauerlich, dass ich sie nach der ersten Vernehmung gehen lassen musste. So, wie ich das sehe, hat sie sich in der Zwischenzeit von einer Betrügerin zur Mörderin gemausert. Das war leider nicht vorauszusehen. Aber diesmal lasse ich sie nicht so einfach wieder vom Haken. Ist ein echtes Kunststück, dieser Frau habhaft zu werden! Telefonisch einfach nicht zu kriegen. Ich wüsste zu gern, wo die den ganzen Tag steckt. Arbeit hat sie ja keine mehr.«

Rollo glitt die Wasserflasche aus der Hand, die er gerade zuschraubte, und landete mit einem dumpfen Schlag auf der Tischplatte. Schnell wischte er mit der Faust die Wasserspritzer vom Computerbildschirm und bemühte sich, Kessler nicht anzusehen, der nun aufs Ziffernblatt seiner Armbanduhr tippte.

»Allerdings schätze ich, dass die Kollegen von der Streife sie inzwischen wieder mal in ihrem Mobile Home eingesammelt haben müssten. Die Lady knöpfe ich mir persönlich vor. Und danach werde ich dem Herrn Professor meine Aufwartung machen und seine Meinung einholen, ob die Dame«, er lachte verächtlich, »allein zu der Tat in der Lage war oder ob sie einen Helfer brauchte. Ihr verschwendet eure Zeit, wenn ihr weiter das Ordnungsamt auf den Kopf stellt. Aber bitte, ich halte euch nicht auf. Überrascht mich, bringt mir und Frau Eichhorn Beweise. Ich gebe euch Zeit bis maximal Montag, spätestens dann habe ich die Löblich nämlich weichgekocht und im Sack!«

Mit selbstgefälligem Grinsen tat er es der Staatsanwältin gleich und verließ beschwingten Schrittes den Raum. Torge holte mit der Kaffeetasse aus, besann sich dann aber doch anders und warf sie ihm nicht hinterher.

»Allerliebst, unser Boss«, knurrte er. »Gib mir mal ein Update, Florian, läuft da wirklich was quer im Amt?«

»Ist noch viel zu früh für etwas Handfestes, aber ich habe eine Idee, wie ich es vielleicht schneller rauskriege. Wenn ihr den Münch nicht zur Kooperation überreden könnt, greife ich mir den Praktikanten. Manchmal ist es von Vorteil, wenn man ein Milchgesicht hat.« Er zog eine leicht gequälte Schnute. »Klang ja, als ob der Junge die Kaufmann mochte. Wer weiß, vielleicht auch mehr als das.«

»Ist eine gute Idee, mach das am besten gleich.« Torge zögerte kurz. »Könntet ihr zwei das Amt allein übernehmen? Ich würde gern zuerst einer anderen Sache nachgehen.« Er hoffte vergeblich auf eine unmittelbare Zusage. Doch ohne eine Erklärung für Rollo war nichts zu machen. »Umut Galioglu«, begann er bedächtig. »Mit dem will ich mich noch mal unterhalten.«

»Mit dem Deutschlehrer? Wieso?«

»Ein Statement zu Julia Kaufmann einholen. Ob er sie kannte. Außerdem müsste er inzwischen auch bei den Puchingers im Einsatz gewesen sein.«

»Ja und? Was versprichst du dir davon? Mit Puchinger waren wir doch längst durch.«

»AK ist damit durch.« Torge senkte den Kopf und kratzte mit verbissener Konzentration ein imaginäres Staubkorn unter einem Fingernagel heraus. Er spürte geradezu körperlich, wie Rollo ihn musterte. Aber er war nicht bereit, noch mehr zu sagen.

Nach einer gefühlten Ewigkeit stand Rollo auf. »Einverstanden.« Er klopfte Florian auf die Schulter, dann tippte er Torge gegen die Brust. »Wir beide sprechen uns noch.« Seine Stimme klang eher besorgt als ungehalten, und Torge nickte stumm.

Das Erste, was ihn überraschte, war, dass Umut Galioglu ihn sofort zu einem Gespräch zu sich nach Hause einlud. Das Zweite war, dass er nur zu gerne über seine neusten Klienten sprechen wollte. »Angepisst« erschien Torge das passendste Wort für seinen Gemütszustand, und damit stellte er die perfekte Gesellschaft für ihn dar. Das Thema Julia Kaufmann erledigte sich in einem beiläufigen Nebensatz, der ihm inzwischen äußerst bekannt vorkam: zu jung, zu dünn – nicht Rays Geschmack.

»Was wollen Sie über Puchinger wissen?« Galioglu füllte glühend heißen türkischen Mokka in zwei Tassen, wobei er die Menge nach deutschem Maß portionierte. Torge nippte vorsichtig und unterdrückte ein fast schon wollüstiges Stöhnen. Dieses Zeug dreimal täglich intravenös, und sein Überleben war gesichert. Auch ohne Schlaf.

»Alles.« Er schob die Unterlippe vor. »Alles, was Ihnen aufgefallen ist. Alles, was Ihnen offensichtlich gegen den Strich geht, wenn Sie an die Herrschaften denken. Alles, was Raymond Jarr Ihnen zu diesen Kunden erzählt hat.«

»Aber das hat nichts mit Raymonds Tod zu tun«, schränkte Umut Galioglu ein.

»Das werden wir noch sehen. Und denken Sie daran, hier wird nichts protokolliert und nichts zensiert. Ist ein Gespräch von Mann zu Mann. Okay? Legen Sie einfach los.«

Der Bodyguard kippte einen großen Schluck Mokka wie andere den obligatorischen Beruhigungsschnaps, und Torge erlitt allein bei dem Gedanken daran akute Herzrhythmusstörungen.

»Von mir aus können Sie das auch in der Zeitung drucken lassen. Puchinger ist ein Dreckskerl.«

Torge zuckte die Schultern. »Erzählen Sie mir was Neues.«

Galioglu lachte überrascht auf. »Also gut. Geahnt habe ich es vorher schon, aber ... na ja, Frau Brüning achtet sehr auf Diskretion. Und wir alle halten uns daran. Die Chefin fackelt nicht lange, wenn einer aus der Reihe tanzt. Also sprechen wir nicht über die Klienten, auch nicht untereinander. Trotzdem habe ich mitbekommen, dass Raymond die Einsätze bei Puchinger gehasst hat. Es gab deswegen sogar eine lautstarke Auseinandersetzung mit der Chefin. Das Einzige, was ich davon genau hören konnte, war, dass er sagte, er wolle dort nicht mehr hin, egal für wie viel Geld. Seinen Stolz könne sie nicht kaufen.«

»Warum haben Sie uns das beim letzten Mal nicht erzählt?«

»Ich fand es nicht wichtig.« Galioglu schnaubte missmutig. »Nein, das ist eigentlich nicht richtig. Mein erster Gedanke war, dass die Alte ihn … na ja, dass die Puchinger ihn ficken wollte und davon ausging, das sei im Preis mit drin. Gekauft wie gesehen. Moderne Sklaverei. Wäre nicht das erste Mal, dass so was vorkommt. Die zahlen einen stolzen Preis für unseren Schutz. Aber ich hatte Schiss, jemanden ungerechtfertigterweise anzuschwärzen.«

»Jetzt nicht mehr?«

»Jetzt weiß ich, dass es gerechtfertigt ist, darüber zu reden. Nicht in dem Sinne, dass ich glaube, Puchinger hätte etwas mit Raymonds Tod zu tun, und um Sex geht es auch nicht. Sondern weil der Typ nicht nur ein Dreckskerl ist, der ist ein Rassist. Und seine Frau ist nicht nur kein bisschen besser, sie ist schlimmer. Denn sie ist intelligent. Der Mann hat keinen Schimmer von irgendwas. Er macht, was sie sagt, und er merkt es gar nicht. Wahrscheinlich wird mich Frau Brüning dafür rausschmeißen, dass ich mit Ihnen darüber rede.« Seine sanften Augen wirkten bekümmert. »Aber dann soll es eben so sein.«

»Erzählen Sie mir mehr. Wie es weitergeht, entscheiden wir hinterher.«

Nach einer Viertelstunde hatte Torge genug gehört. Ob Umuts Anschuldigungen für den Fall von Bedeutung waren, erschien ihm im Augenblick zweitrangig. Obwohl er sich jetzt noch mehr als zuvor wünschte, den Politiker aus dem Verkehr ziehen zu können. Zuerst wollte er die Bestätigung aus Marion Brünings Mund hören oder ihr Dementi. Wie viel wusste sie von dem sauberen Spiel, das ihre alte Schulfreundin da eingefädelt hatte?

*

Fünf Minuten lang hatte sie hyperventiliert, dann gelacht, anschließend geweint, ehe das Gefühl der Ohnmacht dem Zorn gewichen war. Dorothee knallte die Geldbörse auf den Tisch des Vernehmungszimmers, das eigentlich nur ein ungenutztes Büro war, und zog ein Bündel Kassenbons aus dem hinteren Scheinfach. Das Zittern ihrer Hände legte sich.

»Ein Bestätigung für mein Alibi?«, hauchte sie und beherrschte nur mit Anstrengung den Drang, ihrem grau melierten Gegenüber ins Gesicht zu brüllen. »Neunzehn Uhr dreiundreißig, aus dem C&A an der Konstablerwache.« Sie wedelte mit dem Beleg vor Arno Kesslers Nase. »Und der hier«, sie wühlte weiter in dem Zettelhaufen, »ist eine Stunde später ausgestellt. Zwanzig Uhr neununddreißig.«

Kesslers Kopf machte eine missbilligende Bewegung in der Horizontalen. »Das reicht nicht, Frau Löblich. Die kann ja sonst wer bekommen haben. Außerdem ist eine Stunde ausreichend Zeit, um von dort zum Tatort und zurück zu fahren und zwischendurch einen Mord zu begehen. Mit dem Auto brauchen Sie von der Innenstadt bis zum Rebstockgelände gerade mal zehn Minuten. Ich sage Ihnen, wie es gewesen ist.

Nachdem ich Sie am Freitag vernommen hatte, wussten Sie ganz genau, wer Ihren heimlichen Geliebten Raymond Jarr auf dem Gewissen hat. Und da haben Sie aus Rachsucht Justitia ins Handwerk gepfuscht und sich selbst zum Vollstrecker gemacht.« Obwohl er sich seiner Sache absolut sicher zu sein schien, nahm er den ersten Beleg zur Hand und studierte mit belustigter Miene den Aufdruck. »Zwei Spitzentangas, Größe zweiundvierzig«, las er laut und musterte sie von oben herab. »Vom Umtausch ausgeschlossen. Und, was haben Sie sonst noch gekauft?« Er griff den nächsten Zettel. »Bei – wie heißt der Laden – *Sündige Mode*? Soso!«

Dorothee klappte den Mund zu, ihre Nasenflügel bebten. Die Peinlichkeit trieb ihr den Schweiß auf die Stirn.

»Eine Korsage«, nuschelte sie halblaut, ehe sie es mit Nachdruck wiederholte und dann vernehmlich aufatmete. »Eine Korsage!« Wer hätte gedacht, dass ihr unkontrollierbares Benehmen vom Wochenende an diesem ungemütlichen Morgen Kommissar Kesslers Fangeisen am Zuschnappen hindern würde. »Und ich wette mit Ihnen, dass ich doch für die ganze Zeit ein Alibi habe! Die können sich garantiert alle an mich erinnern.« Dies war nicht der Augenblick, um zimperlich zu sein und das eigene Image zu schonen. »Die Höschen waren mit Lippenstift verschmiert und eine der Verkäuferinnen hat behauptet, ich wäre das gewesen.«

Was durchaus der Wahrheit entsprach, aber Arno Kessler nichts anging. Diesen Namen konnte man auch ganz wunderbar zu AK verkürzen, überlegte sie und hätte fast gelächelt. So wie Torge es mit seinem Kollegen *Arschkriecher* machte. A für arrogant und K für Kotzbrocken. Sie gönnte sich einen Schluck Wasser.

»Jedenfalls hat sie den Abteilungsleiter geholt, damit ich

bezahle. Mit dem habe ich mich eine Weile … auseinandergesetzt. Und danach hat mir die Dame in der Boutique mindestens hunderttausend Teile zum Anprobieren gebracht, bevor ich das Dings gekauft habe. Fragen Sie die, wenn Sie mir nicht glauben.«

Kesslers Zunge schob sich unter der Oberlippe von links nach rechts und wieder zurück. »Gut, wie Sie wollen. Dann machen wir jetzt gemeinsam einen kleinen Ausflug in beide Geschäfte. Mal sehen, ob die Gegenüberstellung so funktioniert, wie Sie sich das vorstellen, Frau Löblich.«

»Da gibt's nur ein kleines Problem.« Dorothee zog die Nase kraus. An diesem Samstag war mehr als nur ein bisschen was danebengegangen. »In dem Kaufhaus habe ich jetzt Hausverbot.«

Arno Kessler lachte amüsiert auf. »Wieso nur wundert mich das nicht, Frau Löblich? Im Übrigen habe ich noch etwas für Sie. Ihr Mobiltelefon, zurück aus der Abteilung Spurensicherung.«

Verwirrt nahm sie das Handy entgegen.

»Selbstverständlich haben wir die letzte Nachricht Ihres Liebhabers nur gesichert und nicht gelöscht. Oh, Verzeihung, davon können Sie ja gar nichts wissen.«

Ihr Gegenüber sah nicht aus, als ob es ihm tatsächlich etwas ausmachte, unsensibel zu sein. Schweigend glotzte Dorothee abwechselnd ihn und das Telefon an.

»Er hat Sie angerufen, kurz bevor, Sie wissen schon. Sehr romantisch, in der Tat.«

Ein Anruf von Ray. Und dieser Kessler hatte ihn angehört. Er wusste, was Ray ihr noch hatte sagen wollen. Tränen fluteten ihre Augen.

»Nichtsdestotrotz ist es nun Zeit, aufzubrechen. Sie müssen sich noch ein bisschen gedulden, die Mailbox abzuhören.« Kessler erhob sich und legte ihr die Hand auf die Schulter. »Nun ja, ein Rückruf ist ja auch nicht mehr nötig.«

Dorothee blinzelte, und das Gesicht des Kommissars nahm wieder klare Konturen an. Sie atmete tief durch. Rattengift konnte manchmal vielleicht doch eine Lösung sein.

*

»Sie kommen allein?« Marion Brüning öffnete die Tür weiter, um Torge einzulassen. »Ich dachte, Polizeiermittler sind immer zu zweit unterwegs – aus Sicherheitsgründen.«

Ihr Tonfall hatte etwas Süffisantes, und entgegen seiner ursprünglichen Absicht stellte Torge die geplante Attacke zunächst zurück. Ihr Anblick war waffenscheinpflichtig und nach wie vor gefährlich für seinen Hormonhaushalt. Lässig glitt der Kampfstock durch ihre Finger, und Torge folgte den federnden Schritten ihrer nackten Füße leicht berauscht bis ins Büro. Der hautenge Sportdress ließ keine Fragen offen. Hier saß jedes Gramm genau richtig. Torge lehnte den angebotenen Platz ab. Besser, er blieb stehen und machte es sich nicht zu gemütlich. Er wollte unbequeme Fragen stellen, da galt es, Distanz zu wahren. In ihrem riesigen Sessel wirkte Marion Brüning plötzlich fast zerbrechlich auf ihn, trotz ihrer Größe. Er ertappte sich bei der Hoffnung, sie würde alle Vorwürfe als haltlos zurückweisen, vielleicht sogar schockiert sein, hilflos und entsetzt, weinen. Und er könnte sie trösten … ausgiebig. Oh ja, mit vollem Einsatz.

»Also, Herr Kriminalhauptkommissar Hansen – wo drückt der Schuh? Wie kann ich Ihnen helfen?« Der Stock klatschte spielerisch und rhythmisch in ihre Handfläche.

Schwerfällig sammelte Torge seinen Verstand, musterte die Schnappschüsse der Jägerin an der Wand. Das Wildschwein, der Jeep, der Lachs. Ein verdammt großer Fisch. So wie der Landtagsabgeordnete. Der Stock klatschte immer noch.

»Birgit Puchinger«, sagte Torge und drehte sich dabei um. »Wieso wollte Raymond nicht mehr für sie arbeiten?«

»Wollte er nicht?« Der Stock hielt kurz inne.

»Oh bitte, ersparen Sie uns solche Spielereien. Wir wissen beide, dass es so gewesen ist.«

»Dann kennen wir wohl auch beide den Grund?«

Torge zog zweifelnd die Mundwinkel nach unten. »Da bin ich mir nicht sicher. Ich würde gerne Ihre Version hören. Verletzter Stolz kann viele Ursachen haben.«

Der Stock schlug mit scharfem Pfeifen auf die Armlehne des Sessels. »Für Stolz ist hier kein Platz. Das habe ich ihm auch gesagt. *Guardian Shield Security* ist ein Dienstleistungsunternehmen, und somit ist der Auftraggeber immer im Recht, solange er anständig bezahlt.«

»Auch wenn er rassistische Ansichten äußert?«

»Ach Gott, das nun wieder!« Ärgerlich verdrehte Marion Brüning die Augen zur Decke. »Puchinger, der böse Ausländerfeind? Das ist doch längst Geschichte. Selbst die Pressefritzen halten sich inzwischen zurück. Es sollte wohl als deutliches Zeichen gelten, dass er keine Ressentiments gegen einen schwarzen Bodyguard hatte, und nachdem Raymond ja nun leider ersetzt werden musste, ist sein aktueller Begleiter türkischer Herkunft.«

Torge lachte. »Oh ja, das klingt prima, wenn man daran glauben will. Haben Sie je mit Puchinger selbst gesprochen? Der liebe Gottfried hat es nämlich anders ausgedrückt: Erst musste er einen Nigger ertragen und jetzt einen Muselmann. So hat er es seiner Frau gegenüber verlauten lassen, was ich nicht gerade als vorurteilsfrei bewerten würde. In Anwesenheit des *Muselmanns*. Muss ich Ihnen auch noch die Begründung der Abgeordnetengattin zitieren? Nein? Mache ich aber trotzdem. Er solle sich nicht so anstellen, die Kampagne rette ihm schließlich sein Ansehen in der Öffentlichkeit. Sobald die Wahl gelaufen sei, würde sie dafür sorgen, dass ein ordentlicher Deutscher ins Haus käme und der Ali verschwindet. Wie klingt das für Sie, Frau Brüning? Muss man da auch den Stolz runterschlucken und sich so demütigen lassen?«

»Ich nehme nicht an, dass Sie diese haarsträubende Geschichte von Birgit Puchinger persönlich haben. Ich bin entsetzt – ja, allerdings. Es war mir nicht klar, dass ich mir mit Umut Galioglu ein solches Ei ins Nest gelegt habe. Sein Führungszeugnis ist einwandfrei, es gab keinerlei Hinweise auf islamistische Umtriebe. Aber eine solche Diffamierung …«

»Sie scherzen, hoffe ich!« Fassungslos starrte Torge sie an.

Marion Brüning hob die Mundwinkel zu einem Lächeln, aber ihr Ton blieb hart. »Nein, ich scherze nicht. Ich wähle die Übertreibung, um Ihnen klarzumachen, wie schnell ein solcher Vorwurf zum Bumerang werden kann! Meine Güte, Puchinger ist ein unsympathisches Trampeltier, aber auch ein reiches und mächtiges. Und letztendlich sind mir die Beweggründe meiner Klienten egal.«

»Sie haben demnach vorher genau gewusst, was Birgit Puchinger mit ihrer Auswahl der beiden Männer bezweckte?«

Der Kampfstock nahm das Klopfen wieder auf, diesmal auf der Schreibtischplatte. »Ein bisschen Imagekosmetik. Na und? Ich lehne auch keinen Schutzauftrag ab, nur weil ich weiß, dass es sich um einen Industriellen mit Ausbeutercharakter handelt.

Das mag Ihnen moralisch verwerflich vorkommen, aber jeder hat das Recht, sein Leben geschützt zu wissen.«

»Wenn er dafür zahlen kann.«

»Ganz recht. Aber ich sehe nicht, wieso all das für Sie von Interesse ist. Der Disput mit Raymond liegt Wochen zurück, und wie Sie feststellen konnten, habe weder ich ihm noch hat er mir den Arbeitsvertrag aufgekündigt. Es gab keine Enthüllungsdrohung, wenn Sie darauf hinauswollten. Und den Job bei Puchinger hat er weiter gewissenhaft erfüllt. Sie brauchen schon ein anderes Motiv, um nicht zu sagen: einen anderen Täter als Gottfried Puchinger.« Geschmeidig glitt sie aus dem Sessel und betrachtete ihn beinahe spöttisch. »Tut mir leid, Herr Kommissar, dass ich Ihnen nichts Befriedigenderes anzubieten habe. Oder gibt es sonst noch etwas, das ich für Sie tun kann? Eine kleine Trainingseinheit auf der Matte vielleicht?« Sie stippte die Spitze des Stockes auf Höhe des Solarplexus gegen seine Brust.

Torges Hand schnellte hoch und packte zu. »Wo waren Sie letzten Samstag?«

»Auf einem Ausflug, das ganze Wochenende, mit reichlich Zeugen. Sportkameraden. Wieso?«

Torge antwortete nicht, hielt den Stock weiter fest und kramte mit der anderen Hand das Foto Julia Kaufmanns aus der Tasche. »Schon mal gesehen?«

Ihr Blick streifte das Bild für eine Millisekunde, ehe er sich wieder in seine Augen senkte. »Zu jung für Sie.«

»Zu tot«, korrigierte er. »Also?«

Bedauernd neigte sie den Kopf zur Seite. »Sie fischen im Trüben, und ich fürchte, Ihr Netz hat große Löcher. Dabei könnten Sie es so leicht haben, Herr Hansen. Für jede Beute gibt es den passenden Köder, aber ich glaube, Sie wissen gar nicht, was Sie eigentlich fangen wollen, das macht die Auswahl schwer.«

*

Es hatte Florian Marschall ein halbes Päckchen Zigaretten gekostet, sämtliche Bürogeschichten aus Pascal Vollrath herauszulocken, die im Zusammenhang mit Julia Kaufmann standen. Und eine ordentliche Portion Geduld. Der Name der Verstorbenen verursachte bei dem schlaksigen Praktikanten weiter heftige Stotteranfälle, gegen die er machtlos war. Florian tat der Junge leid. Eine unglückliche Liebe war schlimm genug, der gewaltsame Tod der Angebeteten jedoch kaum zu überbieten. Während Rollo systematisch die zu vernichtenden Akten auflistete, saß Florian auf der Kante eines Blumenkübels in der Raucherecke. Kostenkontrolle und Einsparpotenzial, diese beiden Worte hatten nicht gerade zu Julia Kaufmanns Beliebtheit im Amt beigetragen. Sie prüfte Rechnungen, erarbeitete Effizienzmodelle und stellte langjährig erprobte Routinen infrage. Überall witterte sie Faulheit, Vetternwirtschaft und Klüngel. Die Antwort darauf waren Schweigen, Eiseskälte und kleine Gemeinheiten.

»Also doch ganz klassisches Mobbing«, konstatierte Rollo im Präsidium nüchtern und legte seine Notizen neben Florians Laptop. »Was meinst du, wie weit die Damen gegangen sind? Waren die hart genug zu dem Mädel, um sie in den Selbstmord zu treiben?«

»Den hat Radeberger doch ausgeschlossen.« Florian runzelte die Stirn beim Blick auf Rollos Handschrift.

»Aber das Eichhörnchen nicht«, wandte der ein.

Torge knabberte innerlich immer noch an Marion Brünings

pragmatischer Haltung zu ihren beruflichen Grenzen. Gab es nicht so etwas wie eine moralische Verantwortung jedes Einzelnen? Ein persönliches Limit dessen, was man zu ignorieren imstande war und vor sich selbst rechtfertigen konnte? Einen Punkt, an dem Geld als Argument nicht mehr ausreichte? Und dann diese Bemerkung zum Abschied. Sie könnten es so leicht haben, Herr Hansen. Unterlegt mit diesem Wahnsinnsblick, dazu die Wolke aus Parfum, als sie die Haare über die Schultern schüttelte.

Er ließ den Kopf vornüber auf den Schreibtisch sinken, sein Ellbogen landete auf der Tastatur des Computers, der unwillige Pfeiftöne absonderte.

Zu viele Frauen in diesem Fall. Viel zu viele. Er stützte das Kinn auf die geballten Fäuste und ignorierte Florian, der seinen Arm beiseiteschubste, um den gemeinschaftlichen Tinnitus zu beenden.

»Zum Mobbing-Suizid passt das Geständnis nicht«, murrte Torge.

Rollo platzierte eine Tasse vor seiner Nase und goss langsam plätschernd Kaffee hinein. Dann wedelte er den heißen Dampf in Torges Gesicht.

»Schalte deinen Schädel mal auf Volllastbetrieb. Wenn die Damen vom Amt Julias Abgang spitzgekriegt haben, ergibt das falsche Geständnis einen Sinn, um damit das eigentliche Motiv zu vertuschen.«

Torge inhalierte und spürte eine Vorfreude, die ihn beinahe beängstigte. »Und wie kamen die darauf, ihr Raymond Jarr anzuhängen?« Er mutierte immer weiter zum Koffeinjunkie.

»Das ist die Denksportaufgabe des Tages. Die Kombination der beiden Todesfälle kommt vor allem dem echten Mörder Jarrs entgegen. Wäre zwar ein verdammter Zufall, trotzdem sollten wir die Namen und Telefonnummern der Mobberinnen mit Jarrs Adressbuch abgleichen.«

Noch immer mit dem Oberkörper auf dem Tisch liegend, schlürfte Torge die ersten heißen Tropfen Kaffee über den Rand. »Gibt noch mehr Möglichkeiten.« Nach dem zweiten Schlürfer ließ sich die Tasse gefahrlos anheben, ohne überzuschwappen. »Die Bürozicken haben die Kaufmann gemeinsam gekillt, weil sie ihren pedantischen Beamtensparzwang nicht mehr ertragen haben.«

Florian rümpfte die Nase. »Ist das nicht ein bisschen dünn als Motiv? Es ging ihr ja nicht nur um ihre eigene Abteilung. Zuletzt hat sie die Kostenprüfung von Reinigungsarbeiten bei Münch beantragt.«

»Wie lange machst du den Job hier schon, Flo? Mal ehrlich, wir hatten hier schon Fälle, wo Leute für weniger ins Gras beißen mussten. Erbsenzähler leben gefährlich – egal, ob sie jetzt der Klofrau das Putzmittel verdünnen oder den Kollegen die Privatkopien verbieten wollen.«

Diesmal stimmte Rollo ihm uneingeschränkt zu. »So ist es. Und welcher Bürger hätte nicht schon mal über den Mord an einem Behördenmitarbeiter nachgedacht. Bisher standen zwar Finanzbeamte bei mir ganz oben auf der Liste, aber seit ich den Münch kenne, haben die echte Konkurrenz. Der ist aalglatt, kalt wie ein Fisch und blubbert nur Luftblasen!«

Der Vergleich gefiel Torge. Wie hieß es doch so schön: *Der Fisch stinkt vom Kopfe her.* Wobei er den Spruch nie so ganz verstanden hatte, seiner Meinung nach stank ein Fisch von allen Seiten gleich. Auf Münch bezogen, kam das aber ganz gut hin. Wenn ein Chef Mobbingattacken einfach wegignorierte, dann stank das gewaltig.

»Sobald der Akt hier vorbei ist, darfst du dem Fisch gern die

Schuppen rasieren, Rollo. Hast du das Messer in seinem Büro gesehen, das er als Briefbeschwerer benutzt? Das ist ein Balisong, ein philippinisches Fischmesser, oder auch Butterfly. So groß, wie es ist, ist es definitiv eine illegale Waffe. Das reicht für einen hässlichen kleinen *Strafzettel*, der ihm den Tag vermiest.«

*

Dorothee schwirrte der Kopf. Erst der zweite Auftritt der Uniformierten auf dem Campingplatz, dann die Befragung durch Kessler, der eine entwürdigende Gegenüberstellung im Kaufhaus folgte, und im Anschluss die kritischen Blicke von Wimmer und Wimmer angesichts ihrer polizeilichen Verwicklungen. Ein Einsatz mit der Giftspritze auf Mottenjagd oder eine ähnlich geistig anspruchsvolle Tätigkeit wäre ihr für den Rest des Tages sehr entgegengekommen. Doch Hannelore Bittner wollte am Montag ihren Urlaub antreten, und so musste Dorothee sich mit Buchhaltung, Telefon und dem computerunterstützten Firmeneinsatzplan vertraut machen. Es wunderte sie daher kein bisschen, dass sie beim Tankstopp auf dem Nachhauseweg ihr Handy nicht finden konnte. Sie stopfte die Tasche mit dem überteuerten, aber verlockend duftenden Sandwich in die Box unter dem Sitz und fuhr zurück. Die Vespa parkte sie im Hof zwischen den Müllcontainern und stürmte, die Tasche unter dem Arm, ins Büro.

»Halloho! Ich bin es nur, die Dorothee, ich habe was vergessen!« Niemand antwortete, obwohl die Tür zum Chefzimmer offen stand. Dorothee huschte in die kleine Küche, wo das Handy still und einsam neben der Spüle lag. Sie drückte ihm ein Küsschen aufs Display. »Na, du süßes kleines Mistvieh?

Kaum habe ich dich zurück, fängst du schon wieder damit an, dich davonzuschleichen. Deinetwegen musste ich schon so viele Wege doppelt machen! Jetzt sei schön brav, und bleibe bei mir. Ich habe Feierabend und Wochenende, und ich will an den See, das letzte bisschen Sonne genießen!« Sie verdrängte den Gedanken an Rays Anruf, der noch immer auf ihrer Mailbox gespeichert war. Nein, sie würde ihn nicht abhören. Nicht jetzt, und vielleicht niemals. Und eigentlich hatte sie auch nicht vor, jemals bei Torge Hansen anzurufen. Dennoch hatte sie seine Nummer sofort eingespeichert, nachdem sie das Präsidium mit ihrem Telefon verlassen hatte. Noch vor Rollos Nummer.

Aus der Keksdose stibitzte sie ein großes Schokoladenplätzchen und war schon fast wieder am Ausgang, als sie das Summen bemerkte.

»Herr Wimmer?« Sie machte kehrt, stellte die Tasche auf Hannelores Sekretärinnensessel und schubste die Tür zum Bruderrefugium weiter auf. Das leise Summen verstärkte sich. »Na so was!«

Auf dem Computerbildschirm leuchtete eine Datei, die ihr Hannelore in ihrer Trainingseinheit nicht gezeigt hatte. Oder doch? Die Zahlen und Kürzel sagten ihr nichts. Nach der unglücklichen Aktion vom Morgen mit mehr als zwei Stunden vernehmungbedingter Verspätung wollte sie nicht am Montag gleich wieder unangenehm auffallen. Diesmal als unfähige Mitarbeiterin. Vorsichtig schob sie die Maus über die Tabelle und klickte wahllos auf eine Ziffernfolge. Die Liste trübte sich schlagartig ein, obenauf pulsierte ein rechteckiges Eingabefeld und forderte ein Kennwort. Zeitgleich öffnete sich draußen die Eingangstür.

War das ein Wimmer oder ein Einbrecher? Spontan wäre

Dorothee letzterer lieber gewesen, weil sie in dem Falle die Frage »Was tun Sie hier?« hätte stellen dürfen. Vom Chef nach Feierabend an dessen Computer und vor einer offensichtlich geschützten Datei erwischt zu werden kam voraussichtlich gar nicht gut an.

Sie duckte sich zu Boden, kroch zum Materialdepot und zwängte sich durch die Tür zwischen die Kanister und Sprühflaschen. Gedämpft hörte sie fröhliches Pfeifen aus dem Vorzimmer. Edgar Wimmer, eindeutig. Wenn er nur ihre Tasche nicht herumliegen sah! Das Pfeifen kam näher. Die Tastatur klapperte, eine kleine Melodie untermalte das Herunterfahren des Computers. Dann blieb alles still. Nach mehreren Minuten lugte Dorothee durch einen schmalen Spalt in den Raum und wagte sich schließlich hervor. Im Hof schlug eine Autotür zu.

Überrascht erkannte Dorothee Edgar Wimmer am Steuer des neutral weißen *Sprinters*. Fuhr der Chef noch zu einem Auftrag? Ganz allein, mit dem großen Wagen, wo er doch sonst immer einen Hilfsarbeiter bei sich hatte, der ihm zur Hand ging? Eilig zog sie sich vom Fenster zurück und bremste gerade noch rechtzeitig, um unter dem Fisch an der Wand abzutauchen.

Sie setzte sich auf Hannelores Schreibtisch und biss nachdenklich in den Schokokeks. Hatte Wimmers einsamer Aufbruch etwas mit der geheimen Liste zu tun, und wenn ja, was? Langsam zerdrückte sie die Keksbrösel mit der Zunge am Gaumen. Bis sie schließlich eine plausible Erklärung gefunden hatte. Im Aufstehen wischte sie ein paar Krümel von der Bluse und hängte sich ihre Tasche um.

»Manchmal bin ich schon naiv«, gestand sie dem Gummifisch, der stumm vor sich hinglotzte. »Oder auch zu kompliziert. Wozu braucht man eine verschlüsselte Liste und einen weißen *Sprinter*, wenn nicht zur Schwarzarbeit? Das ist nichts Geheimnisvolleres als ein diskreter Einsatz in Sachen Bettwanze! Unsichtbar für die Nachbarn und für die Steuer. Kein Fall für Miss Marple.« Sie machte einen Schritt auf den Fisch zu und klatschte in die Hände. »Na komm schon, sing für mich den Wimmer-Song!« Knarrend drehte der Angesprochene den Hals, richtete seinen stumpfen Blick auf sie und gehorchte. Das mechanische »Don't worry, be happy!« begleitete sie hinaus.

*

Vor dem Spiegelschrank in Raymond Jarrs Schlafzimmer saß Torge auf dem Fußboden und prostete sich selbst zu. Die Rotweinflasche war zur Hälfte geleert und sein Kopf, so hoffte er, bald zur Gänze. Von draußen schwappte das Leben durch das gekippte Fenster herein. Musik, Stimmen, Verkehr. Die ganz normale Mischung einer belebten Innenstadtstraße. Kein Unterschied zu seiner eigenen Wohnung. Er beobachtete die Lichtreflexe, die sich durch die zunehmende Dunkelheit deutlicher auf der Tapete abzeichneten. Spuren, die nur für Augenblicke existierten, von denen nichts zurückblieb. Bedeutungslos. So, wie der abgeschlossene Wohnwagen und die Aussage der Pudellady, Dorothee sei weg. Wohin, hatte sie nicht gesagt und er nicht weiter gefragt. AK hatte ihr Alibi für Julia Kaufmanns Tod anerkennen müssen. Durchaus ein Grund zum Feiern, hatte er gedacht. Und wahrscheinlich feierte sie ja auch. Gerade jetzt. Thalbach war seit Donnerstagabend wieder frei. Beide waren raus aus der Sache. Der richtige Moment für ein gemütliches Versöhnungsvögeln.

Torge setzte die Flasche an, ließ den Roten wie Wasser fließen. Von ihm würde irgendwann genauso wenig zurückbleiben wie von den Lichtern der Stadt. Aber vorher wollte er dafür sorgen, dass Raymond Jarrs Lebensspur nicht in einer ungeklärten Akte endete.

Montag

Der Montagmorgen versprach einen weiteren Sommertag mit flirrender Hitze und ohne jedes Wölkchen am Himmel. Dorothee wickelte den orangegelben Schal ab und schüttelte die im Fahrtwind eingesammelten Insekten heraus.

Zwei Tage Sonne, See und Ruhe lagen hinter ihr. Von der Schilfwiese hatte sie ein wenig Abstand gehalten, um den Spannern aus dem Weg zu gehen, die wie Erdmännchen auf der Hut im hohen Gras herumstanden. Niemand hatte sie belästigt, niemand war ertrunken. Ein rundum gelungenes Wochenende.

Die beiden Wimmers wirkten vergnügt wie immer. Ihr kurzer Schnüffeleinsatz war offenbar unbemerkt geblieben. Erleichtert verteilte sie die erste Runde Kaffee mit Keksen zum Stippen und ließ sich von Elmar Wimmer noch einmal über ihre Aufgaben abfragen.

»Was machen Sie, wenn ein Anruf über die zweite Leitung reinkommt? Wenn das *rote Telefon* klingelt, sozusagen?«

»Dann notiere ich die Nummer und avisiere Ihren Rückruf, aber ich nehme keinen dieser Aufträge direkt an.«

Wimmer nickte wohlgefällig, und Dorothee fühlte sich wie ein dressierter Seehund. Wenn er ihr zur Belohnung einen Hering zugeworfen hätte, wäre sie nicht einmal besonders überrascht gewesen.

»Warum eigentlich nicht?«, fragte sie unvermittelt, und Elmars Doppelkinn kam aus dem Takt. »Warum kann ich die Aufträge nicht bearbeiten wie die anderen?«

»Großschädlinge«, verkündete Edgar von der Tür her. Er steckte bereits in seinem Overall. Die kleinen blauen Knopfaugen funkelten. »Das ist komplizierter.«

Dorothee fühlte ein merkwürdiges Kribbeln auf der Kopfhaut.

»Sagen Sie einfach: Um Großschädlinge kümmert sich Herr Wimmer persönlich – mit den Modalitäten bin ich nicht vertraut und darf dazu auch keine Angaben machen. Das reicht völlig. Also, Sie sind dran!«

Stockend, aber fehlerfrei wiederholte sie. »Um Großschädlinge kümmert sich Herr Wimmer persönlich – mit den Modalitäten bin ich nicht vertraut und darf dazu auch keine Angaben machen.«

»Sehr löblich, Frau Löblich«, kicherte Elmar. Sein Kopf nahm das zufriedene Wippen wieder auf, und Edgar tat es ihm gleich.

*

Vor Florian Marschalls Bildschirm steckten Torge und Rollo die Köpfe eng zusammen. Die eingescannten Seiten aus Julia Kaufmanns Notizbuch ließen sich jetzt problemlos so weit vergrößern, dass ihre Schrift lesbar wurde. Verständlicher machte es ihre Eintragungen nicht.

»Reing. Desinf. Ents. Messi-Whg. Kakbef. Ak. Gefabw.« Torge winkte Florian heran. »Ist das angewandte Legasthenie, oder gibt es einen Dechiffriercode dazu?«

»Lege dir die Tabelle mit auf den Schirm, die sie auf dem Computer zu Hause hatte. Da tauchen die Kürzel wieder auf, schön sortiert mit Daten und dahinter Zahlenkolonnen.«

»Aha, logisch, jetzt wird alles klar.« Torge brummte entnervt.

Halb zehn und AK hatte sich noch nicht blicken lassen. Bedeutete das nun etwas Gutes oder etwas verdammt Übles?

Rollo zupfte ihn am Arm und fuhr gleichzeitig mit einem Finger die Spalten entlang.

»Also das hier kapier ich schon. KalkKo. Sind die kalkulierten Kosten, und zwar auf Basis der Vorjahresmittelwerte – Vjh-Miwe. Dahinter die tatsächlichen Kosten und daraus resultierend in Prozent die LevÜschr., also die …«

»Level-Überschreitung, ist klar.« Torge pfiff durch die Zähne. »Aber hallo! Zwanzig bis dreißig Prozent Mehrkosten sind eine ganze Menge. Da hatte das Fräulein Kaufmann nicht unrecht, genauer nachzuhaken.«

»Und was sind das für bunte Markierungen? Die sind mir im Buch beim Durchblättern gar nicht aufgefallen.«

Florian packte Rollos Handgelenk. »Wurstfinger vom Bildschirm, das ist kein Touch-Screen! Die farblichen Hervorhebungen sind von mir. Wenn ihr im Scan runterscrollt, findet ihr ein paar Seiten weiter die Zahlen wieder – und noch andere Kürzel und Namen. Ich habe mal versucht, das zuzuordnen, es steckt System drin, Wiederholungen und zumindest einige passende Vorgänge haben wir hier in den Akten.«

»Und das Thema?«

»Reinigungsmittel. Allerdings nicht für die Putzfrauen, sondern für die Feuerwehr, Spezialkram für Ölunfälle. In dem Fall hat sie offenbar Preise verschiedener Jahre und verschiedener Anbieter verglichen und auch, wer es intern bearbeitet hat. Da waren die Schwankungen aber wohl im üblichen Rahmen. Interessanter sind die Positionen, bei denen es um die Vergabe von Aufträgen und damit um die größeren Summen geht.«

Rollo hob fragend die Kaffeekanne in Torges Richtung, aber der lehnte wortlos ab. Nach der Flasche Rotwein am Freitagabend in Raymond Jarrs Schlafzimmer hatte er zunächst alkoholische Abstinenz beschlossen und am Sonntag auch noch den Versuch gestartet, die Koffeinzufuhr drastisch zu reduzieren. Der jähe Schweißausbruch beim Anblick seiner leeren Tasse machte ihm die Notwendigkeit dieser Maßnahme überdeutlich. Er versuchte, sich auf die Arbeit zu konzentrieren und Florians Überlegungen zu folgen.

»Im Klartext sprechen wir also über Korruption im Amt?«

»Danach sieht es für mich aus, ja.«

»Dann sollten wir uns den lieben Herrn Münch noch mal zur Brust nehmen. All diese Papiere müssen doch vermutlich über seinen Tisch, damit er seinen Karl-Otto zur Genehmigung druntersetzt.« Torge schluckte angestrengt und kramte ein uraltes Hustenbonbon aus einer Schublade, um den Kaffeeduft mit Eukalyptusaroma zu bekämpfen.

Florian widersprach: »Fangt lieber ein, zwei Etagen tiefer an und scheucht ihn erst hoch, wenn wir sicher sind. Der Bursche hat bestimmt auch wieder gute Freunde in hohen Positionen.«

»Hörst du das, Rollo? Unser Florian mausert sich zum Chefermittler! Dir ist ja wohl klar, was das bedeutet? Ein Fall für Pascal. Also sattele dein Pferd, *Marlboro*-Mann. Für die Aufklärung eines Verbrechens müssen schon mal Opfer gebracht werden, auch wenn es das Risiko einer Raucherlunge beinhaltet.« Torge schlug ihm auf die Schulter, und Rollo wieherte schnaubend dazu.

*

Das World Wide Web bot Dorothee nur eine begrenzte Auswahl an Großschädlingen an. Und wirklich groß konnte sich keiner von ihnen nennen. Käfer, Motten, Larven. Kleine Viecher, die große Schäden in der Land- und Forstwirtschaft verursachten. Aber dafür brauchte man eine andere Ausrüstung als die, die sie hier im Haus hatten – und mitten in Frankfurt ergab das auch keinen Sinn. Sie legte die Füße auf den Tisch, zog die Tastatur auf ihren Schoß und tippte weiter. Etwas Größeres als Ratten und Marder fand sie trotzdem nicht, und sie konnte sich auch mit der Einstufung von Maulwürfen und Siebenschläfern in dieser Kategorie nicht anfreunden. Niedliche Pelztierchen, mit denen eine friedliche Koexistenz einfach möglich sein musste! Unzufrieden setzte sie sich daran, einige Rechnungen zu schreiben. Als Elmar Wimmer für eine kurze Stippvisite hereingeschneit kam, nutzte sie die Gelegenheit, um ihre Wissenslücke zu schließen.

»Ich komme mir so blöd vor, Herr Wimmer, wenn ich nicht weiß, worüber ich mit einem Kunden rede. Das macht doch einen schlechten Eindruck.« Sie versuchte einen unschuldigen Augenaufschlag. Neugier kam auch nicht bei jedem gut an. Aber Elmar Wimmer schien ihre Sorge nachvollziehen zu können. Nach kurzem Zögern tätschelte er ihr die Wange und wiegte bedeutungsschwer sein Haupt, ehe er sich zu ihr herunterbeugte.

»Bleibt aber unter uns.« Sein Zeigefinger wanderte von ihrer Nasenspitze zu seiner eigenen. »Betriebsgeheimnis, Frau Löblich, also Diskretion statt Inkompetenz!«

Andächtig nickte sie zu jedem seiner Worte und versuchte dabei nicht einzuatmen. In seinem Overall hing der Geruch des Lösungsmittels fest, das speziell zur Beseitigung von menschlichen Körperresten nach langer Liegezeit einer Leiche benutzt wurde. Manchmal war Unwissenheit kein Fehler, sondern eine Gnade. Doch die Verbindung dieser Fakten konnte sie in ihrem Hirn nicht mehr kappen. Vor ihren Augen stand ein deutliches Bild.

»Mein Bruder«, Elmar Wimmer senkte die Stimme um eine weitere Nuance, »kümmert sich um weit größere Plagegeister als Marder. Wildschweine in Wohngebieten, streunende Hunde auf Privatgrundstücken.« Er verschränkte die Hände und legte die Stirn in sorgenvolle Falten. »Er ist schnell, effektiv, rücksichtsvoll. Nur leider fehlt ihm dafür die passende Lizenz als Tierfänger, verstehen Sie?«

Diese Spezialaufträge erklärten die Heimlichtuerei zweifellos, und beinahe hätte Dorothee sich verplappert und die Datei erwähnt, als sich ihr weitere unschöne Fragen aufdrängten. Elmar erwies sich einmal mehr als guter Menschenkenner. Beruhigend legte er die Hand auf ihren Arm.

»Er tut ihnen nichts, keine Angst, liebe Frau Löblich! Die Schweine verfrachtet er in ein Waldstück im schönen Taunus, und die Hundchen kommen ins Tierheim. Wir haben da so unsere Beziehungen. Man hilft einander, wenn man kann. Und jetzt wäre ein Kaffeechen nett, bevor ich wieder losmuss. Bringen Sie mir den bitte, ja?«

Vergnügt rollte er hinüber ins Büro, wo der Fisch zur Begrüßung sein Liedchen schmetterte.

*

Zum gefühlt tausendsten Mal blätterte Torge die Seiten vor und zurück, auf der Suche nach dem zündenden Gedanken. Er hasste diese Zahlenkolonnen. Sie erinnerten ihn an die Steuererklärung, die er konsequent bis zum letztmöglichen Abgabetermin ignorierte. Trocken und zäh wie alter Zwieback. Rollo stierte in den Computer. Alle dreißig Sekunden blinzelte er.

Torge zählte mit. Lange konnte es nicht mehr dauern, bis dem Kollegen wahlweise die Augäpfel auf die Tastatur kullerten oder ihn ein Schlafanfall übermannte. Torge steckte ein weiteres Bonbon in den Mund. Das fünfte und damit letzte, das er in den Büroschubladen hatte finden können. *Bayrisch Malz*. Sein Gaumen fühlte sich zerfleddert an und brannte. Behutsam schob er den Klumpen in die Backe. Das Telefon schrillte, und Rollos Hand zuckte zum Hörer wie die Zunge eines Geckos zum unvorsichtigen Insekt. Verdammt gute Reflexe.

Nach wenigen undeutlichen Grunzlauten in die Sprechmuschel war das Gespräch auch schon wieder vorbei. Auffordernd schaute Torge ihn an und wartete. Stumm wie selten. Die dunkelbraune Masse in seinem Mund hielt Ober- und Unterkiefer fest zusammen. Wenn er gekonnt hätte, hätte er laut geflucht. Aber daran war nicht zu denken.

»Das war Florian. Viel hat er noch nicht rausfinden können, nur welche Abteilungen für die Vergabe der Aufträge zuständig sind, die Julia Kaufmann unangenehm aufgefallen waren. Jetzt will er klären, ob da immer der selbe Sachbearbeiter die Finger drin hatte, dann meldet er sich wieder. Sag mal, was treibst du da eigentlich?«

Mit geschürzten Lippen saugte Torge Wasser aus der Flasche, legte dann den Kopf zur Seite und presste es durch die Zähne hin und her. Er hob den rechten Zeigefinger und signalisierte, Rollo möge sich noch einen Moment gedulden. Endlich löste sich der Malzbrocken.

»Ich hoffe, unser Kleiner macht keinen Alleingang aus der Sache. Das soll er mal lieber uns überlassen und nicht Hals über Kopf jemanden zur Rede stellen, weil er Mitleid mit *Pa-Pa-Pascal* hat«, sagte er, ohne auf Rollos letzte Frage einzugehen. »Und welche Abteilung ist das, oder anders: Was waren das für Aufträge? *Marlboro*-Mann war mir vorhin zu schnell mit seiner Daten-Jonglage.«

Rollo runzelte angesichts der unsensiblen Stottereinlage missbilligend die Stirn, schnaufte dann aber erleichtert.

»Ich dachte schon, nur ich komme bei Florians Gedankengängen nicht mehr mit und werde langsam alt. Er hat mir eben als Erklärung die Auflösung für unseren Kürzelsalat durchgegeben. Da hätten wir die Aufgabengebiete: Reinigung, Desinfektion, Entsorgung, Messi-Wohnungen, Kakerlakenbefall, akute Gefahrenabwehr.«

»Akute Gefahrenabwehr?«

»Ich kam nicht dazu, nachzuhaken. Terrorismus wird es wohl nicht sein.« Rollo zog eine hilflose Grimasse. »Sekunde, fragen wir doch mal den magischen Alleswisser.« Er tippte den Begriff in die Internet-Suchmaske. »Na, da ist es doch schon. Und rate, wer mir die Info zur Verfügung stellt. Das Ordnungsamt der Stadt Frankfurt höchstselbst! Die akute Gefahr, die sie bekämpfen, sind Ratten.«

Rollo wandte sich erneut Julias Eintragungen zu, und Torge grübelte darüber nach, ob Klaus-Peter Münch tatsächlich jeden einzelnen Posten auf ihrer Liste zu verantworten hatte. Die Wasserflasche in seiner Hand steigerte sein Missvergnügen. Er war ein Wrack ohne Koffein!

Diesmal reagierte Rollo nicht, als das Telefon erneut klingelte. Stattdessen glotzte er auf den Bildschirm und verlor merklich an Gesichtsfarbe. Nach dem vierten Klingeln machte Torge sich lang, doch der Anrufer hatte das Warten bereits satt. Mit einem zusammengeknüllten Bonbonpapierchen warf Torge nach Rollo.

»Spuck schon aus. Was ist faul?«

»Ich habe hier die ominösen Aufträge auf dem Schirm, weil

ich dachte, ich finde vielleicht ein wiederkehrendes Personalkennzeichen oder so.« Rollo knetete seine Hände. »Und das *oder so* habe ich jetzt. Fünf, um genau zu sein, doch wenn ich die Vermerke richtig verstehe, sind vier davon sauber. Bleibt eines. Und wenn ich die Namen korrekt im Kopf habe, wären das Niemöller, Schardt und Helfrich.«

Torge verschränkte die Hände hinter dem Kopf und wippte mit der Stuhllehne vor und zurück.

»Das sind alles klassische Kammerjäger? Das passt doch zusammen. Wobei ich kaum glauben kann, dass man mit Rattenvernichtung und Kakerlakenjagd richtig dicke Kohle machen kann. Wie soll sich da ein Betrug lohnen?«

»Da bin ich überfragt. Außerdem im Rennen ist noch Ammelang und«, Rollo unterbrach sich und stieß ein langes Seufzen aus, »die Brüder Wimmer & Wimmer.«

»Ammelang und Wimmer bieten beide zusätzlich auch Tatortreinigungen an. Und welcher ist jetzt der korrupte Schweinehund? Und warum ziehst du so ein Gesicht?«

Rollo drückte den Zeigefinger auf die virtuelle Liste. »Wenn ich Julia Kaufmann Glauben schenke, dann sind es Wimmer & Wimmer, die die überhöhten Rechnungen stellen. Die zwei netten dicken Burschen, die in den letzten Jahren regelmäßig angerückt sind, wenn Maurizios Jungs fertig waren und wir die Freigabe für den Leichenfundort erteilt haben.«

»Oh-oh. Also geht es doch nicht um Kakerlaken. Dann sollten wir wohl mal nachhaken, wer die bei uns immer gerufen hat. Wäre unschön, wenn wir sozusagen selbst mit drinhängen in dem Sumpf!«

Rollo trommelte mit beiden Fäusten auf den Tisch. »Mir macht im Augenblick etwas ganz anderes Bauchschmerzen. Ich habe vor Kurzem jemandem einen Job vermittelt.«

»Bei Wimmer & Wimmer?«

»Genau dort. Weil die immer Leute brauchen, und eine von ihnen war mir kurz vorher über den Weg gelaufen. Bei uns im Präsidium. Ich habe ihr nur die Adresse gegeben.«

»Moment mal. Wem genau hast du den Job besorgt?«

Rollo schwieg, und Torge rieb sich mit beiden Händen über die Wangen. »Sag, dass das nicht wahr ist! Doch nicht ausgerechnet Dorothee?«

»Sie hat dort zwei Tage nach Julia Kaufmanns Tod angefangen«, murmelte Rollo betreten. »Und das heißt auch: zwei Tage, bevor die Leiche gefunden wurde.«

*

Aus dem Nichts heraus erschienen kleine Schweißtröpfchen über Dorothees Oberlippe. *Das rote Telefon.* Ausgerechnet.

»Um Großschädlinge kümmert sich Herr Wimmer persönlich – mit den Modalitäten bin ich nicht vertraut und darf dazu auch keine Angaben machen.« Sie ratterte den Satz herunter, wie ein gut geölter Automat, noch bevor die Anruferin ihr Anliegen zu Ende vorgetragen hatte.

»Das weiß ich, dass er das persönlich macht. Darum habe ich ihn ja engagiert. Und genau das soll er auch tun, und zwar sofort. *Sofort!* Haben Sie das verstanden? Keinen Tag länger halte ich das aus. Dieses fette, widerwärtige Arschloch von einem …« Die Stimme der Frau bebte vor Zorn und kippte ins Hysterische. »Schädling!«, kreischte sie. »Wimmer muss den Einsatz vorziehen. Die Anzahlung habe ich ordnungsgemäß geleistet. Nun will ich eine saubere Lösung, wie vereinbart. Eine schnelle und endgültige. Kapiert?«

Nervös spielte Dorothee mit dem Kugelschreiber, der zwischen ihren Fingern wackelte, als stünde er unter Strom. Gar nichts kapierte sie.

»Mi-mi-mit endgültig meinen Sie was genau?«

»Er soll das Mistvieh erledigen. Ihn kaltmachen. Eliminieren«, zischte es flüsternd aus dem Hörer.

Der Kugelschreiber verabschiedete sich mit einem verängstigten Sprung unter den Schreibtisch, und Dorothee verspürte das Verlangen, es ihm gleichzutun. Stattdessen setzte sie sich kerzengerade auf und bemühte sich um Haltung.

»Ahja. Selbstverständlich. Alles klar. Nur, wie gesagt, Herr Wimmer ist nicht hier. Ich richte ihm natürlich aus, dass Sie angerufen haben. Wenn Sie mir bitte Ihren Namen sagen und die Rechnungsnummer, dann …«

»Meinen Namen? Sind Sie noch zu retten? Als Nächstes wollen Sie noch meine Adresse oder was?«

»Vielleicht wenigstens einen Hinweis darauf, um welche Art Schädling es sich handelt, damit er den Auftrag zuordnen kann?«, versuchte Dorothee zaghaft einen weiteren Vorstoß.

»Was?« Die Dame schien einem Kollaps nah, schnaufte ein asthmatisches »Falsch verbunden« in den Hörer und legte auf.

Das war nun völlig danebengegangen. Dorothee schlupfte aus ihrem Schuh und rollte den Kugelschreiber mit den Zehen unter dem Tisch hervor. Was zum Teufel sollte sie Edgar Wimmer denn ausrichten, wenn sie nicht einmal wusste, mit wem sie gesprochen hatte? Die Anrufliste im Display identifizierte die letzte Gesprächsteilnehmerin als anonym, was nicht anders zu erwarten gewesen war. Sie riss einen Klebezettel vom Notizblock. »Eliminieren« kam als Stichwort nicht infrage. Auch »Kaltmachen« strich sie von der Liste der Möglichkeiten.

Rotes Telefon, Anruferin, Erledigung vorziehen, schrieb sie in wackeligen Buchstaben. Neutraler ließ sich der Sachverhalt nicht umschreiben. Eilig flitzte sie ins angrenzende Chefzimmer, pappte den Zettel auf Edgar Wimmers Platz und vergaß auf dem Rückweg den Ausweichhaken, was ihr eine freundliche Gesangseinlage bescherte, die sie mit einem erschreckten Aufschrei quittierte.

»Sei still!« Sie schlug dem glupschäugigen Gesellen auf das schnarrende Maul, was den aber nicht kümmerte.

»Don't worry!«, gab er ihr mit auf den Weg, als sie ihre Tasche griff und aus dem Büro stürmte. Hinter ihr segelte der Seidenschal zu Boden, aber sie drehte sich nicht um. Sie musste raus, brauchte Luft!

Zweimal versuchte sie es mit dem falschen Schlüssel, ehe sie die Tür verriegelt hatte. Ihre Unterlippe zitterte vor Entrüstung. Wie konnte Edgar nur! Und wie konnte Elmar! Mit seinem üblichen freundlichen Lächeln hatte er ihr mitten ins Gesicht gelogen. Was auch immer es für ein Tier war, das diese kreischende Frau zur Verzweiflung trieb, der Plan sah eindeutig vor, dieses arme Wesen zu töten!

*

Der Mann in der Zentralstelle war die Ruhe selbst. Lothar Siegmund koordinierte die Einsätze von Reinigungskräften aller Art im öffentlichen Raum und städtischen Auftrag. Außerdem hielt er engen Kontakt zu den Zentralen der Rettungsdienste, der Feuerwehr und der Polizei und forderte gegebenenfalls auch zusätzliche Helfer an. Sowohl bei ihnen als auch für sie. Dass die Wimmerbrüder während seiner Dienstzeiten gehäuft mit von der Partie waren, konnte er ganz einfach erklären.

»Zufall. So was gibt's. Da iss überhaupt nischts Mysteriöses dran. Horsche Sie mal, dass es bei uns manschmal schnell gehen muss, brauch isch Ihne ja wohl nischt zu erklärn. Da kann isch nedd lang rumlavieren und mir Kostenvoranschläsche mache lasse. Isch hab da meine Liste, unn meine Anweisungen. Wer zuerst komme kann, hat den Job. Die Wimmers sind halt uff Zack, bei dene annern läuft oft nur des Band. Destewesche stehen die Brüder aach ganz owwe uff dem Zettel. Des hab isch der Kolleschin, dem klaane Zahledeiwel vom Ordnungsamt, aach gesacht. Dieser Frau … Dings.«

»Kaufmann?«, half Torge aus.

»Genau. Der Name passt: ein rischdisches Kleinkrämerseelsche! Isch hab se gefracht, wie sie sisch des vorstelle duud, ob isch jedes Mal ein Protokoll für sie schreiwe soll, wen isch wann und in welscher Reihenfolsche angerufen hab, und ob ihr vielleischt ein Rotationssystem genehm wär, damit jeder emal drankommt. Unn was soll isch Ihne sache? Die hat nischt gelacht, sondern ernsthaft drüber nachgedacht und gemeint, des wäre ein interessanter Vorschlag, und sie hätt des Protokoll gern in einem Vierteljahr zur Prüfung vorliegen. Die hat doch en Sockenschuss, die Frau!«

Torges Mundwinkel zuckten, und er war froh, dass weder Florian noch Pascal Vollrath anwesend waren. Die Argumentation Siegmunds klang nachvollziehbar, und sie beschlossen, der Sache vorläufig nicht weiter nachzugehen. Auch wenn sich die Zufälle häuften. Dass Dorothee zu einem denkbar ungünstigen Zeitpunkt den Job bei den Wimmers angenommen hatte, war ein Zufall, der sich nicht wegleugnen ließ. Diesen Zufall hatte Rollo unwissentlich auf den Weg gebracht. Wieso sollte es dann nicht noch mehr Zufälle geben können? Das Leben war voll davon. Torge knirschte mit den Zähnen. Zufällig war Dorothee Raymond Jarr begegnet, und zufällig war der kurz darauf tot. Damit hatte es angefangen. Zufällig hatte sie ihm auf die Schuhe gekotzt, darum hatte er sie nach Hause gebracht. Zufällig war er in Heiko Thalbachs Faust gelaufen, weshalb sie seine Nase kühlen musste, und dann war er zufällig auf ihrem Liegestuhl eingeschlafen, und sie hatte ihn morgens mit einem zufälligerweise perfekten Kaffee geweckt.

Er hasste Zufälle.

»Wir sollten die Brüder auf die Verdächtigenliste setzen«, brummte er auf dem Weg zum Wagen. »Es gefällt mir nicht, dass Dorothee da arbeitet.«

»Sie ist ein großes Mädchen, und vielleicht kann sie uns als Informantin nützlich sein. Außerdem haben die Burschen schlicht abkassiert, weiter nichts. Von den beiden geht bestimmt keine Gefahr aus.«

Kleine, im Grunde harmlose Betrüger? »Ja, wahrscheinlich ist das so, Rollo. Wenn einer ein Mordmotiv hatte, dann sitzt der weiter oben im Amt, hat sich schmieren lassen und dann die entsprechende Anweisung rausgegeben. Wir sollten abwarten, was Florian noch herausfindet.« Restlos überzeugt war Torge nicht. »Vielleicht könntest du Dorothee nachher kurz anrufen? Nur mal hören, wie es so läuft. Was sie von dem Laden hält und von ihren Chefs …«

Rollo schaute ihn verblüfft an. »Sag mal, machst du dir etwa wirklich Sorgen um sie?«

Zufällig musste Torge Hansen in diesem Moment auf dem Gehweg einer Frau mit Kinderwagen ausweichen, was ihn zufällig am Antworten hinderte.

*

Im Galopp trampelte Dorothee die Stufen hinunter und schwang sich auf ihre Vespa. Ungeheuerlich! Es spielte für sie keine Rolle, ob es sich um einen tollwütigen Hund oder ein marodierendes Wildschwein handelte. Kein Lebewesen hatte es verdient, einfach abgeschlachtet zu werden. Während sie noch in ihrer Handtasche nach dem Handy kramte, tuckerte unter ihr bereits der Motor, was normalerweise beruhigend wirkte. Aber sie wollte sich nicht beruhigen. Sie wollte telefonieren und ihren Frust mit dem teilen, der sie in diese vertrackte Situation gebracht hatte, und seinen Rat einholen. Doch das vermaledeite Handy lag natürlich mal wieder oben im Büro oder im Wohnwagen oder sonst wo. Auch egal. Dann machte sie jetzt eben einen Überraschungsbesuch bei Rollo im Drogendezernat.

Sie hängte die Tasche über die Schulter und gab Gas. Ohne Helm und mit leicht überhöhter Geschwindigkeit kurvte sie quer durch die Stadt und parkte den Roller schließlich vor den Fahrradständern des Polizeipräsidiums. Sie stieg die breiten Stufen zu dem abweisenden Bauwerk hinauf und wurde mit jedem Schritt langsamer.

Dies war kein guter Ort für sie. Auch wenn sie diesmal freiwillig hier war und nur, um mit Rollo zu sprechen, den sie inzwischen als Freund betrachtete. Sicher klebte ihm wieder Torge an den Hacken – automatisch zupfte sie an ihren windgebeutelten Haaren herum –, den Mann, aus dem sie nicht schlau wurde. Ein sexistisches Arschloch, mit einer verletzlichen Seite, der es seit seinem letzten Auftauchen auf dem Campingplatz eine ganze Woche lang nicht für nötig gehalten hatte, sich zu melden.

Sie presste die Handtasche vor den Bauch und beschleunigte wieder, den Kopf gesenkt, als wolle sie damit durch die Wand und nicht durch die Tür. Ungeduldig tänzelte sie drinnen vor dem glasverkleideten Empfangsschalter herum, der sie an eine alte Postfiliale erinnerte. Bloß nicht nach Briefmarken fragen, wenn sie an der Reihe war, das käme sicher nicht gut an. Als die Beamtin den Kopf hob, strahlte Dorothee so freundlich, wie sie konnte.

»Ich habe keinen Termin, aber ich müsste dringend mit Kriminalhauptkommissar Brunner sprechen.« Ungefragt legte sie ihren Personalausweis vor. Ohne den ging hier gar nichts, so viel wusste sie. »Der arbeitet bei der Drogenfahndung«, fügte sie schnell dazu. »Mist, jetzt weiß ich nur nicht, wie das genau heißt – K irgendwas –, aber so heißen die Abteilungen bei der Kriminalpolizei alle, nicht wahr?«

Hinter der Scheibe zogen sich zwei Augenbrauen nachdenklich zusammen. Die Finger schlugen einige Tasten an, dann bewegte sich der Kopf langsam von links nach rechts und zurück.

»Tut mir leid. Brunner haben wir nicht bei den Drogen.«

»Kann nicht sein! Ich meine, könnten Sie bitte noch mal nachsehen? Roland Brunner, Kriminalhauptkommissar, der muss aber hier … irgendwo habe ich auch seine Nummer.« Sie kippte ihren Tascheninhalt auf die Ablage, um gleich darauf rot anzulaufen. »Ach Shit, die habe ich nur gespeichert, und das Handy, ähm … das ist grad blöd …« Außerdem handelte es sich sowieso um seine Mobilnummer, und die war somit vermutlich weder dienstlich noch hilfreich.

Ihr Gegenüber kam nicht aus dem Gleichgewicht, hob kurz den Finger an die Lippen und nahm den Telefonhörer ans Ohr.

»Packen Sie in Ruhe wieder ein. Ich habe ihn gefunden, muss nur kurz durchklingeln. Ist übrigens das K11, Mordermittlungen, nicht Drogen. Kann man ja mal durcheinanderbringen. Ihr Anliegen ist wohl eher privat?«

Dorothee blieb der Mund offen stehen. Mechanisch stopfte sie Haarbürste, Schlüssel und Kosmetikartikel zurück. Ihre Gedanken drehten sich im Leerlauf.

»Tut mir leid, in seinem Büro ist gerade keiner. Vielleicht versuchen Sie es doch nachher noch mal telefonisch?«

Unschlüssig blieb Dorothee vor der Scheibe stehen.

»Kann ich sonst noch etwas für Sie tun?«

»Nein. Doch! Kriminalhauptkommissar Torge Hansen, ist der auch …?« Sie brachte den Satz nicht zu Ende. Ihr Gegenüber nickte dennoch.

»Selbe Abteilung, selbes Büro, derselbe Telefonanschluss. Also abwesend. Ist Ihnen nicht gut?«

Zerstreut winkte Dorothee ab, griff sich den Personalausweis und schlurfte auf den Ausgang zu.

Tubbs und Crockett hatten sie gelinkt. Der Spaß, die Freundlichkeit, die vertrauten Gespräche – alles nur Show, alles Fassade. Plötzlich sah sie klar, obwohl ihre Augen tränenblind den Dienst versagten.

Wie sie zurück ins Büro gekommen war, konnte sie hinterher nicht mehr sagen. Wie von Zauberhand stand die Vespa am gewohnten Platz zwischen den Müllcontainern, und ihr Hintern parkte auf dem Drehstuhl. Kein Wimmer weit und breit, der sie hätte ablenken und aufheitern können. Die Tür zum Chefzimmer war geschlossen, was darauf hindeutete, dass einer von ihnen zwischenzeitlich da gewesen war.

Ein kaltes Gefühl des Ekels kroch über ihre Haut. Edgar. Der Blick aus dem Fenster nährte den gruseligen Verdacht. Der *Sprinter* fehlte. Demnach hatte er ihren Zettel gefunden und verstanden, auch ohne Telefonnummer. Sie konnte nichts mehr für die arme Kreatur tun, der er an diesem sonnigen Nachmittag den Garaus zu machen trachtete. War es ein Fehler gewesen, davonzulaufen? Hätte sie Edgar Wimmer vielleicht noch umstimmen können, wenn sie geblieben wäre?

Ihre gereizten Nerven schrien nach Kaffee. Ihr Handy lag unschuldig zwischen Filtertüten und Keksdose in der Küche und zeigte ihr just in der Sekunde, als sie es zur Hand nahm, einen eingehenden Anruf von Roland Brunner an. Von Rollo, dem Mordermittler, dem Lügner. Nein, wenn sie geblieben wäre, hätte sie nichts erreicht, nur wäre sie immer noch so naiv zu glauben, gleich einen Freund an der Strippe zu haben. Die Wahrheit war hässlich. Doch Dorothee war froh, sie zu kennen.

»Ja?« Misstrauisch nahm sie das Gespräch entgegen.

»Hallo Dorothee, hier ist Rollo. Du, ich wollte mich nur mal erkundigen, wie es dir so geht.«

»Gut.« Diesem falschen Fuffziger würde sie garantiert nie wieder erzählen, wie sie sich fühlte.

»Und wie läuft es mit deinem neuen Job? Hast du dich schon dran gewöhnt?«

»Ja.« Was sollte das werden? Schon wieder ein Verhör, ein heimliches, wie es wohl all ihre Gespräche bisher gewesen waren.

»Ist irgendwas? Du bist so einsilbig.«

Sie hörte ein leichtes Knacken und Rauschen im Hintergrund. Wahrscheinlich hörte der feine Kollege Hansen von der Mordkommission mit.

»Nein, nichts.« Alles bestens. Alles wunderbar. Alles am Arsch.

»Dann ist ja gut. Ich dachte, wir könnten uns mal wieder treffen. Du und ich und Torge …«

»Entschuldige, dass ich dich unterbreche, aber ich habe noch zu tun. Das wird wohl nichts in nächster Zeit. War nett, von dir zu hören. Ist ein toller Job. Danke noch mal.«

Und zack, weggedrückt. Ende Gelände. Sie reckte die Faust zum Siegeszeichen, dann hockte sie sich auf den Küchenboden und schniefte herzzerreißend. Nichts war es mehr mit fröhlichem Treffen im *Jerome*. Sie hatte die Kerle eiskalt auflaufen lassen. So wie sie es verdienten. Wieso nur fühlte sie sich trotzdem wie ein Verlierer?

Es musste doch einen vernünftigen Menschen geben, mit dem sie reden konnte. Über alles. Schonungslos. Dorothee zog die Nase hoch und atmete durch. Ein Abend mit Grit konnte ihre Welt wieder ausbalancieren.

*

Julia Kaufmanns Badezimmer war nicht von Elmar Wimmer gereinigt worden. Ihre Mutter war angereist, um sich um alles zu kümmern. Aus Raymond Jarrs Wohnung hatte der Hausmeister lediglich die Matratze entsorgt, mehr war nicht nötig gewesen. Rollo wirkte erleichtert. Obwohl es nur belegte, dass Dorothee nicht beruflich nach dem Mord an einem der Tatorte gewesen war. Genau genommen half ihnen das kein bisschen.

Torge nahm die Information schweigend auf. Viel interessanter erschien ihm die Reaktion der Dame, die man sozusagen als städtische Rattenbeauftragte bezeichnen konnte. Renate Pirkel beantwortete die Frage nach überteuerten und häufigen Wimmer-Einsätzen nahezu im gleichen Wortlaut wie zuvor ihr Kollege Lothar Siegmund. Mit weniger Überzeugungskraft, aber schnippischem Unterton. Pampig, um genau zu sein. Das Büro der beiden befand sich nicht auf demselben Flur wie das von Julia Kaufmann, wodurch sie der ersten Befragung entgangen waren, obwohl sie ebenfalls Klaus-Peter Münchs Abteilung angehörten. Ein verzeihlicher Fehler des Amtsleiters? Oder ein absichtliches Täuschungsmanöver? Zufall? Torge knurrte leise vor sich hin wie ein misstrauischer Kampfhund.

»Keine der Damen aus dem Amt – die Rattenlady inbegriffen – hatte eine nachweisbare Beziehung zu Jarr, wodurch sich wiederum keinerlei Anhaltspunkte ergeben, wie sie darauf gekommen sein sollten, Julia den Mord als Motiv unterzujubeln. In der Presse stand auch nichts darüber.« Die Hände in den Taschen zu Fäusten geballt marschierte er vor dem Schreibtisch auf und ab. »Natürlich könnte eine von ihnen jemanden kennen, der im selben Haus wie Jarr wohnt und der getratscht hat … aber das erscheint sogar mir zu weit hergeholt.« Ein absurder Zufall zu viel, wie er fand. Glücklicherweise glänzte AK durch Abwesenheit. Vor ihm zuzugeben, dass ihnen immer noch kein Durchbruch gelungen war, hätte das Maß des Erträglichen gesprengt. Die Sammlung der Fakten glich einem Puzzle, das sie mit der Unterseite nach oben zusammensetzen sollten.

»Streichen wir den Mobbing-Mord?« Rollo setzte den Rotstift auf dem Flipchart an.

»Sie fischen im Trüben«, hatte die schöne Marion gesagt, die Torge inzwischen nicht mehr an *Jenseits von Afrika* erinnerte, sondern eher an die undurchsichtige Mata Hari.

Florian Marschall nickte Rollo schweigend zu, und der zog einen deutlichen Strich über das Papier. Torge schaute aus dem Fenster und resümierte dabei weiter.

»Wir haben zwei Tote. Wir haben ein Geständnis, das beide Fälle scheinbar aufklärt und miteinander in Verbindung bringt. Wir wissen, dass dieses Geständnis falsch ist.« Jemand hatte die Teile zweier unterschiedlicher Puzzle zusammen auf einen Haufen gekippt, um sie in die Irre zu führen. Sie mussten die Teile auseinandersortieren, und am Ende würden beide Puzzles ein gemeinsames neues Bild ergeben. Hoffte er.

»Betrachten wir die beiden Fälle unabhängig voneinander

und ignorieren den Abschiedsbrief. Dann bleibt in Julias Fall die Spur zum Amt. AK hat uns Zeit bis Montag gegeben, um etwas zu finden. Noch ist Montag. Mir reicht das, was wir haben. Ich bin inzwischen ziemlich sicher: Julias Mörder sitzt im Ordnungsamt und trägt hässliche Pullunder. Ist mir egal, was ihr macht, aber ich bleibe hier und versuche, einen Beleg dafür zu finden, dass Münch ein eindeutiges Motiv hat. Und wenn ich heute Abend noch den ganzen Aktenberg durchlesen muss.«

AK hatte auch gesagt, bis spätestens Montag hätte er Dorothee im Sack. Torge wollte nicht darüber nachdenken, aber er konnte die Tatsache nicht ausblenden: Wenn er die Morde getrennt betrachtete, war Dorothees Alibi für den Samstag, an dem Julia Kaufmann ermordet worden war, unerheblich. Nicht aber ihr fehlendes Alibi für den Mord an Raymond Jarr.

*

»Komm, nimm noch 'ne Wurst, Mädchen. Pack ihr 'ne ordentlich große auf den Teller, Guntram.«

Fürsorglich hielt Hiltrud Dorothee ein frisches Blatt Küchenrolle unter die Nase, bevor diese in den Brotkorb tropfen konnte.

»Ich will keine Wurst mehr«, maulte Dorothee und schnäuzte sich kräftig. »Und ich will auch keine Anrufe mehr und keine Männer.« In ihrer Tasche klingelte das Telefon, wie schon den halben Abend im zehnminütigen Rhythmus. Heiko. Der hatte im Gegensatz zu Grit offenbar heute alle Zeit der Welt. Aber sie hatte beschlossen, nicht ranzugehen.

»Gib mir das Ding.« Hiltrud nahm das Handy entgegen, aber statt es einfach auszuschalten, brachte sie es in den Wohnwagen, wo es nun gedämpft weiterklingelte. »Dein Heiko ist hartnäckig, das ist ein gutes Zeichen. Du solltest ihn nicht unnötig leiden lassen. Gib ihm noch eine Chance.«

Guntram nahm Dorothee die Gabel aus der Hand und spießte eine Bratwurst direkt vom Grill darauf.

Dorothee machte eine wegwerfende Bewegung. Mit Heiko war sie fertig, auch wenn Hiltrud das nicht wahrhaben wollte. Und mit Torge und Rollo auch.

»Ich dachte, die wären nett, dabei haben sie mich observiert und ausspioniert, weil sie mich verdächtigt haben.« Sie knüllte das Tuch zusammen und presste es gegen die Nase.

»Der Große, dieser Torge, ist letzten Freitag hier gewesen«, bemerkte Hiltrud beiläufig und fütterte Rudi mit Kartoffelsalat. »Als du am See gewesen bist und niemanden sehen wolltest, weißt du noch? Der hatte immer noch Spuren von dem Veilchen, das ihm dein Heiko verpasst hat.«

»Warum hast du mir nichts davon gesagt?« Dorothee nahm die zischende Wurst entgegen. »Was wollte er?«

»Hat er nicht verraten, und ausrichten sollte ich dir auch nichts, da habe ich es vergessen. Schmeckt's dir, mein Rudilein?« Hiltrud setzte den Hund auf den Boden, der begeistert die Salatreste vom Teller schleckte. »Er hat mir schon ein bisschen leidgetan, Dorothee. Er sah richtig deprimiert aus, wie er da vor der verschlossenen Tür stand mit einer Flasche Wein in der Hand. Da war sogar eine Schleife drum!«

Eine Schleife. Noch heute Morgen hätte ihr die Vorstellung ein Lächeln entlockt. Jetzt verursachten die Bilder in ihrem Kopf einen üblen Brechreiz. Eine laue Sommernacht, ein Fläschchen Wein und ein verständnisvoller Brummbär mit trauriger Vergangenheit. Der Ausgang eines solchen Abends war unschwer zu prognostizieren.

Sie packte den bettelnden Rudi unter dem Bauch, nahm ihn auf den Schoß, pustete und ließ ihn anschließend von der Bratwurst abbeißen. Und dann war da noch die Sache mit den Wimmers, die sie einfach nicht glauben wollte und die ihr den Appetit verdarb. Sie brauchte einen Rat. Zögernd betrachtete sie den schmatzenden Pudel, dann Hiltrud in ihrem bunten Ballonseidenanzug und Guntram, der den Grill befeuerte, als müsse er die Hölle damit heizen. Dauercamper im siebzehnten Jahr, nach Frührente und zu viel Alkohol. Aber trocken, seit sie einander gefunden hatten. Das sprach für echte Liebe und starken Willen. So hatte sie das nicht geplant, aber vielleicht waren diese Menschen vernünftiger als alle anderen, die sie kannte.

»Ich muss euch noch was erzählen.«

Dienstag

Zu Dienstbeginn lag die sorgsam aufbereitete Auftragsliste Julia Kaufmanns, in verständliches Deutsch übersetzt, ergänzt mit den Aussagen Lothar Siegmunds und Renate Pirkels, auf Arno Kesslers Schreibtisch. Datiert auf den Vortag und von Torge Hansen unterzeichnet. Dazu das ausgedruckte Organigramm des Ordnungsamtes, das bestätigte, dass sämtliche Vorgänge, die städtische Schädlingsbekämpfungsmaßnahmen betrafen, dem Amtsleiter Klaus-Peter Münch vorgelegt werden mussten. Ob er diese selbst anordnete oder nur im Nachhinein absegnete, blieb zwar offen, dennoch war er verantwortlich. Die offizielle Überprüfung der Kosten hätte ihn in Erklärungsnot gebracht. Man hätte ihm vermutlich von höherer Stelle auf die Finger geklopft; er hätte die Schläge etwas fester nach unten weiterverteilt.

Arno Kessler hielt es für eher unwahrscheinlich, dass die Sache weiterverfolgt worden wäre, um etwaige Schmiergeldzahlungen ans Licht zu bringen. Ebenfalls unwahrscheinlich, dass ein Mann in der Position eines Amtsleiters blöd genug war, Schmiergeldzahlungen über das eigene Konto abzuwickeln. So etwas erledigte man bar oder in Form von Sachleistungen. Mit einer verächtlichen Bewegung ließ Kessler die Papiere auf den Tisch fallen. Was Hansen ihm da als Mordmotiv verkaufen wollte, war unfassbar dürftig. Eine lächerliche Notlösung.

Er stützte die Ellbogen auf und legte die Fingerspitzen beider Hände gegeneinander. Eine Gebärde, die er sich bei der Kanzlerin abgeguckt hatte und die angeblich konzentrationsfördernd wirkte. Das Dumme war nur, dass er selbst auch keine Ergebnisse vorzuweisen hatte, was den Tod Julia Kaufmanns betraf. Da an Dorothee Löblichs Alibi leider nicht zu rütteln war, hatte er Professor Radeberger nochmals zu der Möglichkeit eines Selbstmordes befragt. Es wäre eine so schöne Lösung gewesen. Zufriedenstellend für ihn, für Volker Misskamp und für die Staatsanwältin. Doch aus dem Gespräch mit dem Mediziner war er wie ein gemaßregelter Schuljunge entlassen worden. Ja, entlassen! Ein unwürdiges Schauspiel, in dem der Professor ihm die Rolle des Narren zugewiesen hatte.

Lustlos blätterte er erneut durch die Unterlagen. Nichts zum Mord an dem Bodyguard. Gar nichts! Er war Birgit Puchinger am Vortag eine Antwort schuldig geblieben, als sie ihn im Haus des Abgeordneten empfangen und nach dem Fortgang der Ermittlungen gefragt hatte. Eine kultivierte Person mit Weitsicht und mit klaren Zielen, attraktiv. Er erhoffte sich neue Impulse, Informationen, die in eine Erfolg versprechende Richtung wiesen.

Aber je länger er auf ihrem Sofa gesessen hatte, umso mehr war sie ihm auf die Nerven gegangen. Ihr einziges Interesse hatte der Möglichkeit gegolten, den Mord an Raymond Jarr marketingtechnisch auszuschlachten und für Wahlkampfzwecke zu nutzen. Ihr Mann, das Opfer – und kein Funken Mitgefühl für den Toten. Eiskalt. Widerwärtig. Aber er hätte sich lieber den Arm abgehackt, als Torge gegenüber zuzugeben, dass er seine Antipathie nun teilte. Oder doch eher einen Finger. Er betrachtete schlecht gelaunt seine Hände. Die Kanzlerpose änderte nichts an der verfahrenen Situation. Er packte Torges Ausarbeitung und stand auf. Mehr hatten sie nicht, und damit mussten sie arbeiten.

Auf dem Weg zum Büro seiner Ermittler zuckte ein flüchtiges Lächeln über sein Gesicht. Seine Ermittler. Trotz allem fühlte es sich gut an, so von den Kollegen zu denken.

Im Zimmer der Mordkommission Jarr/Kaufmann stand er vor leeren Stühlen. Die Luft roch nach Schweiß und stundenlanger Diskussion, überall stapelten sich Akten, abgerissene Papierbögen gruppierten sich auf dem Boden um den Flipchartständer. Arno Kessler öffnete die Fenster und las die letzten Notizen, die mit rotem Filzstift gemacht worden waren. Hier fand sich die fehlende klare Aussage zum ersten Mordfall. Alles auf Anfang. Zurück zum Mord aus Eifersucht und damit zu Heiko Thalbach. Und zu Dorothee Löblich. Er grinste. Seine Männer waren eben doch Profis.

Wo auch immer sie gerade waren.

*

Weit nach Mitternacht war Torge ins Bett gefallen, erst am frühen Morgen zur Ruhe gekommen und schließlich überraschend doch noch eingeschlafen, tief und traumlos für ein paar Stunden. In seinem eigenen Bett. Anschließend hatte er sich eine ausgiebige heiße Dusche gegönnt und einen großen Pott Kaffee. Entzug beendet. Der bevorstehende Tag versprach kein amüsanter zu werden, da konnte er sich keine zittrigen Hände und flatternden Nerven erlauben.

Es war beinahe halb zehn, als er endlich im Präsidium eintraf. Als erste Amtshandlung drehte er das Flipchart aus seinem Blickfeld. Er wusste, dass Rollo gerade auf dem Campingplatz nach einem Ausweg für Dorothee suchte. Nach einem Hinweis, der bestätigte, dass sie zum Zeitpunkt von Raymond Jarrs Ermordung dort gewesen war. Ausgerechnet Ernst, der alte Freak, der über jeden ihrer Schritte Buch führte, konnte ihre Rettung sein. Ihm entkam keiner, er notierte alles. Auch Männerbesuche und ihre Dauer. Vierunddreißig Minuten. Das Feixen in Rollos Gesicht würde Torge so schnell nicht wieder vergessen.

Er zog sich das Telefon heran und wählte Klaus-Peter Münchs Nummer. Ein Bluff könnte den Amtsschimmel dazu bringen, durchzugehen. Ein wilder Gaul im Galopp hinterließ deutliche Spuren. Es war einen Versuch wert und allemal besser, als Kessler in die Fänge zu gehen.

»Torge Hansen hier. Wir sollten uns treffen, Herr Münch. Nicht dienstlich. Ich habe etwas entdeckt, das Sie sehr interessieren dürfte.« Seine Stimme rutschte eine Tonlage tiefer, schmeichelte butterweich. »Etwas, das ich vielleicht auch wieder vergessen könnte.«

Klaus-Peter Münch atmete. Laut und angestrengt.

»Unter gewissen Voraussetzungen«, schob Torge nach.

Klaus-Peter Münch atmete lauter. Und angestrengter.

»Ich … äh … verstehe. Wann und wo?«

Der stumme Triumph trieb Torges Blutdruck in die Höhe. Münch hatte den Köder ohne Zögern geschluckt. »Ich bin in zwanzig Minuten bei Ihnen.«

Die Zeit musste reichen. Er brauchte noch einen Plan.

*

Der bestialische Gestank hinderte Dorothee nicht daran, an etwas anderes zu denken als an ihre Arbeit. Während sie Zentimeter für Zentimeter in die Wohnung eines wahllosen, aber leidenschaftlichen Sammlers vordrang, überlegte sie, wie sie weiter vorgehen sollte, was Edgar Wimmer betraf. Sie liebte Tiere. Einfach hinzunehmen, dass ihr Brötchengeber möglicherweise sogar Hunde einfach abschoss, kam nicht infrage. Positiv zu denken und geduldig auf weitere Beweise zu warten, wie Guntram es vorgeschlagen hatte, war ebenso undenkbar. Elmar neben ihr ahnte nichts von ihrem inneren Kampf. Sie fragte sich, ob er die Wahrheit überhaupt kannte. Schließlich war es Edgar gewesen, der die zweifelhafte Liste auf dem Computerbildschirm hatte, und es war auch Edgar, der die Aufträge ausführte.

Elmar pfiff sich ein Liedchen, und Dorothee seufzte. Verdammt! Sie hatte sich eingebildet, dass sie am Pfeifen eindeutig Edgar erkennen konnte, doch selbst da lag sie offenbar daneben. Schmollend stopfte sie das nächste Bündel angeschimmelter Tageszeitungen eines längst vergangenen Jahrzehnts in einen Sack und wagte dennoch eine weitere Prognose. Bis zum Mittag, so glaubte sie, müssten sie bei gleichbleibendem Tempo die drei Quadratmeter Flur von Papier befreit haben.

Kurz darauf erhielt Elmar einen Anruf seines Bruders, der ihn in ungewohnte Wallung versetzte. Sein Lächeln wirkte hölzern, seine Anweisung knapp. Weitermachen. Einfach weitermachen. Dann brauste er davon, und Dorothees Plan von der zügigen Flurbefreiung löste sich in Luft auf.

*

Klaus-Peter Münch erwartete Torge in der offenen Bürotür stehend und reichte ihm zur Begrüßung nicht die Hand. Torge registrierte es mit Genugtuung.

»Hat Sie jemand gesehen?« Münch drückte sorgsam die Tür ins Schloss. Ein schwitzendes Nervenbündel. Wunderbar!

»Nein. Keine Menschenseele auf dem Flur. Außerdem lässt

sich meine Anwesenheit einfach erklären. Ich ermittle. Genau wie die Kommissare, die gestern hier waren. Entspannen Sie sich, Herr Münch.«

Der Amtsleiter sackte in seinen Chefsessel, und Torge platzierte sich gegenüber. Nachlässig legte er ein Bein über das andere, trommelte mit der rechten Hand auf seiner Wade, die linke umfasste den Talisman. Er sagte nichts, beobachtete, wartete.

»Wissen Ihre Kollegen …?« Münch brach ab, als Torge sich nach vorn beugte und das Balisong zur Hand nahm.

»Was, Herr Münch?« Gekonnt ließ er das Schmetterlingsmesser aufschnappen und wieder zu. »Dass ich hier bin – oder was ich herausgefunden habe?« Auf und zu. »Na, was denken Sie? Ich bin allein gekommen. Ich habe keinen Haftbefehl – und nein«, er zog das Hemd aus der Hose und legte ein Stück Bauch frei, »ich bin auch nicht verwanzt und verkabelt. Nicht einmal bewaffnet, wenn man von Ihrem Spielzeug hier absieht. Zufrieden?« Mit dem Messer in der Hand langte er nach dem Bilderrahmen, der neben dem Telefon stand. »Ich wüsste gern, ob Ihre Frau auch zufrieden ist mit Ihnen. Ihre Frau, mit der Sie letzten Samstag eine Quizshow angesehen haben, während die kleine Julia ihren letzten Atemzug machte. Ist sie zufrieden mit Ihnen und dem Geld, das Sie nach Hause bringen? Fragt Sie danach, woher es kommt, oder interessiert sie das nicht, solange es genug ist?«

In der Erwartung, eben jener Gattin ins Antlitz zu schauen, drehte Torge das Bild auf dem Schreibtisch um. Es zeigte jedoch Klaus-Peter Münch selbst, in voller Anglermontur, knietief in einem reißenden Fluss, einen fetten Lachs im Arm. Verwirrt verlor Torge den Faden. Er kannte das Foto. Ein fast identisches Bild. Er nahm das Geräusch von Schritten, dann aus dem Augenwinkel eine Bewegung wahr – und danach nichts mehr.

*

Um die Mittagszeit holte Elmar Wimmer Dorothee ab, verkündete eine Änderung des Einsatzplans, die er nicht näher erläuterte, und nahm sie mit ins Büro, aus dem er Minuten später verschwand. Unmittelbar darauf trat Edgar ein, der deutlich entspannter wirkte. Ob er großen Spaß daran hatte, Tiere zu töten? Dorothee schüttelte sich. Sie wollte nicht schlecht von ihm denken. Vielleicht war er nur in seinem Bestreben, allen Menschen zu helfen, irgendwann übers Ziel hinausgeschossen und hatte an der falschen Stelle Ja gesagt statt Nein.

Vor ihrem inneren Auge sah sie ein altes Mütterlein, in dessen Garten ein Wildschwein die mühsam angelegten Beete verwüstete. Sie sah das Schulterzucken der Behörden, die sich Zeit ließen, das Problem anzugehen, und Edgar Wimmer, der tröstend das Mütterlein ins Haus führte und dann die Flinte auspackte. Schweren Herzens, denn er war ein guter Mensch. Dorothee hörte sein Pfeifen, bemühte sich um Haltung und kredenzte den obligatorischen Kaffee mit Keks. Er bedankte sich lächelnd wie immer. Sie spürte ihr Herz in der Kehle klopfen. Mit Schwung drehte sie sich zur Tür und dann zurück. *Wer etwas zu sagen hat, der sage es jetzt oder schweige für immer.*

»Ich weiß, was Sie machen!«, stieß sie hervor.

Der Keks tauchte im Kaffee. Eine Zehntelsekunde länger als sonst. Das erste Schokostückchen zerfloss. Edgar hob das weiche Backwerk zum Mund und biss ungerührt ab. Nicht mehr als einen leichten Anflug von Neugier auf seinen Zügen.

»Ich meine, was Sie machen, wenn Sie allein mit dem weißen *Sprinter* losfahren«, präzisierte Dorothee.

Edgar Wimmer versenkte den Keks zum zweiten Mal und sah sie erwartungsvoll an.

»Ich würde sagen, das ist …«, sie überlegte. Es sollte treffend klingen, aber nicht zu vorwurfsvoll. Schließlich beabsichtigte sie nicht, ihn zu verärgern. Aufhören sollte er. Einsehen, dass er einen falschen Weg eingeschlagen hatte. Sein Schlürfen füllte den Raum. »Das, was Sie machen, ist sicher gut gemeint und hilft Ihren Auftraggebern. In manchen Fällen ist es vielleicht sogar die einzig richtige Lösung. Aber trotzdem bleibt es eine illegale Tötung von Lebewesen, die sicher nicht jeder als Schädling einstuft.«

Wimmer stülpte die Lippen vor, was ihm eine starke Ähnlichkeit mit dem Karpfen an der Wand verlieh. Doch er sang nicht. Sein Fischmund blieb still und geschlossen; sein Blick haftete an ihrem; der Keks, den er achtlos losgelassen hatte, versank. Als Wimmer sich zurücklehnte, fiel jede Weichheit von ihm ab. Keine Spur mehr von Gutmütigkeit.

»Wie haben Sie es herausgefunden?« Die kleinen Äuglein über den dicken Pausbacken beobachteten sie aufmerksam.

»Da war diese geschützte Datei. Ich habe sie nur zufällig gesehen und auch nichts gelesen oder verstanden. Ehrlich! Na ja, und dann kam der Anruf von dieser Kundin, die gesagt hat, Sie sollen den Auftrag unbedingt vorziehen, weil sie …«

Dorothee unterbrach sich. Weil sie es keinen Tag länger aushielt mit diesem fetten Arschloch. Plötzlich begriff sie. Himmel, war sie dämlich! Niemand redete so von einem Tier. Auch wenn die Frau den Ausdruck »Schädling« noch hinterhergeschoben hatte. Kaltmachen. Erledigen. Dorothees Unterlippe zitterte unkontrolliert, und sie presste den Mund fest zusammen. Auf keinen Fall durfte Edgar Wimmer merken, dass sie tatsächlich wusste, worum es hier ging. Sie zeigte die Zähne im Versuch, ein naives Lächeln herbeizuzaubern.

»Sie hat es einfach nicht mehr aushalten können mit dem Schwein. Erst hatte ich ja Mitleid, mit dem Tier.« Sie betonte das letzte Wort und setzte sich unaufgefordert auf den Stuhl vor Edgar Wimmers Schreibtisch. Auf die Kante, die Knie gegeneinandergedrückt und die Füße leicht nach innen gedreht. Ein kurzer Rock wäre nun sicher hilfreich gewesen und blonde Haare, um den Eindruck der leicht debilen Klischeetippse zu unterstreichen, den sie jetzt gerne vermittelt hätte. »Aber dann hat mir die Frau eben auch leidgetan, und ich dachte mir, dass Sie ihr ja nur helfen wollen. So, wie Sie und Ihr Bruder es schon immer tun, im Rettungsdienst, in der Suppenküche – davon haben Sie mir ja erzählt.« Ihr Geplapper überzeugte nicht einmal sie selbst, und ihre ineinandergekrallten Hände straften sie Lügen. »Also wollte ich Ihnen nur sagen, dass ich nichts verraten werde. Ich halte dicht. Absolut!« Sie deutete das Verschließen ihrer Lippen an und nickte wichtig. Der Dicke gegenüber kicherte und spendete einen langsamen Applaus, der ihr eine Gänsehaut verschaffte.

»Nicht schlecht. Aber nicht gut genug. Sie sind doch ein kluges Köpfchen. Also: Was wollen Sie wirklich, Frau Löblich?« Etwas Lauerndes lag in diesen Worten. Etwas Gefährliches.

»Einsteigen.« Das Wort platzte heraus und überraschte sie selbst. »Sie nehmen mich mit ins Boot und bringen mir bei, wie es funktioniert.« Es gab kein Zurück. Ihre Zunge ließ sich nicht bremsen. »Schädlinge sind und bleiben Schädlinge. Egal, ob Insekt oder Säugetier. Sie wissen, dass ich schnell lerne.«

Darauf konnte er nicht eingehen. Unmöglich. Er musste sie auslachen, mitleidig und von oben herab, und dann die richtige

Frage stellen: *Wie viel wollen Sie für Ihr Schweigen, Frau Löblich?* Und sie würde eine Summe nennen. Irgendeine, und er würde sagen, das es zu viel sei, und ein Gegenangebot machen, das sie akzeptieren konnte. Damit wäre die Sache vom Tisch und ihre Haut erst mal gerettet, und danach konnte sie unbehelligt am Abend nach Hause gehen und darüber nachdenken, wie zum Kuckuck sie aus dem Schlamassel wieder herauskam.

Und tatsächlich: Wimmer lachte. Er lachte so sehr, dass seine Hängebacken auf- und abwippten und ein feuchter Schimmer seine Augäpfel benetzte.

»Sie wollen also einsteigen ins Geschäft, Frau Löblich?«

Edgar Wimmer tupfte sich die Augen trocken. Stur erwiderte Dorothee seinen Blick. »Sie wollen töten?«

Sie senkte zustimmend und mit Nachdruck das Kinn. Wimmer machte wieder das Fischgesicht. Jetzt musste er das Geld anbieten. Jetzt! Langsam zog sich sein Mund in die Breite.

»Wir beginnen mit Lektion Nummer eins. Heute. Ich habe einen Sonderauftrag zu bearbeiten. Der passt perfekt. Nichts für Zimperliesen.«

Die Antwort erwischte sie unvorbereitet – wie ein eisiger Hagelschauer. Auf ihrer Zunge lag die Summe, die sie hatte fordern wollen. Schwerfällig schluckte sie diese herunter.

»Wie meinen Sie das?«

Edgar Wimmer erhob sich und streckte ihr die Hand entgegen. »Ich bin einverstanden. Sie sind dabei. Das wird Ihre Bewährungsprobe als Vollstrecker.«

*

Das Telefon vibrierte in seiner Hosentasche, bis die Mailbox ansprang. Sein Kopf schmerzte. Torge konnte nichts sehen und sich nicht bewegen. Es wurde immer wärmer. Konzentriert atmete er durch die Nase, bemühte sich, Ruhe zu bewahren und nicht zu würgen. Der Stoff in seinem Mund schmeckte bitter, drückte seine Zunge tief in den Rachen. Er hörte ein lautes schleifendes Geräusch, und der Boden schwankte.

Ein Luftzug streifte ihn. Er spürte eine Berührung an der Schulter, wurde zur Seite gedreht. Flüssigkeit drang durch den Stoff. Der bittere Geschmack verstärkte sich, rann durch seine Kehle. Er konnte nichts dagegen tun. Wieder das Schleifen, ein Knall. Das Telefon vibrierte. Er verlor das Bewusstsein.

*

Florian Marschalls Finger überschlugen sich geradezu beim Tippen, dazu murmelte er unverständliche Worte, die vom Tonfall her nur Flüche sein konnten. Fasziniert beobachtete Rollo ihn und griff blind zum Telefon, als es läutete.

»Roland Brunner«, sagte er gedehnt, während sein Blick weiter an Florian haftete.

»Olà, Signore. Der unvergleichliche Maurizio Fabiani hätte da eine Information mui importante, wenn du interessiert bist.«

»Raus damit, Amigo.« Wenigstens einer, der etwas zu erzählen wusste, wenn schon alle anderen Spuren im Nichts verschwanden. »Ich stell dich auf Lautsprecher.«

»Okay, here we go! Nachdem ihr ja immer noch fröhlich im Dunkeln tappt, und das gern mal im Kreis, habe ich mir auch die allerkleinsten Mikrospuren von den Tatorten vorgeknöpft und dabei … sag mal, stimmt was nicht? Kollege Hansen fällt mir nicht ins Wort, ruft mich nicht zur Ordnung, kackt mich nicht an, weil ich gute Laune habe? Muss ich mir Sorgen machen?«

Dass Torge sich nicht meldete, bereitete Rollo langsam, aber sicher tatsächlich Kopfzerbrechen. Es war nicht seine Art, über Stunden kommentarlos abzutauchen. Aber das war gerade irrelevant. Florian hatte aufgehört zu fluchen, stattdessen raufte er sich die Haare.

»Negativ. Du musst dir keine Sorgen machen, Maurizio. Aber ich mir. Torge ist gar nicht da, und Kollege Marschall sieht aus, als ob er gleich vom Stuhl kippt. Aber sprich ruhig weiter, ich habe ihn im Blick. Situation unter Kontrolle. Also, was hast du für mich?«

»Putzmittelrückstände. In winzigen Mengen und in beiden Wohnungen übereinstimmend. Ich bin nicht so ein Zauberer wie die Übermenschen in den US-Serien mit ihren Wunderapparaten, die nur ein Knöpfchen drücken, und schon spuckt ihnen die Maschine den Produktnamen mit allen Herstellern und Verkaufsstellen aus. Aber ich kann dir garantieren, das ist nicht der übliche Haushaltskram. Das ist was für Profis, wie zum Beispiel …«

»Tatortreiniger«, ergänzte Florian und drehte den Kopf. »Richtig, Maurizio?«

»Hundert Gummipunkte für den Mann, der wohl doch nicht vorhat, vom Stuhl zu fallen! Na, habe ich euch jetzt glücklich gemacht?«

»Unbedingt, absolut und restlos«, bestätigte Rollo, obwohl er rein gar nichts verstand.

»Wunderbar, dann adiós Compañeros!«

»Adiós«, antwortete er automatisch und wandte sich dann Florian zu. »Klär mich auf, was ist los?«

Florian Marschall beendete das Lockenwühlen und ließ die Hände in den Schoß fallen.

»Ich habe doch heute Morgen die Aussagen der Nachbarn

nochmals überprüft. Keiner hat Frau Löblich in der Mordnacht im oder am Haus von Raymond Jarr gesehen. Da war nur relativ spät am Abend ein Lieferwagen, der vor dem Haus geparkt hat. Sonst nichts Auffälliges. Kein Lärm, keine Schreie, kein Streit.«

»Ja, weiß ich. Und?«

»Das Gleiche steht in unseren Aufzeichnungen zu Julia Kaufmann. Ein weißer Lieferwagen vorm Haus.«

»Na ja, die Dinger sind doch überall, und ohne Kennzeichen oder Firmenlogo hast du keine Chance, sie zu identifizieren.«

»Direkt identifizieren kann ich ihn natürlich nicht. Aber jetzt rate, auf wen ganz zufällig ein weißer *Sprinter* zugelassen ist. Als Firmenwagen, in dem man ganz zufällig üblicherweise eine Menge Reinigungsmittel transportiert.« Florian drehte ihm den Bildschirm zu. »Auf die Brüder Wimmer und Wimmer.«

Rollo brauchte eine kurze Pause, um zu begreifen. »Du meinst, die haben den Tatort gereinigt, *bevor* die Polizei da war?«

*

Der Schreck verlangsamte Dorothees Hirntätigkeit. Wie in Zeitlupe nahm sie das gegenseitige Händeschütteln mit Edgar Wimmer wahr, und noch etwas langsamer begriff sie, dass sie damit einen Mordauftrag besiegelte.

»Wir haben noch ein wenig Zeit, Frau Löblich. Entspannen Sie sich, und kochen Sie für uns beide noch mal frischen Kaffee, ja?« Wimmers Gesichtsausdruck war wieder ganz der eines harmlosen Volksmusikliebhabers, als er ihr die Tasse in die Hand drückte. »Und einen neuen Keks brauche ich auch.«

Dorothee nickte mechanisch. »Ach, eins noch, damit wir uns richtig verstehen: Sie werden mit niemandem ein Wort wechseln, bis die Sache über die Bühne ist. Sie verlassen das Büro nicht und gehen auch nicht ans Telefon.«

In ihr neuerliches Nicken hinein klopfte es, und durch die Eingangstür drängten sich Guntram und Hiltrud.

»Huhu, Dorothee! Wir wollen dich gar nicht lange stören, Schätzchen, aber … Rudi!« Der Pudel sprang von Hiltruds Arm, sauste schwanzwedelnd auf Dorothee zu, umrundete sie dreimal und machte laut kläffend vor Edgar Wimmer halt, der aus seinem Büro herausgekommen war.

»Ruhig, Rudi!« Aufgeregt trippelte Hiltrud hinterher. »Der tut nichts! Wirklich, er ist ein ganz braver!« Während Hiltrud und der Pudel einander umkreisten, brachte Wimmer sich auf halber Strecke zum Ausgang in Position. Der Hinweis war nicht misszuverstehen: Eine schnelle Flucht nach draußen konnte Dorothee vergessen.

Hiltrud klemmte den zappelnden Pudel unter den Arm und strahlte Wimmer an. Hatte sie etwa beschlossen, den potenziellen Tiermörder höchstpersönlich unter die Lupe zu nehmen? In Guntrams Hand klingelte ein Handy, was Rudi wieder mit lautem Bellen begleitete.

»Ruhig, Rudi!«, tönte es jetzt zweistimmig von Hiltrud und Guntram.

Dorothee erkannte unter dem Geschrei den Klingelton: Heiko. Der hatte ihr gerade noch gefehlt, genau wie ihre beiden Lieblingscamper. Ein falsches Wort, und sie brachte die beiden womöglich auch noch in Gefahr. Das Gleiche galt für den Versuch, Heikos Anruf als Rettung zu betrachten. Es war kaum zu erwarten, dass er schnell genug schaltete, wenn sie etwas von Polizei und Auftragsmord in den Hörer schrie. Mehr Zeit hätte Edgar ihr sicher nicht gelassen. Pikiert von dem plötzlichen Lärm und der Störung, bedeutete er ihr, etwas zu unternehmen. Die Situation musste schnell und unauffällig aufgelöst werden, und zwar von ihr.

Unter diesen besonderen Umständen ging sie davon aus, doch reden zu dürfen. Das konnte ihre Chance sein, das Boot noch herumzureißen, in das sie freiwillig geklettert war. Sie musste pokern. Hoch und schnell. Und dann beten.

»Mama – Papa, was macht ihr denn hier?« Hastig umarmte sie erst Hiltrud, dann Guntram und raunte ihnen atemlos »Spiel mit und rede irgendwas!« ins Ohr. Das Mobiltelefon gab nicht auf, und Guntram hielt es ihr unter die Nase. Er sah gleichermaßen genervt wie verwirrt aus. »Den ganzen Morgen geht das schon so! Und da hat die Hiltrud gemeint …«

»Was dein Vater sagen will, ist«, Hiltrud funkelte ihn mahnend an und drückte entschlossen das Gespräch weg. »Dass du mit dem Mann sprechen musst, bevor er uns alle in den Wahnsinn treibt. Wissen Sie«, jetzt wandte sie sich direkt an Wimmer, »unser Schätzchen hat gestern ihr Telefon bei uns liegen lassen, und wenn das Ding nicht dauernd klingeln würde, hätten wir sie ja gar nicht gestört auf der Arbeit. Aber ich krieg das einfach nicht aus!« Hiltrud packte Wimmers Oberarm und rüttelte leicht daran. »Wie macht sie sich denn, unsere Kleine? Och, ich weiß, das ist ihr bestimmt jetzt peinlich, wenn ich so was frage. Aber als Mutter macht man sich ein Leben lang Sorgen.«

Wimmers professionelles Lächeln kehrte zurück. »Sehr engagiert und wissbegierig, gnädige Frau. Das hat sie sicher von ihrer Mutter. Wir wären untröstlich, sie wieder zu verlieren.«

Die unterschwellige Drohung wirkte. Dorothee schnappte das Handy.

»Es tut mir leid, aber wir haben noch viel zu tun und müssen gleich weg. Wichtige und unaufschiebbare Arbeit. Nur eine Sache noch – entschuldigen Sie bitte, Herr Wimmer, das geht ganz schnell.«

Dies war nicht der richtige Moment, um nachtragend zu sein. Es gab nur einen Ausweg aus diesem Desaster, wenn überhaupt. Hastig öffnete sie das Adressbuch, wählte eine Handynummer aus, vertippte sich dabei, fluchte, vertippte sich wieder und gab das Telefon an Hiltrud zurück. Im Grunde war es egal, ob Hiltrud Rollo oder Torge an die Strippe bekam.

»Ich kann jetzt nicht mit ihm telefonieren. Du musst ihn anrufen. Hörst du, Mama: Du musst! Weil … weil alles noch viel schlimmer ist.« Ihre zitternde Hand fuhr in Rudis Fell. »Sag ihm einfach das, was ich euch gestern Abend erzählt habe. Alles! Dann wird er verstehen.«

»Der Heiko?« Guntram kratzte sich den Kopf, und Dorothee klopfte beschwörend auf das Display.

»Ruf *ihn* an!«, wiederholte sie und schob ihre neu gewonnenen Eltern zur Tür hinaus.

Dorothee atmete durch. Sie hatte keine Ahnung, ob Hiltrud mit ihren wirren Hinweisen etwas anfangen konnte, und erst recht nicht, wie Torge Hansen reagieren würde. Ihr war nicht mal klar, was sie von ihm erwartete. Sie konnte nur hoffen, dass der Kommissar der Mordkommission über den sprichwörtlichen Instinkt verfügte, der ihr letztlich den Arsch retten konnte.

»Wer ist Heiko?«

Der Anrufbeantworter auf dem Schreibtisch nahm ein eingehendes Gespräch entgegen und tutete nach dem Freizeichen ins Leere.

»Wer – ist – Heiko?«

»Mein Ex«, erklärte Dorothee mit abgründigem Seufzen, das tatsächlich von Herzen kam. »Er versucht, mit Telefonterror eine Aussprache zu erzwingen.« Abwehrend hob sie die Hände. »Aber das ist allein mein Problem.«

Wimmer trat ganz nah an sie heran. »Alle Probleme lassen sich beseitigen. Wenn man es wirklich will.«

Dorothee zuckte zusammen, und er lachte meckernd.

»Schon gut, denken Sie in Ruhe nach. Ihr Ex, Ihr Problem und Ihre Entscheidung. Nun kommen Sie, Frau Löblich. Schreiten wir zur Tat, ehe uns Ihr privater Terrorist noch persönlich in die Quere kommt.«

Resignierend folgte Dorothee ihm. Welche Hilfe auch immer sie zu rufen erhofft hatte, sie würde auf jeden Fall zu spät eintreffen. Von diesem Augenblick an war sie auf sich allein gestellt.

*

Es interessierte Roland Brunner nicht, dass sich die Sonne abmühte, der Frankfurter City einen wunderschönen Tag zu bereiten. Er sah weder das Blau des Himmels, noch fühlte er die Hitze, die anderen Lust aufs Schwimmbad machte. Dieser Tag war kein guter. Sooft er eine Nummer wählte, egal ob Handy oder Festnetz, er blieb ungehört. Keine Dorothee, kein Torge.

»Der Münch vom Ordnungsamt ist krank.« Florian hatte nur wenig mehr Erfolg. »Pascal Vollrath sagt, er war morgens da und ist dann wieder weg. Kotzgrün im Gesicht. So gegen zehn Uhr. Angeblich wollte er zum Arzt. Seine Frau hat keine Ahnung, wo er steckt, das habe ich gecheckt. Zu Hause ist er jedenfalls nicht.«

Rollo stützte sein Kinn in die Hände. Hier waren eindeutig zu viele Leute unauffindbar. »Versuch es noch über diesen Typ von der Rettungsleitstelle und bei der Rattenlady. Wenn die keine Sonderdurchwahl zu Münch oder den Wimmers haben, bleibt uns keine Wahl, Florian, dann müssen wir zu Arno.«

Er selbst griff nach dem nächsten Strohhalm und rief in der Praxis von Heiko Thalbach an. Ein weiterer Fehlgriff. Doktor Thalbach kannte weder Dorothees Aufenthaltsort noch eine andere Nummer, unter der sie zu erreichen gewesen wäre. Doch er wusste sehr genau – und teilte das lautstark mit –, dass er Dorothee zurückhaben wollte und er nicht akzeptierte, dass sie seine Anrufe ignorierte oder einfach auf besetzt schaltete. Von einer Sekunde zur anderen kochte seine Eifersucht hoch, mischte sich mit Sorge. Rollo konnte beides nicht zerstreuen, und er versuchte es auch gar nicht.

*

Schweigend saß Dorothee neben Edgar Wimmer im Wagen. Sie wagte nicht zu fragen, wohin sie fuhren oder was sie erwartete. Vielleicht, so gestand sie sich ein, wollte sie es auch gar nicht wissen. Wenn sich Hannelore Bittner nicht in den Urlaub davongemacht hätte, wäre sie selbst nie in dieser Situation gelandet. Oder vielleicht doch, irgendwann, weil sie aus purer Neugier über die Datei auf Wimmers Rechner gestolpert wäre. Und weil sie nie die Klappe halten konnte. Aber zumindest wäre sie jetzt in diesem Augenblick nicht hier, sondern in der netten stinkenden Wohnung eines verstorbenen Sammlers von Zeitschriften aller Art, der seine Katze am liebsten mit Fischkonserven gefüttert hatte, die er anschließend herumstehen ließ.

Fische. Dunkel erinnerte sie sich an das Gespräch mit Grit und Manfred am vergangenen Dienstag, nachdem sie mit Grit in der Sauna gewesen war. Der gute Manfred hatte ihr in seiner wortkargen Art versichert, dass er als Heikos Anwalt selbigen vor dem Knast bewahren werde. Außerdem hatte er sie zu ihrem neuen Job beglückwünscht, weil er Elmar und Edgar Wimmer kannte. Nicht gut, aber schon eine ganze Weile. Feine Burschen aus seinem Angelverein. Und dann hatte er, entgegen seiner Gewohnheit, zu einem ausschweifenden Vortrag angesetzt.

Bis nach Kanada waren sie alle schon miteinander gereist, zum Lachsfischen. Auch das vergangene Wochenende hatten sie alle miteinander verbracht. Unberührte Natur, Stille, Wasser, Angelruten – und ab und zu ein gemeinsames Bier am Lagerfeuer. Wobei die ausgelegten Schnüre wechselseitig bewacht werden mussten, sodass nie alle gleichzeitig an einem Ort sein konnten. Der Fische wegen, die nicht unnötig leiden sollten. Es folgte eine schwärmerische Aufzählung der verschiedenen Arten.

An der Stelle hatte Dorothee sich ausgeklinkt und nicht weiter zugehört. Es gab nichts Langweiligeres als Fische. Aber Manfreds Fürsprache hatte sie in ihrer Entscheidung bestärkt. Ein solides Unternehmen. Sie unterdrückte ein Auflachen. Als ob die Wimmers sich für das Leiden irgendeines Fisches interessierten! Der *feine Bursche* neben ihr pfiff eine fröhliche Melodie, bei der sich ihr die Nackenhaare sträubten.

Warte, warte nur ein Weilchen, bald kommt Haarmann auch zu dir, mit dem kleinen Hackebeilchen, macht er Hackefleisch aus dir.

Urplötzlich fragte sie sich, ob es für die hohe Fluktuationsrate bei den Angestellten von Wimmer & Wimmer, die Hannelore Bittner ihr gegenüber beklagt hatte, vielleicht ganz andere Gründe gab als bisher angenommen.

»Sie bleiben aber länger, Dorothee, nicht wahr?«, hatte Hannelore vor ihrem Urlaubsantritt gefragt. »Nicht dass ich zurückkomme, und Sie sind verschwunden! Hat es alles schon gegeben bei den Kollegen. Einfach auf und davon, ohne ein Wort und nicht mal auf die letzte Lohnauszahlung gewartet.«

Dorothee verschränkte die Finger ineinander. Darüber jetzt nachzudenken trug nicht dazu bei, ihre Stimmung zu verbessern.

*

Unbehaglich trat Rollo vor Arno Kesslers Schreibtisch von einem Fuß auf den anderen. Florian biss an der Nagelhaut seines Zeigefingers herum und starrte auf den Fußboden.

»Das sind harte Anschuldigungen.« Kessler schaute von einem zum anderen. »Gegen zwei unbescholtene Geschäftsmänner, die obendrein regelmäßig für die Polizei arbeiten. In unserem Auftrag, bezahlt von Steuergeldern!«

»Ist mir klar.« Die Zustimmung kam Rollo unwirsch über die Lippen. Ihm war noch mehr klar, nämlich was Arno als Nächstes sagen würde und was er daraufhin antworten musste.

»Das klingt verdammt abenteuerlich und für meinen Geschmack nach einer neuen Schnapsidee von unserem Kollegen … äh … wo zum Geier steckt Hansen eigentlich?«

Da waren sie auch schon, die erwarteten Stichworte. »Arno, hier ist irgendwas oberfaul. Und ich gebe zu, dass ich wirklich nicht weiß, was genau an der Sache dran ist. Aber der Münch vom Ordnungsamt ist nicht zu finden, bei den Wimmers springt nur der Anrufbeantworter an, und die Telefone von Dorothee Löblich und Torge klingeln ins Leere. Wenn die Tatortreiniger wirklich in die Sache verwickelt sind und mehr auf dem Gewissen haben als ein bisschen Abrechnungsschwindel und Schmiergeldzahlungen, ist Dorothee dort möglicherweise in Gefahr …«

»Moment, Moment, Moment – wie war das?« Kessler stemmte sich aus dem Stuhl und stützte beide Hände mitten in den Aktenberg vor sich, die Arme abgewinkelt wie ein drohender Gorilla. »Was hat die Löblich mit den Wimmers zu schaffen?«

*

Edgar Wimmer nahm den Weg am Mainufer entlang, bog in eine der engen Seitenstraßen ab und fuhr halb um den Block. Geschlossene Bebauung, mehrgeschossige Häuser, ruhiges Wohngebiet. Sehr ruhig um diese Zeit. Dienstagmittags gab es hier sogar einige freie Parkplätze. Nervös richtete Dorothee sich im Sitz auf. Hier war sie doch neulich erst gewesen, mit Grit, und hatte sich unelegant ihres Mageninhalts auf Torges Schuhe entledigt. Wimmer stellte den Wagen direkt neben jenes Straßenschild, das Zeuge dieser unrühmlichen Aktion gewesen war.

Das *Jerome* gegenüber wirkte verlassen, kein Licht im Schaukasten, der Schriftzug über der Tür ausgeschaltet und ein Gitter vorgeschoben. Ruhetag, ja klar. Sie erkannte den Wagen des Inhabers und dahinter Elmars weißen *Sprinter*, unmittelbar angrenzend an die Hofeinfahrt.

Edgar zückte sein Telefon und meldete seinem Bruder ihr Kommen an. Als Dorothee ausstieg, klammerte sie sich an die Hoffnung, dass sich all ihre Ängste gleich in Luft auflösen würden. Das Kellergewölbe des *Jerome* war uralt, stand sogar unter Denkmalschutz, wenn sie sich richtig an die Erzählung des Hausherrn erinnerte. Ursprünglich hatte es zur Stadtbefestigung gehört und auch als Soldatenunterkunft gedient. Unter dem Nachtklub befanden sich weitere Räume, ungenutzte, schlecht zugängliche Katakomben, dazu die Nähe zum Fluss – das musste ein wahres Paradies für Ratten sein.

Edgar hakte Dorothee unter und zog sie über die Straße. Hinter dem Gitter im Eingang tauchte Elmars Gesicht auf. Das Geräusch eines herannahenden Autos verschluckte Edgars leisen Fluch. Wild fuchtelnd gab er seinem Bruder Zeichen, und Dorothee rechnete damit, dass er sie zu Boden reißen würde, um ungesehen zu bleiben. Doch Edgar zerrte sie nur halb geduckt in den Hof. Sekunden später kam Elmar am Hintereingang wieder zum Vorschein. Edgar sprach kein Wort, schüttelte nur missbilligend den Kopf und ging ihnen voran in den Keller.

Wenn Edgar am Montag seine Köder platziert hatte, dann konnte die Plage ganz unauffällig verschwunden sein, ehe am Mittwoch der erste Gast hereinspazierte. Das musste es sein, was sie hier vorhatten, und alles andere nur ein typisch makaberer Wimmer-Scherz. Die Lüftungsanlage lief auf Hochtouren – ein weiteres Indiz –, damit vertrieb Edgar sicher den Geruch seiner giftigen Sprühmittel. Fast schon beschwingt nahm Dorothee die letzten Stufen, durchquerte einen Lagerraum und gelangte so zur Bar. Wie seltsam, dass sie ausgerechnet hier zum Einsatz kommen sollte! Die bekannte Umgebung wirkte irritierend fremd, still und farblos. Im Halbdunkel erinnerten sie die paarweise über der Theke baumelnden High Heels plötzlich an Jagdtrophäen, und sie stellte sich vor, wie Edgar dort oben mit toten Ratten umdekorierte.

Automatisch zog sie das Genick ein. Zum Arbeiten brauchten sie unbedingt mehr Licht. Sie warf einen letzten Blick über die Schulter, um sich zu versichern, dass da wirklich nur Schuhe hingen, und prallte gegen Edgar, der vor dem Durchgang zum Raucherraum langsamer geworden war. Elmars Atem streifte ihren Nacken.

»Nach Ihnen, meine Liebe!« Er nahm sie an den Schultern und drängte sie sanft weiterzugehen.

Links und rechts standen Tische und Stühle, wie immer. Gegenüber, auf der leicht erhöhten Bühne, waren die roten Samtvorhänge beiseitegezogen. Die Kerzen in den schwarzen Kandelabern brannten nicht. Ein einzelner greller Spot erhellte die Wand. Die dort angebrachten Eisenringe kannte sie, hatte mit Grit über deren Zweck getuschelt und gekichert und von erregenden Fesselspielchen geträumt. Doch die aktuelle Nutzung der Ringe animierte nicht zum Kichern. Unwillkürlich stemmte sie sich gegen den nächsten Schritt.

Mit Ketten befestigt hing ein Mann an seinen ausgestreckten Armen, die gespreizten, ebenfalls angebundenen Beine leicht eingeknickt. Er trug eine Jeans, und über dem nach vorn gekippten Kopf, der kraftlos hin und her pendelte, einen Sack. Den nackten Rücken bedeckten rote Striemen. Unter dem Rand des Sacks fiel ihr ein sonnengelber Streifen ins Auge. Dorothees Hand tastete nach ihrem Hals. Der Mann trug ihr Seidentuch, das sie im Büro achtlos hatte fallen lassen. Vergessen, wie so oft.

Wieder schob Elmar sie vorwärts, näher zu der hilflosen Gestalt.

»Ich habe da mal was für Sie vorbereitet, Frau Löblich!« Ihm war das Kichern nicht vergangen.

Der Kopf des Gepeinigten zuckte nach oben. Gedämpft hörte Dorothee seine Stimme, rau und unverständlich. Offenbar steckte ein Knebel in seinem Mund. Mit keuchendem Würgen sackte er erneut in sich zusammen. Dorothee konnte sehen, wie sein Körper bei dem Versuch, genug Luft einzusaugen, verkrampfte.

»Bereit für Lektion eins?« Edgar Wimmer packte ihre Schulter mit deutlich härterem Griff und zwang sie weiterzugehen, Schritt um Schritt. Die Holzstufe zur Bühne knarrte unter ihren Füßen. Jetzt war sie gerade noch eine Armlänge entfernt von dem Mann, den sie töten sollte.

»Mithilfe eines Drosselinstrumentes ist es leicht, es ermöglicht Ihnen mit wenig Kraftaufwand auch eine sehr viel kräftigere Person zu erledigen«, dozierte Edgar Wimmer. »Dabei ist es unerheblich, ob es sich um ein Seil, einen Draht, ein Stück Nylonschnur oder, wie im vorliegenden Fall, um ein weiches Tuch handelt.«

Dorothee starrte auf die Handgelenke, an denen das ganze Gewicht des Todgeweihten baumelte. Noch war die Haut von den Kettengliedern nicht aufgerieben, nur gerötet. Er konnte demnach noch nicht allzu lange in dieser Lage sein. Wenn es ihr gelang, Zeit zu schinden, dann würde er vielleicht bemerken, dass sie auf seiner Seite war, dann konnte er womöglich Kraftreserven mobilisieren und ihr irgendwie behilflich sein …

Beinahe hätte sie gelacht. Ja klar, das war wieder ein typisch realitätsferner Dorothee-Gedanke. Der gefesselte Mann mit den blutunterlaufenen Striemen auf dem Rücken, die sie viel deutlicher sah, als ihr lieb war, sollte *ihr* helfen! Energisch schüttelte sie den Kopf.

»So nicht«, sagte sie entschlossen und schaute Edgar Wimmer ins Gesicht. »Nicht mit meinem Tuch!«

»Wäre Ihnen ein dünner Draht lieber?« Sein Grinsen verlieh ihm etwas Diabolisches. »So einer, der sich tief einschneidet und nicht nur die Luft abdrückt, sondern starke Schmerzen verursacht?«

Wie ein Schwarm flatternder Vögel huschte ein jäher Schwindel durch ihren Kopf.

»Pfui, Edgar!« Elmar trat neben sie und legte begütigend die Hand auf ihren Arm. »Das Tuch war meine Idee. Eben weil es nicht so grausam ist, das macht das erste Mal viel angenehmer. Außerdem hinterlässt es nicht solche markanten Spuren. Bei einem Seil lösen sich gern Fasern, die nur schwer restlos zu entfernen sind. Ein Tuch passt auch viel besser in die Gesamtgestaltung!« Er breitete die Arme aus und deutete vage auf die Innenausstattung. »Dem Ambiente angemessen, würde ich sagen. Keine Angst, Ihr Tuch können Sie anschließend wieder an sich nehmen. Als kleines Souvenir.«

Sie rümpfte die Nase. Das konnte er ja wohl nicht ernst meinen. Oder sammelte er selbst etwa tatsächlich Trophäen?

»Nun, bitte schön, Frau Löblich. Er gehört Ihnen.«

»Sie müssen die beiden Enden des Tuches überkreuzen und die Stränge miteinander verdrehen.« Edgar rückte den Stoff in die richtige Position, doch Dorothee langte nicht zu, als er losließ. Das fröhliche Gelb sank weich und wie in Zeitlupe herab, streichelte heuchlerisch über die geschwollenen Wunden, ließ die Schultern darunter erzittern.

»Um besseren Druck ausüben zu können, nehmen Sie einen Stock als Hilfsmittel, den Sie einknoten«, erläuterte Edgar das Vorgehen ungerührt weiter. »Wenn Sie keinen zur Hand haben, tut es auch der Stiel einer Taschenlampe oder ein Regenschirm. Wobei Letzterer ein wenig unhandlich sein dürfte.« Auffordernd nickte er Dorothee zu, die sich langsam die Lippen befeuchtete.

»Ich … ähm … brauche noch einen Moment. Weil, also, ich frage mich gerade: Wieso? Also, wieso soll der Mann sterben und wieso die Schläge?« Die Worte wollten nicht, wie sie wollte. »Wer ist er eigentlich?«

Unter dem Sack begann der Unbekannte wieder zu reden. Lauter, heftiger als zuvor, aber ebenso unartikuliert. Mühsam straffte er sich, kam aus der hängenden Position in den Stand. Etwas an ihm kam ihr merkwürdig vertraut vor. War das Christian, der Chef des *Jerome*? Sein Auto stand draußen. Und der war garantiert kein einfacher Charakter, eher einer, an dem sich die Geister schieden. Unkonventionell, lebensfroh und mit unverhohlen dominanter Ader. Dem hätte sicher so mancher gern die Gerte übergezogen. Gerade hier, in seinem eigenen Laden. Aber Mord? Die röchelnde Stimme verwirrte sie, und die große Spannweite der Arme passte nicht zu dem Bild in ihrem Kopf. Ein falsches Bild zum falschen Mann, aber keinesfalls ein Fremder. Heikos magere blasse Hühnerbrust hätte sie sofort erkannt, auch von hinten.

»Keine Fragen, Frau Löblich. Und wenn, dann nicht diese. In unserem Geschäft sind die Fragen Wer und Warum irrelevant. Hier geht es nur um das Wann und Wie viel.« Edgar rieb Daumen und Zeigefinger gegeneinander. Wie viel? Die Frage hatte sie von ihm hören wollen – im Büro. Die konnte sie schlecht noch einmal stellen. Sie war nicht in der Position, etwas zu fordern. Sicher wusste sie nur eines: Was auch immer dieser Mensch verbrochen haben mochte, dass ihm ein anderer den Tod wünschte, sie konnte Lektion eins nicht ausführen. Niemals in ihrem ganzen Leben. Auch nicht, um ihren eigenen Hals aus der Schlinge zu ziehen.

Ein verzweifeltes, hysterisches Lachen kitzelte sie in der Nase. In welcher Schlinge mochte ihr Hals enden, wenn sie sich weigerte? Ein finaler Atemzug unter dem Druck von Seil oder Draht oder sonnengelber Seide. Hastig bewegte sie sich zur Seite, dann nach vorn zur Wand. Weg von Wimmer. Der Spot blendete sie und hinterließ ein flirrendes Schneegestöber auf ihrer Netzhaut, als sie sich umdrehte, um einen Blick auf die Vorderseite des Verurteilten zu erhaschen. Breite Schultern, Bärenbrust. Die Vögel in ihrem Kopf stoben durcheinander. Doch ehe sie zur Landung ansetzen konnten, zerrte Edgar sie wieder zu sich heran.

»Keine Extratouren, Frau Löblich. Sie werden doch wohl nicht kneifen wollen?«

»Keineswegs«, versicherte sie hastig.

Der Bär grunzte und rüttelte an den Ketten. »Es ist nur so, dass ich vorher wissen möchte, wie es weitergeht.« Das Flimmern vor ihren Augen beruhigte sich ein wenig. »Wir drehen dem Burschen also den … den Hahn zu – und dann? Wie wird das Ganze vertuscht? Ich meine, er kann ja wohl hier nicht einfach hängen bleiben.«

»Eben doch!« Elmar rieb sich freudig die Hände. »Das ist ja das Schöne daran. Darum musste ich ihn vorhin auch ein wenig mit der Peitsche drangsalieren. Glauben Sie nur nicht, das hätte mir Spaß gemacht! Das deckt sich nicht mit meiner Veranlagung.«

»Dafür warst du aber ziemlich gründlich«, warf Edgar dazwischen, was fast bedauernd klang. Als hätte er selbst den Job durchaus sehr gern und hoch motiviert übernommen.

»Na ja, es muss ja auch echt aussehen. Eine Session der härteren Art, die ein wenig aus dem Ruder gelaufen ist. Mit zusätzlichem Kick beim Würgespiel, das dann leider, leider zu spät abgebrochen wurde.« Elmar kicherte. »Soll ja vorkommen. Und wer kann schon noch um Gnade bitten, wenn ihm die Luft wegbleibt? Der dominante Spielpartner in unserer Inszenierung wird einfach das Weite suchen und keinerlei DNA am Tatort zurücklassen. So einfach ist das.«

So einfach also. Genauso einfach musste es für die beiden sein, an einem Tatort falsche Spuren zu hinterlassen, die Aufmerksamkeit der Polizei auf einen anderen Täter zu lenken. Auf sie zum Beispiel.

»Was geschieht mit der Peitsche?«

Elmar tätschelte ihr die Wange. »Na, die nehmen wir auch mit, genau wie Ihr Tuch, ist doch klar. Nicht wahr, Edgar?«

»Unter Umständen.« Edgars Mund verzog sich zum glitschigen Karpfenlächeln. »Wenn unsere Frau Löblich ihren Teil der Abmachung erfüllt.«

Er hob das Schlaginstrument vom Boden auf und warf es Dorothee zu, die instinktiv zugriff. Fingerabdrücke! Sie unterdrückte einen Fluch. Die Wimmerbrüder trugen natürlich Handschuhe. Wie immer bei der Arbeit, sie jedoch nicht.

Edgar legte die Hand über ihre, fest und unnachgiebig, führte ihren Arm und strich mit den Riemen der Peitsche spielerisch über den Rücken, der sich in Erwartung von Schmerz zu winden begann. »Nur zu. Probieren Sie es aus. Ein Schlag von links, einer von rechts. Vorhand, Rückhand, wie beim Tennis. Eine kleine Übung zum Warmwerden.«

Dorothee biss die Zähne aufeinander und zog den Arm mit aller Kraft zurück. Mit schrillem Auflachen gab Edgar sie frei.

»Soll ich dir etwas sagen, mein lieber Bruder? Ich habe das Gefühl, dass das liebe Fräulein Dorothee es doch nicht draufhat. Was ich zwar geahnt habe, mir aber dennoch aufrichtig leidtut.«

»Aufrichtig leid tut«, echote Elmar und nickte mit deprimiertem Gesichtsausdruck. »Du hast recht, fürchte ich. Brauchen wir ein Ultimatum? Zwei Minuten Bedenkzeit bis zur Ausführung, Frau Löblich? Ach nein, ich denke nicht. Sie sind einfach zu sensibel, meine Liebe.« Er wandte sich wieder seinem Bruder zu. »Dann also Plan B?«

»Plan B.« Edgar deutete auf einen Plastiksack neben dem Klavier am rechten Bühnenrand.

»Wie lautet Plan B?«, presste Dorothee mit kippelnder Stimme heraus, die zitternde Peitsche hoch erhoben, obwohl sie längst wusste, dass die ihr nicht helfen würde.

*

Im Rückspiegel hatte Guntram Dorothee aus dem Blick verloren. Aber der Zwilling an der Kneipentür war ihm nicht entgangen. Unschlüssig starrte er auf das Gitter, das ein wenig offen stand. Ein kleines bisschen fühlte er sich wie James Bond, und Hiltrud war seine M. Sie behielt den Überblick, und er machte, was sie sagte.

Und Hiltrud hatte gesagt, er solle Dorothee abpassen, wenn sie das Büro verließ, und ihr unauffällig folgen. Genau das hatte er getan. Er war kein Held, und M, also Hiltrud, hatte nur von Beobachten gesprochen, nicht von Eingreifen. Er blieb im Auto sitzen und wartete. Worauf, wusste er nicht so genau.

*

Das Lederoutfit saß wie angegossen. Dorothee hatte selbst auf ein Minimum an Diskretion verzichtet und sich einfach so vor den Wimmerbrüdern entblättert. Einfach so, wie die Wimmers Probleme zu lösen pflegten. Einfach so, weil sie die geladene

Pistole an ihrer Schläfe als unschlagbares Argument empfunden hatte.

»Ich war so frei, noch etwas anderes für Sie vorzubereiten.« Das hatte nicht mal sarkastisch geklungen.

»Du hast tatsächlich ein wunderbares Auge für Proportionen, Elmar.« Anerkennend senkte Edgar nun die Waffe und steckte sie in seinen Overall.

»Ich konnte schon immer jeden Fisch auf den Millimeter und aufs Gramm genau einschätzen. Eine Frau ist nicht wesentlich schwerer zu berechnen.« Wohlgefällig betrachtete Elmar seine Kreation. »Das steht Ihnen ausgezeichnet, Frau Löblich!«

Das war also Plan B. Sie in der Rolle der Domina, die ihren Sklaven versehentlich ins Jenseits beförderte und ihm dann aus Reue in Selbiges folgte. Alle Beteuerungen und alle Gegenwehr nutzten nun nichts mehr. Die Brüder hatten sich nicht länger von ihr hinhalten lassen. Und nun machte es keinen Sinn, sie weiter zu reizen. Die Männer, die sie für harmlose Klone gehalten hatte, waren weit davon entfernt, harmlos zu sein, und das Flackern in Edgars Augen machte den einzigen Unterschied zwischen beiden aus. Er genoss es, mit der Beute zu spielen, bevor er sie erlegte.

Von den beiden Wimmers konnte sie im Augenblick nichts sehen, dafür bot sich ihr ein guter Blick auf den Bauch und den breiten Brustkorb des Halbnackten. Von unten, wo sie neben seinem linken Fuß kauerte – mit Handschellen an derselben Kette befestigt wie er.

Kurz zog Dorothee in Erwägung, um Hilfe zu schreien, sparte sich dann aber die Mühe. Niemand konnte sie hören. Aus dem Raum, in dem nachts ohrenbetäubend laute Musik die Partygäste amüsierte, drang kaum ein Geräusch bis auf die

Straße. Geschrei würde höchstens dazu führen, dass man sie knebelte. Und ihr auch einen Sack überstülpte. Es konnte nicht lange dauern, bis Elmar und Edgar zurückkämen, ausgerüstet für die Aufräumungsarbeiten, nach vollzogenem doppelten Exitus. Sie brauchte schnellstmöglich eine Eingebung.

Immer wenn der Mann nach Luft schnappte, saugte er den groben Stoff bis an seine Nasenlöcher. Schon allein der Gedanke verursachte Dorothee akute Atemnot. Sobald der Stoff sich löste, versuchte er wieder zu reden.

»Seien Sie doch still, Mensch! Ich kann sowieso kein Wort verstehen, und Sie kriegen gleich einen Kollaps, wenn Sie damit weitermachen. Außerdem kann ich so nicht denken«, zischte sie halblaut.

Der Bär über ihr stöhnte genervt. Ihre Augen suchten die nähere Umgebung ab. Gab es irgendetwas, womit sie die Handschellen öffnen konnte? Sie hob sich auf die Knie, reckte den Hals, die Hände kurz über dem Boden fixiert, und spähte an den Beinen ihres Mitgefangenen vorbei. Die Haltung brachte sie in Schräglage, und sie kippte mit der Schulter gegen seinen Oberschenkel. Ihre Nase erwischte ihn auf Beckenhöhe, ehe sie zu seiner Körpermitte hin abrutschte. Fest, fester, weich.

»Au, verdammt! Was zum Kuckuck haben Sie da drin?«

Die Geräusche, die der Bär ausstieß, waren deutlich andere als zuvor, aber Dorothee nahm sie nur am Rande wahr.

»Schschscht! Entschuldigung … Schscht, ich habe eine Idee! Halten Sie einfach still.« Dorothee richtete sich erneut auf, balancierte sich diesmal zielgenau aus und traf planmäßig mit der Nase auf die harte Stelle in seiner Hose. *Alles drin, was du brauchst*, echote die Stimme des überfälligen Retters in ihrem Kopf, der sich nun wirklich genug Zeit mit seinem Erscheinen gelassen hatte. Was sie da spürte, musste ein Schlüsselbund sein, und wenn dieser auch nur halb so gut ausgerüstet war wie der von Torge Hansen, konnte durchaus brauchbares Werkzeug dran sein. Der Hoseninhaber kämpfte mit seiner Contenance und dem Gleichgewicht, während sie den Schlüsselbund durch Nasenstüber und kreisende Kinnbewegungen aus der Intimsphäre seiner Hose zu befreien versuchte. Millimeterweise bewegte er sich in Richtung Taschenrand. Dorothees Pulsschlag gab den Rhythmus ihrer Bemühungen vor, füllte ihren Kopf, schaltete alle anderen Gedanken aus. Bis die Schritte der Wimmers ihrem Vorhaben ein Ende setzten. Sie sank zurück auf die Fersen und starrte ihnen feindselig entgegen.

»Wie auch immer Sie es geschafft haben, bisher unentdeckt zu bleiben, ich garantiere Ihnen, dass Sie dieses Mal auf die Schnauze fallen!«

Plötzlich stiegen Tränen in ihr hoch, und zornig bemerkte sie, wie belegt sich ihre Stimme dadurch anhörte. Sie wollte nicht heulen. Wenn sie schon abtreten musste, dann einigermaßen würdevoll. Auch wenn das nicht einfach werden würde, in einem Lederkostüm, das mehr Haut zeigte als verhüllte.

Das war nun der perfekte Augenblick für ein Wunder. Denn selbst wenn Hiltrud und Guntram ihre Anweisungen verstanden hatten, was nicht gerade als sicher betrachtet werden konnte, war es undenkbar, dass irgendjemand ihren Aufenthaltsort auch nur ahnte. Sie füllte ihre Lunge mit Luft. Noch war sie nicht so weit, sich zu ergeben. Solange sie Sauerstoff bis in die kleinsten Verästelungen ihrer Bronchien saugen konnte, lebte sie. Und genauso lange wollte sie kämpfen.

»Wenn Sie mich umbringen, dann kommen Sie damit nicht durch. Ich habe Freunde bei der Polizei. Richtig gute Freunde! Und die werden niemals glauben, dass dieses Kasperltheater hier echt ist. Die wissen, dass ich bei Ihnen arbeite. Die wissen auch, was Sie beide für Geschäfte machen, weil ich sie informiert habe. Da staunen Sie, was? Die kleine Frau Löblich ist nämlich clever! Sie sollten mich besser freilassen, dann kann ich vielleicht noch ein gutes Wort für Sie einlegen. Und wenn Sie lieber abhauen wollen, bleibt Ihnen auch nicht mehr viel Zeit. Genau jetzt ist nämlich Kriminalhauptkommissar Hansen von der Mordkommission auf dem Weg hierher, um Sie festzunehmen!«

Das Bein des Bären zuckte. Wie gern hätte sie selbst geglaubt, dass ihre Worte der Wahrheit entsprachen. Ihre gespielt triumphierende Miene brach unter dem Lachen der Wimmerbrüder zusammen, und die Angst überrollte sie wie ein Expresszug.

*

An der Tür von Wimmer & Wimmer klingelte Roland Brunner vergeblich Sturm, während Florian Marschall vor Torge Hansens Wohnung die gleiche Erfahrung machte. Zur selben Zeit empfing Arno Kessler in Vertretung seines abgängigen Ermittlers eine unerwartete Besucherin in lila Ballonseide. Sekunden später griff er zum Telefon.

*

Sie schwankte zwischen Panik und Wut. Was bildeten diese Mistkerle sich ein? Was zum Teufel war hier komisch? Wieso fühlten die sich so sicher, dass sie nicht einmal eine Erwiderung auf ihre Bemerkung für notwendig erachteten? Dorothee beobachtete die lässigen Vorbereitungen ihrer Arbeitgeber. Ein wässriger Schleier vor ihren Augen verzerrte das Bild. Sie schluckte, blinzelte. Nicht doch noch Tränen zum Schluss. Bitte nicht. Fehlte bloß noch der Film, der ihr verschwendetes Leben vor ihr ablaufen ließ. Nein danke. Den kannte sie schon. Und Wiederholungen ohne Popcorn waren einfach nur öde.

Ihr Gesicht presste sich gegen das fremde Bein und tränkte die Jeans oberhalb des Knies mit Selbstmitleid. Der Bär brummte. Tröstend. Oder resigniert. Etwas quietschte leise.

»Was war das?« In Elmars Flüstern mischte sich ein Knarren. Dorothee riss die Augen auf.

»Das Gitter an der Vordertür!«

»Jetzt sag bloß, du hast vorhin nicht wieder abgeschlossen?«

Die Flasche aus Elmars Hand ging zu Boden, und es schien Dorothee, als sei er schon verschwunden, ehe diese zerschellte. Edgar folgte eine Millisekunde später.

»Polizei – keine Bewegung!«, brüllte eine Stimme aus Richtung der Bar.

»Nicht schießen!«, brüllte Dorothee zurück ins Dunkel. Der verdammte Spot blendete immer noch. Sie zerrte an ihren Fesseln, um sie vorzuzeigen. »Wir laufen nicht weg!« Undeutlich erkannte sie zwei Uniformierte mit Waffen in den Händen. »Sie sind durch den Nebenraum, die wollen zum Hinterausgang raus!«

Dorothee hörte Stühle über Fliesen rutschen, entferntes Poltern, vermutlich aus dem Lager, eine Tür schlug gegen die Wand, Stiefel trampelten, Stimmen, Schreie, eine weitere Tür knallte.

Auf den plötzlichen Lärm folgte Stille. Dorothee lachte und weinte gleichzeitig. Gerettet. Zumindest fast. Die Stille hielt an. Hoffentlich dauerte es nicht mehr allzu lange, bis die Polizisten zurückkamen, um sie loszumachen. Sie lauschte.

»Das ist mir zu blöd«, murmelte sie schließlich, musterte den Bären, der den Kopf, so gut es ging, in Richtung Ausgang gedreht hielt, und lehnte sich wieder gegen sein Bein, um den Plan mit dem Schlüsselbund weiterzuverfolgen. Der Bär versuchte sich aus ihrer Reichweite zu schlängeln und gurgelte dabei.

»Wollen Sie noch länger da rumhängen? Ich nicht! Geben Sie Ruhe, ich will doch nur an den Schlüssel.«

Unerheblich, wo und an wem sie da herumschubberte. Sie hatte ein klares Ziel vor Augen und verdrängte die unpassenden Gedanken, die dem Typen offenbar durch den Kopf gingen. Die Bewegungen seines Beckens erschwerten ihre Arbeit. Wollte er sie abschütteln wie einen lästigen Köter, oder hatte der jetzt wirklich anderes im Sinn? Sie packte den Stoff der Hose mit den Zähnen, um ihn zum Stillhalten zu zwingen.

»Störe ich gerade? Ich kann auch später wiederkommen.«

Dorothee ließ die Jeans los. Der Kopf des Bären sank mit einem Aufstöhnen gegen die Wand. Mitten im Raum stand Kriminalhauptkommissar Arno Kessler. Wie aus dem Ei gepellt, mit Krawatte, Föhnfrisur und breitem Lächeln.

»Na endlich. Mein Gott, bin ich froh, dass Sie da sind!« Nie hätte Dorothee erwartet, dass ausgerechnet dieser Mann ihr einmal ein höchst beglücktes Seufzen entlocken würde. Die Erleichterung überwog die Peinlichkeit ihres eigenen Aufzuges und der zweideutigen Position.

»Hat der Herr Sie etwa belästigt?« Kessler schlenderte näher und schaute sich suchend auf der Bühne um. »Keine Schlüssel … Hm, ich glaube, Sie müssen es noch einen Moment lang mit ihm aushalten, Frau Löblich. Mal sehen, wie wir Sie beide da loskriegen. Ich hole mal die Kollegen.«

Der Bär stieß ein eindeutig zorniges Brüllen aus.

»Oh, Entschuldigung. Das hätte ich ja fast vergessen.«

Kessler trat von rechts an ihn heran, zog ihm langsam den Sack vom Kopf. Wirre, verschwitzte Haare kamen zum Vorschein. Dann löste Kessler mit spitzen Fingern den durchweichten Knebel. Die folgenden tiefen Atemgeräusche wurden von Husten unterbrochen, und Kessler holte kurz aus, wie um dem Mann helfend auf den Rücken zu klopfen. Dann zog er angesichts der Striemen bedauernd die Hand zurück.

»Hör bloß auf zu grinsen, AK.« Die röchelnde Stimme jagte Dorothee einen Schauer durch den Körper.

»War mir ein Vergnügen, dich zu retten.« Kesslers Augen richteten sich auf Dorothee, dann auf die spuckefeuchte Stelle in Torge Hansens Schritt. »Auch wenn ich vielleicht doch einen Moment zu früh … gekommen … bin.«

Automatisch folgte Dorothee seinem Blick, von dem zerzausten Schopf über die Bärenbrust abwärts.

»Oh, Scheiße«, murmelte sie, ließ sich auf ihr Hinterteil sacken und starrte fassungslos zu Boden. *Er.* Und er hatte die ganze Zeit gewusst, mit wem er es zu tun hatte. Wer da an ihm herumfummelte. Mit der Nase zwischen seinen Beinen.

»Verpiss dich, Kessler«, krächzte Torge. »Und sieh zu, dass mich endlich jemand abhängt.«

»Etwas mehr Dankbarkeit könntest du schon zeigen. Und Höflichkeit.« Kessler polierte gelassen seine Fingernägel.

»Herzlichen Dank, *Chef*. Und jetzt verpiss dich: Bitte!«

»Na, geht doch!«

Dass Arno Kessler den Augenblick genoss, war nicht zu übersehen.

✲

Ohne Handschellen und mit ihren eigenen Kleidern auf dem Leib machte Dorothee schnell wieder einen entspannten Eindruck. Torge saß auf einem plüschigen Sofa, noch immer im Keller des *Jerome*, und betrachtete sie. Keiner, der sie jetzt sah, konnte ahnen, wie viel Angst sie gehabt haben musste. Sie überspielte das fabelhaft.

Nachdem Arno sich getrollt hatte, war es schließlich Rollo gewesen, der sie endgültig befreite, und Torge war dankbar dafür. Auch dafür, dass er zuerst Dorothees Handschellen aufschloss und sie hinausbrachte. Nur vor Rollo zusammenzuklappen war weit weniger schlimm. Als die Ketten sich lösten, trugen seine Beine ihn nicht mehr, in seinen Armen kein Blut, kein Gefühl – und in seinem Kopf keine Worte. Er fiel wie ein nasser Sack. Jetzt kamen die Schmerzen, aber er wollte keinen Arzt.

Direkt nach Rollo war der Klubbetreiber hereingestürzt, aufgescheucht durch den Lärm und die Blaulichter vor dem Haus. Auf dem Fuß folgte die dünne Bedienung, seine Lebensgefährtin, wie Torge inzwischen wusste, die sogar jetzt ihren Halsreif mit dem Ring trug. Christian strich sich über die stoppelige Bürstenfrisur und rauchte schweigend. Die gewalttätigen Vorgänge in seinem gemütlichen SM-Reich brachten ihn sichtlich aus der Fassung. Die Dünne wuselte herum und verteilte Kaffee an die Anwesenden. Aber Torge lehnte ab. Er brauchte nur eimerweise Wasser. Der Geschmack des Knebels pappte in seinem Mund. Der würde ihm bleiben. Vielleicht für immer.

Die Streifenpolizisten hatten die Wimmerbrüder nach kurzer Verfolgung gestellt und festgenommen. Ein gelungener Einsatz, zügig und effektiv. Er musste sich eingestehen, dass Arno perfekt reagiert hatte. Nach der Intervention der Pudellady im Präsidium hatte AK die Männer sofort zu ihrem Späher

Guntram losgeschickt. Eine Streife kam, um nach dem Rechten zu sehen, eine zweite war nur Minuten später vor Ort, die den Flüchtigen den Weg abschnitt.

Am liebsten hätte Torge sich verkrochen. Im Bett, unterm Bett, wo auch immer. Aber allein sein bedeutete auch, den eigenen Gedanken ausgeliefert zu sein. Und die Nummer hier war noch nicht zu Ende. Das Chaos in seinem Kopf musste warten. Er rief Rollos Namen, und Dorothee wandte sich zu ihm um. Hastig senkte er den Blick.

»Kann ich was für dich tun?« Rollo ging neben ihm in die Hocke, zog sich einen Stuhl heran und setzte sich ihm gegenüber.

»Nicht für mich, für den Fall.« Er konnte das Glas nicht heben, ohne mit beiden Händen zuzugreifen. Nicht zu fassen, wie schnell diese Zwangshaltung an Ketten den Körper zermürbte. »Lass uns zusammenfassen, was wir wissen. Der Münch hat sich von den Wimmers schmieren lassen und ihnen dafür Aufträge zu überhöhten Preisen zugeschustert. Dafür haben wir Anhaltspunkte genug in Julia Kaufmanns Aufzeichnungen. Richtig?«

Rollo bestätigte das und stellte kommentarlos das Glas für ihn zurück.

»Höchstwahrscheinlich haben noch ein paar andere im Amt mitkassiert und dafür die Wimmers in dringenden Fällen als Erste angerufen. Das hat Julia spitzgekriegt, und darum musste sie sterben.«

»Wieder richtig. Aber was fehlt, sind Beweise für den Mord, und ich bezweifle, dass die Wimmers einfach so reden.«

»Ja, ich auch.« Zwar hatten die Kerle vorhin andauernd geredet, aber nichts von Belang ausgeplaudert. »So weit, so schlüssig, was Julia Kaufmann betrifft. Aber was ist mit Raymond

Jarr? Der passt für mich immer noch nicht ins Bild.« Vorsichtig rieb er seine angeschwollenen Handgelenke. »Als ich bei Münch im Amt saß, hat mir einer dieser Monsterzwillinge eins übergezogen und später ein Betäubungsmittel eingeflößt. Seitdem läuft mein Hirn nur mit halber Power. Ich erinnere mich aber noch an ein Foto auf seinem Schreibtisch. Er im Fluss, mit einem Riesenfisch, aber ich weiß nicht mehr, ob das eine Bedeutung hat.«

Das Polster bewegte sich kaum merklich, als Dorothee neben ihm Platz nahm. In der äußersten Ecke des Sofas. Aus den Augenwinkeln sah Torge ihre Schuhspitzen. Er roch den Kaffee, den sie auf ihren Knien abstellte.

»Elmar und Edgar sind verrückt nach Fischen«, sagte sie zögernd. »Sie gehen regelmäßig zum Angeln, auch an den vergangenen Wochenenden.«

»Woher weißt du das so genau?«, wollte Rollo wissen.

»Hat mir Manfred erzählt, Grits Mann. Der ist im selben Verein. Und dass man nie wissen kann, ob tatsächlich beide da sind oder nur einer. Weil sie einander so ähneln.«

»Wie geklont«, knurrte Torge und hörte Dorothee auflachen.

»Ja, das denke ich auch immer, wenn ich die zwei sehe!« Sie wurde wieder ernst. »Ihr seid die Profis, was meint ihr, könnte es nicht sein, dass sie sich so ein Alibi verschafft haben? Gemeinsam zum Angeln rausfahren, mit Zeugen, und dann verschwindet einer wieder, ohne dass es auffällt. Der begeht in aller Ruhe einen Mord, kommt noch in der Nacht zurück, und wenn sich alle treffen zum Fischvergleich, sind wieder beide Brüder anwesend, und keiner käme je auf die Idee, dass das zwischendurch anders gewesen ist.«

Für eine Sekunde schaute Torge sie an und nickte. »Sollten wir im Auge behalten, den Gedanken. Wo ist AK?«

Rollo zückte sein Telefon. »Mit den *Klonen* auf dem Weg zum Präsidium. Ich rufe ihn gleich an, da kann er ein bisschen drauf rumdenken und die Knaben dann damit konfrontieren.«

»Warte noch. Wie realistisch ist es, dass einer allein die Morde begehen konnte? Das Töten an sich ist wahrscheinlich nicht das Problem, eher das Drumherum. Der Leichentransport, das Aufräumen, Desinfizieren. Dafür bist jetzt wohl eher du die Spezialistin, Dorothee.«

Mit kleinen Plöpp-Geräuschen stieß sie die Luft aus und grübelte kurz. »Um das zu beurteilen, müsste ich mehr wissen über die Tatorte, und solange ihr mich nicht von der Verdächtigenliste streicht, dürft ihr mir vermutlich nichts weiter erzählen.«

»Drauf gesch…«, Torge machte eine wegwerfende Handbewegung, und Rollo begann zu erklären.

»Okay, Leiche eins lag im Bett, wurde dort aber nicht getötet.« Er hielt kurz inne, aber Dorothee signalisierte, er könne weitermachen. Sie hielt das aus. »In der Wohnung gab es nicht die geringsten Blutspuren, obwohl reichlich davon geflossen sein muss. Es gab keinen Kampf.«

Torge konnte sich nur schwer konzentrieren, er brauchte dringend mehr Wasser, aber er wollte mit den immer noch zitternden Händen nicht nach dem Glas greifen. Vorsichtig öffnete er den Mund, befeuchtete die Lippen.

»Und die zweite Leiche?« Dorothee hörte Rollo aufmerksam zu, stellte die Tasse ab und füllte das Wasserglas auf dem Tisch. Oh Gott, wenn sie jetzt anfinge zu trinken – dabei zusehen zu müssen – das könnte er nicht ertragen.

»Auch da war alles mehr als sauber. Und die Tote hing im Bad am Heizkörper, an ihrem Bademantelgürtel aufgeknüpft.«

Dorothee runzelte die Stirn. »Wie, am Heizkörper?«

»Das ist so einer, der an der Wand angebracht ist, mit Sprossen zum Handtüchertrocknen.«

Sie schraubte die Wasserflasche zu, nahm das verlockende Nass vom Tisch und hielt es Torge hin. »Du musst völlig ausgetrocknet sein«, sagte sie leise. Kein Spott, kein Mitleid. »Wie hoch hing sie?«, wandte Dorothee sich wieder an Rollo. »Die Wimmers sind zwar kräftig, aber nicht besonders groß. Also wenn sie weit oben war, müssen sie das zu zweit gemacht oder einen anderen Helfer dabeigehabt haben. Ihr dürft mich gern unterbrechen, falls ich mich irre. Aber erstens kann ich mir nicht vorstellen, dass einer von denen auf einem Stuhl herumgeklettert ist. Und zweitens wäre das immer noch ziemlich schwierig, einen schlaffen Körper da hinaufzuwuchten, festzuhalten und gleichzeitig den Kopf in die Schlinge zu kriegen.« Angeekelt schüttelte sie sich. »Die ganze Putzerei hinterher geht natürlich schon allein, aber das dauert entsprechend lange. Gerade bei Ray«, sie stockte, zog eine Schnute. »Blut ist hartnäckig. Aber das wisst ihr doch alles. Elmar ist der Putzfreak, dem trau ich zu, dass er perfekte Sauberkeit hinkriegt, aber der bringt niemanden um. Bei Edgar ist es umgekehrt. Ich glaube nicht, dass ich euch weiterhelfen kann.«

»Oh doch, damit hilfst du uns! Sie müssten also nacheinander am Tatort gewesen sein, um das Angel-Alibi aufrechtzuerhalten. Und mindestens einen weiteren Mann am Start gehabt haben, der wahlweise aktiv vor Ort geholfen oder sie beim Angelverein gedeckt hat. Da tippe ich mal ganz naheliegend auf Klaus-Peter Münch. Und somit ist das Bild wichtig, an das du dich erinnerst, Torge. Ob die Herrschaften wirklich gemeinsam Würmchen baden schicken, lässt sich ja schnell checken.« Während Rollo aufstand wählte er bereits. »Ich setze Florian drauf an und gebe Arno Bescheid.«

»Ich kann auch einfach Manfred fragen, wenn ihr wollt. Das geht sicher noch schneller.«

»Ein Lachs!«, rief Torge unvermittelt und schnellte hoch. Adrenalin flutete seine Blutbahn, vertrieb das Schwanken und die Schwäche aus allen Gliedern. »Das war ein verdammter Lachs, Rollo. Und jetzt weiß ich auch, wo die fehlende Verbindung zu Raymond Jarr ist!«

*

Florian Marschall fand Klaus-Peter Münch unter der Autobahnbrücke an der Nidda. Lebend, zu seiner Erleichterung. Manfred Steinhagen hatte den Verdacht bestätigt, dass der Amtsleiter demselben Angelverein angehörte, wie er selbst und die Wimmerbrüder. Münchs Frau bezeugte sein Alibi und gab den entscheidenden Hinweis zu seinem potenziellen Aufenthaltsort, ehe sie sich einen Nervenzusammenbruch gönnte.

Ohne Angel hockte Münch an seinem Lieblingsplatz und starrte in den Fluss. Die A5 rauschte über ihren Köpfen. Zwei Streifenbeamte positionierten sich abwartend im Hintergrund, während Florian sich neben ihn setzte. Münch machte keine Anstalten zu flüchten oder zu leugnen.

»Das habe ich nicht gewollt«, murmelte er. »Ich habe doch nicht gedacht, dass die Wimmers Frau Kaufmann umbringen! Wenn ich das geahnt hätte, dann …«

»Aber Frau Kaufmann hat Sie nervös gemacht.«

»Sie hat rumgeschnüffelt und war an unseren kleinen Mauscheleien dran. Mein Gott, das war doch nur Geld! Kleine Gefälligkeiten, geschäftliches Entgegenkommen unter Freunden. Ich habe den Wimmers davon erzählt und gesagt, dass wir besser für eine Weile aufhören sollten, bis ich ihre Versetzung durchkriege, wollte sie kurzfristig in den Urlaub schicken, um ein bisschen aufzuräumen.«

»Aber Ihre Partner wollten lieber eine endgültige Lösung, und dann haben Sie gemeinsam einen Mord begangen.«

Florian stand auf und winkte die beiden Uniformierten heran, während er Klaus-Peter Münch über seine Rechte belehrte. »Erzählen Sie mir den Rest auf dem Präsidium.«

»Ich schwöre Ihnen, mit ihrem Tod habe ich nichts zu tun. Dabei hätte ich nie mitgemacht. Dass es Mord war, habe ich erst von Ihren Kollegen erfahren.«

»Das wird Ihnen nicht viel nützen.« Florian Marschall spürte Genugtuung in sich aufsteigen. Höchstpersönlich ließ er die Handschellen zuschnappen. Zum ersten Mal. »Denn als Sie die Wimmers angerufen haben, damit die Ihnen Torge Hansen vom Hals schaffen, wussten Sie sehr genau, wie deren Lösung des Problems aussehen würde.«

*

Rollo parkte den Wagen vor Marion Brünings Villa in Bad Soden und blockierte die Ausfahrt. Die Haustür stand offen, ebenso das Tor und der Kofferraum des *Maybach*. Torge konnte es kaum erwarten, auszusteigen. Die halbstündige Fahrt leicht nach vorn gebeugt verbringen zu müssen, um den Sitz nicht mit dem geschundenen Rücken zu berühren, war denkbar unbequem gewesen. Aber den Preis zahlte er gern. Er rannte fast hinauf zum Eingang. Rollo blieb draußen außer Sicht. Ohne zu klingeln, trat Torge ein, lauschte, wandte sich dann nach rechts zum Büro. Da war es, das Bild mit dem Lachs.

»Herr Hansen?« Die Verblüffung in ihrer Stimme war bereits verschwunden, als Torge sich zu Marion Brüning umdrehte. »Mein Lieblingskommissar«, gurrte sie. »Welch angenehme Überraschung! Haben Sie mich schon wieder vermisst?«

Er rang sich ein Lächeln ab, deutete auf den Fisch. »Da haben Sie einen Mordsfang gemacht, würde ich sagen.«

»Sie wollen mit mir übers Angeln reden?« Mit ihrem geschmeidigen Katzengang kam sie auf ihn zu. Torge rührte sich nicht vom Fleck. Sie sollte ruhig glauben, dass er in ihrem Netz zappelte. »Hm, kann man so sagen.«

Marion Brüning zog einen traurigen Schmollmund und strich mit einem Fingernagel über seine Brust. »Wie schade, dass ich gerade gar keine Zeit habe!«

»Reisepläne?« Im Flur stand ein handlicher Koffer bereit. »Die werden Sie für mich doch wohl ein klein wenig aufschieben können.«

Ihr Zeigefinger schlängelte sich abwärts. »Nun ja, ein Stündchen könnte ich sicher noch für Sie erübrigen.« Sie hakte die rot lackierte Kralle in seinem Hosenbund ein. »Ich schätze, Sie haben überzeugende Argumente?«

»Garantiert. Ich fürchte nur, dass ein Stündchen nicht ausreichen wird.« Ihr Lachen wirkte weit weniger anziehend auf ihn, als bei seinem ersten Besuch. »Sie haben etwas zu viel gewildert in den letzten Wochen und sich dazu die falschen Sportkameraden ausgesucht.« Ihre Pupillen verengten sich zu kleinen Punkten. Sie zog die Kralle zurück. »Wie soll ich es ausdrücken, Frau Brüning? Es sind nicht alle stumm wie die Fische unter Ihren Anglerfreunden.«

Der Stoß gegen die Brust erwischte ihn hart, obwohl er darauf gefasst gewesen war. Torge krachte gegen den Schreibtisch und stöhnte erbost auf. Seine Reaktionsgeschwindigkeit ließ heute wirklich zu wünschen übrig. Die eine Schrecksekunde reichte Marion Brüning aus, um die Bürotür vor ihm zu-

zuwerfen. Torge hastete hinter ihr her über den Flur, doch da drehte sich draußen schon der Schlüssel im Schloss. Fluchend stürzte er zurück ins Büro und zum Fenster, riss den Vorhang beiseite, dann den Flügel auf und kletterte nach draußen. Das Miststück hatte ihn einfach eingesperrt! Und wo zum Teufel steckte Rollo?

Torge stolperte durch das Blumenbeet, schlidderte über den kleinen Hügel abwärts, zerrte am Holster. Die Waffe im Anschlag sprang er in die Garageneinfahrt und erwartete jeden Augenblick, über den Haufen gefahren zu werden. Rollos Wagen vor dem Tor stellte für einen gepanzerten *Maybach* kein echtes Hindernis dar. Doch Marion Brüning stand vor der offenen Autotür, das Gesicht verzerrt vor Wut, beide Hände erhoben. Im Näherkommen sah Torge Rollo auf dem Fahrersitz, ebenfalls mit gezogener Waffe, der sich nun langsam und umständlich aus dem *Maybach* schälte.

»Ich bitte vielmals um Vergebung, aber ich konnte einfach nicht widerstehen«, seufzte er. »Die Chance, in so einem Schmuckstück zu sitzen, kriege ich vermutlich nie wieder.«

Torge grinste. Rollos verklärte Miene strafte jede Entschuldigung Lügen. Es tat ihm garantiert nicht leid, die Dame des Hauses im Fluchtfahrzeug erwartet zu haben.

*

Arno Kessler strahlte höchste Zufriedenheit aus, während er vor versammelter Mannschaft auf und ab schritt. Volker Misskamp beschränkte sich darauf, sich immer abwechselnd die Haare zu tätscheln und den Krawattenknoten glatt zu ziehen. Rollo und Florian hingen entspannt auf ihren Stühlen und lauschten Arnos Worten, zu denen Silvia Eichhorn mit dem bestöckelten Schuh und dem Kinn wippte. Torge stützte die Ellbogen auf die Oberschenkel und betrachtete das rhythmische Wadenwackeln. So viel Einigkeit im Büro war kaum auszuhalten. Doch irgendwie hatten alle mit ihrer Einschätzung des Falles in gewisser Weise richtiggelegen.

Und an anderer Stelle ebenso falsch. Torge grinste. Die falschen Fährten zählten jetzt nicht mehr, und er gönnte Arno den großen Auftritt. Ja, tatsächlich. Er spürte weder Neid noch Missgunst, nur ein leichtes Kribbeln im Nacken, bei dem Gedanken, dass im Abschlussbericht auch sein eigener Alleingang mit fast tödlichem Ausgang erwähnt werden musste. Mit allen deprimierenden Einzelheiten. Sein Grinsen verblasste.

»Ich fasse die Geschehnisse noch einmal chronologisch zusammen: Marion Brüning, Inhaberin der *Guardian Shield Security*, sucht ihren Mitarbeiter Raymond Jarr am Abend des Mordtages in seiner Wohnung auf. Sie will ihm die Kündigung ausreden, die er im Gespräch am Nachmittag – mündlich und somit für uns leider nicht nachweisbar – ausgesprochen hat. Des Weiteren hofft sie, ihn zu Hause endlich verführen zu können und von seiner neuen Flamme – Dorothee Löblich – abzulenken, die der Grund dafür ist, dass er plötzlich sein ganzes Leben umkrempeln und neu anfangen will. Marion Brüning ist seine Zurückweisungen leid. Als er wieder freundlich, aber sehr bestimmt jegliche Annäherungsversuche abblockt, nutzt sie die erste Gelegenheit, ihn kampfunfähig zu machen. Ein Leichtes für die geübte Kampfsportexpertin, zumal ihr Opfer nicht mit einem Angriff rechnet. Er geht zu Boden, und mit ihr gehen die Gefühle durch. Eifersucht, Wut, Enttäuschung. Keine soll diesen Mann mehr haben, wenn sie ihn nicht haben kann. Im Bad, wo sie ihn niedergeschlagen hat, liegt noch das Messer, welches er zuvor zur Nassrasur verwendet hatte. Sie durchtrennt die Kehle mit einem präzisen Schnitt, wie man es bei einem erlegten Stück Wild tut. Verzeihen Sie die unappetitlichen Details, Frau Staatsanwältin, aber so haben es die Herren Wimmer ausgesagt. Anschließend ruft sie in ihrer Not ihre beiden Angelkameraden an, die für sie alle Spuren beseitigen. Womit bewiesen wäre, dass der Landtagsabgeordnete Gottfried Puchinger nicht im Geringsten in diesen traurigen Vorfall involviert war!«

Misskamp und Kessler strahlten um die Wette angesichts der reingewaschenen Politikerseele. Ebenfalls bewiesen war somit, dass er, Torge Hansen, von Beginn an mit dem Tatmotiv Eifersucht richtiggelegen hatte. Aber das musste er nicht betonen. Ihm reichte es, dies zu wissen.

»Sehr schön, Herr Kessler. Verraten Sie mir auch noch den Zusammenhang zum zweiten Todesfall? Ich habe Sie so verstanden, dass Sie auch bei diesem nun gesicherte Erkenntnisse zum Ablauf haben – und von Mord ausgehen.« Die Staatsanwältin wechselte die Beinsortierung. »Haben Sie ein Geständnis von diesem Ordnungsamtsmenschen?«

Ehe Arno sich den nächsten verschnörkelten Satz zurechtlegen konnte, schaltete sich Florian Marschall ein. »Den Münch hat die Geschichte überrollt, der wusste nichts von den Killeraktivitäten der Wimmerbrüder, bis sie Julia Kaufmann erledigt haben. Er hat ihnen nur gesagt, dass seine Mitarbeiterin herumschnüffelt und die Schmiergeldschweinereien im Visier hat.«

Silvia Eichhorn runzelte kritisch die Stirn. Sie schätzte es nicht, wenn man ihre Gesprächsstruktur durchbrach. Torge überlegte nicht lange. Eigentlich hatte er keine Lust auf eine Konfrontation. Nicht einmal, um AK zu ärgern. Aber bevor er zuließ, dass die Eichhorn ihren Unmut an Florian ausließ, übernahm er die Aufgabe lieber doch. Schließlich erwartete man das von ihm, und Florian hatte seine Sache wirklich gut gemacht und keinen Rüffel verdient. Nachlässig schaltete er sich ein, ohne aufzustehen. Er hob nicht mal den Kopf.

»Die Klon-Zwillinge haben die günstige Gelegenheit genutzt, zwei Fliegen mit einer Klappe zu schlagen: Das Mädel musste weg, damit niemand im Zuge der Klüngelnachforschungen auf ihre anderen Aktivitäten stößt. Da haben sie ihr kurzerhand den Mord an Raymond angehängt, weil die hübsche Marion Brüning durch unsere Mordermittlungen nervös geworden ist. Zum Ausgleich musste sie beim Mord an Julia Kaufmann helfen. Die Brüning klingelt an der Tür, weil sie unverdächtiger aussieht, und verschafft den Killerklopsen Zugang zur Wohnung – so sind alle doppelt schuldig und hängen gleichermaßen in der Sache drin. Zusätzliche Rückversicherung, damit beide Seiten dichthalten. Außerdem haben sie so noch einen weiteren Geschäftsabschluss besiegelt. Die feine Securitychefin kennt natürlich haufenweise gut betuchte Leute. Und die haben immer mal Schwierigkeiten, die sie gern unauffällig gegen Bares aus dem Weg haben wollen. Dann schlägt die Stunde der kleinen unauffälligen Problemlöser. Tja, AK, ich würde dann durchaus in Puchingers Umfeld mal nach ungeklärten Todesfällen suchen.«

»Ach Torge«, stöhnte Volker Misskamp ergeben, und in Arnos missbilligendes Schnauben mischte sich unerwartet das Lachen des Eichhörnchens. »Na, so kann man die Sache natürlich auch ausdrücken. Die letzte Bemerkung streiche ich einfach mal aus meinem Gedächtnis. Danke, Herr Hansen, das war die Version für die Fernsehgerichtsshow am Nachmittag. Ich nehme an, in Ihren Berichten und Vernehmungsprotokollen steht das Ganze etwas ausführlicher und sachlicher nachzulesen?«

»Selbstverständlich!« Arno plusterte sich auf und übernahm wieder die Regie, was Silvia Eichhorn zu Torges Überraschung mit genervtem Augenrollen quittierte. Sein Instinkt befand sich offenbar weiterhin im Tiefschlaf. Die kalte Dusche am Nachmittag hatte nur seinen Körper erfrischt. Wenn man das so nennen wollte. Geweckt durch das schmerzhafte Prasseln auf dem Rücken, das jedoch die Erinnerung an seine Angst nicht wegwaschen konnte.

Das widerwärtige Gefühl, ausgeliefert zu sein. Erniedrigt allein durch die aufgezwungene Körperhaltung, die ihn hilflos gemacht hatte. Dazu die Dunkelheit, die Schläge, die Furcht zu ersticken. Keiner der Kollegen wusste davon. Dabei sollte es bleiben.

Torge schaltete für den Rest der Sitzung auf Durchzug und schwieg. Neben dem Papierkram blieben für ihn noch ein paar Kleinigkeiten zu erledigen, die nirgendwo in den Akten auftauchen würden. Dinge, die getan werden mussten, damit er den Fall auch für sich abschließen konnte. Und über die er mit niemandem reden wollte.

*

Mit großen Schritten ging Manfred Steinhagen auf der Terrasse auf und ab. »Ich fasse es nicht, dass sie sich erdreistet haben, mich um Rechtsbeistand zu bitten!« Er konnte sich nicht beruhigen. »Mich! Als ob ich bereit wäre, ihre korrupten Geschäfte vor Gericht schönzureden oder sie am Ende vom Mordverdacht reinzuwaschen.«

Grit zog ihren aufgebrachten Gatten neben sich auf einen Gartenstuhl und kraulte ihm den Nacken. Dorothee saß ihnen gegenüber. Seit einer Viertelstunde hockte sie bei ihrer besten

Freundin, stumm wie der Gummifisch im Büro der Wimmerbrüder, wenn man ihm nicht zu nahe kam. Nicht einmal dieser Gedanke entlockte ihr ein Lächeln. Ihr inneres Gleichgewicht war gründlich durcheinandergeraten. Angst, Freude, Ärger und Trauer ergaben einen unkontrollierbaren Gefühlscocktail, den sie nicht so schnell verdauen konnte. Zum Glück redete Grit die ganze Zeit und nun auch Manfred, der gerade direkt aus dem Präsidium gekommen war, wo sämtliche Verdächtige auf den Haftrichter warteten.

Grit streckte die freie Hand quer über den Tisch und legte sie auf Dorothees eiskalte Finger. »Wie geht es dir denn, Schätzchen? Hast du inzwischen wieder mit Heiko gesprochen?«

Es war Dorothee egal, dass Heiko sich mit Kerstin Hartwig getröstet hatte. Ihre ehemalige Kollegin war nett, zuverlässig und gab vermutlich die perfekte Arztehefrau ab. Gut möglich, dass sie genau die Richtige für ihn war. Treu ergeben und dankbar, würde sie den einmal gemachten guten Fang garantiert nicht aufs Spiel setzen. Nicht so wie sie.

»Heiko war wirklich mein kleinstes Problem in den letzten Tagen«, seufzte sie.

»Das ist mir schon klar, aber von den anderen Problemen hast du mir ja nichts erzählt.«

Dorothee überhörte den leichten Vorwurf.

»Heiko hätte ich sofort verteidigt«, warf Manfred dazwischen. »Auch wenn sie Mordanklage gegen ihn erhoben hätten. Er ist so unschuldig, wie man nur sein kann. Das habe ich immer gewusst!«

Unschuldig und lammfromm, ja genau, das war einer der Gründe, warum es mit ihnen nicht funktioniert hatte. Dorothee schaute an Manfred vorbei, der sich die Krawatte vom

Hals zerrte und das Hemd aufkrempelte. Eine leichte Dunstglocke lag über der Stadt, drückte die Hitze zwischen die Häuser, aber ihr wurde heute trotzdem nicht mehr warm. Um die Kälte und die Angst zu vertreiben, die sich im Kellergewölbe des *Jerome* in ihr niedergelassen hatten, brauchte es mehr als ein bisschen Sommersonne.

»Edgar und Elmar dagegen haben mir Dinge erzählt, ich kann es immer noch nicht glauben. Keine Spur von Schuldbewusstsein! Und ich habe mir eingebildet, sie zu kennen. Sportsfreunde, genau wie Klaus-Peter vom Ordnungsamt. Ordnungsamt und Mord, das muss man sich mal vorstellen. So ein korrekter Mensch, dachte ich immer.«

Grit kraulte weiter, während Manfred in dumpf brütendem Kopfschütteln versank. Der Angelsportverein musste sich infolge akuten Mitgliederschwunds wohl grundlegend neu orientieren.

»Ein bisschen sauer bin ich schon, dass du mir nicht gleich von deinem Verdacht gegen die – wie hast du sie genannt? – Klonbrüder berichtet hast. Und auch nichts von Rays Liebeserklärung und die Wahrheit über unsere beiden knuffigen, aber falschen Drogenfahnder.« Sie wirkte allerdings keineswegs verärgert. Ihre Augen glühten vor Aufregung.

Dorothee konnte Grits Genuss an der Geschichte nicht nachvollziehen. Es war eben doch etwas anderes, wenn man mittendrin gesteckt hatte. Beängstigend; real und unwirklich zugleich.

»Was ist mit dieser Frau, die Raymond umgebracht hat, Manfred? Sehe ich das richtig, dass du die auch kennst?«

Einen Augenblick hielt er inne, ehe aus dem Schütteln ein Nicken wurde. »Umgebracht haben soll. Ja, in der Tat, auch sie zählte ich bis vor Kurzem zu meinen Anglerkumpeln. Im

Gegensatz zu den Männern redet Marion Brüning aber nicht. Die Wimmers belasten sie schwer, aber sie schweigt. Selbst mir gegenüber. Keine Sorge, Dorothee, ich habe auch ihre Vertretung abgelehnt. Vermutlich hofft sie, dass ein Prozess, der nur auf Indizien und Aussagen von geständigen, aber uneinsichtigen Mördern beruht, zu ihren Gunsten ausgeht. Sie ist offenbar sicher, dass es keine Beweise gegen sie gibt.«

Grit seufzte demonstrativ. »Die werden die blöde Trulla schon nicht laufen lassen, wenn sie eine Mörderin ist. Darum hört ihr beide jetzt auf der Stelle auf, Trübsal zu blasen! Wir wollten schließlich gemeinsam feiern, dass Dorothee alles gut überstanden hat.« Sie sprang auf, ließ wie geplant den Sektkorken knallen und füllte drei Gläser. »Auf das Leben und die Zukunft!«

Dorothee rang sich ein Lächeln ab. Auf die Zukunft! Was auch immer die für sie vorgesehen haben sollte. Sie musste nun wohl endlich erwachsen werden. Ankommen und bleiben. Dabei fürchtete sie nichts mehr als Stillstand und Langeweile. Seufzend hob sie das Glas.

Sie stießen an, und Grit legte sich bäuchlings quer über den Tisch, klimperte mit den Augenlidern und säuselte: »Bitte, bitte, Dorothee, erzähl mir noch mal den Showdown. Torge Hansen, halb nackt und in Ketten – man, da wäre ich zu gern dabei gewesen!« Aufreizend leckte sie sich über die Lippen und wackelte mit den Hüften.

Wider Willen lachte Dorothee und schob für den Augenblick ihre wahren Gefühle beiseite, die die Erinnerung mit sich brachte. Manfred gab Grit einen Klaps auf den Hintern, den diese mit einem wohligen Schnurren quittierte.

»Oh ja, weiter so! Ich bin ein unartiges Mädchen. Schlag mich, beiß mich, gib mir Tiernamen!«

Und der brave Manfred folgte der Aufforderung. Mit dem nächsten Klaps beugte er sich vor und flüsterte Grit ein lautes »Goldhamster« ins Ohr.

Dorothee rollte mit den Augen. Bei solchen Freunden musste die Seriosität des Alters wohl doch noch ein Weilchen auf sie warten.

Mittwoch

Der Waldweg staubte unter seinen Füßen. Torge folgte seinem eigenen Schatten, der lang ausgestreckt vor ihm über den Boden glitt. Am See müsse er suchen, hatte Guntram gesagt, während Hiltrud noch völlig sprachlos die Blumen in ihren Armen bestaunt hatte. Torge fehlten die Worte, um sich anständig zu bedanken. Aber die beiden Camper verstanden ihn auch so. Genau wie Ronny Schulze, den er am vergangenen Abend auf ein gemeinsames Bier besucht hatte, in Gedenken an Raymond Jarr und auf den abgeschlossenen Fall.

Wieder einmal hatte er nicht geschlafen, sondern die halbe Nacht im Büro verbracht und Berichte getippt. Danach war er in Raymonds Wohnung gefahren, um sich am Morgen mit dessen Bruder zu treffen. Ein Job, um den sich erwartungsgemäß keiner der Kollegen gerissen hatte. Torge hatte sich freiwillig gemeldet, ohne eine Erklärung zu geben. Seine Gründe gingen niemanden etwas an.

Dorothee saß im hohen Gras am Ufer, mit feuchten Haaren und sandigen Füßen, eingewickelt in ein Badetuch.

»Darf ich?«

Dorothee nickte, ohne aufzuschauen. Er zog die Schuhe aus und setzte sich. Die meisten Badegäste machten sich auf den Heimweg. Aufbruchstimmung, unterlegt mit Fahrradklingeln, Hundegebell, Kinderstimmen. Würstchenduft von irgendwoher, Grillkohlewolken. Über dem Wasser tanzten Mücken.

»Mach es kurz, Torge. Wenn ich ehrlich bin, habe ich keine

Lust zu reden. Also sag einfach, was du willst. Du bist ja nicht ohne Grund hier, oder?«

Ihr ruppiger Ton warf seinen Plan über den Haufen. Dann eben nicht. Sie wollte es nicht anders.

»Eigentlich suche ich ein freundliches Wesen, das mir die Wunden leckt.«

Dorothee schnaubte. »Dann bist du hier falsch. Wie du siehst, ist Grit nicht da.«

»Was soll ich mit Grit – ich dachte, du bist die Arzthelferin, oder?«

»Ich habe aber keine Lust auf Doktorspiele, Herr Kommissar.«

»Du bist also doch sauer auf mich«, stellte Torge scharfsinnig fest. »Seit wann weißt du es eigentlich?«

»Dass Rollo und du keine Drogenfahnder seid? Seit Montag.« Sie rupfte Grashalme in Fetzen. »Ich dachte, die Wimmers töten streunende Hunde, und wollte mich bei Rollo auskotzen und Rat einholen. Da bin ich ins Präsidium gefahren. Danach war ich auf euch noch viel wütender als auf die Wimmers. Ausgekotzt habe ich mich abends bei Hiltrud und dann mein Handy bei ihr vergessen.«

»Was letztlich ein Segen war.« Torge knetete seine Hände. »Ohne die Pudellady hätten wir alt ausgesehen.«

»Richtig. Und nein, eigentlich bin ich nicht sauer auf dich. Ich werde nur gerade nicht vom Glück verfolgt. Auch wenn der Fall jetzt aufgeklärt ist und ich den Verdacht los bin, einen Menschen ermordet zu haben. Zwei Menschen, um genau zu sein. Es fühlt sich auch nicht wirklich toll an, stattdessen ein Mordmotiv gewesen zu sein!«

Dorothee als Mordmotiv. In gewisser Weise stimmte das. Dass Raymond sich in sie verliebt hatte, hatte Marion Brüning den Rest gegeben. Torge zog einen Umschlag aus der Hemdtasche und hielt ihn ihr hin. Vielleicht war es kein guter Moment, die Botschaft zu überbringen, aber ein besserer würde vermutlich nicht kommen. »Von Rays Bruder, für dich. Er ist noch ein paar Tage in Frankfurt und möchte dich gern kennenlernen.«

Dorothee warf nur einen kurzen Blick in das Kuvert, in dem ein Foto von Raymond und eine Visitenkarte steckten, dann schüttelte sie den Kopf.

»Keine gute Idee, glaube ich. Es tut nur länger weh, wenn man dauernd daran denkt, was hätte sein können und was man verloren hat. Aber es hilft nicht.« Sie gab ihm den Umschlag zurück.

»Du willst nicht mal das Bild behalten?«

»Jetzt hältst du mich für herzlos, was? Bitte sei nicht beleidigt, es ist nett, dass du es mir mitgebracht hast. Aber tatsächlich habe ich Ray kaum gekannt, und ich will nicht ewig leiden.« Einen Moment schwieg sie, ehe sie hinzufügte: »So wie du.«

»Ich verstehe nicht, was du meinst.«

Zum ersten Mal, seit er neben ihr saß, wandte sie ihm ihr Gesicht zu. »Deine Schwester. Was auch immer passiert ist, muss lange her sein, aber du kannst nicht loslassen.«

Er konnte ihre Verwirrung verstehen, als er zu lachen begann, während er den Ring aus der Hosentasche pulte und ihn ihr dann in die Hand drückte.

»Du meinst deswegen?« Dorothee nickte stumm. »Ich war sieben, und sie war fünf«, begann er langsam zu erklären. »Wochenlang sind wir um den Kaugummiautomaten geschlichen. Sie wollte den Ring unbedingt. Sobald wir einen Groschen in die Finger kriegten, drehten wir das Rad, und jedes Mal kamen wir dem Objekt der Begierde ein bisschen näher. Ich habe sogar versucht, den Kasten zu knacken, hat aber nicht geklappt. Und irgendwann lag er da, glitzernd und rosa –, und ich wollte ihn nicht hergeben. War mir völlig egal, dass ich ein Junge bin; ich fand ihn einfach wahnsinnig schön.« Dorothee schluchzte neben ihm auf, und er beeilte sich weiterzureden. »Nein, nicht doch! Die Geschichte ist nicht traurig. Ich habe ihn ihr gegeben und ab und zu wieder geklaut. Irgendwann war er nicht mehr interessant und jahrelang verschollen. Dann ist er in einer Kiste wieder aufgetaucht, und ich habe ihn ihr zum achtzehnten Geburtstag auf die Torte gepappt. Mitten rein in die Sahne.« Er zuckte die Schultern. »Tja, und vor einem halben Jahr ist sie weg, um einen Australier zu heiraten und Schafe zu züchten. Zum Abschied hat sie ihn mir dagelassen.«

»Was?« Das Wort klang fassungslos und in der Wiederholung ein wenig vorwurfsvoll. »Was? Sie lebt und ist …«

»Ausgewandert. Wir haben zusammen in einer WG gewohnt, und ich sitze seitdem einsam auf gepackten Kartons, weil ich in eine kleinere Wohnung umgezogen bin.«

Dorothee ließ sich rücklings ins Gras fallen und krümmte sich vor Lachen.

»Du Blödmann!«, keuchte sie. »Du dämlicher fieser Blödmann! Wie kannst du mir das antun? Ich habe die ganze Zeit gedacht, sie ist gestorben, und du trauerst, und ich habe fast schon daran geglaubt, dass du tatsächlich ein sensibles Kerlchen bist!«

»Bin ich doch auch«, murmelte er und wusste nicht recht, wie er ihre Reaktion einordnen sollte. »Sie fehlt mir, darum habe ich den Schmetterling immer dabei.«

Dorothee kicherte immer noch, und er versuchte schnell, das Thema zu wechseln. »Wie geht es jetzt bei dir weiter?«

»Keine Ahnung. Ich muss mir ebenfalls eine neue Wohnung suchen. Aber das hat Zeit bis zum Winter. Erst mal bleibe ich hier auf dem Campingplatz.«

»Deinen Job bist du ja nun auch wieder los.«

»Danke, dass du mich daran erinnerst!« Sie verpasste ihm einen leichten Schlag auf den Rücken, der ihn zusammenzucken ließ. Hastig richtete Dorothee sich auf. »Sorry, hatte ich vergessen. Lass mal sehen.« Sie schob sein Hemd ein wenig nach oben und stieß beim Anblick der dicken roten Striemen zischend die Luft aus. »Oha. Das sieht nicht gut aus.« Ihre Hand blieb auf seiner Haut liegen, warm und sanft, strich ganz vorsichtig ein wenig auf und ab. »Und was planst du für die Zukunft?«

Torge zögerte. Die Hand fühlte sich gut an. Verdammt gut. »Wenn ich darf, bleibe ich auch.« Fragend wandte er den Kopf. »Nicht bis zum Winter, aber vielleicht bis zum Frühstück?«

Sie legte ihr Kinn auf seine Schulter und grinste. »Aber nur, wenn du versprichst, nicht wieder einzuschlafen.«

Nachwort der Autorin, Erläuterungen und Dank

Die Figuren und Ereignisse in diesem Roman sind frei erfunden. Ähnlichkeiten mit realen Personen – lebenden oder toten – sowie mit tatsächlich existierenden Ämtern und Institutionen wären reiner Zufall.

Und da Ausnahmen die Regel bestätigen, sei hier ganz speziell Christian erwähnt, hochgradig echter Chef im *Jerome*, als dieses noch das Frankfurter Nachtleben bereicherte.

Des Weiteren haben mir zwei nette Menschen freundlicherweise ihre Namen zur Verfügung gestellt, die definitiv nicht das Geringste mit den Protagonisten gemeinsam haben: Marion Brüning und Silvia Eichhorn.

Das Geschäft *Sündige Mode* findet der neugierige Leser auch heute noch im Herzen Frankfurts, wohingegen der Campingplatz und seine Bewohner meine Schöpfung sind. Allerdings gibt es einen Ort ganz in meiner Nähe, der mich durch seine besondere Lage deutlich inspiriert hat.

Bedanken möchte ich mich außerdem noch bei Ulrike Gerstner, Alexandra Panz, Christina Knorr und dem gesamten Team meines Verlages Egmont LYX, meiner Lektorin Dr. Marion Heister und natürlich bei meinem Agenten Dr. Michael Wenzel.

Der größte Dank gebührt – wie immer – meinem Mann, der Leser, Kritiker und Recherchehelfer zugleich ist, geduldig meinen Gedankensprüngen folgt und ohne den mein Leben nicht so wäre, wie es ist: glücklich.

Mit herzlichen Grüßen
Ihre Brigitte Pons

Leseprobe

BRIGITTE PONS
Celeste bedeutet Himmelblau
Frank Liebknecht ermittelt

Samstag, 16. Juli, Borntal, 11:45 Uhr
– Frank Liebknecht –

Die feuchte Erde verstopfte schon nach wenigen Metern das Profil seiner Schuhe. Zwischen den blühenden Kartoffelpflanzen hindurch bahnte Frank Liebknecht sich einen Weg quer über den Acker den Hügel hinauf. Sein Fahrrad lag hinter ihm im Straßengraben. Bei jedem Schritt klatschte ihm das tropfende Kraut gegen die nackten Waden, und er fragte sich, warum er nicht auch das letzte Stück um den Acker herumgefahren war. Am Feldrand hätte er bequem über die Obstwiese laufen können. Dafür war es jetzt zu spät. Er schob die Sonnenbrille zurecht und wappnete sich innerlich gegen Brunhildes unvermeidlichen taxierenden Blick. Sie musste kein Wort sagen, damit er sich unbeholfen vorkam. Das Hochziehen ihrer Augenbrauen genügte. Dann würde sie vermutlich lächeln, freundlich und ein wenig mitleidig, und dabei den silbergrauen Schopf zur Seite neigen. Er atmete tief durch. Mit den Fingern der linken Hand simulierte er ein paar fetzige Gitarrenriffs zur Beruhigung.

Im Schatten eines Apfelbaums erkannte er Brunhilde, die auf einen Mann einredete. Unmittelbar daneben stand der Streifenwagen. Seine Kollegin hatte keinen Umweg gemacht und keinen Kompromiss und war bis auf wenige Meter herangefahren. Irgendwie hatte die Frau es echt drauf. Frank ließ den letzten Akkord in seinem Kopf ausklingen und schob sich die braunen Locken hinter die Ohren. Von optischer Seriosität war er dennoch meilenweit entfernt.

»Gut, dass du da bist«, empfing ihn Brunhilde Schreiner und sah tatsächlich erleichtert aus. Ihre Augenbrauen bewegten sich nicht. »Das ist Herr Wörner. Er hat mich angerufen.«

Die funktionale Trekkingbekleidung wies Wörner als Profi im Gelände aus, für alle Fälle gerüstet.

»Und das ist mein Kollege Frank Liebknecht.«

»Vielen Dank, dass Sie uns sofort informiert haben.« Frank streckte Wörner die Hand entgegen und sparte sich eine Erklärung für seinen Aufzug. Es war Samstagmittag; dass er gerade nicht im Dienst gewesen war, als Brunhilde ihn zum Einsatz beordert hatte, konnte man sich denken.

»Frau Wörner habe ich in den Streifenwagen gesetzt. Sie ist ein bisschen mitgenommen.« Brunhilde deutete über ihre Schulter, während Wörner Franks Hand kräftig schüttelte. In seinen Augen lag keine Spur von Unbehagen. Offensichtlich brachte ihn nicht einmal der Fund einer Leiche aus der Fassung.

»Mein GPS hat mir gesagt, dass wir hier abkürzen können – wir waren auf dem Weg nach Laudenbach und dann wollten wir an den Main. Tja, und da lag er.«

Frank drehte sich um und folgte dem ausgestreckten Arm mit den Augen. Unweit der Stelle, an der er selbst durch den Kartoffelacker gestapft war, sah er eine unförmige Erhebung zwischen den Furchen, die ihm zuvor nicht aufgefallen war. Fragend schaute er Brunhilde an. »Bist du sicher, dass er tot ist?«

»Mehr als sicher.«

»Da waren schon Viecher dran. Die haben ihn angefressen«, erklärte Wörner unbeeindruckt.

»Doktor Kreiling ist unterwegs, um den Tod offiziell festzustellen.« Brunhilde bedeutete Frank mit Handzeichen, sich selbst ein Bild zu machen.

Doch er blieb neben ihr stehen und schaute hinüber zum Wagen, in dem zusammengesunken Wörners Frau kauerte.

»Zu reanimieren braucht Kreiling den Mann jedenfalls nicht mehr«, fuhr Brunhilde fort. »Herr Wörner, Sie dürfen sich jetzt gerne um Ihre Gattin kümmern. Sie kann Ihren Beistand bestimmt ganz gut brauchen. Sobald es ihr besser geht, können Sie weiterziehen. Ihre Aussage und die Adresse habe ich ja.«

Unschlüssig betrachtete Frank die abgeknickten Kartoffelpflanzen, dann hob er langsam den Zeigefinger. »Moment noch, Herr Wörner. Haben Sie eine Ahnung, wer der Mann ist?«

»Ich? Woher sollte ich den denn kennen? Wir sind ja nicht von hier. Kommen nur manchmal zum Wandern in die Gegend.«

»Haben Sie den Toten angefasst?«

»Nein!« Jetzt klang Wörner zum ersten Mal entsetzt. »Ich fasse doch keine Leiche an.«

»Das heißt, Sie haben ihn genau so gefunden, wie er jetzt daliegt, und nichts verändert?«

Wörner zögerte und schob den Unterkiefer vor und zurück. »Na ja, ich habe nur so mit dem Stock …« Er pikte mit einem seiner Teleskopstöcke in Richtung Boden. »Geschubst habe ich ihn, ob er sich noch bewegt. Und dann umgedreht, auf den Rücken. Vorher hat er auf der Seite gelegen, also halb auf dem Bauch. Aber sonst habe ich nichts gemacht.«

Frank schnaubte verärgert. *Nichts gemacht.* Nur einmal um den Toten herumgetanzt, mit seinen dicken Wanderstiefeln. Und die Lage der Leiche verändert. Damit gab es dann wohl keine Originalspuren mehr, auf die er Rücksicht zu nehmen brauchte.

»Ich musste doch nachsehen, was los ist«, verteidigte sich Wörner.

»Schon in Ordnung.« Brunhilde beschwichtigte ihn freundlich. »Der Mensch hat es ja nicht täglich mit Toten zu tun, nicht wahr? Das ist gar kein Problem. Aber vielleicht bleiben Sie dann doch besser noch einen Moment. Falls meinem Kollegen noch mehr Fragen einfallen.«

Kein Problem. Na klar. Gar kein Problem! Wenn der Kerl nicht mit einem eindeutigen Herzinfarkt zusammengeklappt war, sondern Doktor Kreiling nur den geringsten Zweifel an einem natürlichen Tod äußerte, dann wimmelte es hier in Kürze nur so von Kommissaren der Kriminalpolizei und Mitarbeitern der Spurensicherung aus der Stadt. Und die Landeier hatten mal wieder ganze Arbeit geleistet beim Vernichten von Beweismaterial. Für Brunhilde war das kein Problem. Die stand da lässig drüber, mit einem Schulterzucken. Keine Aufregung wert, die Angelegenheit. Die Kriminalkommissare kamen und gingen auch wieder, so sah sie das Ganze. Sollten sie doch denken, was sie wollten. Nur er schwitzte schon jetzt bei der Vorstellung. Matuschewski würde dabei sein. Und bei seinem Glück auch Neidhard.

»Danke, aber im Augenblick habe ich keine Fragen mehr an Sie, Herr Wörner. Den Toten schau ich mir gleich an. Aber zuerst sehe ich mal nach Ihrer Frau.« Die Aussage eines zweiten

Zeugen konnte möglicherweise aufschlussreicher sein, vor allem, wenn er nicht durch den danebenstehenden Ehepartner beeinflusst wurde. Frank joggte die paar Schritte zum Streifenwagen.

»Frau Wörner?«

Die Angesprochene nickte, ihre Unterlippe zitterte, und sie tupfte sich verlegen die Augenwinkel.

Frank stellte sich vor und setzte sich neben sie in der offenen Autotür auf die Trittleiste. »Sie waren dabei, als Ihr Mann die Leiche entdeckte?«

Frau Wörner schluchzte auf, brachte aber kein Wort heraus.

»Und Sie haben sie auch angesehen?«

Frank konnte ein schwaches Nicken erahnen.

»Ich weiß, das ist schwer für Sie, aber es ist wichtig, dass Sie genau überlegen. Ist Ihnen irgendetwas aufgefallen an dem Toten oder in der direkten Umgebung?« Geduldig wartete Frank, bis sie sich einigermaßen unter Kontrolle hatte. »Jede Kleinigkeit kann von Bedeutung sein.«

»Die Augen«, wisperte sie. »Es war so schrecklich, als mein Mann ihn umgedreht hat. Wie er sich bewegt hat, fast lebendig, aber doch irgendwie eher so wie eine Gummipuppe. Und dann habe ich in die Augen gesehen. Und dann nichts mehr. Ich bin weggerannt und habe …« Sie verbarg ihr Gesicht in den Händen und rang verzweifelt nach Atem.

Frank konnte riechen, dass sie sich übergeben hatte.

»Es ist vorbei«, versuchte er sie zu trösten. »Sie müssen das nie wieder sehen. Ich schicke Ihnen Ihren Mann, und dann«, er kramte im Handschuhfach und fand eine Tüte Pfefferminzbonbons, »dann lutschen Sie eines hiervon. Das beruhigt.«

Aufmunternd nickte er ihr zu, ehe er sie allein ließ und sich dem Toten näherte.

Langsam ging Frank neben dem Leichnam in die Hocke. Die Kleidung des Mannes war alt und abgetragen, aber vollständig. Gezielt atmete Frank dreimal in die Körpermitte, ehe er den Toten einer genaueren Betrachtung unterzog. Vielleicht hätte er sich vorher auch ein Pfefferminz gönnen sollen.

Die Augen. Er verstand nun, was Frau Wörner so aus der Fassung gebracht hatte. Sie waren nicht mehr da. Fraßspuren entstellten das ganze Gesicht. Nicht gerade das, was man auf nüchternen Magen sehen wollte. Eine Identifikation durch bloße Betrachtung war somit ausgeschlossen. Auch der Bauch des Mannes wies auf der linken Seite eine große Wunde auf. Unwillkürlich sog Frank die Luft durch die Zähne.

Brunhilde war hinter ihn getreten und schaute ihm über die Schulter. »Alles okay mit dir?«

»Ja. Ja klar.« Er wippte auf den Zehenspitzen auf und ab und federte dann nach oben. »Ist nicht meine erste Leiche. Was machen wir mit Herrn Wörner?«

»Gar nichts, der ist sich selbst Programm genug und genießt die Show.«

Auf Brunhildes Anweisung war Wörner unter dem Apfelbaum stehen geblieben. Von dort aus beobachtete er sie neugierig. Er machte weiterhin keine Anstalten, sich um seine Frau zu kümmern.

»Ich habe vorhin schon mal in die Taschen des Toten geguckt. Ausweis hat er keinen bei sich, aber einen Schlüsselbund. Der kann uns sicher noch weiterhelfen. Jetzt sichern wir zuerst mal den Fundort und sperren weiträumig ab. Komm mit.« Brunhilde holte ihr Handy hervor und ging gemächlich Richtung Wagen. »Auch wenn Kreiling beleidigt sein wird, schätze ich, dass wir nicht mehr auf sein Urteil warten müssen und die Erbacher Kripo gleich anrufen können. Das ist zumindest ein Unfalltod.«

Widerwillig stimmte Frank ihr zu. Es nutzte nichts, das Unvermeidliche hinauszuzögern. Immerhin hatte er noch mit einem kleinen Trumpf aufzuwarten. »Mach das. Ich habe zwar keine Ahnung was passiert ist, aber ich denke, ich weiß, wer unser Toter ist.«

Innerhalb der nächsten halben Stunde trafen nacheinander Doktor Kreiling und eine Handvoll missmutiger Kollegen aus der Kriminalinspektion Odenwald ein, deren Wochenendplanung sich gerade erledigt hatte. Obwohl der Juli viel zu feucht und zu kühl war, nutzte fast jeder das Wochenende zum Grillen und vertrieb sich die bundesligafreie Zeit mit den Spielen der Frauenfußballweltmeisterschaft. Frank hatte zwischenzeitlich den Fundort markiert und dann sein Fahrrad geholt, das nun an einem Baum lehnte. Er stand daneben, als ob es ihm Deckung geben könnte sowie eine Rechtfertigung für seinen Aufzug. Seht her, ich hatte auch frei, genau wie ihr. Obwohl es sich bei dem Rad um ein offizielles Dienstfahrzeug handelte. Beamter des besonderen Bezirksdienstes in der Anlernphase. Der Schutzmann an der Ecke, der Dorfschupo. Das war in den Augen der anderen wahrscheinlich schon lächerlich genug. Warum zum Teufel hatte er im Halbschlaf ausgerechnet die Bermudas mit den hawaiianischen Blumen greifen müssen, um zum Leichenfund auszurücken?

Brunhilde spürte seine Anspannung und boxte ihm aufmunternd gegen die Schulter, während die Ermittler aus ihren Autos kletterten. »Jetzt entspann dich doch. Wir überlassen denen die Drecksarbeit, dann sind sie glücklich. Jedem das, was er verdient. Wir zwei Hübschen sollten uns nicht mit halb verwesten Leichen rumärgern müssen.«

Als höherrangige und dienstältere Beamtin begrüßte sie die

Kollegen und übernahm die Kommunikation, während Frank zunächst Herrn Wörner beaufsichtigte, damit dieser niemandem in die Quere kam oder sich ungefragt einmischte.

Doktor Kreiling machte ein saures Gesicht und schnauzte Frank stellvertretend für alle anderen an, als er mit dem Toten fertig war. »Wenn die sowieso mit dem ganz großen Zirkus anreisen, hätten sie auch gleich einen Rechtsmediziner mitbringen können. Wozu braucht ihr dann noch einen alten Mann wie mich?«

Frank verkniff sich die zustimmenden Worte, die ihm auf der Zunge lagen. Noch einer, der lieber sein Verdauungsschläfchen nach dem Mittagessen gehalten hätte, als sich um eine Leiche zu kümmern. Kreiling sollte ohnehin schon längst nicht mehr praktizieren. Alles, was über eine deutlich hörbare Erkältung hinausging, konnte der kurzsichtige Arzt nicht mehr diagnostizieren, geschweige denn behandeln. Aber für viele seiner Patienten war er die einzige Anlaufstelle und der Weg in die nächste Stadt mit dem Bus einfach zu weit. Darum machte Kreiling weiter und erfreute sich großer Beliebtheit.

»Konnten wir doch vorher nicht wissen, Herr Doktor, was da draus wird«, entschuldigte Frank sich halbherzig.

Mühsam schaukelnd setzte Kreiling seinen Weg hangabwärts über die unebene Streuobstwiese fort. Fehlte nur noch, dass der jetzt in eines der tausend Karnickellöcher trat und sich den Fuß verknackste.

Frank fluchte leise und folgte ihm. Mit ein paar schnellen Schritten hatte er Kreiling eingeholt. »Warten Sie, lassen Sie mich die nehmen.« Er griff sich die schwere, altertümliche Arzttasche. »Ich begleite Sie zum Wagen. Und danke noch mal, dass Sie gekommen sind.«

Besorgt verfolgte Frank kurz darauf das Wendemanöver des

PS-starken BMW. Aber fahren konnte Kreiling eindeutig besser als laufen.

Dicht neben seinem Ohr hörte er plötzlich Marcel Neidhard flüstern: »Echt cooler Job, muss ich schon sagen. Taschenträger beim Landarzt. Mein Lieb-er-Knecht.«

Tolles Wortspiel. Frank vermied es, Neidhard anzusehen. Er spürte ein Ziehen unterhalb des linken Rippenbogens.

»Mir gefällt es hier«, antwortete er gepresst. Aber seine Stimme klang längst nicht so überzeugt, wie er gehofft hatte.

Brunhilde winkte ihn vom Kartoffelacker aus mit beiden Armen zu sich. Er hob die Hand zur Bestätigung, dass er sie gesehen hatte. »Ja, mir gefällt es hier«, wiederholte er und schaute an sich hinunter zu den bunten hawaiianischen Blüten auf seiner Hose. »Und die coolere Dienstkleidung habe ich auch.« Damit ließ er Neidhard stehen und sprintete quer über die Wiese.

Das Laufen tat ihm gut, befreite ihn für einen kurzen Moment von lästigen Gedanken. Sollte Neidhard sich doch mit der Gammelleiche herumschlagen, wenn ihm das Spaß machte.

»Was gibt es, Frau Schreiner?« An Brunhildes Seite stand der leitende Kommissar, weshalb Frank sie nicht wie sonst mit dem Vornamen ansprach.

»Du hattest eine Idee zu dem Toten, und die möchte Kriminalhauptkommissar Brenner gern hören.«

Brenner hatte sich bei Franks Ankunft umgedreht, lächelte ihn nun an und kniff ein Auge zu. »Moment, ich hab es gleich. Frank, nicht wahr? Aber den Nachnamen hab ich vergessen.«

»Liebknecht«, half Frank weiter und fühlte trotz der freundlichen Begrüßung schon wieder beklemmende Unsicherheit. »Aber Frank ist schon in Ordnung.«

»Wir kennen uns aus Darmstadt. Ich habe dort einige Seminare gehalten«, fügte Brenner zu Brunhilde gewandt hinzu. »Dann lass mal hören. Wer ist der Tote?«

»Na ja, ganz sicher weiß ich es nicht. Aber die Leiche muss schon eine Weile daliegen, nicht erst seit zwei, drei Tagen. Eher zwei bis drei Wochen. Da ist es doch seltsam, dass niemand den Mann früher gefunden hat. Ich weiß, hier am Feld geht kein offizieller Weg durch. Aber dem Bauern hätte der Tote auffallen müssen. Allerdings sieht der Acker aus, als ob sich schon länger keiner mehr darum gekümmert hätte. Zwischen den Pflanzen ist alles voller Unkraut, da hat keiner geharkt.« Er brauchte keinen Spiegel, um zu wissen, dass seine Ohren feuerrot glühten. »Meine Eltern haben auch ein paar Reihen Kartoffeln hinterm Haus; daher weiß ich …« Er unterbrach sich. »Na ja, jedenfalls bin ich deshalb der Meinung, dass der Tote der Bauer selbst sein muss.«

Brenner rieb sich die Nase. »Und warum hat ihn keiner vermisst?«

»Das kann ich erklären«, schaltete Brunhilde sich ein. »Die Felder hier auf der Lichtung gehören alle zum Brettschneiderhof. Das ist der da hinten am Waldrand. Von dort sind es nur noch ein paar Hundert Meter bis zur Grenze nach Bayern. Auf dem Hof lebt nur noch der Theodor. Oder lebte, wenn er das wirklich ist. Und das könnte schon gut sein.«

»Dann sollten wir das doch als Erstes überprüfen. Ich schicke am besten …«

»Uns«, unterbrach ihn Brunhilde und hob dabei entschuldigend die Achseln. »Schicken Sie uns. Mal angenommen, Theodor ist nicht unser Toter, dann sollten wir ihm auf jeden Fall ein paar Fragen stellen. Aber der Brettschneider ist ein grober Klotz und, ich will es mal wohlwollend formulieren, ein Einsiedler. Mich kennt er, und den Frank hat er wahrscheinlich auch schon im Dorf gesehen. Aber er redet praktisch mit niemandem, und wenn Fremde auf dem Hof auftauchen, macht er gar nicht erst auf.«

Brenner schaute über die Felder in die von Brunhilde angegebene Richtung. Undeutlich erkannte Frank die Umrisse eines Gehöfts, die mit den angrenzenden Bäumen am Hang zu einer dunklen Masse verschmolzen.

»Einverstanden.« Brenner grinste. »Von einem Eremiten aufs Korn genommen zu werden, der ihm am Ende noch den Hofhund auf den Hals hetzt, das ist sicher nicht nach Neidhards Geschmack.«

Minuten später saß Frank neben Brunhilde im Auto, die kräftig aufs Gaspedal trat.

»Na, wie habe ich das gemacht?« Sie feixte. »Die dürfen weiter über den schlammigen Acker kriechen, und wir gucken mal, ob der Brettschneider noch schnauft.« Sie musterte Frank von der Seite. »Spuck's schon aus. Was ist heute los mit dir? Du hast nicht nur zu wenig Schlaf gekriegt, du hast ein Problem mit den Erbacher Kollegen. Wieso?«

Der Streifenwagen krachte durch die Schlaglöcher der schmalen Straße, die sonst nur von landwirtschaftlichen Fahrzeugen genutzt wurde.

»Neidhard kenne ich von der Polizeischule, und mit Matuschewski von der Spurensicherung hatte ich auch schon mal dienstlich zu tun. Reicht es, wenn ich dir sage, das sind Arschlöcher?«

Brunhilde lachte. »Schön, dass du das so präzise formulierst. Ich kenne dich jetzt gute drei Monate, Frank. Wenn du sagst, das sind Arschlöcher, dann glaub ich es. Und zum Stichwort glauben«, sie malte Anführungszeichen in die Luft, ergriff dann aber schnell wieder mit beiden Händen das Lenkrad, »du solltest endlich anfangen, an dich zu glauben. Du hattest sicher deine Gründe, aus Darmstadt wegzugehen. Und mein Nachfolger zu werden, wenn ich in Pension gehe, ist nicht der schlechteste Job. Die Leute hier werden sich schon noch an dich gewöhnen.« Sie tätschelte ihm mütterlich das Bein. »Aber an die Hose gewöhnen sie sich sicher nicht. Und die Locken müssen auch runter, auch wenn du das nicht wahrhaben willst. Vertrau einer Frau, die drei Söhne großgezogen und ihr ganzes Leben hier in der Prärie verbracht hat. Ein Polizist auf dem Dorf braucht einen ordentlichen Haarschnitt. Männlich kurz und keine Strubbellocken. Damit beeindruckst du vielleicht die Mädels, wenn du mit deiner Gitarre klimperst, aber nicht die Bauern rund um Vielbrunn.«

Sie lenkte das Auto auf den Grünstreifen neben der Straße, brachte es mit einem Ruck zum Halten und stieg aus. Den Zündschlüssel ließ sie stecken. Eine Angewohnheit, die Frank nur schwer akzeptieren konnte. Es war nicht zu erwarten, dass sie gleich in halsbrecherischem Tempo eine Verfolgungsjagd starten mussten, die diese Maßnahme notwendig machte.

Er folgte ihr, klappte die Tür zu und legte die Arme auf das Wagendach. »Warum hast du diesen Brettschneider eigentlich noch nie erwähnt?«

Bruni durchschritt zielsicher das fast zwei Meter hohe Holztor. Eine bröckelige Sandsteinmauer umschloss das große Grundstück. »Worauf wartest du?«, rief sie über die Schulter, statt ihm zu antworten.

Man hätte klingeln können, überlegte Frank, ließ die Sache aber auf sich beruhen. Im Vorbeigehen konnte er auch keine Klingel entdecken.

Hinter dem Tor umfing sie grünes Halbdunkel. Frank betrachtete misstrauisch einen Holzverschlag. Doch aus der finsteren Öffnung drang kein Knurren, und die massive Kette bewegte sich nicht. Er trat mit dem Fuß gegen den umgekippten Blechnapf, in dessen Unterseite sich Regenwasser und Blätter gesammelt hatten. Hier war schon ewig kein Hund mehr gefüttert worden. Dennoch schaute er sich nochmals gründlich um.

Mächtige Bäume und Hecken säumten den Hof, um den sich mehrere niedrige Gebäude an den Hang duckten. Auf einem Sandsteinsockel saß das eingeschossige Fachwerkhaus, eingeklemmt und abweisend unter dem dunklen, weit heruntergezogenen Krüppelwalmdach. Nur am Fuß der Steinstufen, die zum Eingang führten, gab es einen sonnenbeschienenen Fleck. Bienen summten. Mehr war nicht zu hören. Frank zuckte zusammen, als Brunhilde plötzlich laut nach Theodor Brettschneider zu rufen begann.

Nichts rührte sich, und sie stiegen die Stufen hinauf. Die Haustür stand weit offen.

»Bist du da, Theodor? Hallo?« Brunhilde klopfte mit der Faust gegen das Holz und lauschte in die Stille. Sie kramte den Schlüsselbund des Toten aus der Hosentasche. Neben drei altmodischen dicken Schlüsseln fand sich nur einer mit einem flachen Bart, den sie probeweise ins Schloss steckte. Er hakte, ließ sich dann aber mühelos drehen.

»Sieht schlecht aus für den guten Theodor«, murmelte sie. »Na, dann lass uns mal reingehen.« Betont laut stampfte sie auf die Holzdielen. »Brettschneider – wo steckst du?«

Die Lampe im Flur funktionierte nicht, sodass der hintere, fensterlose Bereich dunkel blieb. Frank erahnte mehrere Türen und eine Treppe. Rechts hinter dem Eingang lag ein Paar verdreckter Gummistiefel, darüber hing an einem krummen

Nagel ein Regenmantel. Als seine Augen sich an das Dämmerlicht gewöhnt hatten, schlüpfte er aus seinen Turnschuhen, die er neben den Stiefeln abstellte, und betrat auf Socken die Wohnküche.

Als Erstes fiel Frank auf, wie ordentlich aufgeräumt der Raum war. Kein Topf auf dem Herd, kein Geschirr in der Spüle, nicht einmal ein benutzter Teller. Er schnupperte, aber da lag keine Spur von Kaffee oder gebratenem Speck in der Luft. Und es war kalt, obwohl an diesem Tag die Temperaturen endlich auf sommerliche Werte gestiegen waren. Auf dem Esstisch vor einer Bank in der Ecke war ein weißes Tischtuch ausgebreitet, mit einem kleinen Strauß welker Wiesenblumen in der Mitte, davor einige ungeöffnete Briefe, die Kante auf Kante übereinandergestapelt lagen.

Vom Essplatz aus konnte er den Weg überblicken, der vom Tor heraufführte, und durch ein zweites Fenster den seitlich neben dem Haus gelegenen Kräutergarten. Mehrere Beete mit schnurgeraden Reihen kleiner Pflanzen.

Von der Küche aus gelangte Frank in ein winziges Bad. Auf dem Waschbeckenrand lag ein unförmiges Stück Kernseife. Darüber hing ein Schränkchen mit einer Zahnbürste, Rasierzeug und einigen Medikamentenpackungen, daneben ein abgenutztes Handtuch. Einen Spiegel gab es nicht.

»Kommst du mal rüber, Frank?«

Eilig schloss er sich Brunhildes Rundgang an, die ihn vor einer Schlafkammer erwartete, in der etliche Kleidungsstücke herumlagen. Sie hatte bereits alle Türen auf dem Flur geöffnet, und da sie nichts weiter sagte, warf Frank zunächst auch in die anderen Zimmer einen kurzen Blick. Spartanisch schien ihm der passende Ausdruck für die Möblierung: Bett, Schrank, Stuhl. Überall das Gleiche, bis auf die verstreute Wäsche.

»Hast du Handschuhe für mich?« Frank kehrte mit einem verlegenen Grinsen die leeren Taschen seiner Bermudas nach außen. »Kommt nicht wieder vor. Versprochen.«

Brunhilde hob die Augenbrauen und reichte ihm ein Paar der dünnen Einmalhandschuhe, die zur Grundausstattung ihrer Dienstausrüstung gehörten. »Wozu brauchst du die?«, fragte sie. »Wir sind fertig. Der Brettschneider ist nicht da, der Schlüssel passt – du hattest den richtigen Riecher. Ich denke, wir können die Geschichte getrost an deine Freunde übergeben. Dann tippen wir noch schnell einen Bericht, und das Wochenende kann weitergehen.«

»Ja, schon …« Der Latex legte sich wie eine zweite Haut auf Franks Finger. »Aber können wir damit noch einen Moment warten? Ich meine, wenn wir schon da sind, spricht doch nichts dagegen, dass wir uns auch ein wenig umschauen. Und außerdem sind es nicht meine Freunde.«

»Was glaubst du denn, was du hier finden kannst? Brettschneider war nur etwas sonderbar, sonst nichts.« Sie deutete auf das ungemachte Bett. »Und schlampig ist er gewesen, so viel steht fest.«

Frank blickte sie überrascht an, schob sie ein Stück beiseite und schlüpfte an ihr vorbei ins Zimmer. »Nein, eigentlich eher nicht. Die Küche sieht jedenfalls aus wie geleckt und alle anderen Zimmer auch.« Er deutete vor sich auf den Boden. »Hier ist irgendein Dreck. Mach doch bitte mal das Licht an.«

Brunhilde betätigte den Kippschalter, aber nichts passierte. Sie klappte den Hebel mehrfach hin und her.

»Kein Strom«, verkündete sie, nachdem sie es auch in den Nebenzimmern probiert hatte.

»Hast du eine Taschenlampe?« Frank kauerte auf allen vieren auf dem Boden und konnte trotzdem nichts erkennen.

»Selbstverständlich, Herr Kommissar. Wie viel Watt hätten Sie denn gern?«

»In Darmstadt hatten wir immer … ach, egal.« Er tupfte vorsichtig mit dem Finger auf die undefinierbare, eingetrocknete Substanz.

»In Darmstadt, aber da bist du nicht mehr, mein Junge. Und ich bin kein wandelnder Kramladen.«

»Entschuldige, Bruni, ich habe es schon kapiert. Hör mal, das könnte durchaus Blut sein.« Er kratzte mit dem Fingernagel über den Fleck und hoffte, dass der Handschuh nicht einriss.

»Lass das! Wenn es wirklich Blut ist, sollen sich die Spezialisten drum kümmern. Das da drüben könnte ein Schuhabdruck sein. Die ziehen dir das Fell über die Ohren, wenn du hier was durcheinanderbringst. Ich rufe die jetzt an.«

»Fünf Minuten, Bruni!«, bettelte Frank und brachte seine Nase ganz nah an den Boden. »Riechen tut's nicht.« Langsam rutschte er vorwärts. »Hier ist noch mehr.« Als er sich umsah, stand Brunhilde direkt hinter ihm. Er kam sich lächerlich vor, wie er da vor ihr herumkroch, den geblümten Hintern in die Luft gereckt. »Siehst du?« Er tippte gegen ein zusammengeknülltes Stück Stoff, und Brunhilde streckte ihm die Hand hin, um ihm aufzuhelfen. Auf seinen nackten Knien zeichnete sich die Maserung der Holzdielen ab.

»Ja, sehe ich. Da neben dem Kissen, das ist ein Hemd, da sind auch Flecken drauf. Und unter dem Fenster liegt noch ein Tuch. Der Tote im Feld hatte eine Verletzung am Bauch. Sieht fast aus, als hätte sich hier jemand selbst verarztet. Spricht also auch dafür, dass es Brettschneider ist. Passt alles zusammen.« Sie behielt Frank fest im Blick, als sie das Handy zückte, um Kriminalhauptkommissar Brenner genau diese Überlegungen umgehend mitzuteilen.

Mit einem kurzen Kopfnicken fügte Frank sich ihrer Entscheidung. Nichts zu machen. Das war nicht ihre Baustelle und auch nicht seine.

»Hallo, Herr Brenner, sieht so aus, als hätten wir einen Treffer …«

Brunis sachliche Erklärung wollte Frank sich nicht anhören. Die Geschichte war gelaufen. Er trollte sich auf den schmalen Flur, den der Abgang zum Keller und eine Leiter zusätzlich verengten. Durch ein dunkles Loch in der Decke führte die Leiter hinauf zum Dachboden. Die höher steigende Sonne schickte bei jedem Windstoß, der draußen die Bäume bewegte, zuckende Reflexe über die Fußmatte vor dem Eingang. Der Luftzug richtete die Haare an Franks Waden und Unterarmen auf. Die offene Tür war ein leuchtendes Rechteck.

Wie in einem Horrorfilm. Wenn er jetzt losrannte, würde die Tür im letzten Augenblick vor seiner Nase zuschlagen, und er wäre gefangen.

Er schüttelte sich. Es hatte eindeutig auch etwas Gutes, wenn er sich nicht länger in dieser miefigen Bude herumdrücken musste. Noch drei Stunden bis zum Spiel um den dritten Platz. Frankreich gegen Schweden. Vorher noch ein bisschen Radfahren in der Sonne. Dann ein Bier.

»… Stichverletzung … Unfall? Na ja, könnte … Sollen wir? Okay … nein, wir fassen nichts an … garantiert nicht.« Wortfetzen von Brunis Telefonat drangen zu ihm herüber.

Eine Stichverletzung. Nachdenklich legte Frank die Hand auf seinen Bauch. Der Mann hatte sich wohl kaum freiwillig selbst aufgeschlitzt. Das verdammte Fußballspiel interessierte ihn, wenn er ehrlich war, nicht die Bohne.

Rasch ging er zurück in die Küche und blätterte vorsichtig die Briefe durch. Drei Umschläge vom Stromversorger, der offenbar inzwischen den Saft abgedreht hatte, einer von der Stadtverwaltung und fünfmal Werbung. Die ältesten Briefe waren bereits vier Wochen alt, aber er konnte nicht alle Daten auf den Poststempeln entziffern. »Mist!« Er richtete die Post wieder genauso aus, wie sie zuvor platziert gewesen war. Gelber Blütenstaub rieselte auf das Tischtuch, als er gegen die Stängel in der Vase stieß. In seinem Bauch klopfte es herausfordernd unter der Narbe. Das war nicht die viel beschworene Intuition eines Polizisten, der eine Fährte witterte, da machte er sich keine Illusionen. Eher ein diffuser Cocktail aus Widerwillen, Furcht und Unzufriedenheit. Trotzdem wollte er die Zeit bis zum Eintreffen der Kollegen unbedingt nutzen, um sein Bild von Theodor Brettschneiders Leben zu vervollständigen.

Er ignorierte Brunhildes fragenden Blick und nahm noch einmal die anderen Schlafkammern in Augenschein. Kissen und Decke auf den Betten waren frisch bezogen, als warteten sie darauf, benutzt zu werden. Er wischte über das Fensterbrett. Kein Staub. Doch die Luft schmeckte abgestanden und muffig. Jedes billige Hotelzimmer erschien dagegen wie ein heimeliger Ort voll persönlicher Ausstrahlung. Erst im letzten Raum legte sich Franks Unbehagen etwas. Er lehnte sich mit dem Rücken gegen den Schrank. Ein Hauch von Sommer streifte seine Nase. Woher dieser Eindruck kam, konnte er nicht sagen. Für einen Moment ließ er sich davon einfangen.

Bilder der vergangenen Nacht rauschten ihm durch den Kopf. Die Bar, die Band, laute Musik, Lachen. Eine spontane Jam-Session, in blindem Verständnis gespielt. Ein Groove, wie zuletzt im gemeinsamen Urlaub am Mittelmeer vor ein paar Jahren. Dort hatte es auch so gerochen … In Gedanken ließ er die Finger über die Saiten tanzen. Doch die angeblich so gefühlsechten Handschuhe wehrten sich gegen die schnelle Akkordfolge.

»Wir sollten am Tor warten.« Bruni stand im Türrahmen, als er die Augen öffnete. »Der Feierabend ruft.«

Mit den Schultern drückte Frank sich vom Schrank ab. »Was waren das bloß für Leute?« Die halblaute Frage richtete sich nicht direkt an Bruni. »Haben die überhaupt gelebt?«

»Leben ist relativ.« Sie neigte den Kopf zur Seite. »Und Einstellungssache. Die Familie hat sehr zurückgezogen gelebt; sie waren in keinem Verein, gingen auf kein Fest, auch nicht am Sonntag in die Kirche. Na ja, da wird schnell viel dummes Zeug geredet. Theodors Frau Marie ist schon vor Jahren abgehauen; nicht lange nach dem Tod seines Vaters. Für Marie war hier wohl auch zu wenig Leben. Und Theodors Mutter Johanna hat es im vergangenen Winter erwischt. Ist die Kellertreppe runtergestürzt.« Fröstelnd rieb Brunhilde sich die nackten Unterarme. »Du siehst, viel Leben und vor allem viel Glück gab es wirklich nicht in dem Gemäuer. Und darum brauche ich jetzt frische Luft und Sonne. Hier kann man ja vor lauter Gespenstern kaum atmen.«